SUSAN MAY WARREN

Niemand darf es wissen

Roman

Über die Autorin

Susan May Warren hat schon beinahe überall auf der Welt gelebt, unter anderem acht Jahre als Missionarin in Sibirien. Vermutlich geraten ihre Romanfiguren ständig in Schwierigkeiten, weil sie ihr zu ähnlich sind und ebenfalls nie still sitzen können. Sie hat bereits eine ganze Reihe von Romanen verfasst. „Niemand darf es wissen" wurde 2013 mit dem renommierten Christy Award ausgezeichnet.

Susan May Warren

Niemand darf es wissen

Roman

Aus dem Englischen von
Antje Balters

GerthMedien

MIX
Papier aus verantwortungsvollen Quellen
FSC® C014496

Verlagsgruppe Random House FSC® N001967
Das für dieses Buch verwendete FSC®-zertifizierte Papier
Enso Classic 95 liefert Stora Enso, Finnland.

Die amerikanische Originalausgabe
erschien im Verlag Tyndale House Publishers, Inc.
unter dem Titel „You Don't Know Me".

1. Auflage 2014
Bestell-Nr. 816647
ISBN 978-3-86591-647-1
Umschlaggestaltung: Daniel Eschner
Umschlagfoto: Shutterstock
Satz: DTP Verlagservice Apel
Druck und Verarbeitung: GGP Media GmbH, Pößneck
Printed in Germany

Prolog

So viel Gnade, wie nötig war, um diesen Abschied zu überleben, konnte es gar nicht geben.

Claire O'Reilly verkrampfte ihre Hände in ihrem Schoß ineinander, als das Flugzeug abhob, und ließ ihr Herz, ihren Magen und ihre Entschlossenheit auf der Startbahn in St. Louis hinter sich zurück. Sie schaffte das nicht. Sie war einfach noch nicht fertig damit, Dinas Mutter zu sein.

Claire lehnte ihren Kopf an die Rückenlehne und holte einmal tief Luft. Es blieben noch etwas mehr als drei Stunden, um die bereits getroffene Entscheidung noch einmal zu überdenken. Drei Stunden, in denen die Reue an ihr nagen konnte. Drei Stunden noch, dann würde sie für den Rest ihres Lebens mit ihrer Entscheidung leben müssen. Wie konnte man von ihr erwarten, sie einfach loszulassen, nie die Frau kennenzulernen, die ihre Tochter einmal sein würde?

„Und weshalb fliegen Sie nach Portland?" Die Frau neben ihr, eine Blondine in einem Business-Hosenanzug, hatte einen Notizblock aus der Tasche gezogen und ließ jetzt das Klapptischchen herunter, um zu arbeiten. Sie mochte etwa 30 sein, also alt genug, um Kinder zu haben, aber noch nicht alt genug, um mit ansehen zu müssen, wie diese Kinder Entscheidungen trafen, von denen sie für den Rest ihres Lebens gezeichnet sein würden.

„Ich fliege nach Portland, um ..." *Um Lebewohl zu sagen.* Sie hatte die Entscheidung ja bereits getroffen. Wieso sollte sie da nicht auch die entsprechenden Worte aussprechen können? „Um dort meine Tochter zu treffen."

„Wie alt ist sie?"

„Sie ist achtzehn."

Achtzehn war sie, und gerade dabei, sich von den chaotischen Jahren, die hinter ihr lagen, loszureißen, sich selbst zu finden und die Frau zu werden, als die sie gedacht war. „Haben Sie Kinder?"

Die Frau schlug ein Blatt des Notizblocks um. „Ja, vier. Alle noch im Grundschulalter."

Claire lächelte. „An die Zeit kann ich mich auch noch gut erinnern, die Zeit, in der man sich fragt, ob sie überhaupt irgendetwas annehmen von dem, was man ihnen sagt."

„Ja genau. Ich glaube aber immer noch, dass es sich später auszahlt, wenn ich jetzt Kraft und Zeit in sie investiere."

Claire hörte zwar nicht auf zu lächeln, aber die Worte der Frau trafen bei ihr einen wunden Punkt. Sie würde höchstwahrscheinlich nie erleben, dass etwas sich „später" auszahlte. Sie würde nie die Babys ihrer Tochter in den Armen halten, sich nie über das erste Lächeln eines Enkelkindes freuen können. Sie würde nie erleben, wie die Enkel zu Teenagern heranwuchsen, vielleicht kleine Ebenbilder ihrer Tochter, klug und schön und stark.

Dies hier war nicht das Leben, das sie sich vorgestellt und geplant hatte. Claire schaute aus dem winzigen Fenster, sah, wie sich der Boden immer weiter entfernte und die Felder sich in ein Flickenmuster verwandelten. Wenn die Menschen doch nur diese Sicht hätten, wenn sie die Ordnung hinter allem erkennen könnten, bevor sie sich verliebten und beschlossen, von zu Hause wegzulaufen und ihre Zukunft wegzuwerfen …

Wieso hatte Dina immer nur an den nächsten Kick gedacht, statt ein wenig weiter zu blicken auf den Schluss, den Gott ihr schenken wollte? Was hatte Claire falsch gemacht, dass ihr Kind so leichtsinnig geworden war?

„Und wie viele Kinder haben Sie?", fragte die Frau auf dem Nebensitz jetzt.

„Drei", antwortete Claire. Aber sie wusste, dass sie sich an eine andere Antwort würde gewöhnen müssen: *Zwei. Einen Jungen und ein Mädchen*. Sie würde sich ihr ältestes Kind aus dem Herzen reißen und es vergessen müssen, das Kind, das ihr das Herz gebrochen hatte, das Kind, das sie kaum erkannt hatte, als sie es das letzte Mal gesehen hatte.

„Ihre Tochter ist sehr tapfer", hatte ein Mann namens Frank Harrison zu ihr gesagt, als sie vor Dinas Krankenhauszimmer auf dem Gang auf und ab gegangen war.

Tapfer. Diese Tapferkeit bedeutete drei gebrochene Rippen, eine kollabierte Lunge und ein blauschwarzes, angeschwollenes und völlig entstelltes Gesicht. Aber Claire hätte Dina wahrscheinlich auch ohne die Verletzungen nicht wiedererkannt mit dem kurzen tiefschwarzen Haar und dem bleichen Gesicht. Außerdem war sie so abgemagert, dass sich ihre Knochen durch die Bettdecke hindurch abzeichneten. Es hatte einmal eine Zeit gegeben, da hatte Dina Informationsbroschüren von Colleges durchgeblättert und Anrufe von interessierten Volleyballtrainern entgegengenommen.

Aber dann hatte sie Blake Hayes kennengelernt.

Claire schluckte die Säure hinunter, die in ihrer Kehle aufstieg, als der Getränkeservice durch die Lautsprecher angekündigt wurde. Ihre Sitznachbarin schrieb auf ihrem Notizblock. Claire schloss die Augen. *Oh Gott, ich schaffe das nicht. Ich weiß nicht, wie ich das schaffen soll.*

Nein, es konnte nicht annähernd genügend Gnade geben, um endgültig Lebwohl zu sagen.

Kapitel 1

An Tagen wie diesem schien Melanie Deckers märchenhaftes „… und sie lebten glücklich bis an das Ende ihrer Tage“ fast unumstößlich. Der tiefblaue Himmel kündigte einen goldenen Herbsttag an, und der Blick vom Hügel auf Deep Haven bot ein Feuerwerk von Farben in Form von Goldeichen, leuchtend roten Ahornbäumen und üppig grünen Fichten. Ein Hauch von Holzfeuerrauch lag in der Luft. Das alles ließ Melanie innehalten, durchatmen und glauben, dass sie hierher gehörte und dass sie dieses Leben verdient hatte.

„Guck mal, Mama!“ Henrys Stimme lenkte ihre Aufmerksamkeit wieder auf das Fußballtraining – auf 20 Kinder, die mit Wollmützen, Fleecejacken unter ihren Vereinstrikots und Sweathosen unter den Schienbeinschützern bekleidet waren. Henry musste dringend zum Friseur. Er hatte seine Mütze auf der Bank abgelegt und jetzt zauste ihm der Wind durchs Haar, als er dem Ball hinterherjagte. Sie hätte ihm gern zugerufen, er solle seine Mütze aufsetzen, aber das hätte nur seine plötzliche Aversion gegen ihre Abschiedsküsse noch verstärkt.

Sie hätte alles getan, um ihren Elfjährigen so lange wie möglich unter ihren Fittichen zu behalten, bevor er in die Welt der Handys, der Beziehungen und der Dramen gezerrt wurde. Vielleicht begluckte sie ihn mehr als ihre beiden älteren Kinder, aber sie konnte nicht anders. Sie wusste nicht, was ihr noch bleiben würde, wenn er einmal weg wäre.

Melanie wand sich innerlich, als Henrys Ball weit am Tor vorbeiflog und in einem Gebüsch hinter dem Spielfeld landete. Seine Schultern sackten nach unten.

„Das macht doch nichts, Kumpel!“, schrie sie, weil sie einfach nicht anders konnte.

„Komm schon, Melanie, jetzt verrat mir endlich das Rezept für diese Cookies“, sagte Beth Iverson, die zum Fußballtraining in Jeans, Stiefeln, einem roten Parka und einer Mütze auf dem kurzen braunen Haar erschienen war und Melanie die mittlerweile halb leere Tupperdose reichte. „Dann verspreche ich auch, dass ich Nathan wähle.“

„Du gibst ihm doch sowieso deine Stimme“, sagte Melanie und drückte den Deckel wieder auf die Dose. „Er ist ja der einzige Kandidat.“

„Du willst die doch wohl nicht wegstellen!“, sagte Laura, griff nach der Dose, um sich einen Schokoladencookie herauszunehmen und reichte die Dose dann an Karin in der ersten Reihe weiter, die gerade ihre Tochter anfeuerte, die den Ball erobert hatte und einen Angriff startete. Die Kinder spielten immer noch in einem gemischten Jungen- und Mädchenteam. „Jerry hat uns nie Cookies angeboten.“

„Oder Plakate aufgehängt oder Anzeigen geschaltet oder Grillnachmittage veranstaltet“, ergänzte Karin.

„Nathan ist aber schon klar, dass er keinen Gegenkandidaten hat, oder?“

„Er möchte einfach nur …“ *Gewinnen.* Aus irgendeinem Grund träumte Nathan davon, Bürgermeister zu werden, und für diesen Traum lebte er. Es war, als hinge sein Leben davon ab, die Zustimmung der Wähler von Deep Haven zu bekommen. Als ob er die nicht sowieso schon gehabt hätte. „Er will seine Sache einfach gut machen.“

Anscheinend bestand Melanies Aufgabe als Nathans Frau darin, ihm Wählerstimmen aus allen Bevölkerungsgruppen von Deep Haven zu verschaffen, vom Schulelternbeirat über das Sozialkaufhaus bis zum Fußballplatz. Sie hatte sich den Wahltag in ihrem Kalender rot eingekreist in der innigen Hoffnung, dass dann der

Nathan, den sie kannte, endlich wieder zum Vorschein kommen würde und sie nicht mehr mit diesem Mann leben musste, der mitten in der Nacht ins Schlafzimmer geschlichen kam, nachdem er sich mit irgendwelchen wichtigen Bürgern der Stadt getroffen und bei Nachbarn und Freunden Klinken geputzt hatte.

Als ob irgendjemand in Deep Haven Nathan Decker oder seine Familie nicht gekannt hätte!

Andererseits war es vielleicht auch genau das, was ihn antrieb, was ihn dazu motivierte, lange Stunden in seinem Immobilienbüro oder im Haus seiner Mutter zu verbringen, im Pflegeheim zu helfen, sich um die Finanzen seiner Kirchengemeinde zu kümmern und ganz allgemein in viel zu vielen Ausschüssen mitzuarbeiten. Wahrscheinlich hätte er bei all diesem Engagement ihre Wahlkampfcookies gar nicht gebraucht, aber das war nun mal eine der Aufgaben der Ehefrauen von Kandidaten. Sie beteiligten sich am Wahlkampf, kümmerten sich darum, dass der Alltag der Familie reibungslos lief … und sorgten dafür, dass Geheimnisse gewahrt blieben.

„Bitte, Melanie, verrat uns dein Geheimnis", sagte Karin, als hätte sie ihre Gedanken gelesen, und schüttete sich die letzten Cookiekrümel aus der Tupperdose in ihre Hand.

Einen kurzen Moment lang schreckte die Frage Melanie auf, traf auf das letzte Stückchen bewachten Terrains in ihrem Innern. Mit völlig leerem Kopf starrte sie Karin an und konnte kaum atmen. Wie blöd war das denn? Sie war doch nicht aus Glas. Niemand konnte in ihr Inneres hineinsehen. „Na gut. Aber erst nach der Wahl", sagte sie und ihre Stimme klang heiter.

„Das ist ‚minnesotisch' für Nein", sagte Beth.

„Oh, da kommt Henry", sagte Karin und gab Melanie die Dose.

Melanie schaute zu, wie ihr Sohn zur Bank trottete, dagegentrat und sich dann setzte. Sie griff nach ihrer Tasche und sagte: „Ich glaube, das ist mein Stichwort."

„Du gehst?“, fragte Beth.

„Ich muss mich beeilen; heute ist Jasons Vorsprechen für *Romeo und Julia*, und ich muss vor Colleens Spiel noch kurz nach Hause, um etwas zu essen für ihn zu holen.“ *Bitte, bitte lass ihn die Hauptrolle bekommen.* Das war nämlich die einzige Möglichkeit zu rechtfertigen, dass er das Jobangebot von der Eisdiele ausgeschlagen hatte. Nathan war manchmal so angespannt in Bezug auf die Finanzen für die Ausbildung ihrer Kinder, dass er von Jason verlangt hatte, mit dem Theaterspielen aufzuhören und sich einen Job zu suchen, um sich an den Kosten fürs College zu beteiligen. Dabei hatte der Junge bei seinem schauspielerischen Talent auf jeden Fall die Chance auf ein Stipendium. Erst einmal musste er jetzt eine Rolle in dem neuen Stück bekommen, und dann würden sie es Nathan schon irgendwie beibringen.

Sie wollte Nathan gar nichts verschweigen, aber sie wollte auch keine Spannungen in der Familie. Und außerdem gab es doch in jeder Ehe Geheimnisse, oder? So wie beispielsweise auch den neuen Freund von Colleen. Melanie und ihrer sechzehnjährigen Tochter stand ein Machtkampf bevor wegen dieses etwas zwielichtigen Tim Newman. Wenn Colleen nicht zur Vernunft kam, würde Melanie Nathan erzählen müssen, dass sie die beiden am Dienstag in der Mittagszeit knutschend in Tims Wagen auf dem Parkplatz draußen am Leuchtturm erwischt hatte.

Ja, Geheimnisse schützten sie. Die kleinen Geheimnisse … und die großen. So durfte zum Beispiel auf keinen Fall jemand wissen, dass diese Bürgermeistersache sie selbst – und vielleicht sogar sie alle – umbringen konnte. Diese zwar sehr unwahrscheinliche, aber reale Möglichkeit hing bei jedem Schritt, mit dem Nathan weiter ins Rampenlicht trat, wie ein Damoklesschwert über ihr.

Diese Möglichkeit war aber so unwahrscheinlich, dass Melanie einen kurzen Anflug von Angst mit einem Achselzucken abgetan hatte, als Nathan beim Frühstück verkündet hatte, dass „die

Medien" ihn – und auch Melanie – bei dem Essen, zu dem er am nächsten Tag eingeladen hatte, interviewen wollten.

Schließlich lebten sie in einer Stadt mit nicht einmal 2.000 Einwohnern im nördlichsten Zipfel von Minnesota, und nach 20 Jahren konnte sie doch wohl endlich aufhören, sich ständig ängstlich umzuschauen.

„Na klar holst du Jason etwas zu essen. Wahrscheinlich selbst gemachte Müsliriegel oder eine Portion vollwertigen Auflauf, den du natürlich schon vorgekocht hast", sagte Beth.

Ja, stimmte ganz genau, aber sie musste das Gesicht verzogen haben, denn Beth lachte. „Du ruinierst den ganzen Schnitt, du Streberin. Kannst du uns nicht wenigstens auch ein bisschen von dem Glanz der perfekten Mutter lassen?"

Melanie schaute sie nur verblüfft an.

„Na ja, ist doch wahr. Du bist bei jedem Training dabei, machst diese himmlischen Cookies und du kannst aus Resten ein Brot backen. Du nimmst an jeder Sitzung des Elternbeirats teil, an jedem Schulausflug und jedem Fest an der Schule. Du gibst uns anderen das Gefühl, echte Nieten zu sein, wenn wir mal Tiefkühlpizza servieren."

„An Tiefkühlpizza ist doch absolut nichts auszusetzen ..."

Karin, die bis dahin das Gespräch nur mit angehört hatte, drehte sich jetzt um und fragte: „Wann hast du denn deiner Familie das letzte Mal Tiefkühlpizza serviert?"

„Ganz zu schweigen von deiner Weihnachtsdeko." Das kam von Laura, die ihren langen schwarzen Pferdeschwanz über die Schulter warf, während sie ihre Decke um sich wickelte und von der Bank aufstand. „Ich fühle mich wie eine Deko-Null mit meinem Kranz an der Tür und den kümmerlichen blinkenden Lichterketten. Ich glaube, Deep Haven braucht eine eigene Stromleitung nur für die Weihnachtsbeleuchtung der Deckers."

Alle lachten und auch Melanie rang sich ein Lächeln ab. „So schlimm bin ich doch nun auch wieder nicht ..."

Beth schüttelte den Kopf. „Ach, Mel, wir setzen dir aber auch zu, was? Hör mal, du bist nicht *schlimm*. Du bist wunderbar. Und den Bürgermeisterposten hat Nathan doch so gut wie in der Tasche; also verführe uns nächste Woche bitte nicht wieder mit Cookies, ja?“ Und mit diesen Worten beugte sie sich vor und umarmte Melanie mit dem freien Arm, den sie nicht zum Festhalten der Decke brauchte.

„Oh-oh, Kelli Hansen ist gerade unterwegs zu Chip“, sagte Beth und ließ Melanie abrupt wieder los.

Melanie schaute zum Spielfeld, wo Kelli Beths Mann, der Trainerassistent war, in ein Gespräch verwickelte. Der größte Teil ihrer wallenden roten Mähne wurde von einem Batiktuch zurückgehalten, der Rest flatterte in der frischen Nachmittagsbrise. Kelli trug graue Armyhosen, einen grauen Oversize-Pullover und lila Turnschuhe, und sie sah darin eher aus wie eine Oberstufenschülerin als wie die Ehefrau des ortsansässigen Landschaftsgestalters. Sie winkte ihrer Tochter Marin zu, die in die sechste Klasse ging und Mittelfeldspielerin war. Kellis Sohn Casey spielte bei den Huskys Football – Melanie konnte sich erinnern, dass er es schon ein paarmal auf die Titelseite der Zeitung geschafft hatte.

„Ich glaube, ich gehe lieber mal da rüber“, sagte Beth. „Sie macht das nicht absichtlich, aber sie ist eine geborene Flirterin, und mein Mann lässt sich von ihr das Hirn vernebeln.“

„Kelli ist eine Flirterin?“

„Ich weiß, dass du erst seit zwanzig Jahren hier wohnst, Melanie, also musst du es mir wohl einfach abnehmen, dass Kelli ganz gerne mal Ärger macht. Sie war mal mit Casey zusammen, als sie siebzehn war.“ Beth zog eine ihrer perfekt gezupften Augenbrauen hoch und sagte: „Und sie hat ein Tattoo.“ Dann beugte sie sich noch ein wenig weiter zu Melanie vor und sagte: „Ein *Arschgeweih* – genau hier“, und legte ihr die Hand aufs Kreuz. „Das sagt doch alles, oder?“ Beth presste missbilligend die Lippen so fest aufeinander, dass ihr Mund nur noch ein schmaler Strich war. „Ich weiß, ich sollte nicht so voreingenommen sein, aber … als Ehefrau kann man gar nicht vorsichtig genug sein. Vielleicht solltest du Nathan auch lieber ein bisschen im Auge behalten, wenn sie in seiner Nähe ist."

Dazu fiel Melanie wirklich nichts mehr ein. Sie hatte Kelli schon immer für … nun ja, für apart, vielleicht sogar für hübsch gehalten. Jetzt schaute sie Beth hinterher, wie sie die Tribüne hinunterkletterte und aufs Spielfeld trabte. Nathan würde Kelli wahrscheinlich gar nicht bemerken. Zurzeit nahm er ja nicht einmal sie wahr.

„Soll das ein Witz sein?", fragte Laura und zwinkerte ihr zu. „Nathan hat immer nur dich geliebt. Ich kenne ihn seit der Grundschule, und er ist ein ganz anderer Mensch geworden, als du in die Stadt kamst. Ich habe ihn nie so glücklich erlebt wie an dem Tag, als ihr beiden geheiratet habt. Das war Liebe auf den ersten Blick, eine Bilderbuchliebesgeschichte."

Nun ja, das stimmte zwar so nicht ganz, aber es war ihnen gelungen, ein gutes gemeinsames Leben aufzubauen. „Bis nächste Woche dann, Leute", sagte Melanie.

Trockenes Laub wirbelte an den Seiten des Spielfeldes entlang, als Melanie die leeren Tupperdosen wieder in die Tasche packte und ihren Schlüsselbund herausholte, der ganz schwer war von all den Anhängern mit Fotos von ihren Kindern und Symbolen aus ihrem Leben – einem Plastikvolleyball, einem Decker-Immobilien-Schlüsselanhänger und dem Einkaufswagenchip.

Henry kam an ihr vorbeigetrottet, und sie sprang von der Tribüne, um ihn einzuholen.

„Es ist doch alles gut, Henry", sagte Melanie, als sie bei ihrem Auto ankamen. Henry öffnete die Heckklappe des Kombis, setzte sich auf die Stoßstange und begann, seine Stollenschuhe auszuziehen. „Es kann nicht jeder Schuss ein Treffer sein."

„Ich hör auf", sagte er und wischte sich mit dem Handrücken übers Gesicht, sodass eine Schmutzschliere zurückblieb. „Ich hasse Fußball. Wieso musstest du mich auch unbedingt dafür anmelden?“ Er drehte sich um, kroch auf allen vieren über die Ladefläche des Kombis nach vorn und verschwand hinter den Lehnen der Rücksitze.

„Du hasst Fußball? Seit wann denn das?“ Er hatte sie doch noch vor zehn Minuten vom Spielfeld aus auf sich aufmerksam gemacht und kein bisschen lustlos gewirkt.

„Mensch, Mama! Schon *immer*.“

Melanie schaute auf die Uhr. Noch etwa eine Stunde bis zu Colleens Spiel. Als sie die Heckklappe des Wagens zuschlug, hielt sie auf dem Parkplatz nach Nathans Ford Ausschau, aber er hatte es offensichtlich nicht geschafft, bei Henrys Training zuzuschauen. Nicht, dass sie mit ihm gerechnet hätte, aber …

„Kannst du mich bei der Skaterbahn absetzen?“, fragte Henry, legte sein Trikot in einem Knäuel auf dem Rücksitz ab und kam nach vorn auf den Beifahrersitz geklettert.

„Und was ist mit Abendessen? Du musst doch vor Colleens Spiel noch etwas essen.“

„Ich hab gar keinen Hunger, und außerdem bringt Oma doch immer was zum Knabbern mit.“

„Aber Popcorn ist kein Abendessen.“ Zumindest sollte es das nicht sein. Aber sogar sie freute sich schon auf Helens hereingeschmuggelte Volleyball-Knabbereien. Und wozu waren Großmütter da, wenn nicht, um ihre Enkel zu verwöhnen?

Sie fragte sich oft, wie wohl ihre eigene Mutter die Kinder verwöhnen würde, ob sie ihnen auch heiße Schokolade machen würde und Zimtschnecken, die Melanie irgendwie nie genau so hinbekam wie ihre Mutter.

„Also gut. Schnall dich an.“

„Es sind doch nur zwei Straßen.“

„Das ist egal. Anschnallen ist Vorschrift.“

Henry verdrehte die Augen, und sie empfand den heftigen Drang, ihm das Haar aus dem Gesicht zu streichen. Er hatte eine solche Ähnlichkeit mit den Kinderbildern von Nathan – mit seinem runden Gesicht, dem dunklen Haar und den lebhaften grünen Augen, die die Welt förmlich aufsaugten. So viel Energie – nur nicht für den Sport. Dafür konnte dieser Junge wahrscheinlich jeden Xbox-Wettbewerb gewinnen. Auch an ihren kleinen Bruder Ben erinnerte Henry sie. Wie gern würde sie ihn eines Tages wiedersehen, um zu erfahren, was für ein Mann aus ihm geworden war.

Melanie hielt auf dem Parkplatz der Skateboard-Anlage. „Ich geh mir noch schnell einen Kaffee holen und fahr dann rüber zu Colleens Spiel. Wir treffen uns dann in der Halle, ja? Bitte geh sonst nirgends hin."

„Danke, Mama", sagte er, als er aus dem Wagen stieg, sich das Skateboard unter den Arm klemmte und ihr ein echtes Lächeln schenkte.

Das war fast so gut wie ein Kuss.

Sie winkte Marybeth Rose zu, die gerade ihre Tochter für das Volleyballspiel am Abend absetzte. Colleen war nach der Schule gar nicht erst nach Hause gekommen, sondern gleich dortgeblieben, um noch an ihrer Angabe zu arbeiten – das hoffte Melanie jedenfalls. Sicherheitshalber suchte sie aber dennoch den Parkplatz nach Tims Jeep ab, schämte sich allerdings auch ein bisschen dafür. Doch sie erkannte sich selbst so sehr in Colleen wieder – zu sehr –, dass sich ihr die Nackenhaare aufstellten.

Mit dem Handy in der Hand fuhr sie den Hügel hinunter zum Coffee-Shop. Vielleicht sollte sie Nathan sicherheitshalber noch eine SMS schreiben, um ihn an Colleens Spiel zu erinnern. Der arme Mann hatte den größten Teil der letzten Nacht damit verbracht, seine Antworten auf die Fragen des Radiointerviews für den Morgen noch einmal durchzugehen, die er bereits im Voraus bekommen hatte.

Sie fuhr an Häusern mit Halloweendekoration vorbei – in den Vorgärten gestapelte Strohballen, auf denen Vogelscheuchen steckten, und jede Menge Kürbisse. Es war noch Wochen hin bis Halloween – einem Feiertag, den sie schon seit ewigen Zeiten versuchte Nathan schmackhaft zu machen, damit sie ihn wie alle anderen auch begingen, aber in ihrer Gemeinde gab es Widerstand gegen Halloween in jeder Form und Ausprägung … und, nun ja, sie machte nun mal nicht gerne Ärger.

Wie sehr Melanie die Volleyballabende liebte! Sie halfen ihr, sich daran zu erinnern, wer sie einmal gewesen war – an die guten Seiten – und sorgten an den Abenden unter der Woche für etwas Abwechslung. An den anderen Abenden las sie vielleicht noch ein wenig, während Nathan sich mit den Wahlkampffinanzen beschäftigte, und wenn sie großes Glück hatte, ging er zur gleichen Zeit ins Bett wie sie und sie bekam vielleicht sogar einen Gutenachtkuss.

Es gab aber auch sicher viele Leute, die sich nach einem geregelten Leben wie dem ihren sehnten, nach einem unaufgeregten Alltag. Sie sollte dankbar sein für einen Mann, der jeden Abend nach Hause kam und ihr treu war. Und nur weil sie nie eine feurige Romanze mit Funken und Kerzenlicht und weichen Knien und Schmetterlingen im Bauch erlebt hatten, bedeutete das ja noch lange nicht, dass sie sich nicht liebten. Es musste doch nicht alles sein wie aus dem Kitschroman.

Und außerdem hatte sie wahrscheinlich auch gar nicht das Recht, sich mehr zu wünschen. Ja, an den Volleyballabenden merkte sie besonders deutlich, wie dankbar sie für ihr sicheres, geordnetes, glückliches Leben war.

Im Schaufenster des Coffee-Shops hing ein riesiger gemalter Elch – als Hinweis auf das Elch-Festival, das am Wochenende stattfinden sollte. Als Touristenort war Deep Haven auf Besucher angewiesen, die sich nach bunt gefärbtem Laub und ursprünglicher Tierwelt in freier Wildbahn sehnten – Adlern, Bären, Füchsen, Damwild und ganz besonders Elchen. Deshalb hatte der Fremdenverkehrsverein eine Veranstaltungsreihe rund um die Elche erfunden, zu der unter anderem auch eine Tanzveranstaltung gehörte. In diesem Jahr hatte es keinen richtigen *Indian Summer* mit der typisch knallbunten Laubfärbung gegeben, weil es viel geregnet hatte. Deshalb hatten alle Stände und Aktivitäten des Festivals, die sonst im Freien stattfanden, ins Gemeinschaftshaus der Stadt verlegt werden müssen.

„Was ist denn in einem Wilder-Elch-Mokka?", fragte Melanie.

Kathy, die blonde Inhaberin des Cafés, die einen flauschigen Haarreifen mit riesigen Elchschaufeln daran trug, erklärte: „Das ist Mokka mit dunkler Schokolade, Sahne und Karamellstreuseln."

„Ach, ich weiß nicht ..."

„Komm schon, Melanie, man lebt nur einmal."

„Also, eigentlich ... na gut, dann nehme ich den. Bitte." Nathan brauchte ja nicht zu wissen, dass sie wieder einmal ihre Diät über den Haufen warf. Noch ein Geheimnis, um ihr glückliches Leben aufrechtzuerhalten.

Für einen ganz normalen Spätnachmittag herrschte im Coffee-Shop reger Betrieb, wie an dem angeregten Stimmengewirr zu erkennen war. Melanie nickte dem amtierenden Bürgermeister Jerry zu – der sich in der Sesselecke mit Norman unterhielt, dem Inhaber des Geschäfts für Anglerbedarf. An einem langen Tisch saßen die Footballtrainer Seb Brewster und Caleb Knight.

Irgendjemand – möglicherweise Nathan selbst – hatte einen *Wählt Decker zum Bürgermeister*-Button ans Schwarze Brett gepinnt. Sie hatte solche Buttons dieses Jahr beim Anglerpicknick an Nathans Stand verteilt. Als sie jetzt all die bekannten Gesichter sah und etliche Hände schüttelte, wurde ihr wieder einmal bewusst, wie gut sie mittlerweile in Deep Haven integriert war.

„Einmal Elch-Mokka", sagte Kathy und stellte den Becher vor ihr auf den Tresen. „Vorsicht, verbrüh dir nicht die Zunge, der ist heiß."

Melanie bezahlte.

„Sehen wir uns beim Spiel? Ich sehe Colleen zu gern spielen. Sie hat auf jeden Fall eine große Zukunft als Volleyballerin", sagte Kathy.

„Sie ist total entzückt, dass sie in der Startaufstellung ist", sagte Melanie, nahm ihren Becher vom Tresen und vermischte mit einem Rührstäbchen die Sahne mit dem Mokka. In jeder anderen Schule hätte Colleen als Zehntklässlerin sicher noch mindestens ein Jahr länger als Auswechselspielerin auf der Bank gesessen, aber weil sie in einer Kleinstadt lebten, gab es hier Möglichkeiten, von denen man in der Großstadt nur geträumt hätte.

Zum Beispiel die Möglichkeit, sich zu verstecken, sodass ihre Sünden aus der Vergangenheit sie nicht wieder einholen konnten, und noch einmal von vorn anzufangen und eine Frau zu werden, die wünschte, sie hätte das Leben wirklich verdient, das Gott ihr geschenkt hatte.

Vor dem riesigen Schaufenster mit dem Elchbild, von dem aus man einen guten Blick über den Hafen von Deep Haven hatte, lag der bewegte Lake Superior, dessen Wellen im strahlenden Spätsommerlicht wie Platin glänzten. Sonnenlicht strömte durch die Fenster ins Café, in dem es nach Kaffee und Leder roch. Draußen taumelten rubinrote und bernsteinfarbene Blätter auf den Gehwegen entlang. Sie würde am Abend die Chrysanthemen im Garten gegen den Frost abdecken müssen. Schon bald würde der erste Schnee alles in Weiß hüllen, die schroffe, felsige Uferlinie verbergen und sie in Eis verpacken.

Aber heute – heute war ihre Welt unzerbrechlich. Sie nahm den Deckel von ihrem Kaffeebecher, trank einen Schluck, drehte sich um …

Und dann kam alles zum Stillstand.

Die Gespräche im Coffee-Shop gingen natürlich weiter und draußen brachte der Wind die Windspiele zum Klingen, aber als Melanie den Mann sah, der bei der Tür saß, den Mann, der mit traurigem, ja entschuldigendem Blick zu ihr aufschaute, da stockte ihr der Atem, sie war wie gelähmt und konnte nichts anderes denken als … *Nein*!

Vielleicht hatte sie dabei unwillkürlich den Kopf geschüttelt, denn der Mann stand auf. „Melanie."

Er hatte sich gar nicht so sehr verändert, seit sie ihn das letzte Mal gesehen hatte – das war ein Moment gewesen, der sich so tief in ihr Gehirn eingraviert hatte, dass sie keinerlei Schwierigkeiten hatte, ihn wieder hervorzuholen und den Mann hier mit dem von damals zu vergleichen. Abgetragene, unauffällige Lederjacke, kurzes, inzwischen leicht ergrautes Haar, Jeans und Stiefel – Kleidung, die dafür sorgen sollte, dass er nicht auffiel, sondern sich in seine Umgebung einfügte. So, wie er aussah, hätte er ihr Onkel aus dem Mittleren Westen sein können, der zu Besuch da war.

Er hatte sich wirklich kaum verändert.

Er würde für immer der Mann sein, der ihr das Leben gerettet hatte, der Mann, der ihr zu einer neuen Identität verholfen hatte, der es ihr ermöglicht hatte, diese erstaunliche, normale, perfekte Lüge aufzubauen.

Aber er war auch der Mann, der ihr das alles wieder nehmen konnte.

„Hallo Frank", sagte sie leise zu ihrem Zeugenschutzbetreuer.

…

Nathan Decker war richtig obenauf.

Er stand auf dem Fundament des Rohbaus, dort, wo die Bogenfenster hinkommen würden, hatte eine Kamera vor dem Gesicht und war auf der Suche nach dem genau richtigen Bild. Es gab so viele Möglichkeiten – das Zwielicht rieselte purpurrot über die Wellen des Lake Superior, die sich schäumend am felsigen Ufer brachen; der Himmel war dramatisch aufgewühlt in einer Farbpalette von Magenta, Hellgrün und Türkis; die Sonne war eine orangefarbene Kugel. Jedes dieser Motive konnte den Blick eines neugierigen Internetsurfers fesseln, und der richtige Käufer würde dieses Haus in einen Palast verwandeln.

Hoffentlich jemand mit der nötigen Solvenz und dem Wunsch, am schönsten Zipfel von Minnesota zu leben, 30 Kilometer vom nächsten Supermarkt entfernt. Er würde die Immobilie im Exposé als Haus beschreiben, das „etwas liebevolle Zuwendung" brauchte, würde die Lage als „bezaubernd in die Waldlandschaft eingebettet" beschreiben und Begriffe wie „Privatsphäre", „Zurückgezogenheit" und „Refugium" verwenden.

Er konnte immer noch nicht glauben, dass es ihm endlich gelungen war, Nelda McIntyre dazu zu bewegen, sich von diesem Anwesen zu trennen. Das also konnte das jahrelange Singen alter Choräle in einem Seniorenzentrum zur Folge haben. Die meisten der alten Leute dort waren zusammen mit seinem Vater, seinen Onkeln und seinen Cousins aufgewachsen und konnten sich noch an die Zeit erinnern, als der Name Decker für Erfolg und sogar Ehre gestanden hatte.

Und Nathan hatte vor, dafür zu sorgen, dass es wieder so wurde.

Er schaute noch eine Weile zu, wie die Wellen gegen den Felsen unterhalb der fast 20 Meter steil abfallenden Klippe krachten. Ihr Rhythmus schlug ihn regelrecht in ihren Bann. Immer wieder, endlos, bis er ihn in seinem Innern pulsieren fühlte, den Herzschlag des Verhängnisses, der ihn daran erinnerte, wer er war. Es hatte zwar 30 Jahre gedauert, aber durch diesen Bürgermeisterwahlkampf würde er sich aus dem Sog der Schande und des Scheiterns befreien.

Nathan machte noch zwei weitere Fotos von dem Rohbau und dann eines, das den Grundriss des Gebäudes einfing, wie es sich organisch ans Ufer anschmiegte, als gehöre es dorthin. Eigentlich war es nur eine Zementhülle, der unvollendete Traum eines Mannes, der vor seiner Zeit gestorben war. Der richtige neue Eigentümer bräuchte die Fähigkeit, über diesen Moment hinauszublicken und das Potenzial des Anwesens zu erkennen.

Nathan ging über die gekieste Auffahrt zu seinem gebrauchten Ford Focus zurück. Er hatte den Wagen, der über keine besonderen Extras verfügte, in erster Linie wegen des niedrigen Benzinverbrauchs gekauft, und weil es ein Auto war, das auch Jason und Colleen als Fahranfänger fahren konnten. Eines Tages wollte er einen chromblitzenden Flitzer, vielleicht wenn Jason, Colleen und Henry mit dem College fertig waren. Aber davor brauchte erst einmal Melanie einen anderen Wagen, und seine Mutter wollte unbedingt eine neue Veranda an dem Haus, in dem sie jetzt schon seit 40 Jahren wohnte.

Aber irgendwann ...

Als er wendete, um auf den langen unbefestigten Weg zu gelangen, der zur Hauptstraße führte, warf er einen Blick auf die Uhr am Armaturenbrett. Melanie hatte irgendetwas von Henrys Fußballtraining gesagt – er hatte vorbeischauen wollen, aber er musste möglichst schnell die Bilder, die er gerade gemacht hatte, ins Internet stellen, damit sie noch vor Colleens Volleyballspiel aufgerufen werden konnten. Doch die plötzliche Sehnsucht, seine Frau zu sehen, vielleicht nur fünf Minuten ihre Hand zu halten, während sie ihrem Sohn beim Fußballspielen zuschauten, packte ihn so stark, dass er seine Pläne änderte.

Er würde beim Fußballplatz vorbeifahren und dann noch schnell im Büro reinschauen, um das neue Objekt ins Netz zu stellen. Sein ganzer Wahlkampf hing davon ab, dass er diese Immobilie verkaufte und dadurch sein Konto wieder ausglich, das tief in den roten Zahlen steckte. Gott sei Dank hatte Melanie keine Ahnung, wie hoch die Schulden waren, sonst würde sie sicher wieder davon anfangen, dass sie doch im Pflegeheim arbeiten könnte. Er hätte zwar nichts gegen ein zusätzliches Einkommen gehabt, aber sie liebte ihre ehrenamtliche Tätigkeit an der Schule, in allen möglichen Einrichtungen und Ausschüssen in der Stadt, bei den Blutspendeaktionen und beim Theater. Sie wollte gern die Möglichkeit haben, an den Aktivitäten der Kinder beteiligt zu sein, sich mit den Fußballmüttern zum Lunch zu verabreden und ins Fitnessstudio zu gehen. Und ihm gefiel es, ihr das alles ermöglichen zu können.

Manchmal, wenn sie ihm vor den Augen der ganzen Stadt bei einem Spiel von der Tribüne aus zuwinkte und so hübsch aussah mit ihrem langen, blonden Haar und diesen unglaublich blauen Augen, dann konnte er kaum glauben, dass er es so gut getroffen hatte; dass Gott ihm die schönste Frau in Deep Haven geschenkt hatte. Alles, was er tun konnte, um sich für diese Gnade erkenntlich zu zeigen, war, ein Ehemann zu sein, wie er es bei seiner Hochzeit versprochen hatte. Ehrlich gesagt hatte sie wahrscheinlich etwas Besseres verdient, aber das würde er natürlich niemals laut aussprechen.

Alles, was er wollte, war, sich ihr gegenüber anständig zu verhalten und mit ihr alt zu werden. Und am allermeisten wünschte er sich, niemals so zu enden wie sein Vater.

Nathan bog auf die Hauptstraße und schaltete das Radio ein. Er hatte den lokalen Sender eingestellt, und die beiden Sportmoderatoren waren gerade mit einem Vorbericht über das Volleyballspiel des Abends auf Sendung. Sie erwähnten auch Colleen und ihre Schmetterbälle und hatten jede Menge Mannschaftsstatistik parat. Er drückte aufs Gas und schaute noch einmal auf die Uhr.

Die Fußballmannschaft war gerade mit dem Training fertig und hörte sich noch ein paar aufmunternde Worte des Trainers an, als er die Sportanlage erreichte. Er entdeckte Kelli Hanson, Coach Chip Iverson und dessen Frau Beth, die dabei war, irgendwelchen Süßkram an die Jungen und Mädchen aus der Mannschaft zu verteilen.

Melanie war nicht mehr da. Nathan blieb eine Weile bei laufendem Motor im Wagen sitzen, fragte sich, wo sie wohl sein mochte und kam dann zu dem Schluss, dass sie wahrscheinlich Henry nach Hause gebracht hatte und dann zu Colleens Spiel fahren wollte.

Das bedeutete, dass er noch Zeit hatte, die Fotos von dem neuen Objekt ins Netz zu stellen oder sie wenigstens zum Exposé hinzuzufügen, das er bereits fertig hatte. Mit Glück – viel Glück – würde er die Immobilie innerhalb einer Woche loswerden. Sicher, sie steckten zwar in einer Rezession, aber die richtige Immobilie mit dem richtigen Käufer und einem motivierten Verkäufer … er musste einfach seine Kontakte nutzen. Er kannte ein paar Investoren, die möglicherweise interessiert sein könnten.

Sein Büro mit Blick auf den See lag am anderen Ende der Stadt – was allerdings bei einer Stadt von der geringen Größe Deep Havens nicht weit war. Aber wenn er dort in seinem Sessel saß und zuschaute, wie die Sonne über dem Hafen unterging und die Masten der vertäuten Segelboote golden färbte, dann war er zutiefst überzeugt, dass es die richtige Entscheidung gewesen war, in Deep Haven zu bleiben.

Als Nathan auf dem Weg zum Büro am Coffee-Shop vorbeifuhr, entdeckte er dort auf dem Parkplatz Melanies Wagen, der schwer zu übersehen war mit dem großen Aufkleber der Husky-Volleyballer an der Seite und der Delle in der Stoßstange. Er würde einfach kurz reinschauen und seine Frau überraschen. Sie würde ihn dafür mit einem Lächeln belohnen, diesem Lächeln, das ihn daran erinnern würde, weshalb er jeden Morgen aufstand und zur Arbeit ging.

Er stellte den Wagen ab, stieg aus und sah, dass seine guten Schuhe beim Herumlaufen auf dem Grundstück der McIntyres ganz staubig geworden waren. Er beugte sich kurz nach vorn, wischte die Schuhe mit seinem Lederhandschuh ab, klopfte dann die Handschuhe aus und ging zum Eingang des Coffee-Shops.

Die Glocke über der Tür bimmelte, als er das Lokal betrat, und ein paar Köpfe gingen hoch. Bürgermeister Jerry Mulligan saß auf einem der Sessel in der Ecke und unterhielt sich mit Norman, dem Inhaber des Ladens für Angelzubehör. Nathan hob lächelnd die Hand zum Gruß.

Er schaute sich suchend nach Melanie um und entdeckte sie schließlich an einem Ecktisch im Nebenraum. Sie war in ein Gespräch vertieft mit jemandem, den Nathan nicht kannte. Der Mann hatte graues Haar, trug eine Lederjacke und hatte dunkle, nachdenkliche Augen. Er sprach mit Melanie als würde er sie kennen. Seine Hand lag auf dem Tisch, so als wollte er gleich ihren Arm berühren.

Die beiden merkten nicht, wie Nathan näher kam, sondern Melanie beugte sich sogar in diesem Moment mit einem seltsamen Gesichtsausdruck zu dem Mann vor. Es sah fast aus wie Angst, wie damals, als Henry mit dem Fahrrad von der Klippe gefahren war und sich die Schulter gebrochen hatte. Oder als Colleen bei dem riesigen Jahrmarkt, der einmal im Jahr stattfand, über eine Stunde lang verschwunden gewesen war. Oder an dem Tag, als Jason einen Unfall mit dem Snowmobil gehabt hatte.

Aber nein – das, was er hier sah, war nicht die Angst einer Mutter um ihre Kinder. Die Art von Angst, die er hier vor sich hatte, kannte er nicht, und sie war ihm unheimlich.

„Melanie?"

Sie blickte auf, und einen Moment lang sah sie ihn nur blinzelnd an, so als würde sie ihn gar nicht kennen, was ihn irgendwie sprachlos machte, und hätte er es nicht besser gewusst, wäre ihm der Verdacht gekommen, in irgendetwas Geheimes hineingeschneit zu sein. Aber das hier war seine Frau. Die Frau, die er seit 20 Jahren kannte. Sie konnte nichts vor ihm geheim halten, selbst wenn sie es gewollt hätte.

Und dann lächelte sie ihn an, und die Enge in seiner Brust löste sich.

„Hallo, Nathan", sagte sie und griff nach seiner Hand. „Tut mir leid; hast du mich gesucht?"

Sein Blick huschte zu dem Mann und dann wieder zurück zu seiner Frau. „Nein ... ich bin nur gerade zufällig vorbeigefahren, weil ich noch beim Fußballtraining vorbeigeschaut habe. Wo ist denn Henry?“ Er drehte sich um und rechnete damit, seinen Sohn in der Leseecke zu sehen, intensiv mit dem iPod beschäftigt und den Eindruck erweckend, als würde er sie alle gar nicht kennen.

„Ich … er ist … Ich habe ihn bei der Skateboard-Anlage abgesetzt. Wir treffen uns dann nachher beim Spiel.“ Melanie schaute kurz zu ihrem Gesprächspartner hin, und plötzlich war dieses unheimliche Gefühl war wieder da.

Doch Nathan schüttelte es ab und reichte dem Mann die Hand. „Ich bin Nathan Decker, Melanies Mann. Wir kennen uns nicht, oder? Sind Sie neu in der Stadt?“

Der Mann musterte Nathan, als ob er ihn einschätzen wollte, stand dann auf, lächelte und gab ihm die Hand. Nathan hatte die Überprüfung anscheinend bestanden. „Ich bin Frank Harrison“, sagte er und schaute kurz zu Melanie hin. „Melanies Onkel.“

Ach so, ihr Onkel.

Nathan machte den Mund auf, wusste aber nicht so recht, was er sagen sollte. „Ich … ich habe gar nicht gewusst, dass Melanie einen Onkel hat.“ Er sah seine Frau an und sagte: „Du hast mir nie erzählt, dass du einen Onkel hast.“

Seltsam, sie schien beinahe schockiert über diese Aussage, denn sie lächelte ihn ganz merkwürdig an. „Ja. Mein … Onkel Frank. Aus … Pittsburgh.“

Nathan wandte sich an Frank. „Ach! Ich dachte, Melanies gesamte Familie wäre bei dem Unfall ums Leben gekommen.“

Frank blinzelte, als hätte er den Tod von Melanies Familie völlig vergessen, aber dann nickte er und sagte: „Ja, das ist richtig. Aber ich war damals beruflich im Ausland und bin erst … kürzlich zurückgekommen.“

Frank ließ seine Hand jetzt los und Nathan nahm sich einen Stuhl. „Und was machen Sie beruflich?“

„Militär.“ Frank nahm wieder Platz, lehnte sich zurück, schlug die Beine übereinander und verschränkte die Arme vor der Brust. „Und was machen Sie so?“, fragte er.

„Ich mache in Immobilien. Und ich kandidiere fürs Bürgermeisteramt."

Frank holte Luft. „Ach, wirklich? Hmmm."

„Aber es ist ja nur eine kleine Stadt", sagte Melanie fast ein bisschen zu hastig, so als wäre Nathans Bewerbung um den Posten des Bürgermeisters völlig belanglos. „Eine sehr kleine."

„Nicht so klein, dass wir nicht noch etwas positiv verändern könnten", sagte Nathan und warf seiner Frau einen fragenden Blick zu. Sie wandte sich ab und trank einen Schluck von ihrem Kaffee.

„Im Sommer sind wir durch den Tourismus hier oben etwa zwanzigtausend Bewohner mehr. Mit den richtigen Gesetzen könnten wir den Fremdenverkehr noch besser fördern, mehr Wachstum erreichen und bessere Bedingungen für die Familien schaffen, die das ganze Jahr hier leben. Morgen veranstalten wir zum Beispiel einen Lunch mit einigen Medienleuten, mit denen ich über ein paar neue Ideen reden möchte, die ich als Bürgermeister umsetzen will."

Frank streifte Melanie mit einem Seitenblick, aber sie rührte weiter in ihrem Kaffee. Dann blickte sie kurz auf, holte tief Luft und sagte: „Nathan wird ein wunderbarer Bürgermeister sein, aber ich bin wirklich nur hinter den Kulissen tätig."

Was redete sie denn da? „Davon kann doch gar keine Rede sein. Diese Frau ist in jedem Gremium dieser Stadt tätig – vom Elternbeirat bis hin zu den Blutspendeaktionen. Sie ist das Rückgrat meines Wahlkampfes." Nathan wollte nach ihrer Hand greifen, aber sie hatte die Hände irgendwo unterm Tisch versteckt. Und ihr Lächeln – ihr Lächeln war künstlich, ungefähr so wie damals, als er ihr zu Weihnachten die Friteuse geschenkt hatte.

„Wir müssen jetzt los zu dem Spiel", sagte sie und stand auf. „Es war schön, dich zu sehen, Onkel Frank."

Was war denn das? „Was ist denn nur los mit dir, Melanie? Da hast du plötzlich einen Verwandten und dann lässt du ihn einfach so wieder gehen?" Nathan wandte sich an Frank und fragte: „Wo sind Sie denn untergebracht?"

Anscheinend hatte er Frank mit dieser Frage auf dem falschen Fuß erwischt, denn der wirkte überrascht und schaute nervös zu Melanie.

„Im Super 8-Hotel", sagte sie an seiner Stelle.

„Das kommt ja gar nicht infrage. Sie wohnen natürlich bei uns. Sie gehören schließlich zur Familie. Sie sind der erste Verwandte von Mel, den wir kennenlernen", sagte Nathan, stand auf und legte seiner Frau einen Arm um die Taille. „Sie erzählt so wenig von ihrer Familie, als hätte es sie nie gegeben."

„Es war ja auch ein furchtbarer Verlust für sie", sagte Frank ganz ruhig.

„Ja. Ein Grund mehr, dass Sie bei uns übernachten sollten. Wir freuen uns jedenfalls, dass Sie da sind. Und wenn Sie noch nicht zu Abend gegessen haben, dann würde ich Sie auf jeden Fall gern zu einem Hot Dog bei dem Volleyballspiel einladen. Unsere Husky-Damen sind noch ungeschlagen in den Meisterschaftsspielen der Liga, und meine Tochter – Ihre Großnichte also – ist in der Startaufstellung. Sie hat einen Schmetterschlag, der Sie umhauen wird. Das sind wahrscheinlich die Gene meiner Frau, auch wenn sie behauptet, dass sie nie Volleyball gespielt hat. Von mir hat meine Tochter das Talent jedenfalls nicht, denn ich war nie gut in Sport."

Er wartete kurz, ob Frank widersprechen würde, und als das nicht der Fall war, fügte er noch achselzuckend hinzu: „Unsere beiden Jungs und meine Mutter kommen auch zu dem Spiel, und sie werden ebenfalls ganz begeistert sein, Sie kennenzulernen, nicht wahr, Schatz?"

Melanie schaute ihn mit großen Augen an. Was war nur mit ihr los? Das hier war ihr einziger noch lebender Verwandter, und damit gab es endlich eine Verbindung zur Vergangenheit seiner Frau. Vielleicht konnte er von Frank mehr Informationen über den Unfall bekommen, bei dem Melanies Eltern und die beiden Geschwister ums Leben gekommen waren und von dem sie diese Narbe über dem Knie zurückbehalten hatte. Der Unfall, der immer noch hin und wieder dafür sorgte, dass sie nachts weinend aufwachte.

Nathan gab Frank noch einmal die Hand und sagte: „Willkommen in Deep Haven, Onkel Frank."

Kapitel 2

Irgendwie wünschte sich Frank, die Bezeichnung *Onkel* würde tatsächlich zu ihm gehören. Dina – nein, Melanie – hatte sich ein gutes Leben aufgebaut, und er *fühlte* sich tatsächlich wie ihr Onkel.

Frank hatte sogar den Wunsch gehabt, sie zu umarmen, als sie sich begrüßt hatten, aber damit wäre sie überfordert gewesen. Es kam schließlich nicht jeden Tag vor, dass eine Frau, die er im Zeugenschutzprogramm untergebracht hatte, ausgerechnet in einem Coffee-Shop auf ihre Vergangenheit traf wie auf einen Geist. Es kam aber auch nicht jeden Tag vor, dass er einen seiner Schützlinge noch einmal aufsuchen musste mit der schlechten Nachricht, dass Gefahr drohe.

Er war ihr in den Coffee-Shop gefolgt, weil er sie nicht beim Fußballtraining hatte überfallen wollen. Sie sah gut aus. Sie hatte ihr Haar in der Naturfarbe, einem hellen Blondton, nachwachsen lassen, es reichte ihr bis über die Schultern. Die Frisur und die Haarfarbe ließen sie weicher wirken und gaben ihr etwas Elegantes. Sie sah so ganz anders aus als der herbe Teenager von damals mit den pechschwarzen Haaren, die ihr stachelig vom Kopf abstanden, und den blutunterlaufenen Augen, die so stark mit Kajal umrandet waren, dass er kaum noch das Blau darin hatte erkennen können. Sie war ein wenig fülliger geworden, nicht mehr so hager und knochig, wie es typisch für Drogensüchtige war, und sie hatte noch einen Rest von sommerlicher Sonnenbräune, nicht mehr die fahle Blässe eines Menschen, der auf der Straße lebt.

Melanie sah aus wie eine Frau, die in einem intakten und gesunden Zuhause aufgewachsen war, eine gute Partie gemacht hatte und ein Leben führte, auf das sie stolz sein konnte. Er war auf jeden Fall stolz darauf, was aus ihr geworden war.

Doch er würde ihr das alles leider wieder nehmen müssen. Er hatte sie an einen kleinen Tisch geführt, der ein wenig abseits in einem Nebenraum des Cafés stand, und war gleich mit der Tür ins Haus gefallen – mit den schlechten Nachrichten. „García hat Bewährung bekommen, hat sich aber nicht bei seinem Bewährungshelfer gemeldet, sondern sich sofort abgesetzt."

Melanie hatte sich auf den Stuhl gesetzt und ihn eine ganze Weile einfach nur angestarrt, so als müsste sie überlegen, wer dieser Mann eigentlich war. Aber er wusste es besser.

Wie hätte sie jemals auch nur das kleinste Detail von all dem vergessen können, was García ihr angetan hatte? Oder auch die Drohungen, die er gegen sie ausgestoßen hatte?

Ihre Stimme war leise und kraftlos gewesen, als sie ihren Kaffee abgestellt hatte. „Wie konnte García denn überhaupt Bewährung bekommen? Sie haben doch gesagt, dass er nie wieder auf freien Fuß kommen würde."

„Luis García ist auf Bewährung freigekommen, weil die staatlichen Gefängnisse völlig überfüllt sind und er sich anscheinend in den vergangenen zwanzig Jahren ordentlich geführt hat."

„Oder weil er jemanden bestochen hat."

Er bemerkte den Zynismus in ihrem Tonfall und konnte nicht leugnen, dass an ihrer Vermutung durchaus etwas Wahres sein konnte. Sie schüttelte nur den Kopf, setzte sich zurück und schaute aus dem Fenster auf ihre Welt.

„Es tut mir leid, Melanie. Was Sie damals getan haben, hat Leben gerettet. Sie haben einen Mörder und Drogenboss hinter Gitter gebracht …"

„Und jetzt ist er wieder frei", entgegnete sie und sah ihn mit demselben durchdringenden Blick an wie vor 22 Jahren. „Sie wissen genau, dass er sein Versprechen wahr machen wird, mich zu finden und umzubringen."

Er hielt ihrem Blick stand. „Ich habe Sie gut versteckt, Melanie. Niemand weiß, dass Sie hier sind – und nur zwei weitere Menschen auf diesem Planeten wissen, dass Sie überhaupt noch am Leben sind."

Sie holte Luft, und er sah, wie ihr Kinn bebte. „Wie geht es ihnen?", fragte sie.

„Sie sind älter geworden, aber gesundheitlich geht es ihnen gut. Ihr Vater ist seit zwei Jahren im Ruhestand."

„Ich weiß. Ich habe ihn gegoogelt."

„Das hätten Sie nicht …"

Sie hob eine Hand, und in ihrem Ausdruck entdeckte er eine Spur der Melanie von früher wieder, die er als Dina gekannt hatte, und die ihm einmal gesagt hatte, was er von ihr aus mit seiner Idee machen könne, dass sie ihm Informationen über ihren Dealer-Freund, einen Lakaien von García, weitergeben solle. „Ich vermisse sie. Aber ich bin vorsichtig."

„Das hoffe ich", sagte Frank und beugte sich zu ihr vor. „Bitte sagen Sie es mir ganz ehrlich – weiß sonst noch jemand Bescheid?"

Wieder holte sie kurz und heftig Luft, schaute auf ihren Kaffee, von dem sie immer noch nicht getrunken hatte, und antwortete: „Nein, niemand."

„Nicht einmal Ihr Mann?"

Sie presste die Lippen fest aufeinander und schüttelte den Kopf. „Als ich ihn kennengelernt habe, hatte ich gerade erst wieder ganz von vorne angefangen. Ich … ich wollte ihm nicht sagen, wer ich bin, damit … ich mir eine Vergangenheit ausdenken konnte. Ich habe ihm dann erzählt, dass meine Eltern bei einem Unfall ums Leben gekommen sind, und dass ich hierhergekommen bin, um zu vergessen."

„Gute Lügen haben immer einen wahren Kern."

Sie zuckte mit einer Schulter. „Nach zwanzig Jahren ist die Geschichte nicht schwer zu glauben. Es sind nie irgendwelche

Verwandten aufgetaucht, und meine Familie glaubt, dass ich niemanden habe und ganz allein bin auf der Welt."

„Dann sind Sie wahrscheinlich auch in Sicherheit hier, und wir werden García finden." Sie schloss die Augen, so lange, dass ihn ein Schauer durchfuhr und er sie fragte: „Und was haben Sie mir noch nicht erzählt?"

„Es könnte sein, dass ich doch in Gefahr bin."

Es war die Art, wie ihre Stimme plötzlich tiefer und leiser wurde, wie sie das Wort *Gefahr* sagte, das die Erinnerungen an sein Versagen wieder weckte. „Ich kann nicht für Ihre Sicherheit sorgen, wenn ich es nicht weiß."

Sie beugte sich noch weiter zu ihm vor. „Direkt nachdem ... also, als ich hierhergezogen bin, ich ... ich war immer noch in Blake verliebt."

Blake Hayes, der nichtsnutzige Freund, der sie davon überzeugt hatte, aus ihrer absolut anständigen und intakten Familie auszubrechen, der sie dazu gebracht hatte, auf der Straße zu leben und unterschiedlichste Drogen zu nehmen, bis sie nicht mehr wusste, wie sie hieß. Glücklicherweise hatte ein ganz frischgebackener Polizist sie in einer Gasse gefunden und mit Frank in Kontakt gebracht, der sie ins Zeugenschutzprogramm aufgenommen hatte; als Gegenleistung für eine Aussage gegen einen der meistgesuchten Drogenbosse von St. Louis. Das hatte ihre beste Freundin das Leben gekostet. Und sie ihres.

„Ich hatte Sie doch ausdrücklich aufgefordert, sich von ihm fernzuhalten."

„Frank – ich war einfach dumm damals. Blake war alles, was ich hatte. Ich war einsam hier, und ..."

„Sie haben ihm geschrieben."

Jetzt sah sie wirklich aus, als würde sie gleich losweinen. Er widerstand dem Impuls, ihr die Hand hinzustrecken und legte stattdessen seine Hände vor sich auf den Tisch. „Bitte sagen Sie mir, dass Sie ihm nicht Ihren neuen Namen verraten haben."

„Daran kann ich mich nicht erinnern, aber ich habe ihm geschrieben, wo er mich finden könne, wenn er mich noch wolle. Seitdem lebe ich in ständiger Angst, dass Blake vielleicht doch noch hier auftauchen könnte."

„Wir haben ihn in Fairbanks in Alaska untergebracht, als er aus dem Gefängnis entlassen wurde. Ich wollte ihn nicht in Ihrer Nähe haben, ganz egal, was Sie davon halten würden." Weil, nun ja, irgendwie war sie ihm wie seine eigene Tochter vorgekommen.

Ihr Blick traf seinen. „Danke. Wahrscheinlich haben Sie mir damit noch einmal das Leben gerettet."

„Ich habe nichts anderes getan, als Ihnen die Wahl zu lassen. Sie haben sich selbst das Leben gerettet. Hören Sie, mein Partner ist gerade unterwegs nach Fairbanks, um Blake ebenfalls über Garcías Flucht zu informieren. Wir werden ihm einfach erzählen, dass Sie umgebracht worden sind, und dabei werden wir es belassen."

„Also noch ein Nachruf."

Dazu hatte er nichts mehr sagen können, denn in dem Moment hatte ihr Leben sie eingeholt.

„Melanie?"

Frank fühlte sich wie ein Vater, der den Freund der Tochter kennenlernt, als er Nathan zum ersten Mal die Hand gab. Nathan Decker war genau der Typ Mann, den er Melanie als Ehemann gewünscht hatte, einer, der sie liebte und beschützte. Deshalb hatte es sich eigentlich auch gar nicht wie eine Lüge angefühlt, als er sich als Melanies Onkel vorgestellt hatte.

Frank hätte allerdings nie damit gerechnet, dadurch auf der Tribüne der Sporthalle einer Kleinstadtschule zu landen und Melanies Tochter beim Volleyball anzufeuern. Das Mädchen war eine hübsche Blondine und Melanie wie aus dem Gesicht geschnitten. Ach, wenn doch Melanies Eltern die Enkelin so hätten sehen können! Sogar Frank empfand jetzt Trauer über das, was Melanie verloren hatte. Kein Wunder, dass sie ihre Familie googelte.

„Komm schon, Colleen, hol den Ball!", rief Melanie.

Die Mädchen in Blau-Weiß auf dem Spielfeld lagen mit einem Satz vorn, die Halle war brechend voll mit Fans in Blau-Weiß, und das Gebrüll übertönte beinah das Quietschen der Sportschuhe auf dem Hallenboden. Der Geruch von Popcorn, gegrillten Hot Dogs und schwitzenden Körpern hing in der Luft.

Eine Horde junger Männer hatte sich die Gesichter blau geschminkt und spornte die Menge mit Anfeuerungsrufen an, als eine große brünette Spielerin sich zur Angabe bereit machte.

Das gegnerische Team, das in Rot spielte, nahm eine gebückte Haltung ein, um die Angabe anzunehmen.

„Colleens Stärke sind Schmetterbälle. Sie findet die Lücke und lässt den Ball dann genau da einschlagen", sagte Nathan.

Nathan hatte Frank wie einen echten Verwandten aufgenommen. Auf Franks anderer Seite saß Nathans Sohn Henry und futterte Popcorn. Frank schätzte Henry auf etwa 10 Jahre, aber der Junge hatte bereits die breiten Schultern und das charmante Grinsen von Melanies Bruder Ben, und das war ihr wahrscheinlich auch bewusst.

Melanies Ältester Jason war erst zu ihnen gestoßen, als das Spiel schon angefangen hatte. Er war groß, hatte ebenfalls breite Schultern und sah aus wie ein Footballspieler. Er hatte sich neben Frank gesetzt und ein zusammengerolltes Heft in der Hand gehabt, das sich bei näherem Hinsehen als ein Script von Shakespeares *Romeo und Julia* entpuppt hatte.

Melanie hatte irgendwann aufgehört, Frank anzusehen, als könnte er jeden Moment wieder verschwinden. Jetzt feuerte sie ihre Tochter an und gab ihr von der Tribüne aus Instruktionen, als diese sich für einen Schmetterball in Position brachte. Doch die Gegner erwischten den Ball und spielten ihn zurück. Eine brünette Spielerin stellte den Ball nach vorn zum Netz, ein weiterer Ballkontakt, und dann stieg Colleen wieder für einen Angriffsschlag hoch, der jedoch im Aus landete.

Die Menge stöhnte laut auf.

„Los, Huskys! Holt euch die Angabe zurück!“ Das kam von der Frau neben Melanie – Nathans Mutter Helen.

Sie hatte Frank fast im selben Moment, in dem Nathan sie ihm vorgestellt hatte, eine Tüte Popcorn überreicht. „Das wurde aber auch Zeit, dass wir mal einen Verwandten von Melanie kennenlernen“, sagte sie ein bisschen ruppig, aber ihr Lächeln war echt. Frank hatte ein paarmal verstohlen zu ihr hinübergeschaut. Sie war gertenschlank und sah mit dem ergrauenden Haar und den wunderschönen grünen Augen geradezu königlich aus.

Colleen sprang hoch, um den Angriffsball zu blocken, und der Ball prallte auch tatsächlich von ihren Armen ab ins gegnerische Feld.

„Gut so, Colleen! Und jetzt spiel das Netz!“

Colleen schaute zu ihrer Mutter hoch und grinste,

Es war dieses Grinsen von Melanies Tochter – locker, von ganzem Herzen und ohne Angst –, das Frank überzeugte, dass er seinen Job hier gut machen musste und keine Fehler machen durfte.

Er würde einfach in der Nähe bleiben, bis er sicher war, dass nichts mehr passieren konnte und dass Melanie wirklich glücklich bis ans Ende ihrer Tage leben würde.

...

Melanie musste sich nur einfach ganz normal verhalten, dann würden sie alle das hier schon durchstehen.

„Mach langsam, Henry, und sprich jeden Laut in dem Wort aus.“

Sie saß auf Henrys Bett, hatte den Arm um ihn gelegt und hielt die Seite des Buches so, dass der Schein der Lampe genau darauf fiel. Sie liebte diese ruhigen Momente, wenn sie ihm half, den Buchstabensalat zu entwirren und einzelne Buchstaben zu üben, die ihm immer noch Mühe machten, wie zum Beispiel das *B* und das *D*.

Er fuhr mit dem Finger an der Zeile entlang, die sie ihm gezeigt hatte, und entzifferte mühsam buchstabierend den Satz.

Er würde es schon schaffen. Sie war auch nie eine besonders gute Schülerin gewesen, aber in der 8. Klasse hatte sie endlich im Lesen den Rest der Klasse eingeholt und mithalten können. Er brauchte nur jemanden, der ihm nicht erlaubte aufzugeben.

Er machte mit dem nächsten Satz weiter, während es sie einige Mühe kostete, sich nicht weiter in seinem Zimmer umzuschauen und das Shirt zu bemerken, das über dem Stuhl hing, das Knäuel aus Jeans und Socken in der Ecke und den Müll – er nannte es seine „Schätze" –, der auf seiner Kommode aufgetürmt war. Lego-Figuren und ein paar Holzautos, Plaketten und Medaillen und Pokale von Fußballturnieren und sogar ein Bild, auf dem er und sein Bruder miteinander rangen.

Henry hatte einen Absatz fertig gelesen und blätterte seufzend um. „Das reicht für heute, Kumpel. Du machst das ganz toll." Sie gab ihm einen Kuss auf den Kopf.

„Ich hasse Lesen", sagte er.

„Das wird sich ändern. Du wirst immer besser", sagte sie und kam noch einmal an seine Bettkante zurück. Sie betete für ihn, gab ihm dann einen Kuss auf die Wange und hielt einen Moment inne, gerade lange genug, um den Rest von seinem Kleine-Jungs-Geruch einzuatmen, der noch übrig war. Er war ihr Überraschungskind nach zwei Fehlgeburten gewesen, und sie hatte ihn nach ihrem Vater benannt. Er war das Sahnehäubchen auf ihrem ohnehin schon reich gesegneten Leben.

„Ich finde Onkel Frank nett", sagte Henry, als sie von der Bettkante aufstand. „Er ist lustig. Und er kann zaubern. Er kann Sachen verschwinden lassen."

Richtig. Aber das Allerletzte, was sie jetzt brauchen konnte, war, dass Frank wirklich zum *Onkel* wurde, denn das hätte noch mehr Lügen bedeutet und noch mehr Aufmerksamkeit, um sich nicht zu verraten. „Ja, er ist wirklich nett …"

„Wieso hat er uns eigentlich noch nie besucht?"

Sie war an der Zimmertür angekommen und hatte die Hand schon am Lichtschalter, holte jetzt aber noch einmal tief Luft und antwortete: „Er war viel im Ausland."

„Und warum ist er jetzt hier?"

„Er war hier in der Gegend und wollte einfach kurz Hallo sagen. Gute Nacht, Henry."

„Ich hoffe, er bleibt für immer hier", sagte Henry, als sie das Licht ausschaltete.

Oh nein, bitte nicht. Vor Colleens Zimmer blieb Melanie stehen und klopfte an die Tür, ehe sie hineinging.

Colleen steckte schnell ihr Handy unters Kopfkissen. Na wunderbar. Wahrscheinlich schrieb sie SMS mit diesem Unruhestifter Tim. Einen Moment lang lag Konfrontation in der Luft.

Sie hatte den Jungen heute Abend nach dem Spiel gesehen, wie er am Wasserspender herumgelungert hatte. Sein schwarzes Haar, das ihm bis über die Augen ging, verlieh ihm diese typische Snowboarder-Aura – und die Anziehungskraft des Bad Boys, von der ihre Tochter wie hypnotisiert war. *Halte dich von ihm fern. Er macht dir nur dein Leben kaputt.* Die Worte lagen ihr auf der Zunge, aber sie brachte es dann doch nicht über sich, Colleen ihren triumphalen Abend zu ruinieren.

Ein anderes Mal. „Du warst fantastisch heute Abend, mein Schatz."

Colleen grinste.

In Augenblicken wie diesen hallte manchmal das Echo ihrer eigenen Vergangenheit nach, und Melanie war wieder 16, lag in ihrem Bett mit der rosa Strickdecke, die sie sich bis zum Kinn hochgezogen hatte, und sagte ihrer Mutter Gute Nacht.

Danach war alles so schnell so falsch gelaufen. Melanie lebte in der ständigen Angst, Colleen könnte sich eines Tages in Tim verlieben oder in einen anderen Jungen mit strähnigen Haaren, der sie mit den falschen Worten bezirzte und sie ihrer Familie entriss.

Ja, jetzt, 20 Jahre später, wusste Melanie ganz genau, was sie ihrer Mutter damals angetan hatte.

„Danke, Mama. Aber eigentlich hätten wir die drei Sätze hintereinander gewinnen müssen“, sagte Colleen.

„Du bist kein Ein-Mann-Team da draußen. Denk dran, auf deine Teamkameradinnen zu achten. Sie können den Block sehen und dir sagen, wohin du schlagen musst. Ich habe Ashley bei diesem letzten Volley im zweiten Satz ganz deutlich ‚Linie‘ rufen hören.“

„Ja, ich weiß. Es fällt mir echt schwer, im Spiel auf die anderen zu hören – wenn ich erst mal in Fahrt bin, dann kriege ich vor Adrenalin nichts mehr mit.“ Colleen strich die lila Fleecedecke glatt und nahm den Flor zwischen die Finger. Das tat sie immer, wenn sie ein Spiel noch einmal rekapitulierte. „Und ich muss noch an meinem Steilsprung arbeiten. Der Trainer sagt, dass ich mich nicht genug strecke und deshalb den Ball nicht mit voller Kraft schlagen kann.“

„Es hilft, wenn du beim Absprung beide Arme hochstreckst – dadurch hast du mehr Kraft. Lass den anderen Arm nicht wieder fallen, wenn du mit der Schlaghand ausholst, sonst verlierst du Schwung“, erklärte Melanie.

Das hatte Melanies Trainer ihr jedenfalls damals so erklärt, und es hatte sie in der 11. Klasse in die erste Mannschaft gebracht, genauso wie jetzt Colleen mit ihrem Power-Angriff. Sie brauchte nur noch etwas mehr Selbstvertrauen …

„Das werde ich mal versuchen.“ Colleen runzelte die Stirn. „Hast du wieder auf Volleyballseiten im Internet gesurft?“

Melanie lachte, aber sie war so erschrocken, dass ihr das Herz bis zum Hals schlug. Was wäre denn eigentlich so schlimm daran, wenn ihre Familie gewusst hätte, dass sie früher Volleyball gespielt hatte? Dieses kleine bisschen Wahrheit hätte doch sicher nicht geschadet. Aber sie hatte so viel von ihrem Leben umgeschrieben, wild entschlossen, jedes kleinste Stückchen von ihrem alten Selbst auszulöschen, dass dabei auch Kleinigkeiten verloren gegangen waren, die zu Schätzen hätten werden können. Sie hätte beispielsweise Trainerin des Volleyballteams ihrer Tochter werden können.

„Ruh dich aus. Es sind nur noch zwei Tage bis zu den Bezirksmeisterschaften." Melanie zwinkerte ihrer Tochter noch einmal kurz zu, bevor sie das Licht ausmachte und die Tür hinter sich schloss.

Sie steckte den Kopf ins Schlafzimmer, wo Nathan in seinem grau gestreiften Pyjama schon im Bett lag und sich die Nachrichten im Fernsehen anschaute. Er hatte seine Lesebrille auf und auf seinen Wangen und am Kinn war ein dunkler Schatten zu sehen, ein sicheres Zeichen, dass er sich an diesem Tag nicht zweimal rasiert hatte. Das hatte er eigentlich seit dem Beginn des Wahlkampfes immer getan – ganz der gepflegte Kandidat. Er balancierte seinen Laptop auf den Knien und tippte irgendetwas. Er arbeitete eigentlich immer, ihr Nathan, strengte sich immer an, versuchte ständig, noch besser zu werden.

„Ich weiß nicht, ob es richtig war, Colleen zum Geburtstag ein Handy zu schenken und ihr einen eigenen Haustürschlüssel zu geben."

Nathan blickte kurz vom Laptop auf. „Colleen ist ein kluges Mädchen. Sie wird bestimmt verantwortungsvoll damit umgehen."

Das hätte ihre Mutter wahrscheinlich auch über Melanie gesagt, als sie 16 war. „Sie wird nur so schnell erwachsen ..."

Nathan hatte wieder angefangen auf dem Laptop zu schreiben.

Melanie seufzte. „Ich bin gleich wieder da. Ich schaue nur kurz nach, ob Onkel Frank noch etwas braucht."

Er nickte, und sie schloss die Schlafzimmertür von außen und ging in die Küche. Dort saß Jason am Tisch, und die Deckenlampe schien auf seine Matheaufgabe. Melanie legte ihm die Hand auf die Schulter und drückte sie leicht. Er war kräftig und solide.

Und dann sah er auch noch gut aus mit seinem leicht lockigen braunen Haar und dem athletischen Körperbau – auch wenn seine Leidenschaft das Theaterspielen war. „Mir ist aufgefallen, dass du deinem Vater heute Abend nichts von dem Vorsprechen gesagt hast."

Er blickte kurz zu ihr auf. Er hatte die grünen Augen seines Vaters, und das verschlug ihr manchmal richtig den Atem. Und er hatte ihr schauspielerisches Talent geerbt, ein Talent, von dem sie gar nicht gewusst hatte, dass sie es besaß, bis sie nach Deep Haven gezogen war.

„Die Besetzung wird morgen bekannt gegeben. Ich sage es ihm, wenn ich eine Rolle bekomme."

Sein Ausdruck hatte beinah etwas Flehendes. Ach, was sollte sie nur tun? Sie drückte noch einmal ganz leicht seine Schulter.

Draußen wehte der Wind und die Bäume warfen ihre Blätter in einer solchen Menge ab, dass es sich anhörte, als würde es regnen. Melanie schaltete die Außenbeleuchtung ein. Das tat sie immer, sodass der Außenbereich ihres Hauses nachts wie ein Ballsaal erleuchtet war. Ein Relikt aus ihrer ersten Zeit in Deep Haven, als sie noch jede Nacht Angst vor dem Schlafengehen gehabt hatte. Kein Wunder, dass sie sofort Ja gesagt hatte, als Nathan sie gefragt hatte, ob sie seine Frau werden wollte – sie brauchte jemanden zum Festhalten, um die Erinnerungen fernzuhalten.

Aber das war natürlich nicht der einzige Grund für ihr Ja gewesen. Nathan war ein wunderbarer Mann, der ihr das Leben bieten konnte, das sie wollte. Und ihr lädiertes Herz hatte ihn geliebt, so gut es konnte – und tat es immer noch.

Sie erhitzte ein Glas Milch in der Mikrowelle, gab Kakao hinein und schlenderte weiter in den Keller, wo Frank im Hobbyraum untergebracht war. Sie klopfte an seine Tür und hoffte, dass er noch nicht schlief.

„Ich habe einen heißen Kakao für dich, Onkel Frank."

„Ach, Dina, wie nett von Ihnen."

„Pssst. Bitte … Melanie. Jason ist noch oben."

„Ja natürlich. Tut mir leid. Manchmal vergesse ich es einfach."

„Ich vergesse manchmal, dass ich jemals Dina war."

Er lächelte sie an, nahm den Kakao und pustete in die Tasse, bevor er einen Schluck davon trank. „Köstlich."

„So hat meine Mutter ihn immer gemacht – mit Zimt und einer Prise Muskat. Ich habe das Rezept nicht, aber ich habe so lange herumprobiert, bis ich etwas zustande gebracht habe, was zumindest ähnlich schmeckt." Sie verschränkte die Arme vor ihrer Brust. „Haben Sie alles, was Sie brauchen?"

Sie schaute an ihm vorbei in den Hobbyraum, wo Nathan das Schlafsofa ausgezogen hatte, bevor er ins Bett gegangen war. Sie war nicht oft hier unten – es roch intensiv nach Sportsocken. Nathan hatte das Laufband in der Ecke des Raumes verschlissen, und er und die Jungen schauten manchmal hier unten fern. Sie hatte vor, irgendwann einmal die dunkle Holzvertäfelung cremefarben zu streichen, vielleicht Regale einzubauen und die Sitzgarnitur mit dem Tweedbezug durch eine neue zu ersetzen. Fürs Erste hatte sie einfach nur Schonbezüge darübergezogen. Veränderungen brauchten eben Zeit und geschahen nicht über Nacht.

Es sei denn, man kam in ein Zeugenschutzprogramm, dann waren radikale Veränderungen blitzschnell möglich.

„Falls Ihnen kalt sein sollte, hier in dem Schrank neben dem Bad sind Decken." Sie zeigte auf den Schrank und wusste nicht, was sie sonst noch sagen sollte. Wie sie anfangen sollte.

Sie wandte sich wieder zur Treppe.

„Sie haben die richtige Entscheidung getroffen, Melanie", sagte er.

Vielleicht hatte sie diese Bestätigung gebraucht, denn sie blieb stehen und einen verrückten Moment lang wurden ihre Augen feucht. „Wirklich?"

„Ja. Ich weiß, wie hoch der Preis ist, aber …"

Weil er kurz im Reden innehielt, drehte sie sich noch einmal um und suchte nach etwas in seinem Blick, der immer freundlich war, selbst wenn sie nicht … nun ja, nicht besonders kooperativ gewesen war. Sie konnte sich daran erinnern, dass sie einmal sogar einen Teller nach ihm geworfen hatte wie eine Frisbeescheibe, wobei seine guten Reflexe ihn vor einer Enthauptung bewahrt hatten.

„Es geht Ihren Eltern gut. Zuerst war es schwer. Ihre Mutter hat mich hin und wieder angerufen, aber ich konnte ihr natürlich nichts sagen. Ihre Eltern haben es dann irgendwann akzeptiert und die Anrufe hörten auf."

Sie holte tief Luft und ließ sich in Nathans abgeschabten Fernsehsessel sinken. „Besonders an Abenden wie heute denke ich an meine Eltern, wenn all die Großeltern der Volleyballerinnen in der Halle sind und zuschauen. Meiner Mutter würde es so gefallen, Colleen spielen zu sehen. Und mein Vater würde gern mit Henry und Jason angeln gehen."

Den Kakaobecher mit beiden Händen haltend ging Frank vorsichtig von der Tür zum Sofa und setzte sich.

„Schon komisch, dass es wirklicher Verwandtschaft am allernächsten kommt, Sie heute Abend dabei zu haben."

„Ich weiß, was Sie geleistet haben."

„Ach, ich habe gar nichts geleistet. Das war Nathan. Er hat mich gefunden, und er hat dieses Leben für uns aufgebaut."

„Nein, Dina, dieses Leben haben Sie mit ihm zusammen aufgebaut. Sie haben Melanie erschaffen und mit Leben erfüllt. Sie sind Mutter und Ehefrau geworden. Sie haben Ihre zweite Chance genutzt und etwas Wunderbares daraus gemacht."

„Manchmal frage ich mich, was wohl passiert wäre, wenn ich … nun ja, wenn ich Ihr Angebot nicht angenommen hätte."

Ihre Blicke begegneten sich. Aber sie kannte die Antwort auf ihre Frage ja selbst.

Sie legte die Hände zusammen. Sie waren kalt – wie im Winter immer. „Ich hasse es, vor Nathan Geheimnisse zu haben."

Frank nickte.

„Es ist so als ob … da ist dieser Teil von mir, den ich abschotte. Manchmal habe ich das Gefühl, dass ich mein Leben von außen betrachte, so als ob es eigentlich gar nicht zu mir gehört. Und Nathan versteht nicht, warum ich immer die Außenbeleuchtung anlasse oder warum ich Fernsehserien wie *Law and Order* nicht anschauen kann. Oder warum ich manchmal zu Colleen ins Bett krieche."

Frank nickte immer wieder.

„Wussten Sie, dass meine Mutter jedes Jahr ein Stück Weihnachtsbaumschmuck für mich gekauft hat, damit ich irgendwann eine eigene Sammlung habe? Ich frage mich, ob sie das immer noch tut." Sie zog die Füße auf den Sessel und zog ihren Pullover über ihre Knie. „Das Baby meiner Schwester heißt Dina, aber das haben Sie ja wahrscheinlich schon gewusst, oder?"

Er nickte ein weiteres Mal und stellte seinen Kakaobecher auf dem Beistelltischchen ab.

„Manchmal ist mein Wunsch, sie anzurufen, so stark, dass ich mit dem Telefon in der Hand im Haus herumlaufe."

„Tun Sie's nicht. Es wäre ja wie eine Rückkehr aus dem Grab, und … es würde einfach zu viele Fragen aufwerfen. Und wer weiß, García hat immer noch seine Verbindungen nach St. Louis."

Sie schaute weg und wischte sich eine Träne von der Wange. „Ich dachte, ich wäre darüber hinweg. Tut mir leid."

„Das ist meine Schuld. Aber ich wollte nicht, dass irgendein anderer Betreuer vom Zeugenschutzprogramm hier bei Ihnen aufkreuzt … und … und außerdem wollte ich sehen, wie es Ihnen geht."

Die Zuneigung in seiner Stimme erinnerte sie wieder daran, wie sehr sie in der ersten Zeit auf ihn angewiesen gewesen war. „Wie geht es Margaret?"

Frank beugte sich vor und presste seine Hände gegeneinander. „Sie ist vor acht Jahren an Krebs gestorben."

„Ach, Frank, das tut mir leid."

„Es ging ganz schnell. Sie hat es mir bis zum Schluss nicht gesagt, und da … nun ja, wir hatten nur noch sehr wenig Zeit miteinander."

„Sie haben doch eine Tochter, oder?"

„Ja, sie lebt mit ihrem Mann in Kalifornien, und ich habe einen Enkel. Er ist zwanzig. Manchmal sehe ich Bilder bei Facebook."

Seltsam, er klang so, als hätte er noch weniger Kontakt zu seiner Familie als sie zu ihrer. „Werden Sie nicht bald pensioniert? Warum ziehen Sie dann nicht nach Kalifornien?"

Er schnitt eine Grimasse. „Ach, wissen Sie, meine Tochter ist sehr beschäftigt und kann es sicher nicht gebrauchen, wenn ich in ihrem Leben herumlungere."

„Frank …"

Er hob die Hand. „Es geht mir gut, Melanie. Alles bestens. Wir Menschen wissen erst dann, was wir gehabt haben, wenn es nicht mehr da ist. Vielleicht kommt sie ja eines Tages auch darauf."

„Ich weiß *genau*, was ich habe, Frank, und ich werde es nicht verlieren. Aber … ich kann Nathan nicht ansehen, ohne an all die Lügen zu denken. Ich möchte ihm so gern die Wahrheit sagen, denn ich glaube, das steht ihm zu. Aber was dann? Ich kann mir sein Gesicht vorstellen … vielleicht ist es doch besser, es nicht zu wissen."

Frank hatte diese nervtötende Art, einfach zu schweigen. Dadurch kamen ihre Worte wie ein Echo zu ihr zurück und zwickten und brannten. „Ich hätte es ihm gleich von Anfang an sagen sollen."

Frank nahm seinen Kakao, trank einen Schluck davon und sagte: „Ich glaube, ich bleibe noch ein paar Tage in der Gegend, um mich zu vergewissern, dass García wirklich nicht hier auftaucht."

Sie stand auf und sagte: „Tun Sie mir einen Gefallen und versuchen Sie bitte, meine Tarnung nicht auffliegen zu lassen, ja, Onkel Frank?"

Er grinste. „Dann sollten wir uns wohl duzen, sonst wirkt es etwas merkwürdig."

„Also gut, Onkel Frank – dann schlaf gut."

Sie ließ ihn dort unten zurück und musste ein Lächeln verbergen. So schnell kam man also an Verwandtschaft.

Nathan blickte vom Laptop auf. „Was ist denn so lustig?"

Und genau in dem Augenblick öffnete sich einen goldenen Moment lang die Tür zu ihrer Vergangenheit, und ihre Chance war da. Vielleicht konnte sie ihm ja doch die Wahrheit sagen – dass Onkel Frank eigentlich gar kein Verwandter war, sondern ihr Beschützer, der Mann, der ihr das Leben gerettet hatte. Wie er sie nach Deep Haven gebracht hatte, weil ihm die kleine Stadt so gut gefiel. Wie sie einen Blick auf Nathan geworfen hatte, als er im Vorraum der Community Church stand, und in dem Moment eine Zukunft für sich gesehen hatte, wie sie sie sich wünschte. Die Angst, die sie davor gehabt hatte, dass Nathan Reißaus nehmen würde, wenn er von ihrer Vergangenheit erführe, sodass sie ihm nichts gesagt hatte. Und wie sich ganz langsam all ihre Geheimnisse zu einem Netz aus Lügen verwoben hatten, dass sie der Stoff wurden, aus dem ihre Welt bestand.

Wenn sie ihm jetzt alles erzählte, dann würde dadurch vielleicht der Schleier zerrissen, der ständig zwischen ihnen hing. Er würde sie ganz sehen, mit allem, was zu ihrem Leben gehörte und … und …

Und was dann? Nathan hasste Vertrauensbrüche. Sein Vater hatte seine Mutter betrogen, und das hatte die ganze Familie zerstört. Nathan würde ihr niemals verzeihen. Ja, schlimmer noch, er würde sie wahrscheinlich verachten.

Sie konnte es nicht ertragen, das Spiegelbild von Dina in seinen Augen zu sehen, der Dina, die ihren Körper für Drogen verkauft hatte, die in einer Gasse aufgewacht war und sich nicht daran erinnern konnte, wer sie war und wo sie gewesen war, und deren Mitbewohnerin und beste Freundin ermordet worden war.

Diese Dina verachtete ja sogar Melanie selbst.

Und ihre Kinder, was war mit denen? „Nichts", sagte sie schließlich. „Ich komme auch gleich ins Bett."

Er schaltete den Fernseher aus, während sie sich im Bad einschloss und nach ihren Nachtsachen griff, die an einem Haken an der Tür hingen. Ein Flanellschlafanzug mit langer Hose, Wollsocken und noch ein zusätzliches Sweatshirt. Manchmal schlief sie sogar mit Handschuhen.

Echt sexy.

Nein, sie konnte ihm nicht die Wahrheit sagen – noch nicht –, aber vielleicht konnte sie wieder etwas Würze in ihre Ehe bringen, ihnen beiden helfen, das Feuer wieder zu entfachen, die Intimität, nach der sie sich immer gesehnt hatte.

Sie streifte ihre Kleider ab, untersuchte einen Moment lang die Narbe über ihrem Knie, griff dann nach einem Handtuch und wickelte es um sich. Dann besprühte sie sich mit dem Parfüm, das er ihr letztes Jahr zu Weihnachten geschenkt hatte, putzte sich die Zähne und kam schließlich aus dem Bad. Das Herz schlug ihr bis zum Hals.

Das Licht an ihrer Seite des Bettes fiel auf Nathans Gesicht. Seine Augen waren geschlossen und er sah völlig entspannt aus. Sein Laptop lag im Schlafmodus auf dem Fußboden neben dem Bett.

Als sie auf ihrer Seite des Bettes saß, legte sie ihm die Hand auf die Brust. „Nathan?"

Nichts.

Sie rutschte ganz nah an ihn heran und schnupperte an seinem Hals. Sie liebte sein Aftershave, das ihm einen männlichen Duft verlieh. Trotz des fehlenden Feuers hatte seine Liebe sie geheilt, und das Zusammensein mit ihm hatte ihr immer das Gefühl von Sicherheit und Geborgenheit gegeben.

Er gab einen leisen Schnarchlaut von sich. Sie fuhr mit der Hand an seinem Kinn entlang und fühlte seine Bartstoppeln.

Dann legte sie noch einmal die Handfläche auf seine Brust und spürte, wie sich sein Brustkorb mit jedem Atemzug hob und senkte.

Ja, das hier war genug. Dieses gemeinsame Leben, diese Kinder, zu wissen, dass sie eine Zukunft hatten. Sie brauchte kein Feuer.

Sie ging noch einmal ins Bad, um ihre Schichten wieder anzulegen, bevor sie ins Bett schlüpfte.

...

Es hatte einmal eine Zeit gegeben, da hatte Tim Newmann eine Familie gehabt, die auf ihn wartete, wenn er nach Hause kam. Er hatte eine Mutter gehabt, die um 18:00 Uhr einen Thunfischauflauf in die Mitte des zerschrammten Esstisches stellte, einen Vater, der auf einem abgewetzten Fernsehsessel saß und sich durch die Programme zappte, und einen Bruder, der sich mit ihm zusammen die neueste Ausgabe der Zeitschrift *Snowboarder* ansah.

Es hatte einmal eine Zeit gegeben, da hatte Tim nicht die Tür zu einem dunklen, kalten Haus geöffnet, in dem unheimliche Schatten in den Ecken lauerten und der Geruch von alter Milch in der Luft hing, ein Indiz dafür, dass jemand – nämlich er – vergessen hatte, den Müll rauszubringen. Als er in der Küche das Licht einschaltete, fiel es auf den Berg von Post, der in der Mitte des Tisches lag, und auf klebrige, eigelbverkrustete Teller in der Spüle.

„Mama!“, rief er, rechnete aber im Grunde gar nicht mit einer Antwort, denn seine Mutter hatte ein paar Doppelschichten als Kellnerin in der Deep Haven Tavern ergattert, wo sie normalerweise an der Bar arbeitete. Sie würde wahrscheinlich nicht vor 2:00 Uhr nachts zu Hause sein, aber sie brauchten einfach das Geld.

Vielleicht gingen sie ja dieses Jahr als nicht mehr so bedürftig durch, dass sie einen Thanksgiving-Korb mit Nahrungsmitteln von der Gemeinde bekamen. Wie er es hasste, an die Tür zu gehen und den Korb von Pastor Dan und seiner Frau entgegenzunehmen. Als ob sie arm wären oder so.

Sie waren nicht arm. Nur ... einfach ...

Hungrig. Tim fand im Schrank die obligatorische Packung mit einem Nudelfertiggericht. Er nahm einen Topf aus dem Schrank und setzte Wasser zum Kochen auf.

Dann zog er seine Schuhe aus, hob den alten Tigerkater Rusty vom Tisch, nahm ihn auf den Schoß und streichelte ihm über den Rücken, während er die Post durchging. Diese Skiausstatter hatten offenbar immer noch nicht geschnallt, dass sein Bruder seit drei Jahren tot war. Trotzdem schlug Tim den Katalog auf und schaute sich an, was die neue Saison an schicker und moderner Ausrüstung zu bieten hatte. Rusty schnurrte auf seinem Schoß vor Wohlbehagen.

Was hätte er nicht für ein Burton Nug-Snowboard gegeben. Sein jetziges Board war schwerer und länger; mit dem 142-er von Burton mit Superfly-Holzkern konnte er immer noch unter allen Bedingungen fahren – durch das leichtere und bessere Handling war es aber besser bei Drehungen und Sprüngen. Wahrscheinlich würde er damit sogar im Finale landen. Und es kostete nur 400 Dollar.

Er schlug den Katalog wieder zu und nahm Rusty hoch. Der Kater streckte sich und gähnte. „Wem versuche ich eigentlich etwas vorzumachen? Ich werde wahrscheinlich mein Leben lang für sieben Dollar die Stunde im Sugar Ridge Resort Tische abräumen, Schnee schaufeln und den Müll entsorgen."

Seine Noten würden für ein Stipendium nicht ausreichen. Am meisten Schwierigkeiten machte ihm das Lesen – er bekam die Worte einfach nicht richtig zusammen. Die Buchstaben stiegen von der Seite auf und sortierten sich wie von selbst um. Lieber schwänzte er die Schule, als laut vorlesen zu müssen. Wahrscheinlich musste er die Schulbank drücken, bis er 30 war.

Als er den Kater auf den Boden setzte, strich der ihm um die Beine, und Tim passte auf, dass er ihn nicht aus Versehen trat, als er wieder zum Herd ging, um die Nudeln ins Wasser zu geben. Das Wasser schäumte hoch auf und überschwemmte den ganzen Herd. Er drehte die Platte ein bisschen herunter, rührte um und legte einen Deckel auf den Topf.

Dann nahm er das schmutzige Geschirr aus der Spüle, stapelte es neben dem Spülbecken, damit er heißes Wasser einlassen konnte, und ließ zu, dass sich Colleen auf Zehenspitzen in seine Gedanken schlich.

Er hatte sie heute dabei beobachtet, wie sie in der Halle ihre Angabe geübt hatte, das blonde Haar zu einem langen Pferdeschwanz zusammengebunden, die Augen so blau wie der Himmel an einem klaren Wintertag. Diese Augen konnten ihn so sehr in ihren Bann ziehen, dass er nicht mehr wusste, wie er hieß.

So wie damals an dem Tag, als er gemerkt hatte, dass sie sich einen seiner Wettkämpfe anschaute. Es hatte volle acht Monate gedauert, bis er sich getraut hatte, sie zu fragen, ob sie mal was zusammen machen wollten. Aber wer hätte es ihm verdenken können? Schließlich war sie eine Decker.

An diesem Nachmittag hatte Colleen jedenfalls das Aufwärmtraining unterbrochen und war zu ihm gekommen. Er hatte ihr den Volleyball aus den Armen genommen und ihn auf dem Finger kreiseln lassen. Sie hatte ihm den Ball wieder weggenommen und „Angeber“ gesagt.

Daraufhin hatte er sie an sich gezogen und gesagt: „Jetzt zeig ich dir mal, was Angeben ist.“ Und dann hatte er sie geküsst.

Er hatte schon eine ganze Reihe von Mädchen geküsst – schließlich war er in der Abschlussklasse –, aber keine von ihnen so wie Colleen. Sie schmeckte wie der Sonnenschein, und als er sie küsste, fühlte sich sein ganzer Körper an wie aus Gold. Sie hatte ihre

Arme um seinen Hals geschlungen und sich an ihn gelehnt. Und die Erinnerung daran, wie Mrs Decker sie am Dienstag auf dem Parkplatz beim Leuchtturm erwischt hatte, war verschwunden.

Colleen hatte sich von ihm gelöst, und er hatte an ihrem Hals geschnuppert – über ihrer Haut hing immer ein blumiger Duft – und ihr dann einen Kuss neben das Ohr gedrückt. „Ihr werdet sie heute Abend fertigmachen."

Sie hatte sich auf die Lippe gebissen und zur Tür der Umkleide geschaut. „Theoretisch brauchen wir erst in zwanzig Minuten zum Aufwärmen da zu sein. Fährst du noch mit mir auf einen Kaffee in die Stadt?"

Er überlegte. „Bist du sicher?"

Lächelnd nickte sie.

„Na, dann los."

Er hatte direkt am Halleneingang geparkt, und weil sie gar nicht erst ihre Jacke geholt hatte, drehte er die Heizung an, sobald er den alten Jeep mit dem Faltdach gestartet hatte.

„Ich habe gehört, dass es in Montana schon schneit", sagte Tim, als er vom Parkplatz fuhr. „Was würde ich dafür geben, schon auf der Piste zu sein!"

Sie waren zum Coffee-Shop gefahren und hatten gerade auf den Parkplatz dort abbiegen wollen, als Colleen ihm die Hand auf den Arm gelegt und gesagt hatte: „Warte mal. Da steht der Wagen von meiner Mutter."

Er hatte von außen durch die großen Fenster in das Lokal geschaut, Mrs Decker aber nicht entdecken können.

„Ich brauche auch gar keinen Kaffee mehr", hatte Colleen gesagt und war stocksteif geworden.

Stirnrunzelnd hatte er gesagt: „Nur weil deine Mutter da drinnen sitzt? Hör mal, Colleen, ich weiß ja, dass sie ziemlich ausgeflippt ist, als sie uns beim Knutschen erwischt hat, aber …"

„Meine Mutter ist total paranoid, dass ich schwanger werden könnte oder so. Dass ich mein Leben verpfusche."

„Wegen mir." Er hatte eigentlich nicht gewollt, dass es so herauskam, denn es hatte sogar für seine eigenen Ohren weinerlich geklungen.

„Wenn sie dich nicht mögen, na und? Ist mir doch egal", hatte sie daraufhin nur achselzuckend gesagt.

Und dann hatte er es noch schlimmer gemacht mit der Bemerkung: „Na, so schrecklich wäre es ja nun auch wieder nicht, wenn sie mich mögen würden, oder?"

Sie hatte ihn nur augenrollend angesehen. Und dann hatte er den Gang eingelegt und war losgefahren. „Lass uns zum Hafen fahren", hatte er gesagt und ihr zugezwinkert, weil er unbedingt ein Lächeln von ihr gebraucht hatte.

Colleen hatte an dem Abend ein überragendes Spiel geliefert, und er hatte gejubelt und sie angefeuert, obwohl er sich innerlich wund fühlte. Besonders, als er zu der Reihe auf der Tribüne hinübergeschaut hatte, wo die Deckers saßen und lachten und Popcorn aßen. Wie Menschen, die zusammengehören, wie Menschen, die glücklich waren. Mrs Decker hatte ihn auf jeden Fall gesehen, als sie in die Halle gekommen war, aber sie hatte ihn nicht eingeladen, sich zu ihnen zu setzen. Aber so unsympathisch war er doch eigentlich gar nicht, oder?

Tim stellte die mit Eigelb verkrusteten Teller zum Einweichen in das heiße Spülwasser. Früher hatte ihr Geschirrspüler einmal funktioniert, aber damals hatte sein Vater noch bei ihnen gelebt, und der hatte wirklich alles reparieren können.

Außer seiner Ehe.

Tim machte sich mittlerweile keinen Kopf mehr darüber, welches Wochenende er bei seinem Vater verbringen sollte, denn ehrlich gesagt kam es ihm so vor, als ob es dem Alten sowieso völlig egal war. Sicher, er ließ Tim umsonst in die Wintersportanlage in Sugar Ridge hinein, wo er als Hausmeister arbeitete, und Tim hatte ihn dort bei den Wettkämpfen im letzten Jahr auch ein paarmal gesehen, aber das war eher zufällig, weil er an den Liften oder an den Schneekanonen gearbeitet oder die Planierraupen gefahren hatte. Tims Erinnerungen an das gemeinsame Leben als Familie verblassten allmählich.

Hinter ihm klapperte der Deckel auf dem Topf mit den Nudeln und es zischte. Als er sich umdrehte, war noch mehr von dem milchigen Nudelwasser auf die Herdplatte gelaufen und es stank nach angebrannten Nudeln. Er schaltete die Herdplatte aus und zog den Topf herunter. Dann machte er sich wieder ans Geschirrspülen. Das Wasser war so heiß, dass er sich beim Abschrubben der Eireste die Hände verbrühte.

Und wenn sie dich nicht mögen, na und? Ist mir doch egal. Er bekam die Worte einfach nicht wieder aus dem Kopf, genau wie Colleens Miene, als sie das gesagt hatte. Man hätte meinen können, sie sei mit ihm zusammen, um ihre Eltern zu provozieren.

Das fühlte sich wirklich ganz toll an.

Eigentlich wäre er am liebsten zu den Deckers gegangen und hätte sich bei Mrs Decker entschuldigt für das, was am Dienstag in der Mittagspause auf dem Parkplatz vorgefallen war. Was natürlich nicht bedeutete, dass er nicht mit ein paar anderen Mädchen schon weiter gegangen war, aber die waren eben nicht Colleen Decker, Tochter des Beinah-Bürgermeisters, Mitglied einer der angesehensten Familien der Stadt. Jeder kannte Nathan und Melanie Decker, und die Tatsache, dass die Tochter dieser angesehenen Leute mit ihm zusammen war, gab ihm fast ein bisschen das Gefühl … doch kein solcher Loser zu sein.

Er spülte den Teller ab und stellte ihn in das Abtropfgestell. Er erwartete ja gar nicht, dass sie ihn an Thanksgiving zum Familienfestessen einluden, aber … na ja, nett wäre es schon gewesen. Ein richtiges Familienessen, so wie es das früher auch bei ihm zu Hause gegeben hatte.

Du liebe Güte, das klang ja wie eine Grußkartenwerbung für Thanksgiving. Er spülte den nächsten Teller unter fließendem Wasser nach.

Und wenn sie dich nicht mögen, na und? Ist mir doch egal.

Eines Tages würde er ihnen schon zeigen, dass er nicht so war, wie sie glaubten – ein verantwortungsloser Taugenichts, der ihre Tochter ins Unglück stürzen würde.

Er spülte den letzten Teller, trocknete sie ab und stellte sie in den Schrank. Dann holte er ein Sieb aus dem Schrank, um die Nudeln abzugießen. Sie fielen als schwerer, gummiartiger Klumpen hinein.

Als er sie unter kaltem Wasser abschreckte, lösten sich die Nudeln wieder voneinander und er gab sie zurück in den Topf. Dann öffnete er den Kühlschrank. Die Milch roch, als wäre sie schon seit mindestens einer Woche schlecht. Er fand ein paar Käsereste und etwas Schmand und machte daraus etwas, das wenigstens entfernte Ähnlichkeit mit Käsesoße hatte. Als es fertig war, füllte er alles auf einen Teller, den er mit auf sein Zimmer nahm. Er hatte die Poster, mit denen sein Bruder seine Seite des Zimmers tapeziert hatte, einfach hängen lassen. Das war seine Art, die Erinnerung an ihn am Leben zu halten. Tim strich die blaue Tagesdecke aus Jeansstoff auf seinem Bett glatt, bevor er sich daraufsetzte. Wahrscheinlich war es Zeit, mal wieder sein Zimmer zu putzen – zumindest aber die saubere von der schmutzigen Wäsche zu trennen, die jetzt in einem einzigen riesigen Knäuel auf dem Boden lag.

Er drückte auf den Play-Knopf seines alten Videorekorders und sah sich ein Snowboarding-Video an. Es war die Art von Video, die sein Bruder jeden Monat bestellt hatte. Es wurden Tricks gezeigt und Sprünge, und das alles auf hervorragendem Schnee. Im Schneidersitz auf seinem Bett verlor sich Tim in dem Freiheitsgefühl des Snowboardens und schaufelte dabei das Essen in sich hinein.

Als er fertig war, brachte er den leeren Teller in die Küche zurück, spülte ihn unter fließendem Wasser ab und stellte ihn zu den anderen Tellern ins Abtropfgestell. Er goss die sauer gewordene

Milch weg, drückte die Milchtüte platt und entsorgte sie. Dann verließ er die Küche und schaltete das Licht aus, ließ aber die Außenbeleuchtung für seine Mutter an. Sie erhellte die verwitterte Veranda und die inzwischen schon herbstlich gelb verfärbte Funkie, die auf der Steinmauer wucherte.

Wenn es abends im Haus so still war, dann kamen ihm die Erinnerungen wieder hoch – sein Bruder auf der anderen Seite des Zimmers, der ihm Geschichten aus der Snowboarder-Szene erzählte und von Mädchen, die er kennengelernt hatte, als er im Sommer per Anhalter nach Colorado gefahren war, um dort zu arbeiten. Tim lag auf dem Rücken auf seinem Bett, die Hände unter dem Kopf verschränkt, und schaute auf das Poster eines Snowboarders, der im aufstiebenden, glitzernden Schnee einen McTwist zeigte.

Wie er seinen Bruder vermisste!

Er hoffte, dass es schnell gegangen war, nachdem er von der Lawine erfasst worden war, dass er nicht tagelang wie in einem Grab unter dem Schnee verschüttet gewesen und schließlich qualvoll erstickt war. Wie es sich wohl anfühlen mochte, zu ersticken? Schreckliche Vorstellung.

Aber vielleicht wusste er es ja auch schon.

Er schloss die Augen und horchte in die Stille hinein. Ja, Colleen war toll, aber er wollte mehr, als sie nur in den Armen halten.

Er wollte ihr perfektes Leben haben.

Kapitel 3

Es bestand jetzt jeden Tag die Möglichkeit, dass Helen Decker morgens aufwachte, es in der Nacht Frost gegeben hatte und alle Äpfel ihres Honeycrisp-Baumes hinüber waren. Wenn man die Äpfel aber zu früh abpflückte, dann waren sie noch nicht richtig knackig.

Helen stand im Garten, als die Sonne über dem See gerade ihren höchsten Stand erreicht hatte, prüfte den Duft, der in der Luft lag und roch die erdige Frische des Herbstes. Sie pflückte einen Apfel von dem überladenen Baum und untersuchte ihn auf braune Flecke, Wurmlöcher oder irgendwelche Krankheiten.

Die Sorte Honeycrisp hatte eine perfekt gesprenkelte rote Schale mit gelblichen und grünlichen Schattierungen, die schon auf die köstliche Knackigkeit hindeutete, welche einem das Wasser im Mund zusammenzog und den Gaumen von der feinen Säure leicht kribbeln ließ. Perfekt für Apfelkuchen und Bratäpfel und seit 40 Jahren der Stolz ihres Eckgrundstückes.

Ja, heute konnte sie die Äpfel ernten.

Den ersten Korb voll wollte sie zu Nathan hinüberbringen, der glücklicherweise direkt gegenüber wohnte – das war seine Vorstellung davon, auf sie achtzugeben. Vielleicht wollten Colleen und die Jungen Äpfel mit in die Schule nehmen. Später würde sie dann einen Apfelkuchen backen – oder drei. Einen würde sie ihrer Schwester Miriam bringen, einen Nathan, und einen würde sie selbst behalten, obwohl sie am Ende meist den größten Teil davon einfror. So ein Apfelkuchen konnte bei ihr zwei Monate reichen, wenn sie ihn sofort nach dem Backen portionierte und die Stücke einzeln einfror.

Und dann erntete sie immer noch genügend Äpfel, um 20 Liter Apfelmus einzukochen, um für ihre Schwester und deren Familie Apfelkuchen für die Feiertage backen zu können, und manchmal blieben dann sogar noch Äpfel zum Mosten übrig.

Wahrscheinlich würde sie es schaffen, die Apfelsaftpresse allein herauszuschleppen, denn sie war eigentlich nicht schwer, aber sehr sperrig, und Nathan hatte zu viel zu tun, um sich auch noch um solche Nebensächlichkeiten zu kümmern.

Sie musste unbedingt daran denken, sich heute Vormittag diese Radiosendung anzuhören. Vielleicht sollte sie sogar anrufen und Nathan eine Frage stellen, von der sie wusste, dass er sie besonders versiert und überzeugend beantworten konnte. Nathan würde das Beste sein, was dieser Stadt passieren konnte, und er war auf jeden Fall das Beste, was ihr jemals passiert war.

Helen zog sich die Gartenhandschuhe an und begann Äpfel zu pflücken. Dabei achtete sie darauf, nur die richtig reifen zu nehmen. Sie würde sie im Laufe der nächsten Tage oder gar Wochen nach und nach alle abpflücken, ehe der Frost kam.

Die Äpfel mit Dellen oder Wurmlöchern oder Pickstellen warf sie in eine Papiertüte, die makellosen legte sie behutsam in den roten Weidenkorb. So arbeitete sie sich im Kreis um den Baum herum und füllte den Korb, bis er bis über den Rand voll mit Äpfeln war.

Die erste Ernte der Saison.

Sie konnte es gar nicht erwarten, sie Melanie und ihren Enkeln zu präsentieren, und vielleicht auch Melanies Onkel Frank, wenn er immer noch da war. Sie hatte ihn zwar eigentlich gar nicht so richtig wahrgenommen, aber dass nach so langer Zeit überhaupt ein Verwandter von Melanie plötzlich hier auftauchte … Helen musste gestehen, dass sie neugierig war. Außerdem war er gar nicht so übel anzusehen mit seinem grau melierten Haar und den blauen Augen, mit denen er sie ganz offen und direkt angeschaut hatte, als er ihr zur Begrüßung die Hand schüttelte.

Sie mochte es, wenn Männer so offen waren. Das weckte den Wunsch in ihr, ihnen zu vertrauen. Falls ihr überhaupt jemals wieder danach sein sollte, einem Mann zu vertrauen.

Sie schleppte den Korb mit den Äpfeln zur Veranda, stellte ihn auf der Treppe ab, wobei sie die morschen Stufen mied, zog dann ihre Gartenhandschuhe aus und ging ins Haus. Der Kaffee war inzwischen fertig, und sie goss sich eine Tasse ein, zu der sie Mandelmilch und Süßstoff gab. Sie hatte ihren Kaffee eigentlich immer schwarz getrunken, aber im Laufe der Jahre hatte sie den bitteren Geschmack des Kaffees mit immer ein wenig mehr Milch abgerundet. Manchmal ging sie sogar in den Coffee-Shop und trank dort einen Latte Macchiato.

In dieser Saison gab es dort eine neue Geschmacksrichtung – Kürbis. Vielleicht würde sie das mal probieren.

Sie ging unter die Dusche, und als sie fertig war, klingelte das Telefon. Tropfnass, wie sie war, ging sie an den Apparat, und zog sich dabei gleichzeitig den Bademantel über.

„Ich habe dir eine Nachricht hinterlassen. Wo warst du denn?"

Miriam war seit dem Tod ihres Mannes William vor drei Jahren noch fordernder geworden. Helen missfiel der Gedanke, dass sie nach Dylans Tod vielleicht genauso geworden wäre … aber nein, er war ja schon Monate vor seinem Tod gegangen. Helen hatte seitdem dafür gesorgt, dass sie von niemandem etwas brauchte, vielen Dank auch.

„Es ist Apfelerntetag. Die Honeycrisps sind reif. Ich war draußen im Garten. Was hast du denn gedacht, wo ich wäre?"

„Ich wusste es nicht. Ich habe dich gestern Abend bei dem Volleyballspiel gesehen, wie du mit einem Mann geredet hast."

„Und? Hast du gedacht, ich wäre noch mit ihm tanzen gegangen oder was?" Helen schaltete das Telefon auf laut und cremte sich das Gesicht ein.

„Was ist denn in dich gefahren, Helen? Natürlich habe ich das nicht gedacht. Du bist doch ganz zufrieden damit, allein zu leben." Ihr Tonfall änderte sich. „Das ist etwas ganz anderes, als verwitwet zu sein. Da ist immer der leere Platz auf der anderen Seite des Bettes."

Helen schaute sich selbst im Spiegel an, die Falten, die sich um die Augen herum eingegraben hatten. Richtig. Sie hatte natürlich *keine Ahnung* von der Leere auf der anderen Seite des Bettes. Sie schüttelte den Kopf. „Das war Melanies Onkel Frank. Er ist für ein paar Tage zu Besuch bei ihr."

„Ach, das war Melanies Onkel? Ich dachte, sie hätte keine Angehörigen."

Helen zog die Schublade mit ihren Schminksachen auf. Es war schon ein paar Jahre her, dass sie darin gewühlt hatte. Sie fand blauen Lidschatten – oder wie wäre es mit rosa? – und trug ihn auf. Nein, das war nicht sie. Sie nahm ein Kosmetiktuch und wischte alles wieder ab. „Er ist gerade von irgendeiner Reise zurück oder so, kann aber auch sein, dass er im Ausland gelebt hat. Ich habe die Einzelheiten nicht alle mitbekommen."

Sie fand die Wimperntusche und zog das kleine Bürstchen heraus, an dem Klümpchen vertrockneter Farbe klebten, woraufhin sie das Röhrchen wieder zurück in die Schublade fallen ließ. „Ich glaube, er bleibt nicht lange. Hör mal, was ich dir noch sagen wollte – Nathan hat heute um neun Uhr eine Radiosendung. Er beantwortet Hörerfragen zu ein paar Themen, die die Gemeinde betreffen. Ich weiß, dass er sich freuen würde, wenn möglichst viele Leute zuhören."

„Ich verstehe einfach nicht, wieso er unbedingt für den Bürgermeisterposten kandidieren muss. Jerry hat seine Sache doch gut gemacht. Ich weiß gar nicht, wieso er aufhört", sagte Miriam.

„Miriam, Jerry möchte sich zur Ruhe setzen und Nathan ist dein Neffe, also wähl ihn."

Während Helen sich das Haar trocken rubbelte, betrachtete sie sich wieder im Spiegel. Sie war älter geworden, ja, aber ihre Augen waren immer noch jung. Heute jedenfalls. Vielleicht sollte sie sich die Haare färben. Man stelle sich nur vor, sie würde nach all den Jahren plötzlich als Blondine auftauchen. Ihr Kampf gegen den Krebs hatte sie viel zu früh grau werden lassen, schmerzlich früh. Sie war über Nacht praktisch um 10 oder sogar 20 Jahre gealtert.

„Natürlich wähle ich ihn", sagte Miriam. „Du, vielleicht komme ich noch vorbei und pflücke mir ein paar Äpfel von Mamas Baum. Du hast doch nichts dagegen, oder? Ich möchte gerne einen Apfelkuchen für Janice und die Kinder backen."

„Das ist in Ordnung", antwortete Helen. Es spielte für ihre Schwester keine Rolle, dass ihre Mutter den Baum zu Nathans Geburt gepflanzt hatte, dass sie Helen nach der Scheidung das Haus verkauft hatte und es seit 20 Jahren abbezahlt war. Miriam glaubte immer noch, dass ihr das Haus ebenso gehöre wie Helen.

„Wir sehen uns dann später." Helen legte auf, bevor ihr ihre Schwester den letzten Nerv raubte.

Miriam konnte ihr einfach nicht verzeihen, dass sie ihren Mann damals hinausgeworfen hatte. Nun, Miriam war auch nicht dabei gewesen, als er betrunken und randalierend nach Hause gekommen war. Das hieß, randaliert hatte eher Helen selbst. Und sie war wütend geblieben. Sie schloss die Augen, um die Erinnerungen abzuwehren, die in ihrem Innern hochkamen. So lange war das schon her, aber sie bezahlte immer noch dafür. Sie hatte keinen Zweifel daran, dass Nathans Kandidatur für das Bürgermeisteramt ein paar schlummernde Vorwürfe und Anschuldigungen wiederbeleben würde, aber dagegen hatte sie mittlerweile eine Hornhaut entwickelt. Und wenn sie ehrlich war, hatte Miriam ja auch recht. Sie würde in ihrem Alter niemanden mehr zum Heiraten finden. Außerdem haftete ihr immer noch der Makel „geschieden" an, obwohl Dylan jetzt schon so lange tot war. Geschieden … nicht verwitwet.

Sie kämmte sich das Haar und zog eine Jeans und ein sauberes Jeanshemd an. Dann suchte sie nach Ohrringen und fand passend ein Paar Minikürbisse, die Colleen ihr mal geschenkt hatte. Wieder schaute sie sich im Spiegel an. Sie sah altbacken aus. Aber vielleicht war sie das ja auch wirklich – alt und hausbacken.

Eine Großmutter eben.

Na ja, so schlimm war das nicht. Es gab so vieles, wofür sie dankbar sein konnte. Auch sie hätte ohne Weiteres tot sein können. Helen zog einen Blazer an, schlug den Kragen hoch, schlang sich einen pinkfarbenen Schal um den Hals – ein Geschenk von Melanie – und griff nach ihren Handschuhen.

Die Sonne hatte dafür gesorgt, dass der Horizont jetzt strahlend klar war, und der letzte Rest von Tau an den Grasspitzen war verschwunden, als Helen die Treppe hinunterging. Als sie auf die dritte Stufe trat, hörte sie es knacken und hielt sich mit der Hand am Geländer fest, um sich abzufangen, aber trotzdem brach ihr Fuß durch die Stufe, sie strauchelte und schlug der Länge nach hin.

Helen landete auf ihren Händen, rollte in den Garten und blieb dann mit dem Gesicht nach oben genau unter dem Apfelbaum liegen.

Schön. Wie schön.

„Haben Sie sich verletzt?“

Sie hörte die Stimme von der anderen Straßenseite näher kommen und schloss die Augen.

Na großartig. Trotzdem musste sie einfach lachen. Wie anmutig von ihr. Wenn sie vorgehabt hatte, Onkel Frank zu beeindrucken … na ja. Sie setzte sich auf. „Nein, mir geht es gut. Alles in Ordnung.“

Aber natürlich kam der Mann, der eine Baseballkappe, abgetragene Jeans und eine Lederjacke trug, in ihren Garten gerannt wie ein Mittelstürmer. Sie rappelte sich auf, nur für den Fall, dass er an übertriebener Ritterlichkeit litt und am Ende noch auf die Idee käme, sie aufzuheben.

„Ich habe gesehen, wie Sie gestürzt sind …“

„Ich bin nur gestolpert. Meine Eingangstreppe muss unbedingt repariert werden." Sie drehte sich um und begutachtete den Schaden. Die Stufe war richtig durchgebrochen, und was noch schlimmer war, der Korb mit den Äpfeln war die Treppe hinuntergefallen und die Früchte lagen alle im Gras verstreut.

Sie hasste Äpfel mit Druckstellen.

„Es hätte sein können, dass Sie sich verletzt haben."

„Sehe ich so alt und gebrechlich aus?" Diese Bemerkung ließ ihn erröten. Sie lächelte. „Das sollte ein Scherz sein. Es ist wirklich nett von Ihnen, dass Sie mir zur Hilfe geeilt sind, aber es ist nichts passiert. Was machen Sie eigentlich schon so früh hier draußen?" Sie stellte den Korb wieder auf, sammelte die verstreuten Äpfel ein und untersuchte jeden einzelnen auf Druckstellen.

„Ich bin Frühaufsteher und habe Sie in aller Herrgottsfrühe Äpfel pflücken sehen. Was ist das für eine Sorte?"

„Es sind Honeycrisps", antwortete sie. „Sie sind köstlich." Sie reichte ihm einen, den er an seiner Jacke abrieb und dann hineinbiss.

Sie musste lächeln, als er kurz blinzelte und das Gesicht verzog. „Sauer", sagte er kauend.

Er hatte nette Augen. Sie waren graublau, und man konnte an seinem Blick erkennen, dass er Humor hatte. „Sie eignen sich hervorragend für Apfelkuchen und für Bratäpfel." Sie hatte inzwischen alle heruntergefallenen Äpfel wieder eingesammelt und nahm den Korb auf.

Er biss noch einmal von seinem Apfel ab, steckte ihn dann in die Tasche und griff nach dem Korb, den sie jedoch mit den Worten festhielt: „Den trage ich."

„Ich bin sicher, dass Sie das können, aber lassen Sie mir doch die Freude", erwiderte er lächelnd.

„Ich wollte den Korb gerade zu Nathan bringen …"

„Das ist ja perfekt, da wollte ich nämlich auch gerade hin", entgegnete er augenzwinkernd.

Sie wusste nicht genau, was sie davon halten sollte. Und dann … sie wusste gar nicht so genau warum, doch die Worte kamen einfach so aus ihr heraus, als hätte sie sie jahrelang zurückgehalten, als hätten sie gewartet, bis sie reif waren und plötzlich bereit für die Ernte. Bevor der Frost kam und sie zerstörte.

„Möchten Sie hereinkommen? Ich mache Ihnen einen gedeckten Apfelkuchen."

…

Er wollte sich einfach nur ein bisschen in Melanies Welt umsehen und die Menschen in ihrem Leben kennenlernen. Eigentlich wollte Frank gar nicht bleiben und Apfelkuchen essen. Aber was sollte ein Mann in einer solchen Situation tun? Helen konnte über sich selbst lachen – wie sie sich wieder unter dem Baum hervorgerollt hatte und dann aufgesprungen war, als wäre sie 23.

An ihren Ohrläppchen baumelten niedliche kleine Ohrringe in Form von Kürbissen, und aus ihrer Küche kam der Duft von Zimt und Muskat, während sie Lieder von Frank Sinatra sang und er derweil die eingebrochene Treppenstufe reparierte …

Ja, sie gefiel ihm.

Es fühlte sich gut an, mit den Händen zu arbeiten, die morsche Stufe mit der Brechstange herauszureißen, eine neue Stufe zuzuschneiden, einzupassen, die alte zu ersetzen, und, wo er schon mal dabei war, noch gleich zwei weitere Stufen zu reparieren. Helen würde jedenfalls nicht mehr auf ihrer Verandatreppe einbrechen, zumindest nicht, so lange er in der Nähe war.

Und als sie ihn dann in ihre Küche einlud zu einem Stück knusprigen, herben, warmen Apfelkuchen, da hörte sein Leben einen Moment lang auf zu rotieren und kam an einem schönen, ja vollkommenen Ort zum Stillstand. Seit Margarets Tod war er rast- und haltlos, aber als er jetzt in Helens Küche saß und sich von ihr erzählen ließ, wie Nathan und Melanie sich kennengelernt und ineinander verliebt hatten, da fühlte er sich, als wäre er nach langer Seefahrt endlich wieder heimgekehrt.

„Es war anscheinend Liebe auf den ersten Blick. Ich wusste schon in dem Moment, als sie zur Tür hereinkam, dass sie die Richtige für Nathan war. Sie schaute ihn an, als wäre er ein Held. Und mich behandelte sie wie eine zweite Mutter." Helen stellte den Kaffee vor ihn, daneben eine Milchtüte, und setzte sich dann wieder auf ihren Stuhl. „Es ist so traurig, dass sie ihre eigene Familie verloren hat. Ich bin wirklich froh, dass Melanie Sie hat."

Frank nickte und ignorierte den Stich, den ihre Worte seinem Inneren versetzten.

„Nathan hat gesagt, dass Sie beim Militär sind. Was machen Sie denn da genau?"

Er goss sich Milch in den Kaffee und rührte um. „Ach, über das meiste davon darf ich nicht sprechen."

„Dann sind Sie also so eine Art Geheimagent?"

Ihm gefiel die Art, wie sie ihn neckte, auch wenn es sich falsch anfühlte, sie in die Irre zu führen. „Ja, so etwas Ähnliches, aber ich bin leider immer viel zu lange weg gewesen. Einmal hat meine arme Frau vier Wochen lang kein Lebenszeichen von mir erhalten."

Ihr Lächeln verflog ein bisschen, als er seine Frau erwähnte, und er sah, wie sie auf seinen Ringfinger schaute, also sagte er einfach: „Sie ist vor acht Jahren an Krebs gestorben." Er fuhr mit dem Daumen über den Henkel seines Bechers. „Wir haben eine Tochter. Sie lebt in Kalifornien."

„Das tut mir wirklich leid, Frank."

Er zuckte mit den Achseln.

Sie schien das Thema wechseln zu wollen und sagte: „Dann hat Melanie also auch eine Cousine – noch eine Verwandte, die sie nie erwähnt hat."

Na toll, Frank. Das hast du ja gut hingekriegt. Das war das Problem mit den Lügen – es war, als versuche man, Löcher in einem

U-Boot zu flicken. „Ja, aber sie haben schon seit Jahren keinen Kontakt mehr.“ Er musste unbedingt daran denken, Melanie über dieses Detail ihres angeblichen Lebens zu informieren.

„Schade. Nathan hat jede Menge Cousins und Cousinen, die alle in der Nähe wohnen. Die Familie Decker lebt schon seit fast fünf Generationen in der Gegend hier. Der Großvater meines Exmannes ist Anfang des zwanzigsten Jahrhunderts als Fallensteller hergekommen, hat sich in Deep Haven niedergelassen, ein Ojibwa-Mädchen geheiratet, und, nun ja, jetzt ist es so, dass man hier jedes Mal einen Decker trifft, wenn man einen Stein wirft.“

„Werfen denn viele Menschen Steine auf die Deckers?“

Das hatte ein Scherz sein sollen, aber er spürte genau, dass er mit dieser Bemerkung einen wunden Punkt bei ihr getroffen hatte, denn ihr Blick wurde traurig. Sie stocherte lustlos in ihrem Apfelkuchen herum und sagte: „Ja, leider. Nathan und ich sind die schwarzen Schafe der Familie.“

„Ich kann in Ihnen aber kein schwarzes Schaf erkennen, Helen.“

Sie blickte auf und lächelte ihn an, und einen Moment lang bewegte sich sein Herz – nur ein ganz klein wenig –, ein Gefühl, das er fast vergessen hatte. „Das ist wirklich nett von Ihnen, aber Tatsache ist, dass ich vor dreißig Jahren Dylan Decker geheiratet habe. Er war ein Junge aus dem Ort, der mir den Hof machte, mich unbedingt heiraten wollte und mir dann das Herz gebrochen hat.“ Sie schob den Teller mit ihrem Kuchen von sich weg. „Wir sind nach dreizehn Jahren Ehe geschieden worden – Nathan war damals zwölf. Ich erinnere mich noch, als wäre es gestern gewesen, wie er im Wohnzimmer stand, einen Football in der Hand hielt und seinem Vater nachschaute, wie er davonfuhr. Er hat danach den ganzen Sommer auf der Verandatreppe gesessen und darauf gewartet, dass er zurückkommt. Ich dagegen war erleichtert.“

Sie machte eine Pause und holte Luft. Er merkte sofort, wenn ihm etwas verheimlicht wurde. „Er ist danach noch ein paarmal hier aufgetaucht, oft völlig betrunken, und wollte unbedingt seinen Sohn sehen, aber das habe ich nicht zugelassen – nicht in dem Zustand. Eines Abends hat er sich dann betrunken ans Steuer gesetzt und einen Mann aus dem Ort überfahren. Er selbst ist gestorben, als sein Wagen vom Highway abgekommen und dann von der Brücke in den Fluss gestürzt ist. Der andere Mann – Martin Jorgenson – ist an den Folgen des Unfalls gestorben. Sein Sohn Shawn hat damals mit Nathan Football gespielt, aber Nathan hat nach dem Unfall nie wieder gespielt. Und … und diese Stadt hat den Namen Decker nie vergessen."

„Das tut mir sehr leid."

„Nathan, Melanie und ihre Kinder genügen mir, und es ist mir egal, was in der Stadt über uns geredet wird. So lange ich meine Familie habe, ist mein Leben erfüllt."

Er gab dem Drang nach, ihre Hand zu berühren. Sie hatte starke, weiche Hände, die unter seiner Hand ein bisschen kühl waren. Sie zog sie zwar nicht weg, aber sie drehte auch nicht die Handflächen nach oben, um seine zu ergreifen. Der Moment verstrich, und er hörte nur das Ticken der Uhr.

Helen schüttelte kaum merklich den Kopf. „Tut mir leid. Ich bin …" Sie zog ihre Hände unter seinen hervor und tätschelte sie. „Sie sind ein netter Mann, Frank. Danke fürs Zuhören …"

„Was ist denn hier los?"

Mit einem Ruck riss Frank seine Hände an sich und sprang reflexartig von seinem Stuhl auf, sodass der umkippte.

Eine Frau, eine kleinere und besser gepolsterte Version von Helen, ließ die Fliegengittertür hinter sich zufallen und kam in die Küche marschiert. Sie trug eine braune Fleecejacke über einem Sweatshirt, das mit einer lilafarbenen Blume bestickt war. Ihr Haar wurde von einem gestrickten Stirnband zusammengehalten. Sie starrte Helen an, als hätte sie sie beim Knutschen auf der Rückbank eines alten Ford Mustang erwischt. Wieso er wohl ausgerechnet auf diesen Gedanken kam?

„Ach komm doch rein, Miriam." Helen stand auf und schaute zu Frank hin. „Das ist Melanies Onkel Frank Harrison."

Miriam hatte ein rundes Gesicht, schmale Lippen und einen kalten Blick, der noch kälter wurde, als sie sich ihm zuwandte und sagte: „Hallo. Ich bin Helens Schwester Miriam."

Er hob seinen Stuhl vom Boden auf und stellte ihn wieder an seinen Platz. „Freut mich, Sie kennenzulernen."

„Wirklich seltsam, dass nach all den Jahren plötzlich ein Verwandter von Melanie hier auftaucht."

Er wollte ihr freudig beipflichten, aber genau in dem Augenblick summte das Handy in seiner Tasche. Er holte es heraus, schaute auf die Nummer und sagte mit gleichbleibend ruhiger Stimme: „Ich muss diesen Anruf hier annehmen. Bitte entschuldigen Sie mich."

Helen deutete auf den Nebenraum, und er nahm dieses Angebot, sich zurückzuziehen, dankbar an. Im Hinausgehen klappte er sein Handy auf, achtete darauf, leise zu sprechen und fragte: „Haben Sie mit ihm gesprochen?"

„Ich wünsche Ihnen auch einen guten Tag, Frank."

„Himmelherrgott, Boyd, ich weiß doch, dass Sie es sind. Haben Sie mit Blake gesprochen? Was weiß er?" Frank arbeitete jetzt schon seit sechs Jahren mit Boyd zusammen, aber er hatte selbst nach all der Zeit immer noch das Wort *Anfänger* im Kopf, wenn er an ihn dachte.

„Also, genau genommen gibt es ein Problem."

Das Zimmer, in dem Frank sich befand, war offenbar früher Nathans Zimmer gewesen – die Wände waren braun gestrichen, auf dem Einzelbett lag ein Quilt, und auf dem alten Sekretär stand ein gerahmtes Hochzeitsfoto von Nathan und Melanie. „Was denn für ein Problem?"

„Blake Hayes ist tot."

Frank setzte sich auf das Bett und drückte sich den Hörer ganz fest ans Ohr. „Sagen Sie das noch mal."

„Er ist ermordet worden. Vor höchstens einem Tag. Der Gerichtsmediziner ist unterwegs. Es sieht so aus, als ob er gefoltert worden wäre – er ist an einen Stuhl gefesselt, und … also, ähm … es fehlen Körperteile."

García. Frank sprach es nicht aus, aber er kannte das Vorgehen und die Brutalität des Mannes.

„Und es ist alles durchwühlt worden, so als hätte der Täter nach etwas gesucht."

Vielleicht nach einem 20 Jahre alten Brief? Es war zwar ziemlich unwahrscheinlich, aber vielleicht hatte Blake ja doch Dinas Adresse aufbewahrt als eine Art Lebensversicherung für den Fall, dass García irgendwann tatsächlich bei ihm auftauchte. Ach, wie sehr hoffte er, dass sie ihrem Exfreund nicht ihren neuen Namen verraten hatte!

„Aber es könnte doch auch ein Zufallsmord gewesen sein", sagte Frank, und seine Worte beruhten mehr auf Hoffnung als auf Realitätsnähe.

„Könnte", sagte Boyd. „Aber ich glaube, wir müssen Melanie aus Deep Haven wegbringen, Chef."

„Jetzt seien Sie doch mal kurz ruhig und lassen Sie mich … einfach nachdenken."

Wie hatte García Blake überhaupt finden können? Er hatte nicht gewusst, wo er jetzt lebte … es sei denn, Blake hatte sich geweigert, sich weiterhin zu verstecken. Es sei denn, Blake hatte wieder Kontakt aufgenommen mit seinen alten Seilschaften aus der Drogenszene. „Durchleuchtet Blake noch mal und schaut nach, ob er mit jemandem aus Garcías alter Gang Kontakt aufgenommen hat."

„Wenn das wirklich García war, dann ist er auf Achse, und dann könnte er auch zu ihr unterwegs sein."

„Informieren Sie die Fluggesellschaften …"

„Das ist schon passiert, als wir festgestellt haben, dass er die Bewährungsauflagen nicht erfüllt hat."

„Wenn dort nichts vorliegt, bedeutet das ja, dass er mit dem Auto unterwegs ist. Wie lange braucht man von Alaska bis nach Minnesota?"

„So genau weiß ich das auch nicht. Ein paar Tage vielleicht? Bleiben Sie dran; ich schau mal nach."

Vor der Tür konnte Frank Miriams Stimme hören. „Was ist denn hier eigentlich los, Helen? Habe ich das richtig gesehen, dass er deine Hand gehalten hat?"

Helen antwortete mit einem zischenden „*Psssst*, sprich doch leiser!", aber da war Frank schon näher an die Tür herangegangen.

„Ich habe ihn einfach nur zu einem Stück Apfelkuchen eingeladen!", erklärte Helen.

„Du solltest dich schämen!"

„Ich bin geschieden, Miriam – nicht tot."

„Genau. Und daran solltest du denken, bevor du dich wieder in eine Beziehung stürzt …"

Er entfernte sich wieder von der Tür und schaute die Bilder an, die an der Wand über dem Bett hingen. Auf einem war Helen mit ihren Enkelkindern zu sehen, wie sie zwischen ihnen auf den Verandastufen hockte, die er gerade repariert hatte. Sie hatte den Kindern die Arme um die Schultern gelegt und lächelte in die Kamera.

„Mit dem Auto dauert es siebenundsechzig Stunden plus/minus ein paar", sagte Boyd.

„Also ungefähr drei Tage."

„Er wird wahrscheinlich die Hauptrouten meiden, und weil er allein unterwegs ist, wird er ab und zu auch schlafen müssen. Außerdem kommt von Norden ein Sturmtief, das ihn ebenfalls ein bisschen aufhalten wird … Ich glaube aber trotzdem, dass Ihnen maximal fünf Tage Zeit bleiben, Chef."

Fünf Tage.

Fünf Tage, um Melanie zu sagen, dass sie ein zweites Mal ihre Sachen packen und ihr Leben aufgeben musste. Fünf Tage, um sie mit einer neuen Identität auszustatten, einen neuen Ort zu finden, wo sie leben konnte, und ihr ein neues Leben zu erschaffen, und zwar mit oder ohne ihre Familie.

Er sah sich selbst im Spiegel an und hörte die Stimmen aus der Vergangenheit. Wenn er wollte, dass sie am Leben blieb, musste er sie woanders unterbringen. Und er wollte unbedingt, dass Melanie am Leben blieb. „Finden Sie ihn, Boyd“, sagte er und beendete das Gespräch.

Noch einmal schaute er sich das Bild an und plötzlich hasste er seinen Job und Menschen wie García. Und er hasste den Gedanken, dass er in fünf Tagen Melanie noch einmal alles würde nehmen müssen.

Und Helen auch.

Es sei denn …

Es sei denn, er konnte Helen davon überzeugen, ihm zu vertrauen, ihm ihr Leben anzuvertrauen, ihn für sie eine neue Identität erfinden zu lassen und für Melanie und ihre Familie auch.

„Willst du ihn etwa heute Abend zu dem Tanz einladen?“

Er hielt inne und lauschte, und plötzlich interessierte ihn brennend, was sie wohl antworten würde.

„Ich …“

Und dann öffnete er einfach die Tür, weil ihm eine Idee gekommen war, wie er die ganze Sache lösen konnte. Er setzte ein strahlendes Lächeln auf und sagte: „Nein, so ist es nicht, sondern ich lade *sie* zu dem Tanz ein.“ Er schaute Helen an und fragte sie ganz direkt: „Würden Sie mich begleiten?“

Es fühlte sich wie ein echtes Date an, als sie ihn strahlend anlächelte und Ja sagte.

Kapitel 4

Was genau Nathan getan hatte, wusste er nicht, aber es musste etwas gewesen sein, was dazu geführt hatte, dass seine Frau ihn hängen ließ.

Also gut, *hängen lassen* war vielleicht ein bisschen übertrieben, aber er hatte absolut keine Ahnung gehabt, wie er reagieren sollte, als sie am Morgen zu ihm gesagt hatte: „Bist du sicher, dass du mich bei dem Essen heute unbedingt brauchst? Schließlich kandidierst ja du für das Bürgermeisteramt und nicht ich, oder?"

Was sollte denn das heißen? Sie waren doch ein Team, und ehrlich gesagt gab es nicht eine einzige Menschenseele in ganz Deep Haven, die Melanie nicht mochte. Er wusste, dass sie bei jeder Versammlung des Elternbeirats und bei jedem Fußballspiel Wahlkampf für ihn gemacht hatte, ebenso wie durch jede Stunde ehrenamtlicher Arbeit in der Gemeinde, im Theatervorstand, bei den Blutspendeaktionen und auch in kommunalen Einrichtungen.

Ihre Worte hatten ihn den ganzen Vormittag über immer wieder beschäftigt, besonders während der einstündigen Frühstückssendung mit Isadora Presley, einer ortsansässigen Talkshow-Moderatorin, die mittlerweile auch politische Sendungen moderierte. Melanie war seine Geheimwaffe, und er brauchte sie mehr denn je, wenn er Sebastian Brewster schlagen wollte.

Bis zu diesem Morgen um 9:00 Uhr hatte Nathan Decker geglaubt, er würde auf jeden Fall der nächste Bürgermeister von Deep Haven werden, aber dann hatte ausgerechnet Jerry – der trickreiche Jerry Mulligan – sich in der Frühstückssendung zu Wort gemeldet und Sebastian Brewsters sehr späte Kandidatur für das Bürgermeisteramt unterstützt.

Eigentlich hätte Nathan es ahnen müssen. Brewster hatte eine Kandidatur schon angekündigt, als er vor über einem Jahr wieder nach Deep Haven zurückgekommen war. Das bedeutete, dass Nathan jetzt jede Stimme brauchte, die er bekommen konnte. Er schaute auf die Callablüten auf dem Autositz neben sich, die den ganzen Wagen mit frischem Duft erfüllten, wie ihn seine Ehe jetzt anscheinend dringend brauchte.

Tatsache war, dass Melanie sich distanziert, ja beinahe schreckhaft benahm, seit ihr Onkel gestern angekommen war. Nathan hatte sie unglaublich erschreckt, als er morgens von hinten an sie herangetreten war, während sie Frank dabei beobachtet hatte, wie er im Garten seiner Mutter Äpfel vom Boden aufsammelte. Sie hatte dabei einen seltsamen Gesichtsausdruck gehabt, und als Nathan neben sie getreten war, hatte sie sogar kurz aufgeschrien. Es hatte ihn sehr an ihre ersten Ehejahre erinnert, als sie jedes Mal erschrocken war, wenn er das Zimmer betreten hatte, als wäre er ein Einbrecher. Oder etwas noch Schlimmeres.

„Tut mir leid“, hatte er an diesem Morgen gesagt, und sie hatte ihn abwesend angelächelt, als käme sie gerade von dorther zurück, wo sie mit ihren Gedanken gewesen war. Vielleicht auf der anderen Straßenseite, wo ihr Onkel gerade seine Mutter anbaggerte.

Ja, er sah, wie seine Mutter lachte. Und als er gesehen hatte, wie Frank ihr, ganz der Kavalier, den Korb abgenommen hatte, da hatte sich etwas in ihm zusammengezogen. Er würde ein Auge auf den Kerl haben müssen. Vielleicht war es ja wirklich Frank, der Melanie so nervös machte.

Trotzdem war es Nathans Aufgabe, die Sache wieder in Ordnung zu bringen.

Er hielt vor seinem Haus an und machte sich nicht die Mühe, den Wagen in die Garage zu fahren. Melanies Geländewagen stand auf dem zweiten Parkplatz in der Auffahrt, und er hoffte, dass er sie unter der Dusche erwischte. Vielleicht konnte er ja sogar wieder einen dieser spontanen Momente entfachen, wie es sie früher öfter gegeben hatte. Er vermisste ihre Nähe, aber so war es eben, wenn man ein viel beschäftigtes Leben führte.

Er ging an den Kürbissen vorbei, die als Dekoration auf den Stufen zum Eingang lagen, und vorbei an dem Topf mit den roten Chrysanthemen auf der Veranda. An die Haustür hatte sie einen von ihr selbst gefertigten Kranz aus Herbstblättern und Weinlaub gehängt.

Schon in dem Augenblick, als er die Haustür öffnete, bemerkte er den durchdringenden Geruch nach frischer Farbe. Oh nein! Er zog die Schuhe aus, ging über den Berberteppich in die Küche und dann die Treppe in den Keller hinunter. „Melanie!"

Er gab Onkel Frank die Schuld an diesem plötzlichen Drang zum Renovieren. Es war allerdings auch nicht so, dass Melanie für solche Spontanaktionen einen konkreten Grund brauchte. Beim Renovieren blühte seine Frau immer richtig auf. Sie hatte ganz allein die Fronten aller Küchenschränke erneuert und sie hatte nicht nur die Küche, sondern auch beide Bäder neu gefliest. Das Schlafzimmer hatte sie bereits zweimal neu gestrichen und die Zimmer der Kinder jeweils schon dreimal, immer dann, wenn sie der Bob der Baumeister-, Lillifee oder sonstigen Phasen entwachsen waren.

Im Wohnzimmer hatte sie die Wände rot gestrichen und mit einem ockerfarbenen falschen Stuck versehen, den alten Teppichboden hatte sie gegen einen Berberteppich ausgetauscht. Wie oft die Auffahrt schon einen neuen Belag bekommen hatte, konnte er gar nicht mehr zählen. Das machte ihm zwar eigentlich nichts aus, aber es kostete jedes Mal Geld.

Außerdem würden sie das Haus ja sowieso niemals verkaufen oder aus Deep Haven wegziehen. Hier spielte sich ihr Leben ab, hier in dieser Kleinstadt in diesem alten Haus. Sie mussten einfach das Beste daraus machen.

Aber für Melanie musste es perfekt sein. Perfekt.

Sie hatte unten im Keller den Teppichboden mit Plastikfolie abgedeckt und die braune Wandvertäfelung schon fast fertig in einem Eierschalenton gestrichen. Sie trug ein altes Sweatshirt von ihm, hatte das Haar zu einem hohen Pferdeschwanz zusammengebunden und zum Schutz ein blaues Tuch um den Kopf geknotet.

„Jetzt, Melanie? Musst du unbedingt jetzt streichen?"

Mit der Farbrolle in der Hand stieg sie von der Trittleiter herunter und sagte: „Ist dir schon mal aufgefallen, wie dunkel es hier unten ist? Und dann all diese alten Sofas – die stinken."

„Ja, nach Cola und Chips und verschwitzten Jungs, die Xbox spielen. Wir werden hier unten erst neue Sofas bekommen, wenn die Kinder aus dem Haus sind."

Sie legte die Farbrolle auf den Deckel des Farbeimers. „Ja, klar, aber ... ich konnte einfach diese dunkle Holzvertäfelung keinen Moment länger sehen."

In diesem Augenblick holte er die Blumen hinter seinem Rücken hervor. „Tut mir leid, dass ich heute Morgen so gereizt war."

Sie schenkte ihm ein sanftes Lächeln, und langsam wurde die Welt wieder richtig. Manchmal, wenn ihr Leben aus den Fugen zu geraten schien vor lauter Schulveranstaltungen, Ausschuss- und Vorstandssitzungen und dem Bürgermeisterwahlkampf, vergaß er die lockerleichten Tage, in denen er schon geglaubt hatte, wunschlos glücklich zu sein, wirklich jemand zu sein, wenn er ihr nur in die Augen sah.

Sie nahm einen Lappen, wischte sich die Hände daran ab und nahm ihm die Blumen ab. „Sie sind wunderschön, Nathan. Danke."

Ihre Worte gaben ihm Kraft und Halt. Er legte den Arm um ihre Taille und zog sie an sich. „Ist alles in Ordnung? Du wirkst irgendwie so distanziert, fast sauer." Er versuchte, ihr mit dem Daumen einen Farbklecks aus dem Gesicht zu wischen, aber ohne Erfolg. „Ich weiß nicht so genau, was ich tun muss, um Ihre Stimme zu bekommen, Mrs Decker, aber ich bin bereit, es zu versuchen."

„Wirklich? Wie sehr?"

Also, die Herausforderung konnte er annehmen. Er hob mit dem Finger ihr Kinn leicht an, sah ihr einen Moment lang tief in die Augen und küsste sie dann. Sie hatte so eine Art, ihm das Gefühl zu geben, dass er sie retten konnte, dass er ihr Held war, wenn er sie in die Arme nahm. Vielleicht lag das daran, wie sehr sie sich ihm überließ, wie sie sich normalerweise an ihn schmiegte und ihm mit den Fingern durchs Haar fuhr. Er konnte sich völlig verlieren in den kleinen Lauten, die sie dann von sich gab, leise Seufzer, so als könnte er alles in Ordnung bringen.

Aber heute war es nicht so.

Heute gab sie ihm das, was er als Pflichtkuss bezeichnete, die Art von Kuss, bei dem er wusste, dass sie dabei an die Wäsche dachte oder daran, dass sie für die Kinder noch irgendwelche Klassenarbeiten unterschreiben musste oder welche Kissen sie für die Hussen der alten Sofas kaufen sollte. Als ob es ein Punkt auf ihrer To-do-Liste war, ihn zu küssen, auf dieser Liste, die sie führte, damit ihr Leben geordnet und perfekt war.

Er ließ sie los. „Okay, was habe ich getan?"

„Wie meinst du das?"

„Ich meine, dass ich genauso gut einen Fisch küssen könnte, so viel Liebe spüre ich gerade."

„Wie nett. Vielen Dank auch", sagte sie und drückte ihm die Lilien wieder in den Arm. „Ich will mit dem Streichen fertig sein, bevor die Kinder nach Hause kommen."

„Melanie." Er legte die Blumen auf dem Tisch ab. „Komm schon, du benimmst dich wirklich seltsam, oder? Was hast du damit gemeint, als du gesagt hast, dass schließlich nicht du für das Bürgermeisteramt kandidierst? Du könntest das genauso gut wie ich – die ganze Stadt blickt doch zu dir auf."

„Das sollte sie lieber nicht tun …"

„Doch, das sollte sie wohl. Und ich brauche dich bei dem Lunch. Du weißt, wie wichtig das ist."

Sie griff wieder nach der Farbrolle, tauchte sie in die Farbe ein und wandte sich mit forschen Bewegungen wieder dem Streichen zu. „Genau das ist es, was ich nicht verstehe. Wieso musst du unbedingt Bürgermeister werden? Du hast auch so schon genug zu tun. Du verpasst schon Fußballspiele und …"

„Ein einziges. Ich habe ein einziges Spiel verpasst."

„Und du hast ein Volleyballspiel verpasst."

„Ich hatte eine Kirchenvorstandssitzung."

„Genau. Und jetzt wirst du Bürgermeister."

„Ja, ganz recht. Ich werde Bürgermeister. *Bürgermeister* von Deep Haven, Melanie." Er wollte sie festhalten, wollte sie zwingen, ihm zuzuhören, aber sie strich einfach weiter. Und sie seufzte auch weiter. Wie er dieses Seufzen hasste! „Was ist?"

Sie strich so lange schweigend weiter, bis die Farbe auf der Rolle verbraucht war. Dann drehte sie sich um, um die Rolle wieder einzutauchen. „Du weißt doch, dass du niemandem etwas zu beweisen brauchst. Du bist nicht dein Vater, und das weiß hier jeder. Du bist Jasons und Colleens und Henrys Vater. Und mein Mann."

„Das genügt nicht", sagte er, ohne nachzudenken. Die Worte waren ihm einfach so herausgerutscht, und er hasste sich dafür.

Sie holte einmal rasch und heftig Luft. „Danke für deine Offenheit."

„Das habe ich doch gar nicht so gemeint, Melanie." Er streckte die Hand nach ihr aus, aber sie entzog sich ihm. „Ich möchte einfach noch mehr für uns erreichen." Aber er machte durch seine Worte alles nur noch schlimmer. „Es ist ja gar nicht so, dass ich nicht glücklich wäre …"

„Ich muss das hier fertig bekommen."

„Könntest du bitte einfach duschen und dich für das Essen umziehen? Wir können später über alles reden."

Mit steifen Schultern stand sie da, während Farbe von der Rolle auf die Plastikfolie tropfte.

„Ich brauche dich dabei. Die Wähler wollen dich sehen. Sie wollen uns beide sehen. Und jetzt, wo Sebastian Brewster auch kandidiert … bitte, Melanie."

„Sebastian Brewster kandidiert auch?"

Hatte sie etwa nicht einmal die Sendung im Radio gehört? Er versuchte, nicht zuzulassen, dass sich ihre Frage wie ein Dolch in seine Brust bohrte, aber sie musste es ihm angesehen haben, denn sie schüttelte den Kopf und machte eine Geste der Kapitulation.

„Also gut. Ich werde da sein." Sie legte die Farbrolle wieder auf den Deckel des Farbeimers und griff nach dem Lappen. „Aber es ist mir wirklich egal, ob du gewinnst oder verlierst, Nathan, denn *ich bin* glücklich mit unserem Leben. Und wenn du Bürgermeister wirst, könnte das alles kaputtgehen."

Ihre Worte rüttelten ihn auf. „Was …?"

Oben knallte eine Tür, und er hörte Schritte auf der Treppe, bevor eine Stimme rief: „Melanie?"

Das war Frank.

„Ich bin hier unten!", rief sie, aber ihr Tonfall hatte absolut nichts Einladendes.

Nathan war mit ihr einer Meinung, dass das Timing für diesen Verwandtenbesuch ungünstiger nicht hätte sein können. Er hörte Franks Schritte auf der Treppe nach unten.

„Melanie, ich muss …"

Als Frank den Satz mittendrin abbrach, drehte sich Nathan um.

„Ach, Nathan, was machen Sie denn hier?"

Nathan konnte nicht verhindern, dass sein Tonfall extrem sarkastisch war, als er antwortete: „Ich *wohne* hier!"

Frank hatte so freundlich gewirkt, als er bei ihnen aufgetaucht war. Der Typ zurückhaltender, bescheidener Kerl, der mit seinen Kindern angeln geht. Aber jetzt wirkte der ältere Mann plötzlich, als hätte er tatsächlich eine militärische Ausbildung genossen. Sein Blick wurde kalt und er hatte einen verbissenen Zug um den

Mund. Doch der Moment ging vorüber und er nickte nur. „Ja, natürlich. Tut mir leid. Ich muss nur unbedingt mit Melanie über eine Familienangelegenheit reden."

„Ich gehöre zu ihrer Familie."

Es war jedoch wirklich seltsam, dass Nathan das selbst gar nicht so empfand bei der Art, wie Frank ihn ansah. Plötzlich hatte Nathan wieder dieses mulmige Gefühl im Bauch, und es blieb. Einen Moment lang kam es ihm vor, als wäre er ein Außenstehender bei einem Geheimnis, als wäre er völlig ahnungslos bezüglich irgendeiner furchtbaren Wahrheit. Das Gefühl erinnerte ihn daran, wie ihn die Leute an dem Tag vor so vielen Jahren angeschaut hatten, als er zur Schule gegangen war und nichts von der verdammten Neuigkeit gewusst hatte, dass sein Vater tot war.

Und dann rettete ihn wie immer Melanie. „Ach du liebe Zeit." Sie ließ den Lappen und die Farbrolle fallen und rauschte an ihm vorbei nach oben. Die Lilien ließ sie achtlos auf dem Tisch liegen. „Ich muss los. Was es auch ist, lass uns heute Abend darüber reden, Onkel Frank, ja?"

Seltsam, wie sie *Onkel* sagte; es klang beinah wie eine Drohung.

Als Nathan dann sah, wie Frank ihn anschaute, hatte es auch durchaus eine sein können.

...

Melanie hatte dagestanden, die Hände vor sich gefaltet, Nathans Arm um ihre Hüften, und sie hatte versucht, ein echt wirkendes Lächeln zustande zu bringen, ein Lächeln, das ihre Panik nicht verriet.

„Noch ein Bild", sagte Erland und schaute über seine Kamera hinweg in ihre Richtung.

Sie hatte versucht, einen Ausdruck hinzubekommen, mit dem sie für jemanden, der sie vielleicht früher einmal gekannt hatte, nicht wiederzuerkennen war – so wie beispielsweise Luis García. Oder ihre Mutter.

Sie hatte gar nicht gemerkt, wie viel von ihrem Leben mittlerweile öffentlich geworden war, wenn man glauben konnte, was Laura gesagt hatte, als Melanie zu den Getränken geflohen war. „Ich finde Nathans neue Facebook-Seite toll", hatte sie gesagt. „Was für ein süßes Foto von dir und deiner Familie. Wann habt ihr denn das Foto machen lassen?"

Melanie war in Gedanken zurückgegangen zu dem letzten Anlass, bei dem sie alle mit sauberen Sachen, frisch frisiert und lächelnd zusammen gewesen waren. Vielleicht im Sommer, als Jasons Abschlussfoto gemacht worden war. Sie hatte damals den Fotografen gebeten, auch noch ein Familienfoto zu machen. Das eine, bei dem sie auf den Felsen gesessen hatten mit dem See im Hintergrund und auf dem Nathan ihre Hand gehalten hatte, war ganz gut geworden.

Eine Bilderbuchfamilie.

Allerdings nicht mehr lange, wenn García das Bild zu Gesicht bekam. Aber würde er sie überhaupt wiedererkennen? Vor 20 Jahren hatte sie kurzes schwarzes Haar gehabt und einen wütenden Blick. Keine Chance, sie mit der jetzigen Frau in Verbindung zu bringen. Und Blake – Blake würde nichts sagen. Wahrscheinlich hatte er sie ohnehin längst vergessen.

„Danke, Laura", sagt sie knapp.

In der Ecke neben dem großen Panoramafenster mit Blick über den See unterhielt sich Nathan mit Lauras Mann Barry, dem ein Laden in der Stadt gehörte. Nathan gestikulierte beim Sprechen – was mit einer Kaffeetasse in der Hand nicht ganz ungefährlich war. Sie ging deshalb hinüber, um sie ihm abzunehmen, bevor er sein frisch gebügeltes Hemd oder einen potenziellen Wähler damit bekleckerte. Ihre Finger berührten sich, als sie die Tasse nahm. Er fing ihren Blick auf und lächelte sie an. Sie hätte heute nicht so hart mit ihm sein sollen – der Blumenstrauß war doch eine nette Geste von ihm gewesen, genauso wie seine Entschuldigung für etwas, das er gar nicht getan hatte.

Sie war einfach nervös. Dadurch, dass Frank in der Nähe war, kamen ihr all die Lügen und ihre Geheimnisse so groß, so frisch und so unentrinnbar vor. Trotzdem konnte sie Nathans Worte nicht vergessen. *Das genügt nicht.*

Das bedeutete doch, dass *sie* nicht genügte, dass ihr Leben nicht genügte, dass alles, was sie getan, was sie geopfert hatte, nicht genügte.

„Melanie?"

Die Stimme ließ sie aufschrecken, und sie verschüttete etwas von dem Punsch, den sie in der Hand hatte, auf ihre schwarze Hose. Mist. Zum Glück war der Fleck auf dem Schwarz nicht zu sehen. Sie stellte das Glas auf dem Tisch ab und griff nach einer Stoffserviette.

„Tut mir wirklich leid." Lee Nelson gab ihr noch eine Serviette. „Ich schreibe einen Artikel für die Tageszeitung von Deep Haven und hatte gehofft, dass Sie mir vielleicht ein paar Fragen beantworten würden."

Lee war die Witwe von Clay, dem Deputy, der vor ein paar Jahren bei einer furchtbaren Schießerei ums Leben gekommen war. Sie sah gut aus – schlank und mit einem flotten Haarschnitt. Offenbar hatte sie sich von dem Schicksalsschlag einigermaßen erholt. Aber konnte man eigentlich so etwas je verkraften, durch das sich das ganze Leben änderte? Selbst wenn man noch einmal von vorn anfangen konnte? Lee erinnerte sie – eigentlich jeden – daran, wie schnell einem alles genommen werden konnte.

Melanie sehnte sich danach, in Deep Haven mit Nathan alt zu werden. Dieser Gedanke ging ihr durch den Kopf, sogar als sie jetzt ein Lächeln aufsetzte. „Ich würde Ihnen wirklich gerne helfen, Lee, aber der Kandidat ist Nathan. "

„Ach bitte. Sie sind mindestens so amtstauglich als Bürgermeisterin wie Ihr Mann. Sie sind doch diejenige, die in den

Vorständen der Gremien, Vereine und Ausschüsse hier vor Ort mitarbeitet, egal, ob es das Theater ist oder die Elternvertretung, und sind Sie dieses Jahr nicht auch für die Blutspendeaktion verantwortlich?“

Das war doch das Mindeste, was sie tun konnte, da sie nicht selbst Blut spenden konnte, weil sie Hepatitis A gehabt hatte. Die Arbeit hinter den Kulissen hielt sie aus dem Rampenlicht fern. Und wenn sie nach den Gründen gefragt wurde, warum sie nicht selbst Blut spendete, nannte sie immer eine verunreinigte Bluttransfusion nach dem Autounfall, und nach all den Jahren glaubte sie es inzwischen schon beinahe selbst.

„Ja, das bin ich. Möchten Sie gern mitmachen?“, fragte Melanie augenzwinkernd.

„Nein, ich spende schon bei Lucy Brewsters Team.“ Lucy Brewster war Seb Brewsters Frau. „Ich weiß noch nicht, wen ich wähle.“

„Also, dann lassen Sie mich kurz erklären, warum Nathan der perfekte Mann für den Posten ist.“

Melanie zog einen Stuhl für Lee heran, setzte sich ihr gegenüber und erläuterte ihr Nathans Haltung zur nächsten Steuererhöhung für den Bezirk, zur Erhöhung der Tourismussteuer, zum Schulreferendum und dem vorgeschlagenen Ausbau des Fahrradwegenetzes.

Lee machte sich eifrig Notizen. „Werden Sie dieses Jahr wieder die Anti-Drogen-Kampagne veranstalten?“, fragte sie nach.

„Ja, natürlich. Und auch das Anti-Alkohol-Programm.“

„Sie engagieren sich also auch sehr stark in der Schule, Melanie. Ganz die perfekte Bürgermeistergattin.“

Ja, genau. Ach, wie hatte sie all die Leute an der Nase herumgeführt! Was würde wohl passieren, wenn herauskam, dass sie sie seit über 20 Jahren hinters Licht führte? Sie würden sich wahrscheinlich genau so fühlen wie Nathan, nämlich betrogen, verraten und hintergangen.

Aber sie hatte nie eine Wahl gehabt. Sie hatte sich einverstanden erklärt, eine neue Identität anzunehmen und die Vergangenheit sterben zu lassen, sie genauso verschwinden zu lassen wie ihr Tattoo über dem Knie. „Ich bin nicht die perfekte Bürgermeistergattin. Aber ich bin ganz sicher, dass Lucy Brewster eine wäre."

„Sie sollen doch aber eigentlich den Wettkampf nicht noch anfeuern, oder?"

„Lucy und ihr Laden sind doch eine Institution in dieser Stadt. Natürlich würde sie eine hervorragende Bürgermeistergattin abgeben."

Lee grinste, während sie Melanies Worte mitschrieb. „Ich möchte meinen Artikel und das Foto von Ihnen gern auf der Webseite der Zeitung posten. Ich schicke Ihnen beides zu, dann können Sie es auf Ihrer Facebookseite posten und auch twittern."

Oder auch nicht. „Vielen Dank", sagte Melanie und massierte sich mit einer Hand den Nacken.

Lee runzelte die Stirn. „Geht es Ihnen gut? Alles in Ordnung?"

„Ach, ich bin nur ein bisschen verspannt."

„Sie sollten einen Termin bei meinem Chiropraktiker machen. Der ist wirklich großartig. Vielleicht muss ja etwas eingerenkt werden."

Ja, eingerenkt werden musste auf jeden Fall etwas, und zwar ihre Realität; aber was war das überhaupt – ihre Realität?

„Als ich zum ersten Mal bei dem Chiropraktiker war, hat er alte Verletzungen festgestellt, an die ich mich nicht einmal mehr erinnern konnte. Es hat ein wenig gedauert, aber irgendwann habe ich mich dann so gut gefühlt wie schon seit Jahren nicht mehr. Es ist schon erstaunlich, wie sehr wir uns daran gewöhnen, mit Schmerzen und Vermeidungstaktiken zu leben."

„Vielleicht brauche ich einfach nur eine Massage."

„Das wahrscheinlich auch", sagte Lee, wühlte in ihrer Handtasche herum und holte schließlich einen Terminzettel heraus.

„Seine Nummer steht unten drauf. Und er arbeitet in seiner Praxis mit einer Masseurin zusammen."

Melanies gesamter Nacken tat weh – war schon seit Tagen verspannt. Wenn sie ehrlich war, schon lange bevor Frank aufgetaucht war.

Dann stand plötzlich Isabella Presley bei ihnen und zog sich ebenfalls einen Stuhl heran. „Könnte ich bitte einen kurzen und griffigen Satz von Ihnen bekommen, Melanie?"

Isabella hatte heute Morgen das Interview mit Nathan gemacht und Melanie hatte völlig vergessen, sich die Sendung anzuhören, weil sie so sehr darauf fixiert gewesen war, die richtige Farbe für den Keller zu besorgen. Und dann hatte Nathan mitbekommen, dass sie die Sendung gar nicht gehört hatte. Da hatte sie sich richtig mies gefühlt.

„Nathan Decker ist ein Ehrenmann, der seine Integrität und seine Leidenschaft für die Familie und die Gemeinde in das Bürgermeisteramt einbringen wird", sagte sie in das Mikro des Aufnahmegerätes, das Isy ihr hinhielt, und zitierte damit den Satz, den sie am Küchentisch auswendig gelernt hatte. Aber sie glaubte auch wirklich, was sie da sagte.

„Danke", sagte Isy, und der Diamantverlobungsring funkelte an ihrem Finger. „Das werde ich als Füller in den Pausen der Sendung verwenden und als Werbung für Sie, wenn Sie in die Sendung kommen. "

Wenn sie … „Wie bitte?"

„Nathan hat gesagt, Sie würden sich freuen, uns in unserer Lokalstunde nächste Woche ein Interview zu geben. Sie reden über sich selbst, Ihre Familie, über das, woran Sie glauben, und über ein paar der Ausschüsse und Vorstände und Wohltätigkeitsaktivitäten, bei denen sie mitarbeiten."

Eine ganze Stunde Irreführung, Täuschung und Betrug also. Perfekt. Melanie schluckte und schaute zu Nathan hinüber. Er strahlte sie an, als hätte sie höchstpersönlich den Mond an den

Himmel gehängt. Dabei konnte sie ihn wirklich alles kosten, wofür er jahrelang so hart gearbeitet hatte. „Okay“, sagte sie. Ohne auch nur ein Beben in der Stimme.

Aber vielleicht brauchte er sich ja auch gar keine Sorgen zu machen. Denn im Lügen war sie wirklich gut.

Kapitel 5

Helen schaute die Kleider in ihrem Schrank durch und stellte fest, dass sie sich seit 1983 nichts Neues mehr gekauft hatte. Dieser törichte Mann – wieso musste er sie auch heute Abend zum Tanzen einladen? Als ob sie eine Verabredung brauchte.

Oder eine Affäre. Oder Liebe.

Sie war nicht mehr das dumme Mädchen von damals, das schon ins Schwärmen geriet, wenn es von einem gut aussehenden Mann eingeladen wurde. Sie war ganz sicher nicht die Sorte von Frau, die sich schon beim ersten Date verliebte oder sich Hals über Kopf in eine Ehe stürzte. Nun ja, vielleicht hatte sie es bei Dylan ein bisschen eilig gehabt, aber mit 18 hatte sie sich so heftig in ihn verliebt, dass es ihr wie eine Ewigkeit vorgekommen war, bis sie endlich geheiratet hatten. Hätte sie ein bisschen länger abgewartet, dann hätte sie vielleicht seine Lügen bemerkt, und es wäre ihr viel Leid erspart geblieben.

Natürlich würde sie Nathan um nichts auf der Welt missen wollen, aber sie hätte dann vielleicht nicht mit den Folgen der Untreue und der Geißel einer Scheidung leben müssen.

Männer machten doch nichts als Ärger.

Ganz besonders Frank, so wie er in ihr Leben geschlendert gekommen war und mit seinen dunkelblauen Augen zugeschaut hatte, wie sie den Teig für den Apfelkuchen ausrollte. Und dann diese breiten Schultern unter seinem Flanellhemd, als er ihre Veranda repariert hatte …

Es erschreckte Helen, wie leicht sie sich Frank Harrison als Teil ihres Lebens vorstellen konnte. Wie sie sich daran hätte gewöhnen können, ihm beim Kaffeetrinken zuzuschauen, und ihm zuzuhören, wenn er etwas erzählte. Nicht dass es ihr gefallen hätte, von seiner Frau und ihrem Tod zu erfahren – der arme Mann. Aber acht Jahre, das war ja eigentlich lange genug her, um sich über sein Lächeln freuen zu können, ohne sich schämen zu müssen.

Wenn es nach Miriam ging, waren solche Gedanken ein Sakrileg. Helen schloss die Tür ihres Kleiderschrankes wieder und schaute sich selbst an, wie sie da in ihrem weißen Slip vor dem langen Spiegel stand, der an der Tür hing. Vielleicht sollte sie doch lieber zu Hause bleiben. Der Abend könnte vielleicht zu mehr führen. Und was dann? Sie hatte ein schönes Leben, eines, das ihr genau so gefiel, wie es war. Sie brauchte keinen Mann, der alles durcheinanderbrachte.

Sie saß auf dem Bett, strich sich mit der Hand gedankenverloren über ihren Arm und zuckte dabei plötzlich zusammen. Sie hatte sich bei ihrem Sturz einen blauen Fleck zugezogen, und als sie jetzt ihren Arm hob und ihn genauer betrachtete, fand sie dort ebenfalls einen dunkellila Fleck. Sie drückte darauf herum und zuckte noch einmal vor Schmerz zusammen. Auch am Schienbein hatte sie noch so einen dunklen Bluterguss. Und dann gab es noch einen dritten blauen Fleck an der Hüfte. Wo kamen die her? Sie konnte sich nicht erinnern, dass sie sich da gestoßen hätte.

Sie drückte noch einmal auf den blauen Fleck, sodass ein Schmerzstich sie durchfuhr. Ja, vielleicht konnte es sie ja in Zukunft vor blauen Flecken bewahren, wenn sie Hilfe annahm, wenn sie jemanden in ihr Leben hineinließ. Oder würde das nur für noch mehr blaue Flecken sorgen?

„Helen?“

Sie griff nach ihrem Bademantel und zog ihn sich gerade an, als Melanie in der Tür stand.

„Oh! Entschuldige bitte!“, sagte Melanie und machte auf dem Absatz kehrt.

Als Helen in die Diele trat, hatte Melanie das Familienfoto in die Hand genommen, das im Sommer am See aufgenommen worden war, und schaute es jetzt an, als ob sie es noch nie gesehen hätte. „Was für eine schöne Familie", sagte Melanie leise.

War das eine Träne, die sie sich da wegwischte? „Ist alles in Ordnung, Liebes?"

„Ja, alles gut."

Aber sie sah müde aus. Melanie war mit ihrem langen blonden Haar, ihrer tollen Figur und den unglaublich blauen Augen immer noch ein Hingucker, und häufig drehten sich tatsächlich Leute auf der Straße nach ihr um. Helen war nicht blind, und sie bekam sehr wohl mit, wie viel Aufmerksamkeit sie von den unverheirateten – und auch verheirateten – Männern der Stadt bekam. Aber sie war nicht Dylan, sie war keine Lügnerin, sie würde niemals ihre Familie betrügen. Und genau das war auch der Grund, weshalb sie für Nathan die perfekte Wahl gewesen war. Es war, als hätte Gott auf Helen hinuntergeschaut, ihr ihre schlechten Entscheidungen vergeben und dann die Frau in ihr Leben purzeln lassen, die sie daran erinnern sollte, wie sich Treue anfühlte. Helen liebte ihre Schwiegertochter genau so, wie sie wahrscheinlich eine leibliche Tochter geliebt hätte. Melanie hatte sie alle ein Stückweit geheilt, als sie Helens Sohn geheiratet hatte.

„Und, wie ist das Essen gelaufen?"

„Nathan ist immer noch da und redet mit Leuten. Ich musste nach Hause, um den Kindern Abendessen zu machen vor dem Tanz. Obwohl ich jetzt eigentlich viel lieber ein bisschen lesen würde als da hinzugehen." Melanie rieb sich mit den Händen über die Unterarme. „Aber Nathan sagt, dass wir hingehen müssen wegen des Gemeinschaftsgefühls."

„Ist das da weiße Farbe an deinem Kinn?"

Melanie wischte sich mit der Hand übers Kinn und lächelte ihre Schwiegermutter ein bisschen schief an. „Oh Mist, ich dachte, ich hätte alles wegbekommen."

„Es fällt kaum auf", sagte Helen beruhigend und ging in die Küche, um ihr ein angefeuchtetes Tuch zu holen.

„Ich habe den Keller gestrichen. Eines Tages werde ich ihn entkernen und ganz neu machen."

„Das klingt ja ziemlich drastisch. Vielleicht muss ja nicht alles raus …"

„Aber es mieft da unten und ich glaube, wir haben auch Mäuse. Nein, der Keller wird komplett entkernt. Etwas Farbe allein bringt da nichts." Wieder dieses verkrampfte Lächeln.

„Ist wirklich alles in Ordnung, Melanie? Du wirkst so angespannt – möchtest du ein Stück Apfelkuchen?"

„Mir geht es gut, wirklich. Es ist nur … ach, diese ganze Aufmerksamkeit von den Medien. Heute ist Nathan fotografiert worden und nächste Woche gibt es ein Fernsehinterview…"

„In drei Wochen ist die Wahl. Danach normalisiert sich bestimmt alles wieder", beruhigte Helen ihre Schwiegertochter.

„Das hoffe ich wirklich", sagte Melanie, ohne zu lächeln. „Eigentlich bin ich gekommen, um dich zu fragen, ob du heute Abend nach den Kindern schauen kannst. Jason geht mit Freunden aus, aber Colleen und Henry bleiben zu Hause. Tim hat gesagt, dass er vorbeikommen will, also …" Sie verzog das Gesicht.

Tim? Ach ja, richtig – Colleen hatte einen Jungen aus der Schule erwähnt, den sie gern hatte. Dann brauchte Helen also doch nicht zu dem Tanz zu gehen. „Ja, klar, ich schaue gern nach ihnen", sagte sie.

Natürlich klingelte es genau in diesem Augenblick an der Tür und bevor Helen Melanie aufhalten konnte, hatte die sich schon umgedreht und schaute aus dem Fenster, das vorn zur Veranda hinausging.

Da stand Frank Harrison.

Mit einem Blumenstrauß.

Und er sah richtig gut aus in einer schwarzen Hose, Hemd und Krawatte und seiner Lederjacke.

„Was hat denn das zu bedeuten, Helen?", fragte Melanie leise. „Was um Himmels willen will denn Onkel Frank hier?"

Du liebe Güte. „Ach, eigentlich wollten wir zu dem Tanz gehen." Sie zupfte den Bademantel so zurecht, dass er bis oben geschlossen war, durchquerte den Raum und öffnete Frank die Tür. „Hören Sie, Frank ..."

„Ich hatte ehrlich gesagt damit gerechnet, dass Sie etwas anderes anziehen würden."

„Sehr lustig."

„Was machst du denn hier?", fragte Melanie Frank in barschem Ton. Helen blickte überrascht über den Tonfall auf. „Was soll das werden?" Melanie schob Helen beiseite und ging auf ihren Onkel zu. „Hast du den Verstand verloren?"

Okay, das tat jetzt aber wirklich ein bisschen weh. „Wie ... was ist denn los?", fragte Helen verwirrt.

Franks Augen wurden ganz schmal, als er sagte: „Vertrau mir, Melanie." Und ihren Namen sagte er ganz langsam, so als wäre er ihm gar nicht geläufig.

„Ich bin mir nicht sicher, ob das eine gute Idee ist."

Helen verstand gar nichts mehr. „Hör mal, Schätzchen, dein Onkel Frank hat mich zu dem Tanz eingeladen und offenbar auch noch zum Essen ..." Sie schaute zu Frank hinüber, und als sich ihre Blicke trafen, lächelte er sie an. Das weckte irgendetwas in ihr, etwas, das lange geschlummert hatte. Aber nein, sie war doch kein alberner Teenager mehr. „Ich kann aber jetzt leider doch nicht, Frank. Melanie hat mich gebeten, nach den Kindern zu schauen ..."

„Sie kommen mit mir zu dem Tanz", sagte Frank einfach und betrat unaufgefordert das Haus. An Melanie gewandt sagte er: „Du kannst machen, was du willst, aber wir gehen hin." Seine Augen blitzten dabei vielsagend.

Ein Muskel an Melanies Kinn zuckte, und in ihren Augen blitzte ganz kurz etwas Gefährliches und sogar Wütendes auf.

„Pass auf, was du tust, Onkel Frank. Sie ist meine Schwiegermutter. *Meine Familie.*“

Frank schaute kurz zu Helen, dann wieder zu Melanie, und dann beugte er sich vor und flüsterte Melanie etwas ins Ohr. Was auch immer er gesagt hatte, es bewirkte, dass sie sich mit einem Ruck aufrichtete und Helen ansah.

„Wir sehen uns dann beim Tanz“, sagte sie leise und zog mit Nachdruck die Tür hinter sich zu – sie knallte sie nicht wirklich zu, aber doch beinahe.

Frank wandte sich zu Helen und überreichte ihr die Blumen. Es waren Rosen. Gelbe Rosen. „Also, ich hätte auch nichts gegen den Bademantel, aber wenn Sie sich etwas anziehen wollen, worin es sich besser tanzen lässt, dann warte ich gern“, sagte er mit verschmitztem Lächeln.

Helen war es egal, wie lange sie in ihrem Kleiderschrank suchen musste; sie hatte vor, an diesem Abend richtig gut auszusehen.

...

Warum konnte ihm Colleen nicht einfach die Chance geben, ihre Eltern kennenzulernen? Tim hasste es, herumzuschleichen und sich verstecken zu müssen.

Er wäre fast wieder weggefahren, als er wie ein Verbrecher im Schatten des Waschsalons zwei Straßen von ihrem Haus entfernt in seinem Jeep auf sie wartete. Der Mond war wie ein riesiges Auge am Himmel, das zuschaute, wie sie aus dem Garten der Johnsons kam.

Außer Atem rutschte sie auf den Beifahrersitz. „Tut mir leid, dass ich zu spät bin. Meine Eltern wollten nicht gehen, bis Jason versprochen hat, zu Hause zu bleiben. Und dann hat er mich ins Kreuzverhör genommen, warum ich in meinem Zimmer einen Film gucken wollte und nicht im Wohnzimmer. Dabei schreibt er selbst stundenlang mit seiner neuen Flamme auf Facebook.“

Sie lehnte ihren Kopf an Tims Schulter. Fantastisch sah sie wieder mal aus heute Abend in einem Minirock über Leggings und einem tief ausgeschnittenen Pullover. Sein Ärger verflog, als er ihr in ihre wunderschönen blauen Augen sah.

„Ich habe dich vermisst", sagte sie unmittelbar bevor sie ihn küsste, und sie hatte etwas Draufgängerisches, das ihn irgendwie alarmierte. Er löste sich von ihr, bevor es so endete, dass sie doch nicht zu dem Tanz gingen.

„Ich habe dich auch vermisst, und ich hätte dich auch zu Hause abgeholt. Mir gefällt diese Heimlichtuerei nicht."

„Na klar", sagte sie und wollte auf seinen Schoß rutschen. „Mein Vater würde dich bestimmt mit offenen Armen empfangen. Glaub mir, du willst ganz sicher nicht von ihm ins Kreuzverhör genommen werden."

Schon wieder dieses Ohrfeigengefühl. Aber er schüttelte ihre Worte ab und fuhr mit dem Finger an ihrem Kinn entlang. „Du bist so hübsch."

Sie ergriff seine Hand und verflocht ihre Finger mit seinen. „Hübsch genug, dass du mich mit zu dir nach Hause nimmst?"

Er schluckte und wusste nicht, was er sagen sollte. „Colleen, ich, also, äh …"

„Später." Sie gab ihm noch einen Kuss, dieses Mal einen längeren.

Er entzog sich. „Was ist denn heute Abend bloß los mit dir?"

„Ich frage mich eher, was mit dir los ist." Sie rutschte wieder von seinem Schoß herunter. „Fahr runter zum Leuchtturm. Wir treffen uns da mit Brianna und Ronnie."

„Wieso denn das?"

Sie legte ihre Hand auf sein Bein. „Was meinst du wohl, warum? Um ein bisschen Spaß zu haben."

Er nahm ihre Hand und legte sie zurück auf ihren Schoß. Also, langsam machte sie ihn wahnsinnig. „Ich dachte, wir wollten tanzen gehen."

„Was? Du willst wirklich zu dem Tanz? Da sind meine Eltern und außerdem die halbe Stadt. Sie spielen Musik für alte Leute aus den Achtzigern. Oder noch schlimmer."

„Ich dachte, dass das vielleicht auch Spaß machen könnte."

Sie starrte ihn an, als wäre er verrückt. „Im Ernst? Seit wir gestern am Coffee-Shop waren – nein, warte, seit meine Mutter uns beim Leuchtturm erwischt hat, benimmst du dich echt merkwürdig. Als ob du … ja, was eigentlich? Hast du ein schlechtes Gewissen?"

Er schluckte. „Ich … ich denke nur immer wieder daran, wie sie dir befohlen hat, sofort aus dem Auto auszusteigen, und die Art, wie sie mich dabei angeschaut hat – als ob sie mich bei lebendigem Leib aufspießen wollte."

„Ja, das stimmt", sagte Colleen und knabberte an seinem Ohr. „Aber das macht doch gerade Spaß, oder?"

„Was soll daran Spaß machen, dass deine Eltern mich anscheinend als eine Art Kriminellen betrachten?" Und da war es wieder, dieses Gefühl, dass sie vielleicht gerade deshalb mit ihm zusammen war, *weil* er wie ein Krimineller aussah.

„Lass uns jetzt einfach losfahren. Die anderen warten auf uns", sagte Colleen und rutschte ein bisschen von ihm weg.

Endlich atmete er wieder durch. Aber er fuhr nicht los.

„Was ist denn jetzt?"

„Hast du eigentlich schon mal Gras geraucht?"

„Na klar."

„Nein, hast du nicht."

„Meine Güte, Tim. Ich dachte, die Idee würde dir gefallen."

„Ich rauche kein Gras mehr", sagte er. Seit er ernsthaft fürs Snowboarden trainierte, hatte er nicht mehr gekifft. Sogar wenn seine Kumpels rauchten, machte er nicht mit. Er wollte auf keinen Fall so enden wie sein Bruder oder vielleicht, schlimmer noch, im bekifften Zustand gegen einen Baum fahren. „Können wir nicht einfach zu dem Tanz gehen?"

„Nein, ich will nicht tanzen gehen, sondern Ronnie und Brianna treffen und ein bisschen Spaß haben."

„Ich will aber nicht der Typ sein, der dich in Schwierigkeiten bringt. Hör mal, wir holen uns einfach eine Pizza, und dann können wir meinetwegen auch zu mir gehen."

„Vergiss es", sagte sie und fasste den Türgriff an, als ob sie aussteigen wollte.

Er hielt sie auf, indem er ihr seine Hand auf den Arm legte. „Warte."

„Warum denn?"

Er legte seine Hände aufs Lenkrad und krallte sich daran so fest, dass seine Fingerknöchel ganz weiß wurden. Sein Wunsch, dass dieses Mädchen ihn mochte, war stärker, als es gut für ihn war. Vielleicht würde sie ja nach dem Kiffen schnell wieder herunterkommen. Er würde auf sie aufpassen und dafür sorgen, dass sie bis dahin keine Dummheiten machte. „Also gut, wir machen es. Aber nur dieses eine Mal, okay?"

Sie verzog das Gesicht. „Ja, klar."

Er holte noch einmal tief Luft bevor er den Gang einlegte und losfuhr. Und in diesem Moment verabscheute er sich selbst ein bisschen.

Es herrschte Schweigen im Auto, als sie am Hafen in den Schatten hinter dem Gebäude der Küstenwache fuhren, wo Ronnie schon bei seinem Mustang wartete. Er stand mit dem Rücken zu ihnen und hatte die Arme auf dem Dach seines Wagens verschränkt. Brianna hatte ihn fest umschlungen, wahrscheinlich schon völlig betrunken oder bekifft, wenn man genau hinschaute.

Colleen schaute Tim kurz an und lächelte. Sein Magen zog sich zusammen. Durch sie hatte er das Gefühl, anständig und intelligent zu sein und nicht aus einem sozialen Brennpunkt zu kommen, wo es zum Abendessen verklumpte Nudeln mit Ketchup gab. Er wollte dieses Gefühl genießen, er wollte mit ihr alles richtig machen und nicht ihren Eltern aus dem Weg gehen müssen, wenn er sie irgendwo sah.

Colleen stieg aus dem Wagen und ging zu Ronnie hinüber. Er würde sie jetzt auf gar keinen Fall allein lassen. Tim stellte den Motor aus und stieg ebenfalls aus. Er stand direkt hinter Colleen, als sie Ronnie ein Bündel gerollter Geldscheine gab. Ronnie sah Tim nicht an, als er eine Tüte aus seiner Hosentasche zog und sie Colleen im Tausch gegen die Geldrolle gab. Brianna starrte einfach nur vor sich hin, und ihr langes schwarzes Haar wehte im Wind. Ihr Blick ging irgendwo weit in die Ferne, und ihr Lächeln war unstet. Colleen steckte die Tüte in ihre Tasche.

„Komm, steig ein", sagte Ronnie. „Lass es uns ausprobieren." Er löste sich aus Briannas Umklammerung und öffnete die Beifahrertür seines Wagens.

Aber Tim packte Colleen am Arm und sagte: „Eher nicht."

Ronnie sah ihn wütend an. „Ey, Alter, lass die Lady gefälligst machen, was sie will, ja?"

Ronnie war zwar vielleicht ein paar Zentimeter größer als Tim, aber er war kein kräftiger Kerl, und Tim war gut trainiert, und so wütend, wie er gerade war, würde er es auf einen Kampf ankommen lassen, wenn Ronnie so weitermachte. „Mach dich vom Acker, Ronnie", sagte Tim ganz ruhig.

Brianna rettete sie beide, indem sie sagte: „Komm schon, Ronnie, lass uns abhauen."

Als der Mustang wegfuhr, drehte sich Colleen zu Tim um und sagte: „Was sollte das denn jetzt?"

„Lass uns einfach ins Auto steigen, bevor wir erwischt werden."

Sie schnitt zwar eine Grimasse, stieg aber trotzdem ein. „Und jetzt?" Sie schnupperte an der Tüte, griff dann in ihre Hosentasche und holte eine winzige Pfeife heraus.

„Wo hast du die denn her?"

„Von Alexis. Und die hat sie von ihrem Freund ausgeliehen."

Er schüttelte den Kopf.

„Seit wann bist du denn so spießig?", fragte sie, aber ihre Hände zitterten und sie verstreute ein bisschen von dem Gras auf dem Autositz, als sie versuchte, es in den Pfeifenkopf zu stopfen.

„Pass auf, dass nichts danebenfällt."

„Schrei mich gefälligst nicht an, sondern bring mich einfach nach Hause, ja?"

„Damit du dich zu Hause bekiffen kannst?"

„Und wenn schon …!", antwortete sie giftig und verstreute noch ein bisschen mehr von dem Gras.

„Mann, du verteilst es ja überall", schimpfte er und griff nach der Tüte und nach der Pfeife. „Du musst es außerdem ganz fest reindrücken, sonst brennt es nicht richtig."

Sie überließ das Stopfen der Pfeife ihm, und die Art, wie sie ihn dabei anschaute, gab ihm das Gefühl, wirklich der böse Junge zu sein, als den sie ihn sich ja offenbar wünschte.

Plötzlich leuchteten Scheinwerfer auf dem Parkplatz auf und ein Streifenwagen kam angefahren.

Tim fluchte. „Das ist Deputy Hueston."

„Und was machen wir jetzt?"

Da hatte er schon die Tüte und die Pfeife in seine Hosentasche gesteckt und den Arm um Colleen gelegt und drückte sie ganz fest an sich. Er hatte es eigentlich nicht beabsichtigt, aber er war beinahe grob, als er sie küsste, bis das Scheinwerferlicht des Polizeiwagens direkt in den Wagen leuchtete.

„Hallo, ihr beiden."

Tim ließ Colleen los und täuschte beschämte Überraschung vor. Er kurbelte das Fenster herunter und sagte: „Hallo, Officer."

„Ach, Tim, du bist es?", fragte Deputy Hueston und leuchtete mit seiner Taschenlampe ins Wageninnere. Tim schlug das Herz bis zum Hals, während Colleen die Hand auf die verstreuten Grasreste auf dem Sitz legte.

Tim lächelte und versuchte, seine Stimme im Griff zu behalten. „Ach … wir hängen hier einfach nur ein bisschen ab."

Deputy Hueston leuchtete Tim direkt ins Gesicht, sodass er blinzeln musste.

„Okay, aber verschwindet jetzt besser hier, ihr beiden. Geht zum Tanz und macht keinen Ärger." Dann sah er Colleen an und sagte noch: „Hey, Colleen. Ich werde deinen Vater wählen."

„Danke, Kyle."

Sie bedachte ihn mit einem strahlenden Lächeln, bei dem sich Tim fühlte, als landete eine Faust in seinem Magen. Diesem Typen wurde es so leicht gemacht. Jeder mochte und verehrte den ehemaligen Basketball-Star aus Deep Haven. Hueston und Typen wie er hatten ja keine Ahnung, wie es sich anfühlte, wenn man mit ansehen musste, wie die eigene Familie kaputtging.

Tim schaute dem Deputy nach, wie er zu dem Streifenwagen zurückging, und er konnte kaum atmen.

„Das war ja wohl echt abgefahren", sagte Colleen.

„Das war einfach nur blöd!", entgegnete er, legte den Gang ein und fuhr los. Sie rutschte wieder näher an ihn heran, aber irgendwie macht ihn dieser ganze Abend total krank. Tim fuhr zu dem kleinen Supermarkt, der rund um die Uhr geöffnet hatte, und hielt dort an.

„Was wollen wir denn hier?"

„Bleib du im Auto. Ich bin gleich wieder da." Tim stieg aus und schlenderte in das Gebäude.

Gott sei Dank waren die Kabinen in der Toilette alle leer, also schüttete er den Inhalt der Tüte in eine Toilette, zog ab und schaute zu, wie das Zeug von dem Sog nach unten gezogen wurde und verschwand.

Als er zum Auto zurückkam, stieg er ein, ohne Colleen anzusehen.

„Alles okay?"

Er nickte und fuhr an.

„Und wohin fahren wir jetzt?"

„Ich bring dich jetzt nach Hause."

„Was? … Aber warum denn? Ich dachte, wir fahren jetzt zu dir und machen uns ein bisschen locker."

Er holte tief Luft und sagte dann: „Ich hab's im Klo runtergespült, Colleen."

Sie wurde kurz still und fragte dann entrüstet: „Du hast was?"

„Ich hab es runtergespült, das Gras. Hier ist übrigens die Pfeife." Er gab sie ihr zurück. Sie war leer. „Ich habe nämlich keine Lust, im Jugendknast zu landen. Und du sicher auch nicht."

„Aber es ist mein Leben …"

„Und es ist ein echt gutes Leben. Keine Ahnung, warum du dermaßen scharf darauf bist, es dir zu versauen."

„Ich wollte mit dir zusammen ein bisschen Spaß haben, und ich hab gedacht, dass du das auch wolltest."

Bei ihren Worten fühlte er sich schmutzig, so als hätte er sie dazu gebracht. „Nein, wollte ich nicht", sagte er leise.

Kopfschüttelnd steckte sie die Pfeife wieder in die Hosentasche und sagte dann in eisigem Tonfall: „Du schuldest mir übrigens fünfzig Dollar."

Er nickte nur schweigend und fuhr unbeirrt weiter.

Als er vor ihrem Haus anhielt, sagte er: „Letzte Chance, doch noch tanzen zu gehen."

Sie sagte ihm, wohin er ihretwegen gehen könne, und stieg dann aus. Er schaute ihr nach, wie sie zur Veranda stolzierte, die Haustür hinter sich zuknallte und die Außenbeleuchtung ausschaltete.

Tim saß viel zu lange da wie ein Volltrottel, bevor er schließlich wegfuhr.

…

Melanie wusste nicht so genau, was für ein Spielchen „Onkel" Frank da trieb, aber sie wollte, dass er wieder aus der Stadt verschwand. Er machte ihr Angst, weil er so viele ihrer Geheimnisse kannte und deshalb ihr Leben mit einem einzigen Wort vernichten konnte. Oder mit einem Namen. *García* zum Beispiel oder auch nur *Dina*. Und das hatte er ihr ins Ohr geflüstert, hatte sie daran erinnert, dass er da war, um sie zu beschützen, was natürlich auch bedeutete, dass er bei dem Tanz dabei sein musste. Und dafür brauchte er einen plausiblen Grund.

Zum Beispiel eine Verabredung.

Und jetzt tanzte dieser Mann mit ihrer Schwiegermutter Standardtänze à la Fred Astaire und machte Helen vor den Augen der ganzen Stadt den Hof, während die Band langsame Stücke spielte.

Sogar Nathan merkte es und fragte: „Was macht denn dein Onkel da?" Und etwas später: „Wie lange will er wohl bleiben?" Und schließlich: „Seit wann kann meine Mutter eigentlich tanzen?"

Sie hatte keine der Fragen beantwortet, sondern einfach nur am Rand der Menschenmenge gestanden, zugeschaut, wie Helen Frank anlächelte und sich überlegt, wie sie Frank dazu bringen konnte, wieder aus der Stadt zu verschwinden.

Und zwar so schnell wie möglich.

Und für immer.

„Komm, Schatz, lass uns tanzen", sagte Nathan und wartete gar nicht auf ihre Antwort, sondern nahm sie bei der Hand und zog sie auf die Tanzfläche.

Ein riesiger Elch mit gewaltigen Schaufeln, die wie riesige Flügel von seinem Kopf abstanden, und einem Bart, dessen Enden bis auf die Tanzfläche hinunterreichten, hing über dem Raum.

Einmal hatte sie einen echten Elch gesehen. Er hatte eine Schotterstraße überquert, als sie unterwegs war, um Nathan bei einem seiner Besichtigungstermine zu besuchen. Das riesengroße Tier hatte sie direkt angeschaut, und im Schutz ihres Wagens hatte sie sich getraut, einen Moment lang einfach zurückzustarren in seine dunklen Augen. Der Atem des Tieres war in Wölkchen aus seinen Nüstern aufgestiegen und auf der Windschutzscheibe ihres Wagens kondensiert. Seine weichen Lippen hatten sie irgendwie angerührt.

Sie hatte etwas zurückgesetzt und dann auf die Hupe gedrückt, sodass der Elch die Straße überquert hatte, durch das Gebüsch am Straßenrand gebrochen und im Wald verschwunden war. Sie hatte das Tier jedoch nie vergessen – manchmal suchte es sie im Dunkel der Nacht heim, und dann wachte sie mit einem Schaudern auf.

Sie weigerte sich jetzt ganz einfach, den Elchkopf anzuschauen, der dort hoch oben über ihr schwebte, als Nathan sie in die Arme nahm und sie zur Musik auf der Tanzfläche herumwirbelte. Aus dem Augenwinkel sah sie, wie Helen mit einem Arm Franks Hals umschlang. Sie musste der Sache ein Ende bereiten, bevor er Helen wehtat.

„Autsch, Melanie …“, sagte Nathan.

„Entschuldige.“

Okay, vielleicht musste diese Konfrontation noch bis zum nächsten Morgen warten, wenn Nathan seine samstägliche Joggingrunde absolvierte. Dann würde sie in den Keller hinuntergehen und Frank sagen, dass er seine Sachen packen solle. Den anderen würde sie sagen, es sei wirklich schade, aber Frank hätte sich plötzlich ganz dringend um irgendwelche wichtigen geschäftlichen Angelegenheiten kümmern müssen. In Chattanooga.

García war ganz sicher nicht zu ihr unterwegs. Frank hatte eine gute Wahl getroffen, als er Deep Haven als Versteck für sie ausgesucht hatte.

Nathan drehte sie auf der Tanzfläche.

„Sebastian Brewster ist hier“, sagte sie leise und sah, wie der ehemalige Footballstar und derzeitige Wahlkampfgegner ihres Mannes mit seiner zierlichen Frau Lucy tanzte.

„Ich tue einfach so, als wäre er nicht da“, flüsterte Nathan ihr ins Ohr. Dann bewegten sich seine Lippen auf ihren Hals zu und berührten dort ganz leicht ihre Haut. „Du siehst wunderschön aus heute Abend. Ich mag dieses Kleid an dir. Du solltest es öfter tragen."

Okay, vielleicht sollte sie sich einfach entspannen. Wie viel Schaden konnte Frank schon anrichten? Er war im Grunde ein netter Kerl – davon war sie überzeugt, und Helen hatte auf jeden Fall ein, zwei Tänze verdient. Spätestens in ein paar Tagen würde Frank wieder abreisen, und war es denn wirklich so schlimm, wenn ganz Deep Haven sah, dass Helen immer noch genug Anziehungskraft hatte, um einen Mann zu faszinieren?

Ihre Schwiegermutter hatte das üble Gerede und die Steine, die im Laufe der Jahre nach ihr geworfen worden waren, wirklich nicht verdient. Melanie kannte zwar keine Einzelheiten, aber sie wusste, dass nichts dran war an den Geschichten, dass Helen ihren Mann auf die Straße gesetzt und dadurch zum Alkoholiker gemacht hatte, und dass sie ihn abgewiesen und vom Leben ihres Sohnes ausgeschlossen hatte, als er sie angefleht hatte, ihm zu verzeihen. Sie kannte Helen. Die Frau war gar nicht fähig dazu, gemein zu sein. Sie hätte ihm vergeben, wenn er Reue gezeigt hätte ... oder wenn er für die Entscheidungen, die er getroffen hatte, nichts konnte.

„Jetzt trittst du mir schon zum zweiten Mal auf den Fuß", sagte Nathan. „Ist alles in Ordnung? Normalerweise bin doch ich es, der dich tritt."

„Tut mir leid", sagte sie, befreite sich aus seinen Armen, nahm ihn bei der Hand und zog ihn mit sich von der Tanzfläche. „Wie wäre es mit einem Schluck Punsch?"

Die Organisatoren der Veranstaltung hatten ein gigantisches Büfett mit mitgebrachten Köstlichkeiten aufgebaut. Melanie entdeckte auch die Reste von Helens Apfelkuchen, aber sie beschloss, sie den weniger Glücklichen zu überlassen, die unter normalen Umständen nicht so ungehinderten Zugang zu dieser Delikatesse hatten wie sie.

Nathan reichte ihr gerade ein Glas Punsch, als Ellie Mathews von hinten an sie herantrat. „Herzlichen Glückwunsch, ihr beiden."

Melanie zog fragend eine Augenbraue hoch.

„Na, zu Jasons Rolle als Romeo – sagt bloß, ihr habt es noch gar nicht gehört! Ich habe Chloe Jacobsen getroffen, und sie hat erzählt, dass ihre Tochter begeistert mit der Nachricht nach Hause gekommen ist, sie würde Jasons Julia spielen."

Nathan hatte sein Bürgermeisterkandidatenlächeln aufgesetzt. „Wir freuen uns natürlich sehr."

Melanie gelang es, dazu bestätigend zu nicken und weiterzulächeln, bis Ellie wieder weg war. Sie hörte weiter der Musik zu, spürte dabei Nathans Blick auf sich und trank einen Schluck von ihrem Punsch.

„Du hast es gewusst", sagte er, und seine Stimme war ganz ruhig und tief und übertönte den Text des nächsten Liedes.

Sie konnte ihn nicht ansehen. „Jason liebt Theaterspielen."

„Wie wäre es denn damit, einfach einen Job zu lieben, um die Kosten fürs College zu bezahlen? Schauspielern ist doch kein Beruf, sondern höchstens ein Hobby."

Sie wollte darüber nicht mit ihm streiten, jedenfalls nicht hier. „Lass uns bitte darüber reden, wenn wir wieder zu Hause sind, ja?"

Er schüttelte den Kopf. „Du kannst doch solche Dinge nicht einfach vor mir geheim halten, Melanie. Womit muss ich denn dann als Nächstes rechnen?"

Wenn du wüsstest ...

Er stellte sein Glas ab und sagte: „Lass uns nach Hause gehen. Ich bin müde. Ich hole unsere Mäntel."

Er ließ sie einfach stehen und bahnte sich einen Weg durch die Menge. Unterwegs wurde er noch von drei Personen aufgehalten, die ihm die Hand schütteln wollten, während in ihr immer noch seine Frage nachklang: *Womit muss ich denn als Nächstes rechnen*?

Vielleicht hatte sie ihn irgendwie herbeibeschworen, denn im nächsten Moment tauchte Frank wie aus dem Nichts neben ihr auf. „Ich muss unbedingt mit dir reden."

„Nicht jetzt, Frank. Ich bin müde. Nathan holt gerade unsere Mäntel."

„Doch, es muss jetzt sein. Sofort. Das ist die einzige Gelegenheit, die wir haben." Er legte seine Hand unter ihren Ellbogen und lenkte sie durch die Menge hinaus auf den eisigen Parkplatz.

Der Mond war aufgegangen, und der Geruch von Holzfeuer und modrigem Herbstlaub lag in der Luft.

Sie zitterte vor Kälte und rieb sich mit den Händen fröstelnd die bloßen Arme. „Was gibt's denn so Wichtiges?"

Frank wandte sich ihr zu: „Wir haben Blake gefunden."

Sie hatte gar nicht gemerkt, wie angespannt sie in den vergangenen 24 Stunden gewesen war. Sie legte ihre Hand auf seine Schulter und versuchte einen schwachen Scherz: „Gut. Wie hat er denn die Nachricht von meinem Tod aufgenommen?"

Sie wollte ja gar nicht, dass Blake um sie trauerte – wahrscheinlich hatte er keinen einzigen Gedanken mehr an sie verschwendet. Aber vor vielen Jahren hatten sie eine heftige, leidenschaftliche – wenn auch gefährliche – Romanze gehabt. Eine von der Art wie Romeo und Julia, von der Art, die Melanie ihr Leben gekostet hatte.

„Melanie …"

Die Art, wie Frank ihren Namen sagte, veranlasste sie, ihre Hand von seiner Schulter zu nehmen und sich selbst wie schützend die Arme um den Oberkörper zu schlingen. „Nein."

„Wir glauben, dass er seit höchstens einem Tag tot ist."

„Nein!" Sie schüttelte nur fassungslos den Kopf und trat einen Schritt von Frank weg, aber er bekam ihre Hand zu fassen und sagte beruhigend: „Schschsch. Atme weiter. Alles wird gut. Wir müssen dich nur von hier wegbringen …"

„Was?" Sie drückte seine Hand weg. „Nein. *Nein.*"

„Aber du musst sofort verschwinden."

Sie blinzelte ihn an, während seine Worte in ihrem Kopf ratterten.

„Hast du mich verstanden?"

„Ich … muss *was*?"

„Melanie, Blake ist nicht einfach nur ermordet worden, sondern er wurde vorher gefoltert. García will dir richtig wehtun. Und das heißt, dass er auch deiner Familie richtig wehtun will. Deinen Kindern und deiner Schwiegermutter."

„Meine … du willst Helen dazu bringen, mit mir zu gehen. Deshalb hast du sie zum Tanzen eingeladen."

Er nickte.

„Ich gehe nicht weg, Frank. Ich habe hier ein Leben, und zwar ein *großartiges* Leben."

„Du kannst auch woanders ein großartiges Leben haben."

„Ach wirklich? Und was ist mit meinen Kindern?" Sie merkte, wie laut sie geworden war und redete bewusst leiser weiter. „Colleen ist Stammspielerin im Volleyballteam. Jason hat gerade die Hauptrolle in *Romeo und Julia* bekommen und Henry ist elf und hat endlich den perfekten Sonderpädagogen als Lehrer. Das Allerletzte, was er jetzt gebrauchen kann, ist ein Wechsel. Und falls du es noch nicht bemerkt haben solltest, *kandidiert mein Mann gerade für das Bürgermeisteramt.* Ich kann sie doch nicht einfach aus allem herausreißen."

Frank warf einen Blick auf die Tür hinter ihnen. „Du kannst auch weggehen und sie hierlassen."

Seine Worte trafen sie wie eine Ohrfeige. „Zurücklassen … ich soll meine *Familie* verlassen?" Sie schluckte. „Noch mal?"

„Blake wusste nicht, dass du verheiratet bist – das heißt, dass García es auch nicht weiß. Wenn du jetzt verschwindest, würde er sie niemals mit dir in Verbindung bringen."

Sie spürte, wie etwas in ihr zerbrach, wie seine Worte sie zutiefst erschütterten. „Kannst du das garantieren?"

Sein Mund wurde zu einem dünnen, grimmigen Strich.

„Ich hasse dich", sagte sie. „Ich hasse das, was du von mir verlangst. Ich habe hier jetzt ein Leben – ein gutes Leben. Ein glückliches Leben! Da kannst du doch nicht einfach kommen und es mir wieder wegreißen, alles zerstören, was ich mir in all den Jahren aufgebaut habe."

Er legte ihr die Hände auf die Schultern – warm, stark. „Schschsch."

Sie schubste seine Hände von ihren Schultern. „Lass mich bloß mit deinem blöden Schschsch in Ruhe. Ist dir eigentlich klar, was du da von mir verlangst?"

Zu ihrer Verwunderung nickte er und sagte: „Ja, das weiß ich. Und deshalb gebe ich dir auch ein paar Tage Zeit, um zu überlegen, was du tun willst."

„Ich brauche keine paar Tage. Ich bleibe auf jeden Fall hier."

„Das tust du dann aber ohne jeglichen Schutz, denn dann bist du absolut auf dich allein gestellt."

„Frank ..."

„Das ist das Angebot. Ich gebe dir fünf Tage, um dir zu überlegen, was du mit dem Leben tun willst, das du geschenkt bekommen hast. Nimm es mit, lass es zurück, oder setze es dem Risiko von Garcías Rache aus."

„Das ist nicht fair." Sie presste sich die Hand auf den Mund. „Das ist nicht fair!"

„Ich weiß."

Sie wandte sich ab, als hinter ihnen die Tür aufging.

„Ach, da bist du ja, Melanie." Nathan kam mit ihrem Mantel über dem Arm heraus, und direkt hinter ihm trat auch Helen in die Kälte.

Nathan schaute abwechselnd Frank und Melanie an. „Alles in Ordnung?"

Nein. Niemals. Melanie biss die Zähne zusammen, und es gelang ihr zu nicken.

Nathan legte ihr den Mantel um die Schultern und sagte dann an Frank gerichtet: „Habe ich das richtig verstanden, dass Sie meine Mutter nach Hause bringen?“

Frank warf Melanie einen letzten Blick zu, der besagte: *Vertrau mir*. Dann wandte er sich an Nathan. „Ich verspreche, gut auf sie achtzugeben“, sagte Frank, der Lügner.

Kapitel 6

Blake kam so leicht wieder in Melanies Träume geschlichen, als hätte er immer am Rande ihres Lebens herumgelungert und nur auf eine Chance gewartet, sich wieder an sie heranzumachen – seine Arme um ihre Taille zu schlingen, sich ganz eng an sie zu drücken und etwas Schreckliches in ihr zu erregen. „Hey, Baby, hast du mich vermisst?“

Das hatte sie nicht. Oder vielleicht doch. Selbst als sie sich jetzt in seiner Umarmung umdrehte und ihre Arme um seinen Hals schlang, wusste sie, dass sie träumte und irgendetwas sie störte, etwas, das sie drängte wegzurennen, das sich verkehrt anfühlte. Aber sie konnte der Verlockung dieser dunklen Augen und des trägen, verwegenen Lächelns einfach nicht widerstehen. Er hakte seine Finger in die Gürtelschlaufen ihrer Jeans, als wäre sie sein Besitztum. Und dann küsste er sie, und sie verlor sich in den Gefühlen, die das in ihr entfachte. Nur sie allein konnte Blake Hayes zähmen.

Er fuhr ihr mit einer Hand durch ihr kurzes, schwarzes Haar, und die Ringe an seinen Fingern verfingen sich darin. „Wo bist du gewesen? Ich habe dich überall gesucht.“

Jetzt sah sie sich selbst, erkannte den Platz in der Innenstadt von St. Louis wieder, die Kneipe hinter ihr, aus der laute Stimmungsmusik drang. Eine Gruppe von Typen suchte unter der Überführung Streit und über allem waberte der Geruch von abgestandenem Bier. Ja, sie kannte diesen Ort. Sie hatte dort sogar ein paarmal geschlafen. Der Wind erfasste ihre Jacke und sie schauderte. Blake hatte seine Lippen an ihrem Hals. Ja, wo war sie eigentlich gewesen? Die Frage ratterte ihr durch den Kopf.

Und dann, als Blake zurücktrat, als sie in seine fast schwarzen Augen schaute, da fiel es ihr wieder ein.

Sie war in Sicherheit gewesen.

In der Obdachlosenunterkunft hatte sie als Gegenleistung für ein Zimmer Essen ausgeteilt, denn wegen all der Sachen, die sie angestellt hatte, konnte sie sich zu Hause nicht mehr blicken lassen. Aber wenigstens war sie Blake und seinem Boss Luis García entkommen. Es ging ihr besser. Sie hatte zugenommen und war clean.

„Ich muss gehen, Blake", sagte sie, als sie sich aus seiner Umarmung löste.

„Nein, Baby. Bleib doch bei mir. Du fehlst mir so."

Du fehlst mir auch. Die Worte lagen ihr auf der Zunge, blieben aber dort, als wären sie festgeklebt. Aber wenn Blake herausfand …

„Danielle wartet auf mich."

Er packte sie am Arm. „Wer ist Danielle?"

Wer ist Danielle?

Jetzt sah sie sich selbst, wie sie außerhalb ihres Körpers über der Stadt schwebte, nachdem sie Blake abgeschüttelt hatte, und eine Frage trieb sie durch die Straßen der Stadt: Wer war Danielle?

Die Obdachlosenunterkunft in der Seventh Street sah genau so aus, wie sie sie in Erinnerung hatte. Es war ein dreistöckiges Gebäude mit einem eingezäunten Parkplatz drumherum und einer breiten Veranda mit dunklen Fenstern, die aussahen wie weinende Augen. Von ein paar Straßen weiter strahlten die Blaulichter eines Polizeiautos das Gebäude an, sodass es ganz in Blau getaucht war. Eine Menge von Gaffern lungerte am Eingang bei den Streifenwagen und dem Krankenwagen herum.

Sie ging langsamer, spürte ihren Herzschlag. Die Rettungssanitäter teilten die Menschenmenge, als sie mit einer Trage aus dem Haus kamen. Dina presste sich ihre Hände auf den Mund, um einen Schrei zu unterdrücken. Sie erkannte das Mädchen auf der

Trage kaum wieder – ihre beste Freundin. Danielles Gesicht war dick angeschwollen, ihr Körper war völlig zerfetzt und überall war viel zu viel Blut, um genau erkennen zu können, was passiert war.

„Sie haben sie in der Gasse gefunden", sagte jemand neben ihr. „Zusammengeschlagen und erstochen."

Vielleicht kannte sie die Stimme, aber sie konnte nicht wegschauen, als die Rettungssanitäter mit den Wiederbelebungsmaßnahmen begannen. Sie versuchten die ganze Zeit, sie zu reanimieren, während sie Danielle in den Krankenwagen luden.

Und das war der Moment, in dem Dina losrannte. Ihre Beine wurden mit jedem Schritt schwerer. Sie war noch keinen Block weit von der Obdachlosenunterkunft entfernt, immer noch in dessen Schatten und dem gespenstischen blauen Licht, aber sie rannte schwer atmend immer weiter.

Und dann legte sich eine Hand schwer auf ihre Schulter. Die Hand zerrte sie zurück und warf sie aufs Pflaster, wo sie zappelnd und völlig außer Atem liegen blieb. Über sich erkannte sie den Umriss einer Person.

„Blake?"

„Du kannst nicht vor mir weglaufen, Dina." Die Stimme hallte nach, während der Mann sie auf die Füße zog, sie bei der Jacke packte und ganz nah an sein Gesicht heranzog.

Es war Luis García.

Sie schrie.

Es kam zwar nur ein Wimmern heraus, aber Melanie wurde trotzdem davon wach und schoss kerzengerade im Bett hoch, während ihr ein eiskalter Schauer über den Rücken lief. Sie blinzelte in die Dunkelheit, klammerte sich an ihre warme Decke und saugte tief die Stille und Sicherheit ihres Hauses ein. Sie war nicht in St. Louis, sondern in Deep Haven, im sicheren Deep Haven, das so weit entfernt war von dieser Erinnerung, dass niemand sie finden konnte.

Sie hörte, wie sich die Heizung mit einem tiefen Brummen einschaltete. Die Außenbeleuchtung leuchtete zum Fenster herein und das Geräusch von Nathans gleichmäßigem Atem im Bett neben ihr beruhigte sie.

Sie legte ihre Hand auf seinen Arm. Sicher. Sie waren sicher. Für den Moment jedenfalls.

Aber was war, wenn García Blake wirklich gefunden hatte? Wenn er es gewesen war, der ihn zu Tode gefoltert hatte? Was hatte sie nur getan? Sie bedeckte ihr Gesicht mit den Händen. Sie hätte Nathan niemals anlügen dürfen, und jetzt … jetzt mussten sie vielleicht alle von hier fort.

Aber sie konnte auch allein fortgehen und sie zurücklassen.

Nein. Sie schüttelte Franks Worte ab. Niemals. Es hatte bei ihrem Mann so tiefe Narben hinterlassen, ohne Vater aufzuwachsen, dass sie auf keinen Fall wollte, dass ihre Kinder ebenfalls mit nur einem Elternteil aufwuchsen. Und außerdem – wie sollte sie ohne sie leben? Ihre Familie war ihr Leben.

Bitte, Gott, nimm sie mir nicht weg.

Das Gebet war eher ein inneres Aufstöhnen als ein klar formulierter Gedanke. Aber es war da und es fühlte sich wund und real an. Gott hatte ihr dieses Leben geschenkt, das sie nicht verdient hatte. Und jetzt schien es so, als ließe er sie dafür bezahlen. Anscheinend hatte er ihr doch nicht vergeben.

Melanie warf die Bettdecke von sich, sodass sie spürte, wie die Kälte auf ihre Haut traf, griff nach ihrem Morgenmantel und schlüpfte in ihre Hausschuhe. Sie brauchte jetzt einen Tee, um nachzudenken und zu überlegen, was sie tun sollte.

Sie hörte leises Schluchzen, das aus dem Wohnzimmer kam. Wer …?

Colleen saß mit hochgezogenen Knien in die selbst gestrickte lila Decke gehüllt im Fernsehsessel ihres Vaters. Melanie sah, dass Tränen auf ihren Wangen glänzten. „Schätzchen?"

Erschrocken sprang Colleen auf. „Mama."

„Was machst du denn hier?"

Colleen zog nur eine Schulter hoch und starrte dann wieder hinaus auf die beleuchtete Veranda, auf der der Wind trockenes Laub über die Holzplanken trieb. Sie sah so geknickt aus, dass Melanie sie am liebsten in den Arm genommen hätte. Doch sie setzte sich stattdessen auf das Ledersofa und fragte: „Was ist denn los?"

Colleen seufzte, wischte sich mit einer Hand die Tränen von den Wangen, sah beschämt zu Boden und antwortete: „Ach, ich bin so blöd."

Melanie versuchte, möglichst ruhig zu sprechen, obwohl ihr Herz einen Satz machte. „Wieso denn das?"

„Ich weiß nicht. Ich möchte nur … ich möchte doch einfach nur, dass er mich mag", sagte sie und bedeckte dann ihr Gesicht wieder mit den Händen.

Mist, genau was sie befürchtet hatte. Colleen sprach von Tim. Melanie hörte das Ticken der Uhr in der Stille und verspürte Angst. *Bitte …*

Colleen schaute zu Melanie auf, als wäre sie ganz dringend auf deren Zustimmung angewiesen. Melanie lächelte sie an, weil sie keinen Streit anfangen wollte, und erstaunlicherweise blieb ihre Stimme tatsächlich ruhig. „Was ist denn passiert?"

„Nicht das, was du denkst."

„Ich mache dir doch gar keine Vorwürfe. Du selbst hast dich doch als blöd bezeichnet."

Colleen blinzelte kurz und schaute dann wieder weg, sodass Melanie sich innerlich wand. Oberste Regel für Eltern von Teenagern: nicht in Panik geraten. Aber sie hätte so ziemlich alles getan, um zu verhindern, dass Colleen die gleichen Fehler machte wie sie in ihrem Alter. Um sie daran zu hindern, ihr Leben durch einen Blake Hayes zu ruinieren.

„Ich möchte mich einfach verlieben, heiraten und glücklich sein, so wie Papa und du."

Nun ja ... wenigstens war nicht alles vorgetäuscht. Sie hoffte jedenfalls, dass es nicht so war. „Das wirst du auch, mein Schatz. Gott hat einen guten Plan für dein Leben."

„Glaubst du das wirklich?"

Draußen spielte der Wind mit den Glöckchen der Windspiele und rüttelte an den Fenstern. „Ja natürlich glaube ich das." Ihr Tonfall verriet weder etwas von dem gähnenden Loch in ihrem Inneren noch von dem Lachen, das sie tief in ihrem Innern verhöhnte. Sie brachte ein beruhigendes Lächeln zustande. „Ich bin ganz sicher, dass dir irgendwann der richtige Junge über den Weg läuft. Du brauchst einfach nur auf ihn zu warten."

„Ich weiß nicht ... Was ist denn, wenn Gott etwas anderes mit mir vorhat, als ich es mir wünsche? Was ist, wenn er mir nicht das Happy End schenkt, das ich gern hätte?"

Das war eine gewaltige Frage. Melanie brannten die Augen. Hatte sie selbst Gott denn jemals wirklich vertraut? Oder hatte sie sich einfach in dieses neue Leben gestürzt und gehofft, dass Gott schon zu ihr aufschließen und es segnen würde? Und jetzt brauchte man sich ja nur anzuschauen, was daraus geworden war.

Colleen merkte anscheinend gar nicht, wie ihre Mutter sich auf die Lippe biss und schwer schlucken musste. Sie sagte: „Ich denke nur immer wieder, was passiert, wenn ich mit Tim einen großen Fehler mache?"

Mit Tim? Ja, genau das war auch Melanies Angst. Endlich waren sie am selben Punkt angelangt.

„Was, wenn ich den einzigen Jungen verliere, der mich jemals lieben wird?"

Was zum ...? Aber Melanie behielt ihre Stimme weiter unter Kontrolle. „Ich weiß, dass Gott uns immer wieder zweite Chancen schenkt", sagte sie. „Und er kann aus unseren Fehlern sogar etwas Gutes machen." Wenigstens hatte sie das einmal geglaubt. Bis Donnerstag um 17:42 Uhr, genau gesagt. Ihre Worte fühlten sich an, als hätte sie Asche im Mund.

„Hast du schon mal etwas richtig Dummes gemacht, damit ein Junge dich mag, Mama?“

Melanie merkte, dass sie einen dicken Kloß im Hals hatte. Wie war es möglich, dass Blake sich mitten in ihr Gespräch gedrängt hatte, jetzt auf Colleens Sessel saß und Melanie mit diesem betörenden Lächeln und dem verwegenen Blick ansah? In diesem Moment kamen all die alten Gefühle von früher wieder hoch und hatten sie fest im Griff. Sie begegnete dem Blick ihrer Tochter und hätte ihr so gern die Wahrheit gesagt, aber wie sollte sie das tun, ohne alles offenzulegen?

Ihre Lügen nahmen ihr die Möglichkeit, ihrem Kind zu helfen. „Ich habe so viele Fehler gemacht, Colleen. Und … und Gott hat mich trotzdem gesegnet und reich beschenkt“, sagte sie lahm.

Ja, Gott hatte sie trotzdem gesegnet. Jedenfalls war ihr dieses Leben wie ein Segen und ein großes Geschenk von ihm vorgekommen. Aber wieso sollte er eigentlich jemanden segnen, dessen Leben eine einzige Lüge war?

„Möchtest du auch einen Tee?“, fragte sie unvermittelt und stand auf.

Colleen nickte mit bebender Unterlippe.

So viel stimmte jedenfalls: „Ich liebe dich, mein Schatz. Und Gott liebt dich noch mehr. Ich weiß, dass du dich verlieben und ein glückliches Leben haben wirst.“

Solange ihre Mutter nicht alles kaputt machte.

…

Nathan konnte gar nicht sagen, wie der Streit genau angefangen hatte oder warum er so schnell eskaliert und so laut geworden war, besonders auch, weil sie gerade in der Schlange am Tresen des Coffee-Shops gestanden hatten. Vielleicht hatte dieser Streit schon seit Tagen geschwelt, und er hatte nur die Anzeichen dafür nicht mitbekommen.

Das Entscheidende an der Sache war jedoch, dass er nicht wusste, wieso er ihn so hatte enden lassen. Nur zwei Dinge wusste er: Es würde mehr als ein Strauß Blumen nötig sein, um die Sache wieder in Ordnung zu bringen. Und bis spätestens morgen würde die ganze Stadt wissen, dass Nathan Decker es mal wieder vermasselt hatte. Er tat wirklich alles, um das Erbe der Deckers lebendig zu erhalten.

Seufzend blieb er zehn Schritte hinter seiner Frau, die offenbar wild entschlossen war, sich auf dem Heimweg nicht von ihm einholen zu lassen. Ihr blondes Haar, das unter der Strickmütze hervorschaute, flatterte im Wind. Ihre Hände hatte sie tief in die Taschen ihrer grünen Jacke geschoben. Als sie am Morgen aus dem Haus gegangen waren, hatte er sie beim Schal gepackt, den sie sich schon um den Hals geschlungen hatte, sie ganz nah an sich herangezogen und geküsst.

„Danke, dass du heute mit mir Wahlkampf machst“, hatte er gesagt.

Sie hatte gelächelt, aber er hatte nicht gewusst, ob es ein echtes Lächeln war oder nicht. Sie hatte dunkle Ringe unter den Augen gehabt, als ob sie nicht gut geschlafen hätte. Hatte er gehört, wie sie aufgestanden war? Er konnte sich nicht erinnern, aber er hatte sich auch die ganze Nacht herumgewälzt und nur kurze Tiefschlafphasen gehabt.

Nathan konnte nicht leugnen, dass ihn Melanies Geheimniskrämerei wegen Jasons Theaterrolle tief verletzt hatte. Er versuchte, sich von den Gedanken daran zu lösen, als er sah, wie sie Broschüren mit seinem Wahlprogramm in ihre Tasche packte und zur Haustür ging. Als sie dann aber durch die Tür in die klare Herbstluft des strahlenden Morgens hinaustrat, ärgerte es ihn doch wieder, dass sie ihm nichts gesagt hatte. Sie hatte einfach beschlossen, ihn gar nicht erst nach seiner Meinung zu fragen und Jason erlaubt, die Wünsche seines Vaters einfach zu ignorieren.

Und was sollte Nathan jetzt tun? Von seinem Sohn verlangen, auf die Hauptrolle zu verzichten? Ja, diese Sache schmerzte ziemlich, und zwar nicht nur, weil Melanie ihm bewusst Informationen vorenthalten hatte, sondern auch, weil Jason sich gar keinen Job hätte suchen müssen, wenn Nathan sich wegen der Kosten für seinen Wahlkampf nicht so hoch verschuldet hätte. Dann wären nämlich die Ersparnisse fürs College, die Nathan Jason versprochen hatte, noch da gewesen.

Letztlich war ja doch alles seine Schuld. Und dieser Gedanke bewirkte, dass sich der Schmerz noch tiefer in sein Inneres hineinbohrte, als er zusammen mit Melanie und bewaffnet mit einem Stapel Flyern aufbrach, um im Rahmen seines Wahlkampfes Klinken zu putzen.

Die Häuser in seiner unmittelbaren Nachbarschaft hatte er ursprünglich ganz für den Schluss des Wahlkampfes vorgesehen, weil er wusste, dass er kurz vor der Wahl noch zusätzlich ein bisschen würde Gas geben müssen beim Stimmenfang. Aber jetzt, wo Sebastian auch für den Posten kandidierte, wünschte Nathan, er hätte die Nachbarn schon viel eher besucht. Vielleicht würden seine Besuche jetzt einen verzweifelten Eindruck machen.

Nein, nicht verzweifelt. Er war nicht verzweifelt. Er war einfach nur entschlossen.

Als er bei den Buchanans klingelte, brachte er sogar ein Lächeln zustande. Auch sie hatten einen Kranz aus Weinlaub an der Tür hängen, der sich bewegte, als Shelley mit überraschter Miene und noch im Morgenmantel an die Tür kam. Obwohl Shelley zwei Jahre nach ihm die Schule beendet hatte, kannte Nathan sie gut, ebenso wie ihren Mann Brian, einen Automechaniker mit eigener Werkstatt. In Deep Haven kannte jeder jeden. „Ach, sieh mal an, die Deckers. Ganz schön früh unterwegs heute, was?“

„Guten Morgen Shelley“, sagte Nathan und reichte ihr die Hand, die sie ergriff, während sie sich mit der anderen den Morgenmantel zuhielt. „Ich weiß, es ist frisch draußen, und ich will dich auch gar nicht lange aufhalten. Ich wollte nur fragen, ob Brian und du in Betracht ziehen würdet, mir bei der Bürgermeisterwahl eure Stimme zu geben, und ob ihr noch irgendwelche Fragen, Anliegen oder Anregungen habt. Ich habe euch ein paar Infos mitgebracht, die ich gern dalasse." Er hatte diese kleine Rede so lange vor dem Badezimmerspiegel eingeübt, dass sie wie geschmiert saß. Ebenso wie sein Lächeln.

Shelley nahm den Flyer, den Melanie ihr hinhielt, und klappte ihn auf. „Ich glaube, ich weiß wofür du stehst, Nathan", sagte sie.

Einen kurzen Moment lang erschütterten ihre Worte ihn. Für was denn zum Beispiel?

„Deine Familie ist eine einzige Freude. Wir alle mögen euch. Mikey spielt ja Football, und er und die Jungs feuern immer die Mädchen beim Volleyball an. Colleen ist schon ein echter Star. Wahrscheinlich genau wie ihre Mutter." Dabei grinste Shelley Melanie an.

Melanie lächelte zurück, wurde aber bei dem Kompliment ein bisschen blass. Doch das konnte auch an der Kälte liegen. „Danke, Shelley. Vielen Dank für eure Stimme."

Shelleys Lächeln erstarb und dann sagte sie leise. „Aber Sebastian ist Mikes Trainer, Nathan. Danke für deinen Besuch."

Er brachte noch ein Lächeln und eine Verabschiedung zustande, aber ihm wurde ganz eng in der Brust, als sie zurück auf die Straße gingen. Melanie ging schweigend neben ihm her und sagte nach einer Weile: „Und wenn schon. Du bist doch schon viel länger hier als Sebastian. Und die Leute mögen dich."

„Aber Sebastian hat in die Donut-Dynastie von Deep Haven eingeheiratet und war außerdem der Starspieler in der einzigen Footballsaison, in der wir jemals die Meisterschaft gewonnen haben. Und jetzt ist er Co-Trainer der Footballmannschaft und Cheftrainer bei den Basketballern." Er schüttelte den Kopf, während sie die Auffahrt des nächsten Hauses hinaufgingen. „Diese Stadt ist völlig sportverrückt."

Sie legte ihm eine Hand auf den Arm und drehte ihn zu sich um, erwiderte seinen Blick mit genau der Art von Lächeln, das ihn aus seinen verrückten Verzweiflungsspiralen herausholen konnte. „Wenn sie in dir das sehen, was ich sehe, dann gewinnst du."

Er wollte ihr einfach glauben, und am liebsten hätte er sie hier, direkt vor der Haustür der Michaels, in seine Arme gezogen. Einen kurzen Moment lang schien alles heil, ganz und vollkommen.

Joe Michaels kam an die Tür und redete fünf Minuten lang mit Nathan über die Idee für ein neues Schwimmbad im Gemeinschaftszentrum und über die Finanzierung einer neuen Sporthalle für die Schule. Nathan musste den Mann beim Schreiben an einem seiner Bestseller unterbrochen haben. Joe hatte eine Tasse Kaffee in der Hand und war mit einem Sweatshirt und einer Freizeithose bekleidet. Die Brille hatte er sich auf die Stirn hochgeschoben.

„Siehst du, Joe stimmt für dich, und er ist mit Sebastian zusammen bei der freiwilligen Feuerwehr", sagte Melanie, als sie wieder gingen.

Als Nathan ihre Hand ergriff, erinnerte ihn das an die erste gemeinsame Zeit als Familie, wenn sie nach dem Abendessen Hand in Hand durch die Stadt spaziert waren, mit Jason auf dem Fahrrad und Colleen auf dem Dreirad im Schlepptau. Damals hatte er noch so viele Träume gehabt, so viele Hoffnungen, was er ihnen alles bieten wollte. Jetzt, 20 Jahre später, wohnten sie immer noch in demselben alten Haus und versuchten, voranzukommen. Aber er wollte immer noch gern glauben, was Melanie in ihm sah.

Vielleicht würde sich für ihn – für sie alle – bald etwas ändern, und dann würde auch diese Distanz verschwinden, die er zwischen sich und Melanie empfand. Frank würde wieder abreisen, und alles würde wieder normal werden, wie immer. Nein ... besser, glücklicher.

Nathan und Melanie näherten sich jetzt dem Haus der alten Svensons. Nathan hatte gehört, dass sie umgezogen wären, aber er hatte den neuen Besitzer noch nicht kennengelernt. Offenbar hatte er denselben Geschmack wie die Svensons, denn er hatte den ausgestopften Hirschkopf, der an einem Baum im Vorgarten hing, noch nicht abgenommen.

Nathan klopfte und lächelte Melanie an. „Lass uns gleich eine kurze Pause im Coffee-Shop machen, wenn wir hier fertig sind", schlug er vor.

„Du musst unbedingt den Wilder-Elch-Mokka probieren – der ist großartig", sagte sie.

In dem Moment ging die Tür auf. Nathan stand mindestens eine halbe Minute einfach nur da wie ein Eisblock, bevor sein Herz wieder anfing zu schlagen. Melanie bemerkte, dass er irgendwie abgelenkt war, und sprang rasch ein.

„Hallo, ich bin Melanie Decker und das hier ist mein Mann Nathan. Er kandidiert für das Bürgermeisteramt hier in Deep Haven, und wir wollten mal kurz vorbeischauen und fragen, ob wir auf Ihre Stimme zählen können und ob Sie irgendwelche Fragen oder Anregungen haben."

Sie konnte es nicht wissen und erkannte den Mann deshalb auch nicht. Vor ihnen stand Shawn Jorgenson, der Sohn des Mannes, den sein Vater umgebracht hatte, und er starrte jetzt Nathan mit eiskaltem Blick an, die Arme vor dem ausladenden Bauch verschränkt.

„Verschwinden Sie sofort von meinem Grundstück."

Nathan hakte sich bei Melanie unter und sagte: „Komm, wir gehen."

Aber sie sah Shawn mit gerunzelter Stirn an und fragte. „Tut mir leid, haben wir irgendetwas falsch gemacht? Sind wir Ihnen zu nahegetreten?"

„Verschwinden Sie, und zwar auf der Stelle."

Nathan war schon wieder unterwegs zur Straße, und sie sah von hinten, dass sogar sein Nacken feuerrot war. Von einem Augenblick zum anderen war er wieder 12 Jahre alt und ein Feigling.

„Was ist denn los, Nathan?“

Er sagte nichts, sondern ging einfach weiter zur Straße und dann bis zur nächsten Ecke. „Komm, lass uns diesen Mokka trinken.“

Sie musste fast rennen, um mit ihm Schritt zu halten. „Warum war der Mann so wütend auf uns?“

Wann war Shawn Jorgenson wieder nach Deep Haven gezogen? Nathan wusste, dass er nach der Highschool weggezogen war, und er hatte auch gehört, dass er inzwischen in dem Sägewerk in der Nähe arbeitete, aber er hatte gedacht, dass Shawn im Haus seines Vaters wohnte, das irgendwo außerhalb im Wald lag.

„Was ist los?“, fragte Melanie erneut.

Endlich wurde er langsamer, drehte sich zu ihr um und erschrak ein bisschen über sich selbst, als er sah, dass Melanie beinahe rennen musste, um ihn einzuholen. Sie war richtig außer Atem. „Entschuldige bitte.“

Sie hatte die Flyer in ihrer behandschuhten Hand aufgerollt. „Wer war denn das?“

Wie sehr er sich wünschte, das alles nicht noch einmal durchleben zu müssen. „Das war Shawn Jorgenson, der Sohn von Martin.“

Offenbar klingelte bei diesen Namen nichts bei ihr, aber das konnte er vielleicht auch nicht erwarten, denn von diesem Teil seines Lebens hatte er ihr im Grunde so gut wie nichts erzählt – nur die Fakten, den Rest hatte er dann seine Mutter ergänzen lassen. „Der Sohn des Mannes, den mein Vater getötet hat.“

Ach so. Ihre Lippen formten zwar die Worte, aber es kam kein Laut aus ihrem Mund. Und dann sagte sie ganz leise: „Aber wieso ist er so wütend auf *dich*? Du hast doch seinen Vater nicht umgebracht.“

Es war wirklich nicht beabsichtigt, aber er stieß ein Lachen aus, das absolut nichts mit Humor zu tun hatte. „Weil das hier eine Kleinstadt ist, Melanie, und weil die Leute hier an ihrem

Groll festhalten. Du weißt nicht, wie das ist. Du hast den Luxus genossen, hier anzukommen und ganz neu anzufangen, aber dieses Glück hatte ich leider nicht." Er schüttelte den Kopf. „Manchmal wünschte ich, ich könnte auch noch mal von vorn anfangen, aber ich sitze hier fest. Ich werde all dem hier niemals entkommen."

Das hatte er so eigentlich gar nicht gemeint. Er hatte eigentlich sagen wollen, dass er viel zu viel Verantwortung übernommen hatte, und dass es zu viel gab, was ihn hielt, aber sie zuckte bei seinen Worten zusammen, als hätte er sie geohrfeigt. Das zusammen mit seinen genialen Äußerungen gestern … nun ja, kein Wunder, dass sie ihn nicht ansah.

„Komm, lass uns einen Kaffee trinken gehen", sagte er und versuchte zu lächeln.

Melanie ging zwar mit zum Coffee-Shop, aber sie war sehr still. Er versuchte, sich selbst einzureden, dass sie ihm vergeben hatte, aber als er sah, dass sie ihre Tränen zurückhalten musste, während sie in der Schlange anstanden …

„Es tut mir wirklich leid, Melanie. Ich habe nicht *festsitzen* gemeint."

Sie biss sich auf die Unterlippe. Er hätte es dabei bewenden lassen sollen. Schon allein, weil es an diesem Samstagmorgen sehr voll war in dem Lokal und überall Grüppchen beieinanderhockten und redeten – wahrscheinlich über ihn – und weil trotz des Lärms jeder jedes Detail ihres Wortwechsels mithören konnte.

Aber die Wunden der Vergangenheit gaben keine Ruhe. „Ich wollte damit nur sagen, dass du nicht weißt, wie es ist, wenn einem ständig irgendwo die Vergangenheit auflauert und man ihr nicht entrinnen kann."

Sie wischte sich mit der Hand über die Wange. Klar, als ob *das* nicht jeder sehen könnte. Wirklich toll.

„Lass uns zu Hause darüber reden", sagte sie, drehte sich um und wollte die Schlange verlassen, aber er hielt sie fest.

„Aber wir sind doch noch nicht fertig mit den Besuchen und dem Flyerverteilen."

Da funkelte etwas in ihren Augen, und einen kurzen Moment lang erkannte er sie nicht wieder. „Und was ist, wenn ich gar nicht die Frau des Bürgermeisters sein möchte? Was ist, wenn ich einfach nur *deine* Frau sein möchte, die Mutter deiner Kinder? Aber das genügt dir ja nicht! Du musst unbedingt Bürgermeister werden und alles kaputt machen."

Wie bitte?

„Weißt du was, Nathan? Ich mag unser Leben wie es ist. Ich *sitze nämlich nicht fest.* Und es gibt nichts, was ich mir mehr wünsche, als genau hierzubleiben. Ich wünschte nur, unser Leben würde dir genauso gut gefallen wie mir. Aber vielleicht wünschen wir uns ja ganz unterschiedliche Dinge – vielleicht haben wir uns schon *immer* ganz unterschiedliche Dinge gewünscht. Vielleicht haben wir nie richtig zueinandergepasst."

Wie bitte? Und natürlich war es im gesamten Coffee-Shop so still geworden, dass er seinen eigenen Herzschlag hören konnte und das Gebimmel der Türglocke, als Melanie die Tür aufriss und ihn in seiner ganzen Beschämung einfach stehen ließ.

Nathan zog den Kopf ein und stürmte hinter ihr her, doch es gelang ihm den ganzen Heimweg nicht, sie einzuholen.

Kapitel 7

John Christiansen kannte Nathan wahrscheinlich besser als jeder andere Mensch. Er war damals der Einzige gewesen, der noch mit ihm geredet hatte, als sein Vater den Tod von Martin Jorgenson verursacht hatte. Der damals 12 Jahre alte John war am Tag nach dem Zwischenfall auf dem Footballplatz ganz bewusst in der Mittagspause in der Schule mit seinem Tablett zu Nathans Tisch gegangen und hatte sich zu ihm gesetzt. Er hatte Nathan davon abgehalten, die Schule zu schmeißen – ja eigentlich, sein ganzes Leben zu schmeißen. Er hatte Nathan immer wieder zu sich nach Hause eingeladen und ihm das Gefühl gegeben, nicht allein zu sein.

John war auch nach all den Jahren immer noch Nathans bester Freund, und deshalb erschien Nathan am Samstagnachmittag in Laufkleidung bei John zu Hause. John war ein massiger Mann, der Typ, der lieber Gewichte hob, als stundenlang über den unbefestigten Weg zu traben, der zum Haus seiner Familie und zu den Ferienhäusern führte, die er und seine Frau vermieteten. Er hatte schon lange keine Haare mehr – oder nur noch sehr wenige, die er allerdings abrasierte. An diesem Tag trug er sein Markenzeichen, die schwarze Baseballkappe mit dem Familienlogo, als er Nathan die Tür öffnete.

John schaute Nathan nur kurz an und rief dann seiner Frau zu, dass er mit Nathan laufen gehen würde. Ja, bis zu dem Volleyballspiel am Abend sei er wieder zurück.

Nathan musste gestehen, dass er weniger versprochen hatte, als er am Nachmittag das Haus verlassen hatte. Melanie hatte ihm mit einem kaum merklichen Beben in der Stimme nachgerufen:

„Bitte sei rechtzeitig zu Colleens Spiel wieder da. Wir sind eine Familie. Wir müssen uns gegenseitig unterstützen.“

Nun, dann hätte sie ihn vielleicht nicht mitten in der Stadt vor allen Leuten blamieren sollen. Sie bekam ja keine eisige Welle der Verachtung zu spüren. Nicht nur von Shawn, sondern auch von Jenny Jorgenson, Martins Witwe, die als Angestellte bei der Stadt arbeitete. Jedes Mal, wenn er für seine Immobilienfirma Grundbuchauszüge brauchte, musste er sich ihren vorwurfsvollen Blick gefallen lassen. Und jedes Mal, wenn er an der Unfallstelle vorbeifuhr, hörte er die Stimmen, die ihm sagten, dass er den Schatten der Vergangenheit niemals entkommen würde. Und jetzt musste seine Frau auch noch Öl ins Feuer gießen, indem sie vor den Augen und Ohren der ganzen Stadt ihre Ehe demontierte.

Vielleicht war es auch nicht gerade hilfreich gewesen, in ihr gemeinsames Schlafzimmer zu stürzen, nachdem sie sich dort verschanzt und ihn *ausgeschlossen* hatte! Er hatte erst den Generalschlüssel suchen müssen, um hineinzukommen. Sie hatte am Fenster gestanden, hinausgestarrt und ihn keines Blickes gewürdigt. Sie hatte ihn noch nie aus dem Schlafzimmer ausgesperrt, nicht ein einziges Mal in 20 Jahren. Aber in den vergangenen paar Tagen schien sich alles geändert zu haben … und je mehr er darüber nachdachte, desto mehr kam er zu der Überzeugung, dass es etwas mit Franks Auftauchen zu tun hatte.

Zum ersten Mal zog er die Möglichkeit in Betracht, dass Frank nicht zufällig in Deep Haven aufgetaucht war. Er dachte noch einmal an die Situation, als er in den Coffee-Shop gekommen war und Melanie und Frank die Köpfe zusammengesteckt hatten. Vielleicht hätte er der Angst in der Miene seiner Frau mehr Beachtung schenken sollen, hätte sich mehr auf sein Bauchgefühl verlassen sollen. Irgendetwas war da zwischen Frank und seiner Frau, etwas Ungeklärtes. Aber solange Melanie ihn aus dem Schlafzimmer und aus ihrem Herzen aussperrte, hatte er keine Ahnung, wie er mit der ganzen Angelegenheit umgehen sollte.

„Wie weit laufen wir?“, fragte John, als er in Sportsachen auf die Veranda kam. Er setzte sich auf eine der Verandastufen, die aus grob behauenen Holzbohlen bestand, wahrscheinlich von einem der Christiansen-Vorfahren eigenhändig gefällt und mit reiner Körperkraft durch den Fichtenwald zum Haus geschleppt. John wohnte in einem Haus, das er von seinem Vater geerbt hatte und führte in vierter Generation die Ferienhausvermietung. Natürlich hatte John das Haus modernisiert und jetzt sah es aus wie in *Schöner Wohnen*. Manchmal stand Nathan in Johns massiver Holzküche, die mit allem technischen Schnickschnack ausgestattet war, schaute aus dem Panoramafenster auf eine ausgedehnte Rasenfläche und den tiefblauen See dahinter und hätte sich am liebsten einfach nur in einen der handgefertigten Eichensessel sinken lassen und aufgegeben. Niemals würde er so ein Familienerbe hinterlassen wie die Christiansens.

„Ach, keine Ahnung, vielleicht so acht bis zehn Kilometer?“, antwortete Nathan auf Johns Frage.

John hatte sich inzwischen die Schuhe zugeschnürt, ging die Treppe hinunter und machte auf dem Rasen vor dem Haus ein paar Dehnübungen.

Was auch immer Nathan tat, es würde seine innere Anspannung nicht lösen, aber er dehnte trotzdem seine Waden- und Oberschenkelmuskeln. Er war seit … ja, eigentlich schon seit Wochen nicht mehr gelaufen. Nicht mehr, seit er zur Bürgermeisterwahl angetreten war. Melanie hatte gestern nach ihrem Streit bereits gesagt, er müsse unbedingt etwas tun, um den Kopf frei zu bekommen. Vielleicht konnte er sich ja selbst davon überzeugen, dass er den Wahlkampf nicht abbrechen sollte. Obwohl das für ihn zu diesem Zeitpunkt immer noch eine Option gewesen wäre. Wie sollte er denn gegen einen Lokalmatador wie Seb Brewster gewinnen?

„Also dann am See entlang?“, fragte John, als er zu ihm aufschloss.

Nathan nickte und lief neben ihm her.

John hatte an der University of Minnesota Football gespielt und die Körpermasse, die er dabei aufgebaut hatte, nicht wieder verloren. Er lief mit voller Kraft, wie ein Bulldozer, der eine Schneise durch den Wald bahnt. Nathan dagegen hatte schon in der 7. Klasse mit dem Laufen angefangen und sich dem Leichtathletikteam angeschlossen. Dadurch hatte er Shawn Jorgensen aus dem Weg gehen können, der in so ziemlich jeder anderen Sportart aktiv war. Durch das Laufen war Nathan schlanker geworden, und das hatte ihn mental aufgebaut. Er war gut darin. Ja, wenn Nathan lief, dann kam es ihm vor, als könne er alles.

„Colleen war diese Woche in der Zeitung. Da stand, dass sie bei den Sichtungsspielen für den Bezirk dabei sein wird. Sie hat in dieser Saison über hundert Schmetterbälle und fast genauso viele Blocks gemacht", sagte John schwer atmend.

Wahrscheinlich war Nathan ein lausiger Vater, weil sein bester Freund besser über die Volleyballleistungen seiner Tochter Bescheid wusste als er selbst. Das hatte er durch sein Schweigen auch offenbar vermittelt, denn John fügte noch rasch hinzu: „Das stand direkt neben den Footballergebnissen."

Nathan nickte nur. Sie stießen jetzt auf den unbefestigten Weg, der sich durch den Wald zu den Ferienhäusern schlängelte. Der Wind verbreitete den Duft der Fichten, und es roch frisch und würzig. Nathan holte tief Luft und sagte dann: „Ich überlege, ob ich meine Kandidatur zurückziehen soll."

John sah nicht zu ihm hinüber, was ihm das Reden ein wenig erleichterte.

„Wusstest du, dass Sebastian Brewster sich gestern auch noch um den Posten beworben hat?"

„Du lässt dich von Seb einschüchtern?", antwortete John mit einer Gegenfrage.

John hatte noch nie mit seiner Meinung hinterm Berg gehalten, schon vor 30 Jahren nicht. „Eigentlich hatte ich heute vor, noch ein bisschen Wahlkampf an der Haustür zu machen, um mit den Leuten in unserer Nachbarschaft ins Gespräch zu kommen."

John hatte das Lauftempo ganz gut mitgehalten, wurde aber jetzt ein bisschen langsamer. Vielleicht wusste er, dass Nathan eigentlich eher reden als laufen wollte. „Und?"

„Wusstest du, dass Shawn Jorgenson wieder hergezogen ist?"

„Nein."

„Er wohnt in dem Haus, wo im Garten der Hirschkopf an dem Baum hängt."

„Ach, im alten Svenson-Haus."

„Genau. Ich habe das gar nicht mitbekommen, und als wir dort heute Morgen geklingelt haben, kam er an die Tür, stand einfach da und hat mich angestarrt. Es war schrecklich. In dem Augenblick war alles wieder da, jede Sekunde von diesem Tag damals. Wie ich auf den Footballplatz gekommen bin, fertig fürs Training, und Shawn neben dem Trainer stand, der ihm den Arm um die Schultern gelegt hatte. Ich weiß beim besten Willen nicht, wieso Shawn überhaupt zum Training gekommen ist."

„Für die meisten von uns war der Coach doch mehr als nur unser Trainer. Wahrscheinlich brauchte Shawn jemanden, der ihm sagte, dass alles wieder gut werden würde."

„Ja, aber das hätte ich genauso gebraucht. Ich habe keine Ahnung, wieso mir damals niemand gesagt hat, was mein Vater getan hatte oder was mit ihm passiert war, bevor ich zum Training gegangen bin. Als ich ankam, habe ich Shawn gesehen und dann, wie der Rest der Mannschaft sich zu mir umgedreht und mich angestarrt hat. Und dass sie mich hassten."

„Sie waren noch Kinder. Kinder, die geschockt waren. Und Shawn war ein Jahr älter als die anderen und hatte sogar schon in der B-Jugend gespielt. Du warst für sie nicht so wichtig wie er."

Aber John hatte ihn damals nicht so gesehen. Seine immer noch ein wenig schiefe Nase war der Beweis dafür. Es war jedenfalls ein Tag gewesen, an den sich niemand gern erinnerte.

„Shawn hasst mich immer noch."

„Was hast du denn erwartet? Wegen deines Vaters ist er ohne Vater aufgewachsen."

„Vielen Dank auch." Nathan lief immer langsamer, bis er in Schritt fiel. „Ich habe gedacht, dass ich das alles inzwischen weit hinter mir gelassen hätte."

John schloss zu ihm auf. „Aber genau das ist doch der Punkt. Es ist doch im Grunde gar nicht deine Sache. Du hast mit Martin Jorgensons Tod gar nichts zu tun gehabt."

„Das ist doch völlig egal. Was auch immer ich in dieser Stadt tue, ich werde immer Dylan Deckers Sohn bleiben. Der Sohn eines Trinkers. Der Sohn eines Fremdgängers. Der Sohn eines Mörders. Und auch meine Kinder werden immer darunter zu leiden haben. Deshalb habe ich für das Bürgermeisteramt kandidiert, John. Nicht meinetwegen, sondern für meine Kinder und für meine Frau. Sie haben einen besseren Namen verdient."

„Aber Decker ist doch ein guter Name."

Nathan begann wieder zu laufen.

„Steig nicht aus dem Wahlkampf aus, Nathan."

Sie liefen eine scharfe Kurve und nahmen dann eine Abkürzung durch den Wald, die zum See führte. Der Boden war mit einer dicken Schicht Tannennadeln bedeckt und dadurch ganz weich. Am Ende des Waldweges hatte man einen freien Blick auf den See, von dem ein kalter Wind landwärts wehte.

Nathan blieb stehen, beugte sich vornüber und sagte: „Melanie und ich haben uns ziemlich übel gestritten." Er schloss die Augen. *Ich sitze hier fest.* „Ich weiß, dass ich den Streit angefangen habe, aber … sie hat mich belogen, John. Zumindest hat sie mir verschwiegen, dass Jason heimlich für das Theaterstück vorgesprochen hat." Er schaute nach oben, wo Wildgänse in einem großen V über ihnen in Richtung Süden flogen. „Er hat die Hauptrolle bekommen. Er spielt den Romeo."

„Mann, das ist doch großartig."

„Nein, ist es nicht. Ich hatte ihn nämlich ausdrücklich aufgefordert, sich einen Job zu suchen, um etwas zu den Studiengebühren fürs College beizusteuern." Nathan schaute zu, wie John dastand, die Hände auf die Knie gestützt, und versuchte, wieder zu Atem zu kommen. Jetzt oder nie... also heraus mit der Sprache. „Ich habe für den Wahlkampf unser Konto um fast zehntausend Dollar überzogen und die Ersparnisse für Jasons Studium geopfert."

John hob den Kopf, und ihre Blicke begegneten sich.

„Aber du hattest doch nicht einmal einen Gegenkandidaten. Warum ...?"

„Ich weiß auch nicht ... ich wollte einfach alles richtig machen, wollte alle überzeugen, dass sie die richtige Entscheidung treffen, wenn sie mich wählen. Aber ...", er atmete geräuschvoll aus, „Melanie weiß nichts davon."

„Also ist sie nicht die Einzige, die unaufrichtig ist."

Nathan schaute weg. Ja. Und das machte alles noch schlimmer, denn dieses Gefühl festzusitzen hatte wahrscheinlich mehr mit seinem eigenen Netz aus Geheimnissen und Lügen zu tun als damit, wie er in Deep Haven behandelt wurde.

„Jetzt mal ehrlich, John, du willst mir doch nicht erzählen, dass du und Ingrid keine Geheimnisse voreinander habt."

John stützte sich an einem Baumstamm ab, um sich zu dehnen und antwortete: „Geheimnisse, egal ob große oder kleine, sabotieren jede Ehe."

„Sind Geheimnisse nicht etwas ganz Normales? Ich meine, niemand kann alles über den anderen wissen, oder? Es gibt alles Mögliche, was ich über Melanie nicht weiß, aber das heißt doch nicht automatisch, dass ich sie nicht liebe und wir keine gute Ehe führen." Bis heute jedenfalls. Aber das war nur ein Streit, und der würde nicht ihr Leben zerstören.

„Aber geht es bei Intimität nicht genau darum, dass man sich einander vorbehaltlos mitteilt?"

„Ich kenne meine Frau, John, und sie kennt mich. Wir sind uns nah, ehrlich."

Trotzdem versetzten ihm Johns Worte einen Stich. Manchmal fühlte sich Nathan, als existiere zwischen ihm und Melanie eine tiefe Kluft, als stünden sie jeweils auf der anderen Seite einer Schlucht und könnten einander gar nicht hören. Plötzlich ergab das, was sie im Coffee-Shop gesagt hatte, einen Sinn: *Vielleicht haben wir ja immer etwas Unterschiedliches gewollt. Vielleicht haben wir nie richtig zueinandergepasst.* Nein, das wollte er einfach nicht glauben.

„Ich meine nicht körperliche Intimität, Nathan, ich meine völlige Annahme. Das schenkt Gott uns, und das soll eigentlich auch die Ehe ausmachen."

Nathan blickte auf den See hinaus, schaute zu, wie der Wind darüber hinwegfegte und die Wasseroberfläche kräuselte. War es nicht genau das, was sie hatten? Das hatte er jedenfalls immer gedacht, aber …

Nein, er war nicht wie sein Vater. Er liebte seine Frau, und sie würden eine Lösung für ihre Probleme finden. Und außerdem hatte er einen Plan.

„Ich habe das McIntyre-Haus als Auftrag an Land gezogen. Ich hoffe, dass ich mit der Maklercourtage, die ich dafür bekomme, die Schulden bezahlen kann."

„Du musst Melanie von den Schulden erzählen, Nathan. Du kannst die ganze Sache nicht in Ordnung bringen, indem du einfach hoffst, dass du die Immobilie möglichst schnell verkaufst. Das geht nur, indem du offen zu ihr bist und ihr die ganze Wahrheit sagst."

Er sah John an. Der Mann hatte gut reden. Er besaß ein eigenes Haus und hatte eine grundsolide charakterliche Prägung von zu Hause mitbekommen. Und seine Kinder … „Ich habe gehört, dass Owen beschlossen hat, bei den Minnesota Wilds zu unterschreiben. Das ist ja fantastisch."

„Na ja, er wird wahrscheinlich erst mal eine Zeit lang auf der Bank sitzen, aber wir hoffen, dass er auch spielen wird. Er liebt Eishockey, und für Minnesota zu spielen ist einfach perfekt, denn dann können wir wenigstens bei ein paar von seinen Spielen dabei sein." John verschränkte die Arme vor seiner breiten Brust. „Aber es war nie geplant, dass er Eishockey-Profi wird. Der Sport hat ihm einfach so viel Spaß gemacht, dass wir ihn immer wieder ermutigt haben zu spielen, bis er eines Tages auf der Liste der Wilds stand." Er schüttelte den Kopf. „So baut man sich sein Leben auf, Tag für Tag, bis man merkt, dass etwas Stabiles entstanden ist."

Etwas Stabiles. „Das habe ich auch immer gedacht. An dem Tag, als ich Melanie kennengelernt habe. Sie hat in mir nicht den Loser-Sohn von Dylan Decker gesehen, sondern … sie hat mich gebraucht. Sie hat an mich geglaubt. Und sie hat irgendwie bewirkt, dass ich wieder an mich selbst glauben konnte." Er fuhr sich mit der Hand über den Nacken. „Aber in letzter Zeit ist sie so distanziert, und zwar seit ihr Onkel da ist. Irgendetwas ist mit dem Mann – ich weiß nicht so genau, was, aber irgendwie ist er mir nicht geheuer. Er beobachtet mich die ganze Zeit, beobachtet die ganze Stadt, und gestern Abend hat er meine Mutter eingeladen, mit ihm tanzen zu gehen.

„Deine Mutter hatte ein Date?"

„Nenn es nicht so, ja? Es ist … also gut, vielleicht war es ja wirklich ein Date. Sie haben jedenfalls den ganzen Abend miteinander getanzt."

John schaute Nathan mit leicht amüsierter Miene an. „Freu dich doch für sie. Sie hat wirklich alles gegeben, um dich allein groß zu bekommen. Da hat sie doch einen netten Abend mehr als verdient, und vielleicht sogar eine neue Liebe …"

„Sie verliebt sich nicht in ihn."

John lachte. „Nein, natürlich nicht. Sie ist ja schließlich deine Mutter."

„Lass uns einfach weiterlaufen, ja?"

Nathan lief über den weichen Waldweg zurück zur Straße und hörte seinen Herzschlag in den Ohren dröhnen. Das konnte ja noch heiter werden – wenn sich seine Mutter in Frank verguckte. Er schüttelte diesen Gedanken zwar ab, aber er würde den Kerl im Auge behalten. Vielleicht würde dabei ja auch ans Licht kommen, was Melanie dermaßen zusetzte.

„Dann willst du also deinen Wahlkampf abbrechen und Seb Brewster kampflos gewinnen lassen?"

Nathan erreichte die Straße und beschleunigte das Tempo, sodass John hinter ihm her schnaufte. Wenn es etwas gab, das ihn das Laufen gelehrt hatte, dann war das Ausdauer. Nein, noch ging er nicht zu Boden.

...

Es fiel Frank ausgesprochen leicht, den Onkel zu spielen. Die Art von Onkel, der mit herrlichen Weihnachtsgeschenken auftaucht wie beispielsweise Angelruten, Jagdmessern oder einem Hund.

Dieses Haus konnte einen Labrador gebrauchen, und zwar einen schwarzen namens Winifred. Der Name Winifred hatte ihm schon immer gefallen. Er bedeutete wörtlich übersetzt „gesegnete Versöhnung" oder „Friede". Und er wollte Frieden mit Melanie.

Frank hatte sich eigentlich schon immer für Namen interessiert, und seit es sein Beruf war, Menschen zu einer neuen Identität zu verhelfen, nahm er Namen noch ernster. So wie zum Beispiel bei Melanie. Das bedeutete „die Schwarze, die Dunkle". Und so war sie wirklich gewesen, als er sie kennengelernt hatte mit ihrem schwarz gefärbten Haar und der dramatischen Geschichte, die sie hinter sich hatte. Sie hatte in einem Prozess ausgesagt, eine Freundin verloren und um des Rechts und der Gerechtigkeit willen ihre ganze Familie aufgegeben. Es war wirklich ein Geschenk für sie gewesen, in Deep Haven neu anfangen zu können.

Wenn Frank noch einmal von vorn anfangen würde, dann möglicherweise auch hier in Deep Haven. Vielleicht sogar genau in diesem Haus und im Kreise von Melanies Familie. Sie schienen ihn zu mögen. Nun gut, alle außer Melanie, die aussah, als ob sie drauf und dran wäre, ihm einfach in der Nacht den Schädel einzuschlagen. Und das konnte er ihr nicht einmal verübeln.

Ihr Gesichtsausdruck am gestrigen Abend bei dem Tanz, als er ihr das Ultimatum gestellt hatte, hatte all die alten Albträume wieder lebendig werden lassen, all das Schwarze und Dunkle, das hinter ihr lag. Wie gern hätte er seine Worte zurückgenommen und ihr gesagt, dass sie nicht noch einmal ihr neues Leben aufgeben und an einem anderen Ort ganz von vorn anfangen müsse.

Aber er hatte keine Wahl. Er hatte nämlich schon miterlebt, was für grausige Folgen es haben konnte, wenn man sich entschied zu bleiben und zu kämpfen. Gegen Luis García kämpfte man nicht, sondern vor ihm lief man davon, so schnell die Beine trugen, und brachte sich in Sicherheit. Und Frank hatte nur noch etwa vier Tage Zeit, um Melanie in Sicherheit zu bringen.

„Du bist dran, Onkel Frank. Gleich wirst du wieder zur Kasse gebeten." Melanies Sohn Henry hatte genau ihre Unverfrorenheit. Er hatte Frank beim Monopoly schon diverse Hotels abgenommen, und als Nächstes würde er jetzt wahrscheinlich die kleineren Straßen mit Häusern loswerden. Seine einzige Hoffnung war, dass ihm die Parkstraße blieb.

Oder vielleicht … Frank schaute zur Uhr hinüber. Ja, vielleicht mussten sie das Spiel abbrechen, weil sie bei dem Volleyballspiel Dienst am Imbissstand hatten. Der Rest des Nachmittags war viel zu schnell vergangen, obwohl er bei Melanie zu Hause festsaß. Und obwohl sie ihn die letzte Stunde, seit sie aus ihrem Zimmer gekommen war, nur wütend angestarrt hatte.

Er würfelte, setzte seinen Spielstein und nahm eine Ereigniskarte. „Sollen wir nicht lieber Cluedo spielen? In Cluedo bin ich viel besser."

„Lies die Karte vor, Onkel Frank."

Er nahm die Karte so in die Hand, dass Henry sie nicht sehen konnte und sagte: „Da steht, dass du mir deine gesamten Einnahmen dieses Jahres geben musst. Und alle Straßen und Häuser, die du besitzt."

„Das steht da ganz bestimmt nicht!", widersprach Henry energisch und griff nach der Karte, aber Frank riss den Arm hoch.

„Doch, da steht, dein gesamtes Geld und alle Straßen und Häuser und-"

Henry sprang jetzt an Frank hoch, aber dieser drehte sich mit dem Rücken zu ihm und steckte die Karte in die Hosentasche.

„Das ist geschummelt!"

Frank drehte sich wieder um und grinste Henry an. Der Junge hatte Ähnlichkeit mit seinem Enkel Taylor in dem Jahr, bevor Margaret gestorben war. Damals war seine Tochter Caroline mit dem Zwölfjährigen zum Thanksgivingfest nach Hause gekommen, und Frank hatte Risiko mit ihm gespielt und so viele Partien Scrabble, dass ihm die Augen brannten. Taylor war in dem perfekten Alter gewesen, in dem Kinder nichts anderes fordern als einen Gegner, und das hatte Frank erfüllen können. Er blühte richtig auf, wenn er seinen Gegner überlistete und gewann. Allerdings nur, solange er keine tiefgründigen Gespräche führen und seine Seele entblößen musste, und solange der Junge keinen Ärger machte.

Aber das war Taylor nicht gelungen, es war vielleicht auch gar nicht möglich gewesen, weil Caroline monatelang ihre Mutter gepflegt hatte und ständig zwischen Portland und Kalifornien hin und her gependelt war. Es hatte ein paar Jahre gedauert, und Taylor hatte sich mit den falschen Leuten eingelassen und war wegen Drogenbesitzes festgenommen worden. Und natürlich hatte Caroline auf Franks Beistand gezählt.

Aber er hatte es nicht ertragen können, also war er einfach weggeblieben, genau so, wie er nach Margarets Krebsdiagnose weggeblieben war. Er hatte nicht mit ansehen können, wie seine Frau litt. Es war leichter, die eigene Familie so zu behandeln wie die Menschen in seinem Job, die er in Zeugenschutzprogrammen betreute. Nur keine Bindung aufbauen, denn dann konnte einem auch nicht wehgetan werden.

Ja, Frank konnte bis zum Sankt-Nimmerleinstag Monopoly spielen und Henrys falscher Onkel sein, solange er sich nicht wirklich auf ihn einließ. Aber er musste zugeben, dass es sich gut anfühlte – auch wenn er ein falscher Onkel war –, Teil von etwas zu sein, zu einer Familie zu gehören, zuzuhören, wie Helen in der Küche vor sich hin summte und den Zimt und Muskat des köstlichen Desserts aus Äpfeln zu riechen, das sie gerade zubereitete.

Wie praktisch, dass sie direkt gegenüber wohnte und an diesem Morgen die restlichen Äpfel von ihrem Apfelbaum gepflückt hatte – eine gute Entschuldigung für ihn, ein Auge auf Melanie und Nathan zu haben, während sie durch die Nachbarschaft marschiert waren, um noch Wählerstimmen zu gewinnen.

Er hatte gerade in seinen Mietwagen steigen wollen, als er sie am Ende der Straße in Richtung Stadt hatte verschwinden sehen. Er wäre ihnen gefolgt, aber plötzlich hatte er sie aus den Augen verloren. Als er wieder nach Hause gefahren war, hatte er sie dann gesehen, wie sie zu Fuß auf dem Heimweg waren, Melanie mit geballten Fäusten in den Taschen. Sie hatte so ausgesehen wie damals an dem Tag, als er sie aus dem Arrest geholt und ihr das Angebot gemacht hatte, sie von der Straße zu holen. Sie war wütend auf ihren Mann – das hatte Frank daran erkennen können, dass sie Nathan keines Blickes würdigte.

Eine Stunde später war Nathan dann in Laufsachen aus dem Haus gerannt. Frank hatte versucht, den flehenden Tonfall in Melanies Stimme zu überhören, als sie ihn ermahnt hatte, zum Spiel wieder da zu sein. *Wir sind doch eine Familie; wir müssen uns gegenseitig unterstützen.*

Er hoffte, dass Nathan sich ihre Worte zu Herzen nahm.

„Also gut. Auf der Karte steht in Wirklichkeit …“, er zog die Karte aus der Tasche. „Zahle zehn Prozent Steuern. Du machst mich fertig, mein Junge.“

Henry grinste, setzte sich wieder hin und hielt seine Hand auf. „An die Bank zu bezahlen, bitte schön.“

Frank blätterte den passenden Betrag in Hundertern hin, während Helen von der Küche aus leise lachte.

„Wenn er groß ist, geht er an die Wall Street“, rief Frank in ihre Richtung.

„Nein, ich bleibe für immer in Deep Haven“, widersprach Henry und stapelte die Geldscheine in das entsprechende Fach der Bank. „Ich werde Bürgermeister wie mein Vater.“

Hmmm.

„Da ist es eine gute Übung, heute Abend beim Spiel am Imbissstand zu helfen“, sagte Melanie, die gerade hereinkam. Sie trug ein blaues Sweatshirt mit der Aufschrift *Husky Volleyball Bezirksmeisterschaft*, und an ihren Ohren baumelten Ohrringe in Form von Volleybällen. Sie schaute nicht zu Frank hin, als sie Helen einen Kuss gab. „Wir sehen uns dann beim Spiel.“

„Aber ich will erst noch zu Ende spielen“, maulte Henry.

„Er findet bestimmt noch einen Weg, dich zu besiegen, Henry. Hör lieber jetzt auf, wo du noch vorn liegst.“

„Hey“, sagte Frank empört und runzelte die Stirn, und dann bekam er sie am Arm zu fassen, als sie an ihm vorbeiging. „Du kannst da nicht allein hingehen.“

Melanie riss sich los und rieb sich das Handgelenk. „Ich verkaufe Hot Dogs und Schokoriegel, Frank. Ich bin nicht in Gefahr.“

Er warf rasch einen Blick in Richtung Küche, wo Helen gerade unter dem Küchentresen verschwunden war und zwischen Töpfen und Pfannen herumkramte.

„Trotzdem …“

„Kannst du mich vielleicht mal eine Stunde in Ruhe lassen?", zischte Melanie.

Nein, das konnte er nicht. Aber wahrscheinlich hatte sie recht. Sie würde ja die ganze Zeit unter Menschen sein. Obwohl …

„Können Sie mir bitte mal den Popcorntopf oben aus dem Schrank holen, Frank?" Helen zeigte auf einen Topf im obersten Regal eines Hochschrankes in der Küche.

„Mach doch mal wieder Popcorn mit Erdnussbutter!", sagte Henry, während er sich an der Haustür seine Schuhe anzog. Dann stand er auf und griff nach seiner Jacke.

„Extra für dich, Henry", sagte Helen und zwinkerte ihm zu. „Aber Frank muss mir helfen. Ich kann nicht gleichzeitig rühren und Erdnussbutter dazugeben."

Melanie zog eine Augenbraue hoch und sagte: „Aber benehmt euch!"

Das verschlug Frank wirklich die Sprache. „Eine Stunde. Und du gehst sonst nirgends hin", sagte er zu Melanie, die daraufhin die Augen verdrehte.

„Wo soll ich denn hingehen? Los, nun mach schon, Henry."

Sie nahm ihre Schlüssel von dem Haken an der Tür, ging vom Haus aus in die Garage und schloss die Tür wieder hinter sich. Frank konnte sich kaum beherrschen, nicht hinter ihr her zu rennen, weil sein gesunder Menschenverstand und seine Einschätzung der Situation es vehement verlangten, aber sie hatte ja recht.

Hoffentlich.

Er konnte ihr jetzt entweder folgen, was möglicherweise Fragen nach sich ziehen würde … oder bei Helen bleiben. Vielleicht konnte er ja sie überzeugen, dass man ihm trauen konnte.

Er holte den Popcorntopf aus dem Schrank. „Wie machen Sie denn Erdnussbutterpopcorn?"

„Das ist einfach Popcorn, über das man am Ende eine Mischung aus Erdnussbutter und Honig gibt. Weil die Mischung aber sehr schnell abkühlt, braucht man dazu zwei Leute – einen, der rührt, und einen, der die Mischung darübergibt. Es schmeckt so ähnlich wie Karamell, ist aber noch süßer." Sie stellte den Popcorntopf, der mit einer Handkurbel versehen war, auf den Herd.

Helen zündete die Gasflamme an und gab ein wenig Öl in den Topf. „Ich habe angefangen, für Nathan Popcorn zu machen, als er noch ganz klein war. Am Freitagabend haben wir uns immer zusammen einen Film angeschaut und dabei Popcorn geknabbert, weil es hier in der Stadt kein Kino gibt. Wir haben es auch während der ganzen ... also, das hat uns auch während meiner Krebstherapie irgendwie zusammengehalten."

Frank versuchte, ruhig zu bleiben, als sie ihm Ofenhandschuhe reichte und sagte: „Sie drehen die Kurbel." Dann ließ sie ein paar Maiskörner in das Öl fallen, schloss den Deckel und merkte anscheinend gar nicht, dass er die Luft anhielt, während sie eine halbe Tasse Maiskörner in ein Glas füllte. „Für Nathan brach meine Krankheit zu einem denkbar ungünstigen Zeitpunkt aus. Er hatte gerade ein Teilstipendium als Cross-Country-Läufer von der Winona State University bekommen, wollte dort Jura studieren und Anwalt werden. Stattdessen hat er das Stipendium dann sausen lassen, um hierzubleiben und sich um mich zu kümmern. Durch eine Knochenmarkspende hat er mir das Leben gerettet. Er hat mich zu meinen Behandlungen nach Duluth und wieder zurück gefahren, hat dafür gesorgt, dass ich aß, und meine Medikamente bezahlt. Damals hat er seine Maklerlizenz bekommen und gemerkt, dass er für den Job ein Händchen hat."

Die Testmaiskörner platzten jetzt, sodass sie den Deckel öffnete und mehr Maiskörner nachschüttete. „Rühren Sie."

Frank gehorchte.

„Melanie hat er kennengelernt, als ich ungefähr ein Jahr krebsfrei war. Sie war gerade erst hergezogen und wohnte in dem alten Haus der Sjoderbergs in der Fifth Avenue ..."

Frank konnte sich gut daran erinnern. Es war ein gelber Bungalow gewesen mit schwarzen Fensterläden und einem Rosengarten davor. Die Zeugenschutzabteilung hatte das Haus unter einem falschen Namen gekauft.

„Sie war auf der Suche nach einer Gemeinde und kam eines Sonntags zum Gottesdienst. Nathan hatte an dem Tag Begrüßungsdienst, und so haben sie sich kennengelernt."

Frank hatte Melanie damals gesagt, sie solle Kontakt zur Kirchengemeinde suchen. Das hatte er auch als Chance betrachtet, nicht nur eine neue Identität anzunehmen, sondern auch ihr Leben in geordnete Bahnen zu lenken. Das hatte ja ganz offensichtlich auch funktioniert.

„Nathan schien ziemlich glücklich. Er hat nie erwähnt, dass er gern woanders leben würde." Die Maiskörner in dem Topf begannen jetzt zu platzen. „Manchmal frage ich mich allerdings, inwiefern sein Leben wohl anders verlaufen wäre, wenn ich nicht krank geworden wäre", sagte sie nachdenklich und holte ein Glas Erdnussbutter aus der Speisekammer. „Oder wenn ich ihm einfach nichts von meiner Krankheit gesagt hätte."

Das Popcorn in dem Topf hörte sich jetzt an wie Gewehrfeuer. Frank drehte schnell und heftig die Kurbel. „Gibt es ein Gefäß für das fertige Popcorn?"

Helen stellte eine riesige Plastikschüssel auf den Tresen. Er nahm den Topf mit dem fertigen Popcorn vom Herd und schüttete es in die Schüssel. Es glänzte und zischte.

„Und jetzt die Mischung darüber."

Aber statt den Popcorntopf wieder auf den Herd zu stellen, packte er Helen mit den Topflappenhandschuhen an den Handgelenken und sagte: „Sie haben das Richtige getan."

Sie sah ihn an.

„Meinen Sie, es wäre besser gewesen, wenn er irgendwann einmal übers Wochenende nach Hause gekommen wäre und Sie schon sterbenskrank vorgefunden hätte? Dass er die Chance verpasst hätte, noch etwas in Ordnung zu bringen oder noch etwas loszuwerden, was er Ihnen unbedingt sagen musste? Vielleicht wäre es Ihnen schon zu schlecht gegangen, als dass er noch Wiedergutmachung hätte leisten oder der Mann hätte werden können, der er sein sollte."

Sie schluckte und sah ihn mit gerunzelter Stirn an. Er schaute weg. „Meine Frau hat mir erst gesagt, dass sie Krebs hatte, als sie schon im Endstadium war. Sie wollte nicht, dass ich mir ihretwegen Sorgen mache." Manchmal bewirkte sein Zorn darüber immer noch, dass es ihm ganz eng um die Brust wurde.

Er hätte beinah einen Satz gemacht, als Helen ihre Hand auf den Ofenhandschuh legte, in dem seine Hand steckte. Ihre Stimme war so sanft und liebevoll, dass es wehtat. „Das mit Ihrer Frau tut mir leid, Frank. Aber wenn es ihre Entscheidung war, Ihnen nichts von ihrer Krankheit zu sagen, dann können Sie sich doch nicht die Schuld dafür geben."

Oh doch, das konnte er. Er hatte Angst gehabt vor ihrem Leiden – vielleicht auch davor, wie sehr er selbst unter ihrer Krankheit leiden würde. Er hatte ununterbrochen gegen seine Gefühle angekämpft; es hatte ihn in Angst und Schrecken versetzt, wie sehr es ihn zerriss, Margaret zu verlieren. „Ich weiß nicht, Helen. Ich habe sie ausgeschlossen in meiner Angst, sie zu verlieren. Ich hatte sie schon verloren, bevor der Krebs sie mir genommen hat."

Aber wenn er den Schmerz hätte zulassen können, dann wäre der Verlust vielleicht nicht von so viel Reue begleitet gewesen, dass er Caroline nicht mehr hatte ins Gesicht sehen können, dass er sie immer noch nicht anrufen konnte, dass er Taylor nicht ins Gefängnis schreiben konnte. „Aber ich gebe mir selbst die Schuld."

Er hatte gar nicht gemerkt, dass er das laut ausgesprochen hatte, bis er Helens Hand an seiner Wange spürte und sie ihm mit so viel Mitgefühl in die Augen sah, dass es in seinem Innern brannte. Bis sie aufstand und ihm sanft einen Kuss auf die Wange gab.

„Sie sind ein guter Mann, Frank Harrison. Ihre Frau hat Glück gehabt, sie zu haben." Sie tätschelte noch einmal seine Wange und sagte dann: „Wenn Sie mir jetzt bitte den Honig reichen würden, dann machen wir ein paar Köstlichkeiten für die Enkel."

...

Die Übelkeit hatte nichts mit dem fettigen Hot Dog zu tun, den Melanie zwischen dem zweiten und dem dritten Satz des Spiels gegessen hatte oder mit den Nachos, die sie sich mit Henry geteilt hatte oder mit dem klebrigen Erdnussbutterpopcorn ihrer Schwiegermutter.

Nein, Melanie führte ihre Übelkeit darauf zurück, dass Helen Frank hin und wieder Blicke zuwarf, als ob ... nein, sie konnte sich doch nicht wirklich in ihn verliebt haben, oder? Es war eine Sache, dass ihre Schwiegermutter ein bisschen Abwechslung und Spaß hatte und unter Leute kam, aber es war etwas ganz anderes, sich in Frank zu verlieben, in einen Mann, der ihr nur das Herz brechen würde. Selbst wenn er nur versuchte, die Familie zusammenzuhalten, stand Helen Schlimmes bevor.

Ach, wem wollte sie etwas vormachen? Frank hatte so eine Art Spitzbubencharme, und wenn er sich Mühe gab, konnte er richtig nett sein. Wie damals, als er sie aus dem Polizeigewahrsam geholt und sie – gegen die Vorschriften – in sein Haus in Portland mitgenommen hatte. Sie konnte sich noch gut an seine Frau Margaret erinnern und daran, wie sie ihr geholfen hatte, ihr Haar in einer Farbe zu färben, die ihrer Naturfarbe ähnlich war und sie weicher wirken ließ. Wie Margaret sie scheinbar tagelang hatte schlafen lassen. Zweimal hatte Melanie beim Aufwachen bemerkt, dass Margaret schlafend an ihrem Bett saß und ihre Hand hielt. Offenbar war sie mitten in der Nacht zu ihr gekommen, weil Melanie Albträume gehabt hatte. Da war es ihr also ganz ähnlich ergangen wie Nathan in dem Alter. Er hatte genug wegen ihrer geheimnisvollen Vergangenheit leiden müssen, dass sie ihm sein Verhalten vom Vormittag hätte durchgehen lassen können.

Manchmal wünschte ich, ich könnte auch noch einmal von vorn anfangen.

Wahrscheinlich hatte ihre Übelkeit auch mit der Tatsache zu tun, dass sie Nathan diesen Wunsch mit einem einzigen Wort hätte erfüllen können. Sie wusste nicht genau, wie Frank es inszenieren wollte – vielleicht in Form eines hässlichen Autounfalls oder durch einen Brand in ihrem Haus, aber sie würden einfach alle bei Nacht und Nebel verschwinden und absolut nichts mitnehmen.

Kein Bild, kein Tagebuch, kein Buch, kein Andenken. Vielleicht nicht einmal ihre Eheringe.

Sie drehte ihren Ring am Finger.

Frank würde ihnen neue Namen geben, Kirsten oder Jennifer, Neil oder Thomas. Unauffällige Namen, die aber auch nicht allzu normal waren. Keine Anne Millers oder John Smiths beispielsweise, weil das verdächtig wirken konnte.

„Los, Colleen!" Jason saß neben ihr und griff immer wieder in seine Tüte mit Popcorn. Er war den größten Teil des Tages unterwegs gewesen, war zusammen mit den anderen Schauspielern – unter anderem auch Lisa Jacobson, seiner Julia – das Skript des Stückes durchgegangen. Lisa saß einen Block weiter und drei Reihen weiter unten bei ihren Freundinnen, und Melanie registrierte sehr wohl, dass ihr Sohn hin und wieder zu ihr hinsah.

Wenn sie jetzt fortgingen, würde Jason wieder von vorn beginnen müssen und kleine Nebenrollen spielen, bis er sich eine Hauptrolle erarbeitet hätte. Und Henry ... sie schaute zur Tribüne auf der gegenüberliegenden Seite des Spielfeldes, wo er mit seinen Skaterfreunden saß – vielleicht würde ihrem jüngeren Sohn ja ein Neuanfang an einem ganz anderen Ort sogar ganz guttun. Er konnte dann neue Freunde finden, sich vielleicht noch für eine andere Sportart begeistern, gerade rechtzeitig zum Beginn der Pubertät.

„Ein Punkt für die Huskys!"

Sie hörte den Hallensprecher und konzentrierte sich wieder auf das Spiel. Die Huskys führten mit 20:13 im dritten Satz. Fünf Punkte noch und sie wären im Halbfinale. Colleen hatte an diesem Abend acht entscheidende Schmetterbälle geschlagen und mindestens vier geblockt. Und sie hatte sogar ein As aufgeschlagen.

Colleen würde auf jeden Fall auch in einer anderen Mannschaft ihren Platz finden. Wenn sie von Frank in einer größeren Stadt untergebracht würden, hatte sie vielleicht sogar die Möglichkeit, in höheren Ligen zu spielen mit mehr Konkurrenz und besseren Chancen, gesichtet zu werden.

Aber vielleicht war ja auch das hier besser für ihre Entwicklung und ihre Zukunftschancen. Vielleicht war der Umstand, dass sie in dem kleinen Husky-Team so viel spielen konnte und nicht auf der Bank saß, ausschlaggebend dafür, dass sie in einem der Teams der großen Universitäten unterkommen würde.

Ein Umzug würde jedoch auf jeden Fall bedeuten, dass Melanie ihre Tochter von diesem Tim Newman wegbekäme. Allein deswegen war er schon überlegenswert. Der Junge hatte ihr von seinem Platz aus sogar kurz zugewinkt, als sie in die Halle gekommen war. Wirklich dreist, denn eigentlich hätte er sich eher peinlich berührt abwenden müssen.

Melanie presste sich eine Hand auf den Magen. Sie hätte die Zuckerwatte nicht essen sollen. Wenigstens hatte Nathan sich doch noch entschieden, zu dem Spiel zu kommen. Er saß bei John Christiansen am äußersten Ende der Tribüne. Er hatte Punkte bei ihr gut gemacht, indem er sie beim Hereinkommen gesucht und ihr zugelächelt hatte, also die Bereitschaft signalisiert hatte, ihr zu vergeben.

Sie hatte ja selbst ein viel zu langes Sündenregister, um mit Recht wütend auf Nathan sein zu können. Aber seine Worte hatten eine Schneise der Verwüstung in ihrem Inneren hinterlassen. *Genügt nicht. Festsitzen.*

Sie konnte selbst nicht fassen, wie sie ihn vor der gesamten Stadt dermaßen hatte bloßstellen können. Aber vielleicht passten sie ja wirklich nicht zusammen. Vielleicht hatte zwischen ihnen dieser gewisse Funke nie gezündet, weil sie innerlich gebrochen war und in ständiger Angst lebte, er dagegen so sicher und beständig war, zudem auch noch gut aussah und nett war.

Und Nathan Decker war der zuverlässigste Mann, den sie kannte. Aber machte das schon Liebe aus? Was, wenn sie ihren Mann eigentlich nie richtig geliebt hatte? Vielleicht hätte sie nie heiraten sollen.

Oder vielleicht war sie einfach krank. Sie stand auf und schob sich an Jason vorbei.

„Ist alles in Ordnung, Mama?"

„Ich muss nur zur Toilette …"

„Aber es sind nur noch drei Punkte bis zum Satzgewinn!"

Sie ignorierte seine Worte und ging die Tribüne hinunter, am Spielfeldrand entlang und an Nathan vorbei, der nach ihrer Hand griff. „Melanie?"

Sie verlangsamte ihr Tempo nicht, weil sie das Gefühl hatte, schon ganz grün im Gesicht zu sein. Sie ging am Imbissstand vorbei – der Geruch fettiger Hot Dogs war ihrem Zustand auch nicht gerade förderlich – und fing auf dem Weg zur Toilette beinahe an zu rennen. Gerade noch rechtzeitig erreichte sie die erste Toilettenkabine.

Na toll. Wirklich toll. Sie wischte sich den Mund ab, lehnte sich an die Wand der Toilettenkabine und schloss die Augen.

Und da sah sie vor ihrem inneren Auge den jungen Nathan mit seiner immer noch sommerlich gebräunten Haut und zerzaustem Haar in Khakihose und weißem Hemd. Er hatte sie zwar nie so umgehauen wie damals Blake, aber sie würde ihn dennoch als gut aussehend bezeichnen. Besonders wenn er lächelte. Wenn er lächelte, wurde ihr immer ganz warm wie an einem Sommertag.

Bist du neu in der Stadt? Das waren die ersten Worte gewesen, die er an sie gerichtet hatte, bevor er ihr einen Gemeindebrief und das Infoblatt für den Gottesdienst gegeben hatte. Nach dem Gottesdienst hatte er sie zum Gemeindekaffee mitgenommen, ihr dann am Nachmittag Deep Haven gezeigt und ihr am Ufer des Sees beigebracht, wie man Steine übers Wasser titschen lässt. Sie konnte sich genau daran erinnern, wie er erst nach dem perfekten Stein gesucht, sich dann hinter sie gestellt und ihr gezeigt hatte, in welchem Winkel zum Wasser sie das Handgelenk halten musste. Sie hatte es zugelassen, weil er starke Arme hatte und sie dringend Halt gebraucht hatte. Ein ganzer Monat völlig allein in Deep Haven hatte sie sehr mitgenommen. Sie hatte in der gesamten Zeit noch keine einzige Nacht gut geschlafen, und ihr war absolut schleierhaft, wie Frank von ihr erwarten konnte, dass sie sich hier ein neues Leben aufbaute.

Gleich beim ersten Versuch war Melanies Stein dreimal gehüpft und beim zweiten Versuch bereits fünfmal. Sie hätte den ganzen Tag dort am Seeufer bleiben und zuhören können, wie Nathan sie anfeuerte.

Später hatten sie sich dann den Sonnenuntergang angeschaut und zum ersten Mal, seit sie sich erinnern konnte, hatte sie einen tiefen Frieden empfunden, als sie ihm zuhörte, wie er ihr von seinem Leben und von der Stadt erzählte.

Kein Wunder, dass sie Ja gesagt hatte, als sie auf der Eingangstreppe des gelben Hauses in der Fifth Avenue standen und er sie gebeten hatte, mit ihm auszugehen.

Kein Wunder, dass sie ihn angelogen hatte – ihm die Lügen erzählt hatte, die zwar Frank sich ausgedacht hatte, die sie aber jetzt zum ersten Mal tatsächlich aussprach –, als er sie zum Essen ausführte und sie bei Kerzenlicht nach ihrer Familie ausfragte.

Kein Wunder, dass sie sich von ihm hatte küssen lassen, nachdem er sie zu Fuß nach Hause gebracht hatte. Sein Kuss war behutsam und zärtlich gewesen und hatte ihrer Seele gutgetan. Er war nicht Blake, aber ehrlich gesagt war genau das der Grund, weshalb sie wenig später Ja sagte, als er sie fragte, ob sie ihn heiraten wolle.

Melanie rieb sich mit den Händen übers Gesicht. Sie liebte Nathan; natürlich tat sie das. Sie hatte drei Kinder mit ihm. Sie unterstützte ihn. Die Tatsache, dass er nie das ganz große Feuer der Leidenschaft bei ihr entfacht hatte, bedeutete doch nicht, dass sie nicht zusammengehörten. Sie hatten eine Familie, ein Leben, und sie konnte keinen von ihnen dort einfach herausreißen.

„Melanie?"

Oh nein! Helen hatte sie gefunden. Sie war wirklich hartnäckig.

„Alles in Ordnung?"

„Ja, alles in Ordnung. Es geht mir gut."

„Wirklich? Das hat aber gar nicht so ausgesehen."

„Zu viel Imbissessen."

Melanie hörte, wie die Rolle mit den Papiertüchern betätigt wurde und dann Wasser lief. Als Nächstes wurden nasse Papiertücher unter der Tür der Toilettenkabine hindurchgeschoben.

„Danke."

„Wenn du mehr brauchst, hier gibt es genug davon."

Durch einen Türspalt der Toilettenkabine sah Melanie, wie ihre Schwiegermutter an der Wand in die Hocke ging. „Du brauchst nicht hierzubleiben, es geht mir schon wieder viel besser, Helen."

„Ach, mein Schatz, vielleicht muss ich ja auch selbst ein bisschen zu Atem kommen."

Melanie entriegelte die Tür und schaute ihre Schwiegermutter an. Helen sah irgendwie … jünger aus. Sie trug ein niedliches Nickytuch um den Hals, wie ein Pin-up-Girl aus den 50er-Jahren. Und … „Hast du dich geschminkt?"

Helen presste sich die Hände auf die Wangen und nickte. „Ich weiß auch nicht, was da in mich gefahren ist."

Melanie wusch sich die Hände und rutschte dann ebenfalls mit dem Rücken an der Wand herunter

„Dein Onkel ist wirklich ein netter Mann."

Ach, Helen. „Ja, er ist nett." Wenn er nicht gerade anderer Leute Leben zerstörte. Na gut, er hatte auch Leben gerettet.

„Ich bin wahrscheinlich nur eine alberne alte Frau", sagte Helen und klemmte sich ihre Hände zwischen die Knie. „Mir ist ja klar, dass er wieder geht."

Wusste sie das wirklich? Hatte Frank es ihr gesagt?

„Er *geht* doch wieder, oder?"

„Ich … Ja. Wenn sein Besuch hier zu Ende ist …"

Helen holte Luft. „Weißt du, ich denke immer wieder an Dylan, Nathans Vater."

Melanie wusste, wer Dylan war. Man konnte ja wohl kaum einen Mann vergessen, der immer noch bei jeder Entscheidung, die Nathan traf, eine Rolle spielte.

„Ich habe mich damals ganz schnell und heftig in ihn verliebt. Obwohl ich mit ihm auf derselben Schule war, kannte ich ihn kaum." Sie schüttelte den Kopf. „Ich will nicht noch mal denselben Fehler machen. Aber in meinem Alter … na ja, da passiert einem so etwas nicht mehr so oft."

Oh nein … Melanie hatte so gehofft, sie hätte sich geirrt in Bezug auf Helens Gefühle für Frank.

„Und ich … er ist einfach so ein netter Mann."

Melanie versuchte, nicht das Gesicht zu verziehen. „Helen, Frank ist … ein ziemlich komplizierter Mensch."

Helen sah sie mit mütterlichem Blick an. „Ich weiß das von seiner Frau – deiner Tante, Melanie. Du brauchst mich nicht zu schonen. Er hat mir davon erzählt, dass sie an Krebs gestorben ist und dass er sich wünscht, er wäre in dieser Zeit mehr für sie da gewesen. Dass sein Job ihn so aufgefressen hätte. Aber er ist jetzt fast im Rentenalter, und da wäre es doch schön, jemanden zu haben …"

„Nein, Helen, äh …" Mist. Melanie hatte ihre Schwiegermutter gar nicht so abwürgen wollen, aber … „Frank ist nicht der Mann, der er zu sein scheint."

Helen runzelte die Stirn. „Wie bitte?"

Ach, ihre Lügen umgaben sie wie dicker Brei, füllten alle Poren, zogen sie herunter. „Nun ja, er hat … er hat eine ziemlich bewegte Vergangenheit."

„Du meinst das, was er beim Militär erlebt hat? Auch davon hat er mir erzählt, dass er mit etwas zu tun hatte, was … *geheim* war." Das sagte sie, als wäre Frank eine Art James Bond, jedenfalls mit nicht genügend Angst in der Stimme für Melanies Geschmack. *Ganz toll gemacht, Onkel Frank.*

„Ich möchte nur nicht, dass dir wehgetan wird, Helen."

Helen lächelte. „Du bist wirklich lieb, Melanie, meine perfekte Schwiegertochter. Ich bin so dankbar, dass du in unser Leben gekommen bist." Sie beugte sich vor, drückte ihr einen Kuss auf die Wange und wischte sich dann den Lippenstift ab. „Ich verspreche dir, dass ich vorsichtig sein werde."

Sie wollte aufstehen, aber Melanie zog sie an der Hand wieder nach unten. „Kann ich dich etwas fragen, Helen?"

Helen ließ sich wieder auf die harten Fliesen sinken. „Aber natürlich, mein Schatz."

„Könntest du dir vorstellen, jemals aus Deep Haven wegzugehen?"

Helen runzelte die Stirn und lachte kurz auf. „Warum sollte ich? Hier ist doch mein Zuhause."

„Aber … also Nathan sagt manchmal, er wünschte, er könnte woanders noch einmal von vorn anfangen, und … ich habe mich das nur gefragt."

„Ach Schätzchen, ich bin zu alt, um noch mal von vorn anzufangen. Nein. Wir gehören nach Deep Haven. Ich kann mir nicht vorstellen, woanders zu leben. Sicher, wir haben hier auch unsere Probleme, aber man lässt doch nicht so einfach das Leben, das man hat, hinter sich. Schwere Zeiten machen einen stärker, mitfühlender." Sie legte ihre Hand auf Melanies. „Ich weiß, dass Nathan damit zu kämpfen hat. Er hat so viel von dem Skandal damals auf sich bezogen. Aber er gehört auch hierher. Und wenn er Bürgermeister wird, dann glaubt er das vielleicht auch endlich selbst."

Melanie lehnte ihren Kopf jetzt wieder an die kalten Fliesen. „Was ist, wenn die Fehler, die man gemacht hat, so schwerwiegend sind, dass sie einen zerstören?" Sie hatte gar nicht vor gehabt, das zu sagen. Es war ihr einfach so herausgerutscht.

Sie war überrascht, dass Helen nicht erschrak, sondern nur einfach ihre Hand drückte. „Dann macht man einfach weiter und betet, dass einen diese Fehler nicht noch einmal einholen."

Melanie holte tief Luft, atmete aber nicht wieder aus.

Die Tür ging auf. „Mama!" Colleen kam in die Damentoilette getanzt. „Was macht ihr denn hier? Wir haben gewonnen!" Sie stand über ihnen, hielt die Hände vor sich ausgestreckt mit den Handflächen nach oben. Melanie schlug ein und Helen klatschte sie an der anderen Hand ab.

„Am Dienstag fahren wir zum Halbfinale!" Jetzt drängten zwei weitere Spielerinnen hinter Colleen in die Damentoilette, die sich ebenfalls abklatschten, jubelten und sich umarmten.

Bis zum Dienstag waren sie vielleicht schon längst weg aus Deep Haven.

Kapitel 8

Sie passten ganz wunderbar zueinander, und sie wollten dieselben Dinge. Nathan musste diese Sache einfach wieder in Ordnung bringen, musste Melanie die Wahrheit sagen, und alles würde wieder ganz normal werden, wie früher.

Seine Ehe war nicht in Gefahr.

Er musste sich einfach der Tatsache stellen, dass er ein großes Chaos angerichtet hatte. Was John gesagt hatte, ließ ihn nicht los: *Geheimnisse sabotieren eine Ehe, egal, wie groß oder klein sie sind.* Er hatte auch ihren Pastor schon Ähnliches sagen hören – eine Ehe voller Lügen sei wie ein Schiff mit einem Leck.

Er wickelte sich in den Bademantel und schlüpfte in die Lederhausschuhe, die Melanie ihm letztes Jahr zu Weihnachten geschenkt hatte. Auf dem Weg in die Küche klopfte er bei Jason an und steckte seinen Kopf kurz zur Tür herein.

Jason saß auf dem Bett mit dem Laptop auf dem Schoß und tippte irgendetwas.

„Was machst du da?"

Jason drehte den Bildschirm so, dass Nathan nichts sehen konnte. Facebook. „Ich chatte mit den anderen Schauspielern des Stücks. Es geht um die Kostüme. Wir überlegen, *Romeo und Julia* als Science-Fiction-Retro zu inszenieren."

„Hey, mein Junge, ich gratuliere dir zur Hauptrolle." Er stützte sich mit einer Hand am Türrahmen ab. „Aber beim nächsten Mal könntest du ja vielleicht auch mal mit mir über so was reden. Ich mag es nicht, wenn du Dinge vor mir verheimlichst."

Jason klappte den Laptop zu. „Ich weiß, Papa. Tut mir leid. Ich hab nur gedacht … Ich dachte, du würdest sauer werden."

„Das verstehe ich. Wie wäre es denn, wenn ich nicht sauer werde und du mir einfach das nächste Mal von Mann zu Mann sagst, was los ist?"

Jason lächelte.

Vielleicht sollte ich mich mehr an meine eigenen Ratschläge halten, dachte er, als er weiterging. Melanie saß am Küchentisch, das Gesicht nur vom Computerbildschirm beleuchtet. Die Außenlampe erhellte die Veranda vor dem Haus und die gesamte Straße bis hinüber zur Treppe seiner Mutter. Durch die Vorhänge an ihrem Fenster schimmerte Licht. Nathan hatte sich an Melanies Eigenart gewöhnt, dass sie immer alles hell erleuchtet haben musste, als wäre es mitten am Tag.

Er setzte sich auf den Stuhl neben ihr. „Hey."

Sie blickte auf, und hätte er es nicht besser gewusst, wäre er ihrem Zusammenzucken und ihrem Blick nach der Meinung gewesen, sie hätte sich etwas ... nun, etwas Verbotenes angeschaut.

Er konnte nicht anders, als sich vorzubeugen und zu schauen, was auf dem Bildschirm zu sehen war. „Du liest einen Blog?" Er las die Kopfzeile: *Kylie's Corner*.

Die Frau auf dem Profilbild kam ihm irgendwie bekannt vor, aber er wusste nicht, wo er sie unterbringen sollte. Sie hatte ein niedliches Baby auf dem Arm – mit großen blauen Augen und dunklem Haar. „Wer ist das?"

Er schaute zu Melanie hin. *Hatte sie sich gerade Tränen abgewischt?* „Ach, niemand. Ich lese nur ein paar Blogs. Diese Frau postet immer Bilder von ihren Töchtern. Sie lebt in St. Louis."

„Ein süßes Kind." Er berührte den Bildschirm. „Erinnert mich an Colleen. Sie hat dieselben runden Bäckchen."

Melanie klappte den Laptop zu und legte die Hände darauf. Sie lächelte ihn im Halbdunkel an, aber es war nur ihr Mund, der lächelte. Die Augen waren nicht beteiligt.

„Ist alles in Ordnung mit dir?"

Sie nickte. „Das war ein tolles Spiel heute Abend, was?"

Er wollte nicht über das Spiel reden. „Wir müssen etwas besprechen, Melanie."

Noch so ein falsches Lächeln. Vielleicht war es am besten, mit einer Entschuldigung anzufangen. Wieder mal. Einer besseren als der, mit der er es im Coffee-Shop versucht hatte. „Es tut mir leid, Schatz, dass ich … dass ich dich verletzt habe." Er holte Luft und fasste Mut, weil ihr Blick weicher wurde. „Ich glaube, ich bin nicht für das Amt des Bürgermeisters geschaffen."

„Ach, Nathan." Sie legte ihre Hand auf seine. „Wenn jemand Bürgermeister werden sollte, dann du. Du kennst diese Stadt in- und auswendig, und du weißt besser als jeder andere, was sie braucht. Dir liegen die Menschen in der Stadt wirklich am Herzen. Im Seniorenzentrum gehörst du ja praktisch schon zur Belegschaft. Sie lieben dich. Ich weiß, dass du der beste Bürgermeister sein wirst, den die Stadt jemals hatte."

Ihre Worte stillten seinen inneren Hunger, sorgten dafür, dass er bei Verstand blieb. Er legte seine Stirn auf ihre weiche Hand. Sie waren gut miteinander, und das bestätigte sie mit ihren ruhigen Worten: „Tut mir leid, dass ich dich im Coffee-Shop so bloßgestellt habe."

Er wartete darauf, dass sie zurücknahm, was sie über ihre Ehe gesagt hatte, aber das tat sie nicht. Okay. Also gut. „Ist schon gut."

Als er aufblickte, sah Nathan, dass sie ihn mit Tränen in den Augen anschaute. Er fuhr ihr mit dem Daumen über die Wange und erwischte dabei auch eine Träne. „Wir gehören zusammen, Melanie."

Sie lächelte ihn an und nickte. Die Anspannung in seiner Brust löste sich. John irrte sich: Nathan kannte seine Frau, wusste, dass sie es nicht so gemeint hatte. Sie hatten eine großartige Ehe, eine Ehe, die auch Stürme überstehen würde.

Doch der schwierige Teil dieses Gesprächs lag noch vor ihm. „Mel, ich muss dir etwas sagen. Ich … ich habe unseren Dispokredtit mit zehntausend Dollar bis zum Anschlag ausgereizt."

Sie antwortete mit einem leichten Hochziehen einer Augenbraue und einem Schlucken. „Ach."

„Ja. Es tut mir wirklich sehr leid. Ich habe all die Transparente und Plakate und Radiospots bezahlt, und das Essen hat mehr gekostet, als Spenden eingegangen sind, und … es tut mir wirklich leid. Ich hätte es dir sofort sagen sollen."

Sie sah ihn einfach an und wartete ab. Und genau dafür liebte er sie. Dafür, dass nichts, was er tat oder sagte, kein Fehler, den er machte, sie durcheinanderzubringen schien. Sie war stabil, unerschütterlich, ein Fels in der Brandung. Dank ihr konnte er glauben, dass wirklich alles gut werden würde.

„Aber ich habe gerade das Anwesen der McIntyres zum Verkauf übertragen bekommen, und … also dafür werde ich eine ganz nette Courtage bekommen, von der wir dann die Schulden bezahlen können, kein Problem."

Sie berührte mit der Hand seine Wange. „Ich mache mir da keine Sorgen. Du bist der verantwortungsvollste Mann, den ich kenne, Nathan. Und der ehrenhafteste."

Als sie das sagte, kamen ihm die Tränen. „Ach, ich habe dich gar nicht verdient, Nathan", sagte sie noch.

Er runzelte erstaunt die Stirn. „Aber natürlich hast du das."

„Nein." Sie schüttelte den Kopf. „Das habe ich nicht. Es gibt da Dinge …" Ihre Hand glitt von seiner Wange zurück auf ihren Laptop. „Dinge, die du nicht über mich weißt. Dinge, die ich dir nie gesagt habe."

Ach, Melanie. Er nahm ihre Hände in seine. „Ich weiß, dass es Dinge gibt, die du mir nicht gesagt hast, Liebling. Manchmal habe ich das Gefühl, dass in deiner Vergangenheit irgendwo eine Linie gezogen ist, und über die komme ich nicht hinüber, sosehr ich es auch versuche. Und jetzt, wo dein Onkel da ist, verhältst du dich … also, mir ist dadurch jedenfalls klar geworden, dass ich dir gegenüber aufmerksamer sein sollte. Aber ich bin auch zu dem Schluss gekommen, dass ich deine Geheimnisse nicht unbedingt zu kennen brauche, wenn du sie mir nicht sagen willst. Du bist eine fantastische Frau, meine Frau. Deine Vergangenheit liegt hinter dir – sie ist kein Teil unseres gemeinsamen Lebens. Und ich verspreche dir, dass nichts, was du mir erzählst, etwas daran ändern kann, was ich für dich empfinde."

Sie sah verloren aus. Jedenfalls hatte sie nach seinen Worten nicht den Gesichtsausdruck, den er eigentlich erwartet hatte. „Wirklich?"

Die Art, wie sie das sagte, beinah flüsternd, löste ein unheimliches Gefühl in ihm aus, das ihm den Rücken hinaufkroch und sich dann in seiner Brust festsetzte.

„Nathan, ich … ich bin nicht …"

„Was macht denn dein Onkel bei meiner Mutter zu Hause?" Nathan stand so schnell auf, dass sein Stuhl polternd umkippte.

Frank stand auf der Veranda vor Helens Haustür und beugte sich vor, als ob … als ob … „Stopp!" Nathan war an der Tür, bevor er sich bremsen konnte und riss sie auf.

Er hörte Melanie kaum, als sie sagte: „Nathan, warte doch …"

Er war bereits draußen und stürmte über den Rasen. „Wagen Sie es bloß nicht, sie zu küssen!"

Es kam ihm zwar kurz in den Sinn, dass ihn das nichts anging und dass Frank vielleicht einfach nur auf der Veranda seiner Mutter stand, aber er hatte irgendwie den Kopf verloren, als er gesehen hatte, wie seine Mutter – seine Mutter! – diesen Mann anlächelte. Als ob sie sich tatsächlich wünschte, dass er sie küsste.

Als Nathan die Straße halb überquert hatte, begann er zu rutschen, denn es hatte Frost gegeben, und in seinen Lederhausschuhen hatte er keinen Halt auf der Straße, sodass erst der eine und dann der andere wie Skier nach vorn wegrutschten. Nathan verlor das Gleichgewicht und landete wild mit den Armen rudernd auf dem Hinterteil. Schwer atmend lag er da, mit nichts als einer Jogginghose und einem Bademantel bekleidet.

„Nathan!"

Als seine Mutter jetzt auf ihn zu gerannt kam, fühlte er sich in seine Kindergartenzeit zurückversetzt. Er richtete sich noch gerade rechtzeitig auf, um zu sehen, dass Frank ihm die Hand hinstreckte, um ihm aufzuhelfen. Am liebsten hätte er die Hand weggeschlagen, aber in dem Augenblick setzte automatisch das gute Benehmen ein, das er sich für die Bürgermeisterwahl antrainiert hatte. Man konnte nie wissen, wer einen alles sah.

Frank half ihm auf. „Alles in Ordnung? Das war ja ein spektakulärer Sturz."

Nathan schaute zu seiner Mutter, die noch ein paar Schritte entfernt war, und sagte, so lange noch die Gelegenheit bestand und so leise er konnte: „Pass auf, was du tust, Onkel Frank. Das ist meine *Mutter*, die du da …"

Frank schaute ihn offen an, und sein Blick hatte etwas Trauriges. „Ich weiß", sagte er leise. Dann drehte er sich zu Helen um, die auf der Straße stand und vor Staunen den Mund nicht mehr zubekam. Anscheinend hatte Nathan doch nicht so leise gesprochen, wie er gedacht hatte.

„Sehe ich Sie dann morgen früh?", fragte Frank Helen.

Sie sah Nathan an, während sie antwortete: „Ja. Der Gottesdienst beginnt um zehn." Dann kniff sie die Lippen ganz fest zusammen und ging ohne ein weiteres Wort wieder zurück in ihr Haus.

Also würde er diesen Tag auch noch gemaßregelt wie ein kleines Kind beenden. Na super.

Nathan folgte Frank ins Haus und blieb breitbeinig wie ein Gladiator oben an der Kellertreppe stehen, um sich zu vergewissern, dass Frank auch wirklich nach unten ging. Dann setzte er sich in die Küche und schaute zum Haus seiner Mutter hinüber, bis dort alles dunkel war.

…

Tim wollte sich einfach nur entschuldigen. Colleens Worte beim Aussteigen aus seinem Wagen am Vorabend hatten den ganzen Tag an ihm genagt. Klar, er war auch schon zuvor von Mädchen angeschrien, von einer sogar einmal geohrfeigt worden – aber … was bildete Colleen sich eigentlich ein?

Vielleicht war sie einfach nur wütend gewesen oder hatte sich unverstanden gefühlt. Er hatte völlig verrückte Sachen gemacht in dem Jahr, als sich seine Eltern getrennt hatten. Hatte die Schule geschwänzt, randaliert und mutwillig Sachen zerstört ... na ja, eigentlich hatte doch jeder Jugendliche in der Stadt irgendwann den unwiderstehlichen Drang, die riesige hässliche Bärenstatue im Park mit Farbe zu besprühen. Und eine Zeit lang hatte er sogar in einem Heim gelebt.

Doch dann hatte er mit dem Snowboarden angefangen und seine Energie in positive Bahnen gelenkt. Er hatte mit Krafttraining begonnen, um sich stärker und fitter zu fühlen. Und obwohl er nur einen Bruchteil der Gewichte stemmen konnte wie zum Beispiel Footballspieler, gehörte er irgendwie dazu. Und zusätzlich hatte er auch angefangen zu laufen. Meistens am Samstagmorgen, bevor er zur Arbeit ging. Das verbesserte seine Ausdauer.

Vielleicht hätte er Colleen das alles erklären sollen, als sie unbedingt hatte kiffen wollen. Schließlich hatte sie ja vor, im Volleyball weiterzukommen. Sie hatte so hart gearbeitet, um da hinzukommen, wo sie war, und deshalb konnte er ihr Verhalten vom vergangenen Abend absolut nicht verstehen. Er wollte einfach nur, dass es zwischen ihnen wieder stimmte.

Das war vielleicht eine Erklärung dafür, wieso sein Gehirn sich ausgeschaltet hatte und er nach dem Volleyballspiel hinter dem Waschsalon geparkt hatte und jetzt zum Haus der Deckers unterwegs war. Drinnen war schon alles dunkel, auch wenn der Außenbereich hell erleuchtet war. Er fühlte sich wie ein Einbrecher, als er eben außerhalb des Lichtkegels zu ihrem Fenster an der Rückseite des Hauses schlich.

Er stieg auf einen umgedrehten Blecheimer, der wahrscheinlich als Frostschutz für eine von Mrs Deckers Rosen diente, und klopfte an Colleens Fenster. Er wartete und klopfte dann noch einmal.

Das hatten sie schon öfter gemacht, zum Beispiel vor ein paar Wochen, als Colleen ihn um 1:00 Uhr nachts angerufen hatte, und natürlich war er zu ihr gekommen. Er hätte niemals damit gerechnet, dass sie sich aus dem Haus schleichen wollte, aber genau so war es gewesen. Sie war aus dem Fenster geklettert und hatte sich direkt in seine Arme fallen lassen. Unter freiem Himmel hatten sie dann herumgeknutscht, und es hatte ihm ein bisschen Angst eingejagt, wie weit sie ihn hatte gehen lassen. Am Ende war er derjenige gewesen, der gebremst hatte. Gegen 3:00 Uhr morgens hatte er ihr wieder in ihr Zimmer zurück geholfen und sich wie ein Einbrecher davongeschlichen.

Jetzt wollte er einfach nur, dass sie ihm in die Augen sah und ihm sagte, dass sie ihn immer noch wollte. Er versuchte sich nicht einzugestehen, dass sich die ganze Angelegenheit aussichtslos anfühlte.

Er klopfte noch einmal. Der Vorhang wurde zurückgezogen, und da stand sie, in einem blauen Schlafanzug, mit offenem, langem, blondem Haar, und sah ihn mit gerunzelter Stirn an. Er hielt die Luft an.

Dann öffnete sie das Fenster. „Was machst du hier?" Dabei klang sie eher neugierig als wütend. Und wow, sie war so hübsch, auch ungeschminkt – ganz besonders ungeschminkt. Frisch und rein und süß. Wie beim ersten Mal, als sie ihn angelächelt hatte.

„Ich bin hier, weil ich dir sagen wollte, dass mir das mit gestern Abend leidtut."

Und dann kam dieses Lächeln, bei dem er einfach dahinschmolz. Colleen legte ihre Arme auf die Fensterbank. „Eigentlich bin ja ich diejenige, die sich entschuldigen müsste. Deputy Hueston ist richtig ausgeflippt, oder?"

Er zuckte nur mit den Schultern. Sie legte ihm eine Hand an die Wange. „Es tut mir leid, Tim. Ich ... ich hätte das nicht tun sollen. Ich dachte nur, du würdest es gut finden. Wahrscheinlich wollte ...", sie biss sich auf die Unterlippe. „Wahrscheinlich wollte ich nur, dass du mich cool findest."

Ihm zersprang fast das Herz in der Brust. „Ich hab dich sehr, sehr gern Colleen, Ehrenwort. Du musst nicht so ein Zeug machen, damit ich dich cool finde."

„Wirklich?" Sie lächelte.

Wenn sie ihm so nah war wie jetzt und er diesen ganz eigenen Duft roch, von dem sie umgeben war, ihre weiche, helle, glatte Haut so direkt vor ihm, dann verwandelte sich sein Hirn in Grütze. Er fuhr ihr mit der Hand durchs Haar. „Ja."

Dann küsste er sie, und als sie ihn näher an sich heranzog, da vergaß er sich.

Sie entzog sich ihm und fragte: „Willst du nicht reinkommen?"

„Ach ... äh, also ..." Tim war nicht in der Lage zu antworten. Dass er es wollte, merkte er daran, dass er über die Fensterbrüstung in ihr Zimmer stieg.

Im Zimmer roch es nach ihr, das große Bett war zerwühlt, die Wände waren gepflastert mit unterschiedlichsten Sportpostern – das Zimmer einer Sportlerin eben.

Colleen biss sich auf die Unterlippe. „Gefällt dir mein Zimmer?"

Er nickte, und plötzlich drückte sie sich ganz fest an ihn, und ihr Körper war weich und warm. Was sollte er jetzt tun? Er stupste sie am Kinn, sodass sie zu ihm aufblicken musste, und dann küssten sie sich wieder, bis er nicht mehr wusste, wie er hieß, wo er war, und ... Heftig atmend löste er sich von ihr und sagte: „Colleen, ich glaube nicht ..." Er musste jetzt einen kühlen Kopf behalten. „Es ist besser, wenn ich jetzt gehe."

„Ja." Sie nickte. „Aber ... noch nicht. Wir sind einfach ganz leise."

Das war gar nicht gut.

Nein. Er war wirklich nur gekommen, um sich zu entschuldigen. Tim atmete aus und hielt sie mit gestreckten Armen von sich weg. „Eigentlich sollte ich gar nicht hier sein …“

„Ich möchte aber nicht, dass du gehst“, sagte sie und schlang ihre Arme um ihn.

Er strich ihr das Haar aus dem Gesicht. „Und ich möchte auch eigentlich nicht gehen, aber … du machst es mir nicht gerade leicht, Colleen. Ich bin nicht hergekommen, um zu knutschen.“ Jedenfalls ursprünglich nicht.

Sie schaute ihn finster an und trat einen Schritt von ihm weg. „Wie bitte?“

„Ich wollte vorschlagen, dass ich ja vielleicht morgen mit dir und deiner Familie zur Kirche gehen könnte.“

„Träum weiter …“ Fast sofort hielt sie sich die Hand vor den Mund und sagte: „Tut mir leid.“

„Ich …“ Jetzt kam er sich vor wie ein Idiot. „Ich dachte, dass ich vielleicht mit deinem Vater reden könnte, weißt du, mich ihm vorstellen und so. Vielleicht findet er mich dann ja gar nicht mehr so übel …“

„Es reicht doch, wenn ich weiß, dass du absolut nicht übel bist, Tim. Mal ehrlich. Was soll das?“

Gut, dass es im Zimmer dunkel war und sie sein Gesicht nicht sah, denn es fühlte sich flammend rot an. „Ich möchte, dass deine Eltern mich mögen. Ich möchte hier nicht herumschleichen. Ich möchte bei deinen Spielen mit deinen Eltern zusammen auf der Tribüne sitzen und mit ihnen Popcorn essen und vielleicht sonntags mal vorbeikommen und Football gucken.“

Colleen starrte ihn völlig verblüfft an. „Das wäre wahrscheinlich in Ordnung. Ich könnte sie ja mal fragen …“

„Wirklich?“

Sie nickte. Er hielt sie an den Handgelenken fest, beugte sich vor und küsste sie ganz zart. Da knarrte draußen vor ihrer

Zimmertür auf dem Gang eine Diele. Mit weit aufgerissenen Augen blickte Colleen auf. „Los, versteck dich."

Er bezweifelte zwar, dass er unter ihr Bett passte, aber er machte trotzdem einen Hechtsprung dorthin und fühlte sich dabei wie ein Verbrecher. Colleen zerrte den Vorhang vor das offene Fenster und war mit einem Riesensatz im Bett. Er betete, dass sie die Tagesdecke ganz über sich zog und so tat, als ob sie schliefe, als er hörte, wie die Tür aufging.

Wenn er das Atmen und das verräterische ohrenbetäubende Pochen seines Herzens hätte einstellen können, dann hätte er es getan. Wer auch immer die Person war, die die Tür geöffnet hatte, er oder sie blieb dort stehen und schaute ins Zimmer. Wenn er nur irgendwie aus dieser Nummer rauskam, dann würde er sich nie, nie wieder in ihr Zimmer schleichen. *Bitte. Bitte …*

Colleen musste eine Oscarverdächtige Schauspielerin sein, denn er hörte, wie die Tür mit einem Klick wieder geschlossen wurde.

Er rollte sich wieder unter dem Bett hervor und stand auf … aber Colleens Mutter hatte die Tür nicht von außen, sondern von innen geschlossen und stand jetzt mit verschränkten Armen im Zimmer und sah ihn an.

Er schluckte. „Es ist nicht so, wie Sie denken."

„Raus hier."

Colleen setzte sich im Bett auf. „Mama …"

Mrs Decker hob die Hand und sogar Tim wurde eiskalt unter ihrem Blick. „Halt lieber den Mund." Und dann an Tim gerichtet. „Raus."

Sehr gern. Tim flog förmlich aus dem Fenster, rollte sich im Gras ab und rannte dann zum Parkplatz des Waschcenters. Zweimal wischte er sich Tränen vom Gesicht, bevor er sein Auto erreicht hatte.

…

Frank lag auf dem durchgesessenen Sofa, das Handy am Ohr, und hörte, wie es in Kanada läutete. Zumindest glaubte er, dass sich sein Partner dort aufhielt. In seiner letzten SMS hatte Boyd geschrieben, er sei in Richtung Südosten unterwegs. Frank legte den Kopf zurück und spürte immer noch Helens Hand auf seiner Wange. Es gefiel ihm. Es gefiel ihm zu gut.

Er hätte sie nach dem Spiel nicht noch nach Hause begleiten sollen, aber die Straße war glatt gewesen und einmal war sie ja schon gestürzt. Dann hatte Helen ihn noch zu einem Stück Apfelkuchen eingeladen. Er hätte die Einladung ablehnen sollen, aber ihm gefielen ihre Geschichten über Colleen und Henry und Jason, über Nathan und ganz besonders auch die über Melanie. Es gefiel ihm, die Welt mit ihren Augen zu sehen und zu wissen, dass er diese Welt eine kleine Weile mit ihr teilen durfte.

Und dann hätte er sie beinah auch noch geküsst. Ein kolossaler Fehler, vor dem Nathan ihn bewahrt hatte, als er auf die Straße gestürmt war. *Das ist meine Mutter.*

Ja, klar, das wusste Frank doch, aber die Worte hatten ihn getroffen wie ein Schlag. Nathans *Mutter*. Er fand es wirklich ungerecht, dass diese Frau, die ihm das Gefühl gab, vollständig zu sein, zufällig zu einer Familie gehörte, die er wahrscheinlich schon bald würde zerstören müssen.

Sie sind ein guter Mann, Frank Harrison.

Na ja, darüber konnte man geteilter Meinung sein. An dieser Stelle war er mit seinen Gedanken gerade, als – Wunder über Wunder – Parker Boyd an sein Handy ging. „Frank! Ich nehme an, Sie wollen einen Lagebericht."

„Bitte sagen Sie mir, dass Sie García ausfindig gemacht oder wenigstens eine Spur von ihm haben."

„Es gibt gute Nachrichten. Sein Wagen ist bei einem Motel in Whitehorse in der Provinz Yukon gesichtet worden. Ich habe die Polizei dort vor Ort alarmiert, sodass er jetzt observiert wird. Wir hoffen, dass wir ihn morgen früh dann festnehmen können."

„Ich will sofort benachrichtigt werden."

„Sie klingen müde, Frank."

Er atmete geräuschvoll aus. „Ich möchte diese Frau einfach nicht noch einmal aus ihrem Leben herausreißen. Sie hat schon genug durchgemacht."

„Ich weiß, sie hat gegen García ausgesagt …"

„Und gegen drei weitere Mitglieder seiner Gang. Ihre Akte liest sich wie ein schlechter Roman. Sie hat sich in der Highschool mit Blake Hayes eingelassen, hat im letzten Jahr die Schule geschmissen und ist mit ihm durchgebrannt. Sie hat ungefähr ein Jahr lang auf der Straße gelebt, während Hayes für García gedealt hat. Er hat sich bei García ein paar Stufen hochgearbeitet, aber ab und zu ist ihnen das Geld ausgegangen, und ich glaube, dass es für sie dann richtig hart wurde. Ich weiß aber keine Einzelheiten – und das möchte ich auch gar nicht. Wir sind ins Spiel gekommen, als sie wegen Stadtstreicherei und Drogenkonsum aufgegriffen wurde. Sie hat dann mit dem Drogendezernat in St. Louis die Vereinbarung getroffen, gegen García auszusagen. García hat sie in einer Obdachlosenunterkunft gefunden und sie ist geflohen, bevor wir sie von der Straße wegholen konnten. García hat sie zusammengeschlagen und sie einfach liegen gelassen, weil er sie für tot hielt. Melanie war sehr schwer verletzt – García hat ihr den Kiefer gebrochen, einen Halswirbel und drei Rippen – und Blake Hayes machte sich davon. Margaret mochte Melanie, und deshalb war sie eine Weile bei uns zu Hause, bevor sie dann ins Zeugenschutzprogramm gekommen ist."

„Im Ernst? Verstößt das nicht gegen die Dienstvorschriften?"

„Sie hat Margaret an unsere Tochter Caroline erinnert und mich ehrlich gesagt auch. Sie war im Grunde ein gutes Mädchen, das sich nur mit dem falschen Jungen eingelassen hatte. García hat sogar noch aus dem Gefängnis gedroht, sie umzubringen. Und bei den Verbindungen, die er hatte, wäre das auch absolut möglich gewesen."

„Deshalb wurde also ihr Tod inszeniert."

„Ja. Nur ihr Vater und ihre Mutter wissen, dass sie noch am Leben ist. Sogar ihre Geschwister halten sie für tot. Sie hat ihre Tätowierung entfernen lassen und ihre Piercings, hat sich die Haare gefärbt, und dann habe ich sie hier nach Deep Haven gebracht, wo ich ein paarmal auf Angeltour gewesen war. Das ist eine ruhige und sichere Gegend, ein Ort, wo man einen netten Mann finden, heiraten und noch mal von vorn anfangen kann."

„Was sie ja auch getan hat."

„Bis ich mit der Nachricht hier angerückt bin, dass García draußen ist und auf der Suche nach ihr."

„Vielleicht muss sie ja gar nicht wieder weg von dort. Wenn wir García finden ist das alles vorbei. Dann kannst du sie einfach dort lassen und sie kann in Deep Haven alt werden."

„Das hoffe ich."

„Ich melde mich, wenn wir hier Genaueres wissen", sagte Boyd. „Wenn García wirklich hier ist, dann verspreche ich Ihnen, dass wir ihn schnappen, Chef."

Er fing an, diesen Anfänger zu mögen. Ein bisschen jedenfalls.

Melanie hatte recht – im Hobbyraum des Kellers roch es komisch, und mit der Wand- und Deckenvertäfelung wirkte er tatsächlich ein bisschen wie ein Gefängnis. Ganz zu schweigen von den giftigen Dämpfen der frischen Farbe, die sie erfolglos dadurch zu vertreiben versucht hatte, dass sie alle Fenster aufgerissen hatte. Er wusste nicht, was schlimmer war: sich unter der dünnen Decke zu Tode zu frieren oder an den Farbdämpfen zu ersticken. Wichtig war, dass er am Leben blieb, um sie zu beschützen, falls García tatsächlich hier auftauchte.

Er horchte auf die Geräusche im Haus. Der Geschirrspüler brummte, die Heizung sprang an und über ihm knarrte eine Bodendiele.

Er setzte sich im Bett auf, hörte eilige Schritte und dann war wieder Stille.

Dann plötzlich ein dumpfer Aufprall und davoneilende Schritte. Frank hatte seine Waffe bereits aus dem Halfter an seinem Knöchel gezogen, bevor er auch nur einen bewussten Gedanken gefasst hatte. Er sprang vom Bett auf und stürmte, immer zwei Stufen auf einmal nehmend, die Treppe hinauf.

Oben im Flur war alles ruhig. Er glaubte, draußen Schritte zu hören, und ging ans Fenster. Draußen war zwar alles hell erleuchtet wie in einem Hochsicherheitsgefängnis, aber außerhalb des Lichtkegels konnte er nichts erkennen. Ein Stück weiter den Gang hinunter wurde eine Tür geöffnet, dann wieder geschlossen, und dann waren wieder Schritte zu hören. Er versteckte die Waffe hinter seinem Rücken, als Melanie ins Wohnzimmer kam und dreinschaute, als wollte sie jemanden verletzen.

Vielleicht ihn.

„Ist alles in Ordnung?", fragte er sie flüsternd.

„Wieso bist du nicht im Bett?", fuhr sie ihn an.

„Das müsste ich eigentlich dich fragen."

Sie schaute wütend und angespannt zum Fenster hinaus und sagte: „Ich kann nicht schlafen."

„Meinst du, ich?"

Sie sah ihn erstaunt an, als wäre sie darauf gar nicht gekommen. *Ja, Dina, stell dir vor, mir fällt es nicht leicht, dein Leben auseinanderzureißen.* „Ich dachte, ich hätte etwas gehört."

Sie schüttelte den Kopf, wandte sich ab und betrachtete dann die Fotos, die an der Wand hingen, von Babybildern bis hin zu dem großen Familienfoto, auf dem sie alle in weißen Hemden und Blusen auf einem Felsen am See saßen. Eine tolle Familie.

Frank hörte, dass sie heftig atmete, so als wäre sie sehr aufgewühlt. Er steckte seine Waffe in den Gürtel und zog das Hemd darüber. Sehr leise fragte er: „Ist wirklich alles in Ordnung, Melanie?"

„Nein", antwortete sie ebenso leise. „Nichts ist in Ordnung. Und ich weiß auch nicht, ob *jemals* irgendwas wieder in Ordnung sein wird.“ Sie schaute ihn an, und ihr Mund war nur ein grimmiger Strich. „Ich habe eine Entscheidung getroffen. Wir verlassen Deep Haven.“ Damit drehte sie sich um, ging in ihr Schlafzimmer und schloss die Tür hinter sich.

Kapitel 9

Wie hatte es dazu nur kommen können? Melanie stand in der Kirchenbank, in der traditionell die Familie Decker, saß – dritte Reihe links vom Altar –, hielt sich an dem glatten Holz der Bank vor ihrer fest und sang „*Wie der Hirsch dürstet nach frischem Wasser, so verlangt meine Seele nach dir*", war dabei aber innerlich unglaublich wütend.

Sie war nur noch mit Mühe in der Lage, diese ganze Farce aufrechtzuerhalten. Am liebsten hätte sie sich ihre Tochter geschnappt, sie in einen der Sonntagschulräume gezerrt und ihr gesagt, dass sie drauf und dran sei, ihr Leben zu verpfuschen – und genau so zu enden wie ihre Mutter.

Sie wurde das Bild nicht wieder los, wie Tim mit vor Schreck weit aufgerissenen Augen im Mondlicht gestanden hatte. Und auch dieses Gefühl, sich am liebsten auf ihn stürzen und ihn fertig machen zu wollen, wurde sie nicht wieder los. *Lass sie in Ruhe, Blake!* Dieser Impuls und ihre Wut schüttelten sie richtig durch. Tim konnte von Glück sagen, dass er mit dem Leben davongekommen war. Sie hatte all ihre Kraft aufbieten müssen, um ihm nicht an die Kehle zu springen.

Ja, sie musste ihre Tochter unbedingt hier wegbringen – weit weg. Entweder das, oder Melanie würde am Ende noch drastische Maßnahmen gegen Tim ergreifen.

„*Ja, meine Seele dürstet nach Gott, dem lebendigen Gott.*" Die Worte waren beim Singen wie Staub in ihrem Mund. Sie konnte in diesem Augenblick ihre Seele nicht einmal spüren. Durch all das, was in den vergangenen Tagen vorgefallen war, war sie innerlich wie betäubt.

Sie schaute an der Bankreihe entlang, sah Henry und Jason und Colleen, die sie keines Blickes würdigte und immer noch wie versteinert aussah. Colleen hatte wahrscheinlich wie sie selbst keine Ahnung, was sie da gerade sangen. Neben Colleen stand Helen, strahlend und bester Laune, fast wie frisch verliebt, und neben ihr stand Frank, der an diesem ganzen Fiasko schuld war und sich für den Gottesdienst richtig rausgeputzt hatte. Sein Haar war ordentlich gekämmt, und er trug Hemd und Krawatte unter seiner Lederjacke.

Als Melanie ihn gestern mit einer Waffe im Wohnzimmer angetroffen hatte, hatte er kein bisschen gentlemanlike ausgesehen. Die Waffe hatte sie nämlich sehr wohl bemerkt, auch wenn er sie rasch weggesteckt hatte. Frank hätte doch eigentlich wissen müssen, dass er ihr nichts vormachen konnte.

Sie schaute auf den Text des Liedes, der per Beamer auf die große Leinwand hinter dem Altar projiziert wurde. Doch eigentlich war sie gar nicht in der Lage zu singen, nicht mit einer solchen Finsternis in ihrem Inneren, die ihr die Luft zum Atmen nahm. Gut, dass der Rest der Gemeinde ihre Lügen nicht durchschaute, die wie Bakterien in ihr schwärten. Sie hätten sie bestimmt hinausgeworfen, und ihr vielleicht sogar noch ein paar Steine hinterhergeworfen. Und das hätte man ihnen kaum verdenken können.

Nathan stand zwischen ihr und dem Ende der Bankreihe, dem einzigen Fluchtweg. An diesem Sonntag wurde sie nicht einmal bei der Kinderbetreuung gebraucht, obwohl sie extra nachgefragt hatte. Sie saß hier fest. Sie saß fest und musste sich ihrer schwarzen hohlen Seele stellen und der Tatsache, dass sie das Leben jeder einzelnen Person, die außer ihr in der Kirchenbank saß, ebenfalls würde zerstören müssen.

Das Lied war zu Ende. Melanie begrüßte im Hinsetzen die Familie King, die hinter ihnen saß. Julie King hatte ihren kleinen süßen Blondschopf auf dem Schoß.

„Ich kann es gar nicht erwarten, dass wir irgendwann mit unserer Familie auch eine ganze Bank füllen“, sagte Julie. „So gut aussehende Männer, und Ihre Tochter ist Ihnen wie aus dem Gesicht geschnitten.“

Melanie lächelte gezwungen. Noch 20 Minuten, dann konnte sie wieder zu Sportplatz und Fastfood entfliehen, zu einem letzten glücklichen Zusammensein mit ihrer Familie.

Weil es vorn auf der Kanzel still blieb, blickte sie schließlich irritiert auf. Pastor Dan schaute einfach nur seine Gemeinde an. Sie hatte den Pastor sofort gemocht, als sie ihn kennengelernt hatte – er war ein zupackender, praktischer Mann, der Mitglied in der freiwilligen Feuerwehr war, und in Jeans und Flanellhemd predigte. Manchmal beantwortete er sogar Fragen, die ihm die Gemeinde während der Predigt per SMS schicken konnte. Bei ihm musste man immer auf eine unorthodoxe Predigt gefasst sein, manchmal auch auf spontane Gebete um Heilung, und manchmal gab es statt einer Predigt auch ein Theaterstück oder eine Geschichte.

Jetzt schweifte sein Blick über die Gemeinde und seine Miene hatte dabei etwas Schmerzliches. „Ich verzichte heute einmal auf die Predigt, weil Gott mir etwas anderes aufgetragen hat.“

Melanie schaute auf ihre Hände und betete, er möge bitte nicht darum bitten, dass Leute nach vorn kamen und erzählten, was sie mit Gott erlebt hatten. Heute konnte sie einfach nicht aufstehen und unter dem Druck, eine Decker zu sein, irgendetwas Großartiges berichten, was der Herr für sie und ihre Familie getan hatte.

„Ich fange an, indem ich Psalm 103 vortrage.“

Melanie holte Luft und schaute zum Fenster hinaus auf den Parkplatz. Eine Schar Wildgänse war, wahrscheinlich unterwegs nach Florida, auf dem Teich vor der Kirche gelandet.

Lobe den Herrn, meine Seele, und was in mir ist, seinen heiligen Namen!

Melanie klappte den Flyer mit den Ankündigungen für die Woche auf, den sie am Eingang bekommen hatte.

Lobe den Herrn, meine Seele, und vergiss nicht, was er dir Gutes getan hat.

In der nächsten Woche würde es nach dem Gottesdienst ein gemeinsames Essen geben, zu dem jeder etwas mitbrachte. Sie würde Nudel… Ach, Moment mal. Nein.

Der dir alle deine Sünden vergibt und heilt alle deine Gebrechen.

Henry schlug seine Bibel auf und fuhr mit den Fingern an den Zeilen entlang, die gerade vorgelesen wurden. Sie schluckte, weil ihr die Kehle brannte.

Der dein Leben vom Verderben erlöst, der dich krönt mit Gnade und Barmherzigkeit.

Nathan lehnte sich zurück und legte den Arm um sie. Sie musste blinzeln, um die Tränen zurückzudrängen.

Der deinen Mund fröhlich macht und du wieder jung wirst wie ein Adler.

Jason hielt Colleen die Hand hin, um mit ihr Finger zu hakeln.

Der Herr schafft Gerechtigkeit und Recht allen, die Unrecht leiden.

Die Wildgänse draußen flogen alle plötzlich wieder von dem Teich auf.

Er hat seine Wege Mose wissen lassen, die Kinder Israel sein Tun.

Barmherzig und gnädig ist der Herr, geduldig und von großer Güte.

Melanie blinzelte die Tränen weg und zwang sich, sich nicht mit der Hand über die Wange zu wischen.

Er wird nicht für immer hadern noch ewig zornig bleiben.

Ach, warum hatte sich Nathan nur so hingesetzt, dass sie nicht wegkonnte? Sie atmete tief durch – zu laut offenbar, denn Henry schaute zu ihr herüber.

Er handelt nicht mit uns nach unsern Sünden und vergilt uns nicht nach unsrer Missetat.

Sie tätschelte ihrem Sohn das Knie, brachte ein Lächeln zustande und nutzte diese Gelegenheit, um sich doch einmal kurz über die Wangen zu wischen. So. Alles ganz normal.

Denn so hoch der Himmel über der Erde ist, lässt er seine Gnade walten über denen, die ihn fürchten.

Hatte sie eigentlich die Chickenwings zum Auftauen aus der Kühltruhe genommen?

So fern der Morgen ist vom Abend, lässt er unsere Übertretungen von uns sein.

Nachmittags würde sie Waffeln machen.

Wie sich ein Vater über Kinder erbarmt, so erbarmt sich der Herr über die, die ihn fürchten.

Sie schloss die Augen, denn sie hatte das Gefühl, dass die Wände auf sie zukamen und es immer enger wurde.

Denn er weiß, was für Geschöpfe wir sind; er denkt daran, dass wir Staub sind. Ein Mensch ist wie Gras, er blüht wie eine Blume auf dem Feld; wenn der Wind darübergeht, so ist sie nicht mehr da ...

Sie schaute die Reihe entlang auf ihre Familie und auf Helen, die neben Frank saß.

Die Gnade des Herrn aber währt von Ewigkeit zu Ewigkeit über denen, die ihn fürchten ...

Melanie blickte auf zum Pastor, der den Bibelabschnitt auswendig vortrug.

... bei denen, die seinen Bund und seine Gebote halten ...

Genau da lag das Problem. Sie hatte vielleicht keine andere Wahl gehabt als wegzurennen und ja, sie hatte vielleicht Leben gerettet, aber sie hatte auch ein Leben voller Lügen erschaffen. Und ihre Kinder würden dafür bezahlen. Sie würde es ihnen heute Nachmittag nach dem Spiel sagen.

... Lobet den Herrn, alle seine Heerscharen, seine Diener, die ihr seinen Willen tut! ...

Sie schloss wieder die Augen, zwang sich zuzuhören, es zu wagen, etwas Lebendiges in sich zu spüren, irgendein Lob.

Lobe den Herren, meine Seele!

Aber da war nichts. Gott hatte sie mit ihrer Sünde sitzen lassen. In der Kirche war es ganz still. Nur ihr Herz hörte sie anklagend pochen. Melanie öffnete die Augen wieder und sah, dass Pastor Dan nun vor der Kanzel stand.

„Liebe Gemeinde, ich habe das Gefühl, dass Gott mir etwas zu sagen aufgetragen hat. Ich weiß nicht, an wen es gerichtet ist, ich weiß auch nicht, aus welchem Grund, aber irgendjemand unter uns braucht es genau in diesem Moment." Er lächelte, und dieses Lächeln hatte etwas so Echtes und Freundliches, dass Melanie nicht hinschauen konnte.

„Hier ist also, was ich sagen soll: *Ich sehe dich und ich kenne dich und ich liebe dich. Basta. Ich weiß Dinge über dich, von denen du nicht einmal ahnst, dass ich sie weiß, und trotzdem liebe ich dich. Ich sehe Dinge, die du verbirgst, und dennoch liebe ich dich. Ich liebe dich so sehr, dass das, was ich über dich weiß, mich nicht davon abhalten konnte. Meine Liebe ist keine Gleichung, etwas, das du dir verdienen oder ertauschen musst. Ich liebe dich – ich segne dich sogar inmitten all deiner Sünde. Nicht, weil ich sie billige, sondern um dich an das herrliche Wiedersehen zu erinnern, das dich erwartet, wenn du zu mir kommst. Meine Segnungen sollen dich an meine große Liebe erinnern, damit du umkehrst in meine Arme. Du kannst meine Liebe nicht zurückzahlen – oder meine Gnade. Du kannst dich nur darüber freuen.*"

Melanie konnte kaum atmen, sich nicht rühren. Vielleicht war ja ihr Herz stehen geblieben. Sie betete, dass Pastor Dans Blick nicht auf sie fallen möge, weil sie dann vielleicht in Tränen ausgebrochen wäre.

„Folgendes ist meine ganze Predigt für heute: Lasst nicht zu, dass eure Umstände eure Wahrnehmung davon definieren, wie sehr Gott euch liebt. Er liebt euch. Basta."

Basta. Sie schloss wieder die Augen, weil die Worte fast schmerzhaft in sie hineinsickerten.

„Ich bitte jetzt das Gebetsteam nach vorn. Wenn diese Worte heute für Sie waren, dann lassen Sie uns für Sie beten. Wir wollen jetzt aufstehen und das Abschlusslied singen."

Gebetsteam. Melanie erstarrte. Sie war im Gebetsteam. Nathan nahm seinen Arm von ihren Schultern. Oh nein. Was sollte sie tun?

Während die Gemeinde das Abschlusslied sang, schlüpfte sie aus der Kirchenbank und ging mit gesenktem Kopf nach vorn zu der Stelle, wo Pastor Dan stand. Auf seiner anderen Seite stand seine Frau Ellie.

Bitte, bitte lass niemanden zu mir kommen.

Sie sangen die erste Strophe und begannen mit der nächsten. Melanie starrte weiter zu Boden. Sie sah ein Paar Wanderstiefel vor dem Mann neben sich stehen. Eine Frau in Pumps suchte sich Ellie zum Beten aus.

Jetzt kam die letzte Strophe. *Bitte, bitte …*

Lederne Cowboystiefel kamen vor ihr zum Stehen. Sie lächelte und blickte auf. Gut, dass sie jahrelange Übung darin hatte, ihre Reaktionen zu kontrollieren. Kelli Hanson stand vor ihr, das schmale Gesicht tränenüberströmt. Sie hatte ihr Haar zu zwei langen Zöpfen geflochten, die durch ein Tuch um den Kopf aus der Stirn gehalten wurden. Zu einer Flickenjeans trug sie denselben übergroßen Wollpullover, den sie auch schon am Donnerstag beim Fußballtraining angehabt hatte. Ihre grünen Augen waren rot gerändert, und sie sah völlig kaputt aus.

„Hey, Kelli", sagte Melanie leise. „Wie kann ich für dich beten?"

Kelli holte Luft und schloss dann die Augen. „Hilf mir, daran zu glauben, dass es Gnade gibt."

Ja. Wunderbar. Auch Melanie schloss jetzt die Augen und nahm Kellis eiskalte Hand in ihre. Und weil sie keine andere Wahl hatte, oder weil sie sich selbst nach Hoffnung sehnte oder auch einfach aus purer Verzweiflung betete sie für Kelli und hoffte dabei, dass Gott auch den stummen Schrei ihres eigenen Herzens hörte.

…

„Vielleicht bekomme ich ja von Gott eine zweite Chance."

Helen beobachtete ihre Schwester ganz genau. Sie achtete auf jedes kleine Zeichen, von einem Zucken über einen verkniffenen Mund bis hin zu einem möglichen Augenverdrehen. Aber Miriam füllte einfach weiter den Teig für das Apfelbrot in die Form und wischte den Topf mit einem Teigschaber aus, als hätte sie den Köder gar nicht bemerkt, den Helen ihr da hingeworfen hatte. Die Spätnachmittagssonne strömte durchs Fenster in die winzige Küche, und der Duft von Zimt, Muskat und Nelken erfüllte das ganze Haus.

Miriam war mit einem Eimer in der Hand bei Helen aufgetaucht, und wenn ihre Schwester hier backen wollte, nachdem sie noch eine Ladung Äpfel gepflückt hatten, hatte Helen nichts dagegen. Sie war sicher, dass Miriam eine Erklärung verlangen würde, nachdem sie mitbekommen hatte, dass Frank im Gottesdienst neben Helen gesessen hatte, aber bisher hatte sie die Angelegenheit noch nicht zur Sprache gebracht.

Das Schweigen ihrer Schwester tötete Helen den letzten Nerv. Was sollte sie denn tun? Und es war auch nicht gerade hilfreich, dass der Mann einfach *gut aussah* und gepflegt war, und zwar von Kopf bis Fuß. Sie hatte während des Gottesdienstes zu viel Zeit mit dem Gedanken verbracht, wie es sich angefühlt hatte, mit ihm zu tanzen. Aber waren Mann und Frau nicht dazu geschaffen, einander Gefährten zu sein? Frank konnte sie zum Lachen bringen, und er war nicht voreingenommen in Bezug auf ihre Vergangenheit und ihren Ruf in Deep Haven. Es gefiel ihr, wie er sie ansah, so als hörte er ihr gern zu. Auch gestern Abend, als er sie nach dem Volleyballspiel zu Fuß nach Hause begleitet hatte und dann noch ganz kurz auf ein Stück Apfelkuchen und eine Tasse Kaffee mit hineingekommen war. Er hatte sie nach ihrem Leben gefragt und nach ihrer Arbeit – ja, sie war gern Krankenschwester gewesen und den Ruhestand fand sie nicht so schön. Nein, sie war nicht viel gereist. Wohin sie fahren würde, wenn sie es sich aussuchen könnte? Vielleicht nach Italien, aber ihr gefiel es in Deep Haven, und deshalb hatte sie nie besonders großes Fernweh gehabt.

Und als er sich dann umgedreht hatte, um zu gehen, seine Hand noch am Rahmen der Haustür, da raubte ihr der Wunsch, einen Schritt auf ihn zuzumachen, ihn zu küssen, sich in seinen Armen wiederzufinden fast den Atem. Sie sollte ihrem verrückten, überbehütenden Sohn dankbar sein, dass er sie unterbrochen und sich zum Idioten gemacht hatte, bevor sie es selbst tun konnte.

Oder auch nicht. Sie wusste nicht, was sie sich wünschte. Heute Morgen in der Kirche hatte Nathan sogar versucht, sich zwischen sie und Frank zu setzen, aber Frank hatte es zu vereiteln gewusst. Vielleicht war das hier ja ihre zweite Chance auf ein Happy End. Ihre einzige Chance.

Helen wollte sich darüber nicht unbedingt mit Miriam streiten, aber ihre Schwester hatte ihr so viele Jahre lang beigestanden, hatte sie in ihrer Kirchenbank aufgenommen und sie und Nathan zu jedem Familienfest eingeladen. Vielleicht wollte sie einfach nur, dass ihre Schwester sie verstand. Vielleicht wünschte sie sich sogar ihren Segen.

„Ich meine, warum nicht?“, fing sie schließlich wieder an. „Du hast ja gehört, was Pastor Dan heute gesagt hat: ‚Der Herr schafft Gerechtigkeit und Recht allen, die Unrecht leiden‘. Vielleicht sagt er damit ja, dass ich einfach nichts auf das Gerede geben soll …“ Helen nahm eine warme Zimtschnecke vom Abkühlgitter, brach sich ein Stückchen davon ab und ließ die milde Süße auf ihrer Zunge zerschmelzen. Ein Rezept von Melanie – einfach ein Gedicht.

„Es ist doch gar nicht das Gerede, das dich all die Jahre davon abgehalten hat, wieder zu heiraten, Helen, sondern du selbst."

Helen verschluckte sich beinahe an ihrem Bissen. „Wie bitte? Du bist doch diejenige, die mir ständig sagt, dass ich nicht wieder heiraten darf, weil ich geschieden bin. Weil ich *gesündigt* habe."

Miriam stellte die leere Teigschüssel in die Spüle und ließ Wasser hineinlaufen. Obwohl sie zwei Jahre jünger war als Helen, wirkte sie älter und abgeklärter. Vielleicht weil sie 36 Jahre lang verheiratet gewesen war, drei Kinder hatte und keinen einzigen Tag in ihrem makellosen Leben ...

„Würdest du zustimmen, dass Gott Scheidung nicht gutheißt?", unterbrach Miriam ihre Gedanken und wischte sich die Hände mit dem Geschirrtuch ab.

Da waren sie also wieder beim Thema. „Ja, doch. Aber ich glaube nicht, dass das bedeutet, dass wir uns für den Rest unseres Lebens selbst bestrafen sollen und uns niemals erlauben dürfen, noch einmal Glück zu erleben."

Miriam öffnete die Backofentür und schob den Kuchen auf die mittlere Schiene. „Du hast viele Jahre lang Leute aus deinem Leben ausgeschlossen, fast so, als ob du dich wirklich selbst bestrafen wolltest", sagte sie. „Du hast doch keinen Mann auch nur in deine Nähe gelassen, selbst wenn es einer versucht hat."

„Das ist nicht wahr. Ich stoße doch niemanden weg."

Miriam verschränkte die Arme vor der Brust und lehnte sich mit dem Rücken an den Küchentresen. „Also bitte. Du hast gründlich dafür gesorgt, dass jeder, wirklich jeder wusste, dass du allein zurechtkommst. Ich war da, nachdem du entdeckt hattest, dass Dylan dich betrog. Ich erinnere mich noch ganz genau an unser Gespräch damals."

„Ich auch! Du hast mir gesagt, dass ich diesem Lump vergeben und ihn wieder ins Haus lassen soll. Ich habe von dir nichts anderes bekommen als die christliche Standard-Antwort – Gesetzlichkeit."

Miriam rieb sich mit den Händen über die Arme. „Hast du schon mal daran gedacht, dass du versprochen hattest, in guten wie in schlechten Tagen bei ihm zu bleiben, als du geheiratet hast?"

„Aber nicht diese Art von schlecht. Sogar in der Bibel steht, dass man sich von seinem Ehepartner scheiden lassen kann, wenn er einen betrügt."

„Ja, das steht da, aber …" Miriam schaute weg. Seit dem Tod ihres Mannes war sie stark gealtert. Ihr Gesicht war von feinen Linien durchzogen, und sie hatte ein paar Kilo zugenommen. Trotzdem war sie noch immer hübsch mit ihrem dunkelbraunen Haar und den haselnussbraunen Augen. Helen glaubte, dass es auch für Miriam noch eine zweite Chance geben konnte. „Ich frage mich nur, was wohl passiert wäre, wenn du ihm vergeben hättest."

„Weshalb hätte ich das tun sollen? Er hat mich betrogen. Und dann ... Er hat angefangen zu trinken und jemanden umgebracht!"

Miriam nickte. „Ja. Und nichts davon ist deine Schuld, Helen. Für das, was er getan hat, war Dylan ganz allein verantwortlich." Sie lächelte ihre Schwester an, während der Duft des Apfelbrotes sich in der Küche ausbreitete. „Aber ich bin schon lange davon überzeugt, dass die Ehe nicht nur zu unserer Freude und Erfüllung da ist, sondern auch dazu, uns zu stärkeren und zu besseren Menschen zu machen, zu den Menschen, als die uns Gott gedacht hat. Und das geschieht durch gute und schlechte Zeiten."

„Und wie viele schlechte Zeiten müssen wir uns dabei gefallen lassen?"

Miriam nahm einen Topflappen und öffnete die Backofentür. Das Brot begann gerade aufzugehen. Sie schloss die Tür wieder. „Das hängt wahrscheinlich ganz davon ab, was dieses Schlechte konkret ist. Ich weiß aber ganz sicher, dass wir durch solche schlechten Zeiten näher an Gott heranrücken, und das ist etwas

Gutes. Und vielleicht erleben wir dann sogar, wie er unsere Ehe rettet, auch wenn das vom menschlichen Standpunkt her unmöglich scheint."

Helen holte eine Plastikdose aus dem Schrank, riss Küchenkrepp von der Rolle, um sie damit auszulegen, und begann die noch warmen Zimtschnecken hineinzulegen. „Du hast gut reden. Du und William, ihr hattet doch keinen einzigen richtigen Streit in eurem Leben."

„Tatsache ist, dass ich mich in einen anderen Mann verliebt habe, als wir zehn Jahre verheiratet waren." Miriam sagte das fast emotionslos, aber es ließ Helen trotzdem verstummen. „Eine Büroromanze. Es ist nicht wirklich etwas passiert außer ein paar ausgiebigeren Flirts, aber William und ich waren gerade in einer Phase, in der wir mit den kleinen Kindern voll ausgelastet waren und uns voneinander entfernt hatten. Wir hatten irgendwie vergessen, wie verliebt wir einmal gewesen waren, und ich habe mich in dieser Situation in Versuchung führen lassen."

Oh, diese Heuchler …

„Eines Sonntags saß ich inmitten meiner Familie in der Kirche, und mir wurde klar, dass ich kurz davor war, alles kaputt zu machen. Und da bin ich dann wieder zu mir gekommen." Miriam nahm den Lappen und wischte die Arbeitsflächen ab. „Ich erinnere mich noch genau an den Tag, als ich es William erzählt habe. Ich hatte eine Zeit lang versucht mir einzureden, dass das eigentlich gar nicht nötig sei, aber Geheimnisse sind wie Krebs für eine Ehe, und … und ich wusste, dass ich nicht damit leben konnte. Ich wollte nicht, dass wir einfach nur überleben, sondern dass wir uns ehrlich begegnen und uns immer weiterentwickeln. Also habe ich ihm gestanden, was passiert war und damit gerechnet, dass er mich anschreien oder sogar hinauswerfen würde."

Helen füllte weiter die Zimtschnecken in die Dose.

„Er hat mir vergeben, Helen, und Gott hat unsere Ehe gerettet."

Helen drehte sich um und hielt Miriam die Dose hin. „Vielleicht solltest du jetzt besser gehen."

Miriam schüttelte den Kopf. „Das überrascht mich nicht. Genau so gehst du mit Menschen um, die dir nicht passen. Du schmeißt sie einfach aus deinem Leben raus."

„Also bitte."

Miriam nahm die Dose. „Ich möchte, dass du glücklich bist, Helen. Es war so schön, dich mit Frank tanzen zu sehen. Aber ich fürchte, dass du wieder verletzt wirst."

„Ich werde nicht noch einmal einen Mann wie Dylan heiraten."

Miriam stellte die Dose auf den Küchentresen. „Du wirst aber einen *Mann* heiraten, und die machen einen immer und auf jeden Fall wahnsinnig." Das war eigentlich lustig. Aber sie lachte nicht.

Miriam machte den Backofen erneut auf. Das Brot darin bekam jetzt langsam eine Kruste und der Duft, der aus dem Ofen strömte, ließ Helen das Wasser im Mund zusammenlaufen. „Bist du bereit, dich verbindlich auf gute und schlechte Zeiten mit Frank einzulassen? Oder überhaupt mit einem Mann?" Miriam sah ihr in die Augen und lächelte sie an. „Ich bin mit dir einer Meinung, dass Gott wirklich zweite Chancen schenkt. Frank scheint ein netter Mann zu sein, aber die größte Frage ist doch, ob du bereit bist für deine zweite Chance."

Miriams Worte bewirkten, dass Helen die Tränen kamen und sie einen Kloß im Hals hatte. „Und was ist, wenn das meine letzte Chance ist?"

Miriam nahm ein Abkühlgitter für den Kuchen aus dem Schrank. „William liebte mein Apfelbrot." Sie zog die Backofenhandschuhe aus. „Er muss noch eine Weile im Ofen bleiben. Ich lasse es dir hier. Danke für die Zimtschnecken." Sie wandte sich Helen zu und umarmte sie. „Gott hat dich lieb, Schwesterherz, und er will dein Bestes."

Verrückt, Helen hatte das Gefühl, gleich würde sie wirklich anfangen zu heulen. Sie löste sich aus der Umarmung ihrer Schwester.

„Du blutest ja, Helen!“

Helens Hand ging automatisch zu ihrer Nase, und als sie sie anschaute, war sie ganz rot. Miriam riss ein Stück Küchenkrepp von der Rolle ab, das Helen sich an die Nase drückte, während Miriam sie zum nächsten Stuhl am Küchentisch führte. „Das liegt wahrscheinlich am trockenen Wetter“, sagte Helen, als sie sich setzte.

Miriam machte ein Küchenhandtuch nass und tauschte den Küchenkrepp gegen das Tuch aus. „Meinst du?“

Helen bemerkte die Angst im Blick ihrer Schwester. „Ja, es geht mir gut. Ich habe erst vor drei Monaten meine Kontrolluntersuchung gehabt. Immer noch krebsfrei.“

Doch Miriams Lächeln wirkte verkrampft. „Vielleicht sollte ich lieber noch bleiben.“

„Alles ist okay“, sagte Helen und zog das Tuch weg. „Siehst du, es hat schon wieder aufgehört zu bluten.“

„Ich wäre beruhigter, wenn du morgen in die Klinik gehen würdest.“

„Miriam …“

„Bitte, Helen.“ Miriam drückte ihren Arm. „Ich könnte es nicht ertragen, dich auch noch zu verlieren.“

„Danke für den Kuchen.“

Der Duft hing noch in der Luft, lange nachdem Miriam gegangen war und lange nachdem sie das Apfelbrot aus dem Ofen geholt hatte. Helen ließ sich ein Bad ein, gab jede Menge Badesalz hinein und zündete eine Kerze an. Miriams Worte umfingen sie wie eine Schlinge: *Die Ehe ist nicht nur zu unserer Freude und Erfüllung da, sondern auch dazu, uns zu stärkeren und besseren Menschen zu machen, zu den Menschen, als die Gott uns gedacht hat. Und das geschieht durch gute und schlechte Zeiten.*

Helen ließ sich bis zum Kinn in den Schaum sinken. Wenn sie die Augen schloss, konnte sie sich immer noch an den Abend erinnern, an dem sie Dylan damit konfrontiert hatte, dass sie über seine Untreue Bescheid wusste. Nathan, der damals 12 Jahre alt gewesen war, hatte in seinem Zimmer geweint, wie ein Embryo zusammengerollt, seinen Football ganz fest an sich gedrückt.

Es tut mir so leid, Helen, es war ein dummer Fehler. – Tja, genauso, wie es ein dummer Fehler von mir war, dich zu heiraten. Jedes Mal, wenn sie sich an ihre Worte erinnerte, versetzten sie ihr wieder einen Stich, und auch jetzt erschrak sie über sich selbst. Ob sie wohl jemals den Ausdruck auf Dylans Gesicht würde vergessen können? Wie er den Kopf geschüttelt und dann die Tür so fest zugeknallt hatte, dass das ganze Haus gebebt hatte? Sie war mit Nathan ins Bett gekrochen und hatte gehört, wie Dylans Auto in die Nacht hinausgefahren war. Was wäre gewesen, wenn sie ihm vergeben hätte?

Dylan hatte sie auf eine Art zum Lachen bringen können, dass sie alle Probleme vergaß, die sie in ihrer Schicht in der Klinik gehabt hatte. Wie oft war sie spät nach Hause gekommen, und es hatte ein Topf mit Chili auf dem Herd gestanden, während der kleine Nathan an seinen Vater geschmiegt auf dem Sofa gesessen und ein Footballspiel angeschaut hatte.

Ein dummer Fehler.

Auch ein paar Monate später hatte sie ihn abgewiesen, als er sie noch einmal um Vergebung angefleht hatte. Dann hatte er seinen Schmerz mit zu viel Bier zu lindern versucht und war zu schnell in die scharfe Kurve vor der Brücke gefahren. Daran trug sie Mitschuld, ein Fehler, den sie nie wieder würde gutmachen können.

Helen stieg aus der Wanne, blies die Kerze aus und wickelte sich in ein Handtuch. Wenn sie noch einmal von vorn anfangen könnte, dann würde sie vielleicht kurz innehalten, bevor sie ihn hinauswarf, würde vielleicht an ihr gesamtes Leben denken statt nur an ihr gebrochenes Herz, und sie würde sich seine Entschuldigung anhören und ihm eine zweite Chance geben.

In guten wie in schlechten Zeiten. Aber damals hatte sich das *Schlechte* einfach unüberwindlich angefühlt.

Sie ließ das Wasser aus der Wanne ablaufen, zog sich eine weiche Flanellhose mit Gummizug an, ein Sweatshirt und Wollsocken. Ein Glas Tee, Popcorn und ein Film würden die Erinnerungen sicher vertreiben. Vielleicht waren es die Schatten im Haus oder der erhitzte Zustand nach dem Bad – jedenfalls war ihr ein bisschen schwindelig, als sie das Wohnzimmer betrat. Sie musste sich am Türrahmen festhalten.

Ja, Tee und ein Stück von Miriams Apfelbrot, das wirklich hervorragend schmeckte, waren jetzt genau das Richtige. Helen füllte Wasser in den Kessel und zündete den Gasherd an. Ihre Hände zitterten, als sie das Apfelbrot hervorholte und ein Messer zur Hand nahm. Sie hatte das Gefühl, dass der ganze Raum auf die Seite kippte. Und dann spürte sie etwas Nasses aus der Nase auf ihre Lippen tröpfeln.

Sie griff nach dem Lappen auf der Spüle und hielt ihn sich unter die Nase, während sie zu einem Küchenstuhl taumelte.

Die Küchenuhr tickte, es waren zehn Minuten vergangen. Vielleicht war es ja doch zu spät für zweite Chancen.

...

Melanie fühlte sich ausgelaugt bis auf die Knochen.

Ausgelaugt und zusätzlich noch verhöhnt durch die Botschaft von Pastor Dan *„Barmherzig und gnädig ist der Herr … Er beschuldigt uns nicht endlos … Er bestraft uns nicht, wie wir es verdienen“ (Psalm 103).* Außer bei ihr, denn das hier fühlte sich absolut brutal an.

Melanie warf die abgenagten Chickenwings in den Mülleimer und stellte die leere Platte dann in die Spüle. Sie spritzte

Spülmittel darauf und drehte den Heißwasserhahn auf. Hinter ihr jubelte ihre Familie beim Samstagabendfootballspiel. Die Eagles lagen hinter den Patriots zurück. Dem Gebrüll der Menge zufolge hatten die Eagles gerade einen fantastischen Run oder Fang erzielt, oder es war sonst etwas Sensationelles passiert. Eigentlich machte Melanie sich gar nicht so viel aus Football, aber Nathan war ein Footballfan, und deshalb interessierte sie sich auch dafür. Wenigstens tat sie so. Ihr Leben war zu einem einzigen großen Täuschungsmanöver geworden. Jedenfalls kam es ihr plötzlich so vor. Noch vor drei Tagen hatte es sich echt und richtig und heil angefühlt. Vor drei Tagen war sie noch Melanie Decker gewesen.

Heute fühlte sie sich wie Dina O'Reilly. Und heute hätte sie gern ihre Mutter angerufen, um einfach nur ihre Stimme zu hören und ihr zu sagen, wie leid ihr alles tat, jeden einzelnen Tag aufs Neue. Sie nahm einen Spülschwamm zur Hand, fing an, den Topf zu schrubben, und es war ihr völlig egal, dass das Wasser brühend heiß war.

Oder noch besser, sie würde nach St. Louis fliegen und einfach in ihr Elternhaus marschieren, und sie würde den Zimtduft und den Sonnenschein einatmen, den die Wände in all den Jahren gespeichert hatten; sie würde das Ticken der alten Wanduhr in der Küche hören, würde die hellblauen Fronten der alten Einbauküche sehen und den ovalen Esstisch mit der Spitzendecke in der Mitte. Und sie würde dort ihre Mutter antreffen, die gerade an der Spüle stand oder am Tisch saß und einen Kaffee trank.

„Hallo, Mama. Ich bin's, Dina.“ Ihrer Mutter würde einen Moment lang die Luft wegbleiben, und dann würde sie sie mit Vergebung im Blick anlächeln. *Oh bitte, lass Vergebung in ihrem Blick sein.*

Sie würde vom Tisch aufstehen und Melanie in die Arme schließen. Und dann würden sie einander einfach festhalten.

„Melanie?“

Die leise Stimme hinter ihr ließ sie vor Schreck zusammenzucken. Sie drehte sich um, und Spülschaum tropfte von ihren Händen auf den Fußboden. „Frank! Du meine Güte, du müsstest doch eigentlich wissen, dass du dich nicht an mich heranschleichen darfst."

„Ich habe mich nicht angeschlichen. Tut mir leid." Er stellte einen Stapel Teller auf die Arbeitsfläche. „Ich habe gedacht, dass wir vielleicht reden könnten; darüber, was du gestern Nacht gesagt hast, übers Weggehen."

„Pssst. Die anderen können dich hören."

Er streckte den Arm aus und nahm ihr den Spülschwamm aus der Hand. „Lass uns ein bisschen nach draußen gehen."

Frank deutete zu der Tür, die zur Veranda führte. Das Haus hatte noch eine weitere Veranda, auf die man vom Wohnzimmer aus gelangte, aber diese kleine Veranda an der Küche, auf der ein paar Rattansessel und eine Liege standen, war ihr Rückzugsort geworden. Jetzt ließ sie sich in einen der Sessel sinken und zog die Decke um sich, die sie dort am Morgen hatte liegen lassen, als sie imaginäre Gespräche mit Colleen geführt hatte.

Frank stand ein Stückchen von ihr entfernt, die Hände in den Hosentaschen. „Wann wollen Sie es ihnen sagen? Wir müssen die Sache langsam in Gang bringen." Er hatte versucht, die Worte so behutsam wie möglich vorzubringen, aber sie waren trotzdem ätzend wie Säure.

Sie schluckte und schaute auf ihre Hände, die von dem heißen Spülwasser ganz verschrumpelt waren. „Ich weiß, was ich gestern Abend gesagt habe. Aber … ich weiß nicht, Frank. Was ist denn, wenn du dich irrst? Was ist, wenn Blake gar nicht von García umgebracht worden ist. Was ist, wenn ich hier völlig sicher bin – und ich trotzdem die Entscheidung treffe, die ganze Welt meiner Familie zu zerstören?!"

Frank holte Luft, aber sie unterbrach ihn, noch bevor er etwas entgegnen konnte. „Jason hat ein Theaterstipendium bekommen,

Colleen hat gute Chancen, es im Volleyball weit zu bringen und Henry hat endlich in der Schule ein tolles Lehrerteam hinter sich. Ganz zu schweigen von Nathan und seiner Mutter. Helen hat niemanden außer uns, und sie würde auf keinen Fall von hier weggehen."

„Ich weiß", sagte er leise.

Er wusste es? „Was hast du ihr erzählt?"

„Nichts." Er setzte sich auf den Sessel ihr gegenüber und fuhr sich mit den Händen übers Gesicht.

„Hmmm … Übrigens hätte mein Mann dich gestern Abend am liebsten umgebracht. Du solltest dich lieber von Helen fernhalten, wenn du Nathans Vertrauen gewinnen willst."

Frank schaute weg. „Ich weiß, dass das alles nicht leicht ist …"

„Nicht leicht …? Du verlangst von mir, dass ich einfach alles verlasse, was mich und mein Leben ausmacht. Aber ich bin Melanie Decker und das bedeutet mir etwas."

„Das weiß ich doch." Er versuchte immer noch, leise zu sprechen. „Ich sehe, was du dir hier aufgebaut hast, und es macht mich fertig, es dir wieder wegnehmen zu müssen."

„Hör mal, ich bin letzte Nacht ein bisschen durchgedreht, weil ich Colleen mit einem Jungen in ihrem Zimmer erwischt habe. Ich glaube zwar nicht, dass etwas passiert ist, aber ich bin anscheinend gerade rechtzeitig gekommen."

„Ich habe gehört, wie die Fußbodendielen geknarrt haben …"

Sie zog eine Augenbraue hoch. „Du bist ja besser als ein Wachhund."

„Das nehme ich mal als Kompliment. Willst du, dass ich ein Wörtchen mit dem Knaben rede?"

„Ich glaube, das wäre eher Nathans Aufgabe, aber … jedenfalls war das der Grund, weshalb ich gesagt habe, dass wir weggehen. Ich möchte nicht das Gleiche durchmachen müssen wie meine Mutter mit mir."

Er nickte.

„Und andererseits …ich weiß nicht. Ich möchte so gern glauben … na ja, du hast die Predigt heute ja gehört. Damals hast du geraten, hier in Deep Haven in eine Gemeinde zu gehen, Frank, und ich habe auf dich gehört. Und Gott hat mir dieses fantastische Leben geschenkt … und ich möchte so gern glauben, dass Pastor Dan heute mich gemeint hat …“ Sie ignorierte seine finstere Miene und redete weiter: „Vielleicht müssen wir einfach nur daran glauben, dass Gott uns beschützen wird …“

Aber Frank schüttelte den Kopf. „Nein, Melanie. Ihr könnt nicht hierbleiben. Du …“

„Warum nicht, Frank?“

„Weil ihr dann *umgebracht* werdet!“

Sie erschrak über die Panik – ja, den Zorn – in seiner Stimme. „Du musst mir vertrauen“, sagte er.

„Ich vertraue dir ja, aber ich glaube, dass du dich irrst.“

„Melanie, ich mache diesen Job jetzt schon seit über vierzig Jahren. Ich irre mich nicht ... mehr.“

Irgendetwas war seltsam an seiner Stimme. Vielleicht die Art, wie sie am Ende des Satzes beinahe brach. „Was verschweigst du mir?“

Er atmete einmal hörbar durch, stand dann auf und ging ans Geländer. „Ich war etwa zehn Jahre in diesem Job, als ich ein junges Mädchen, etwa in dem Alter wie du damals, im Zeugenschutzprogramm untergebracht habe. Sie … also sie war dir ziemlich ähnlich, wild und temperamentvoll, aber auch gebrochen und voller Angst. Ich habe ihr gesagt, sie sei sicher, und ich habe auch immer wieder nach ihr geschaut. Oft sogar.“

Der Wind wehte Blätter gegen das Fliegengitter der Veranda. Melanie zog die Decke fester um sich.

„Als sie etwa fünf Jahre mit der neuen Identität an dem Ort lebte, wo ich sie untergebracht hatte, konnte der Mann, gegen den sie ausgesagt hatte, aus dem Gefängnis fliehen, Natürlich bin ich sofort zu ihr gefahren und habe ihr gesagt, dass sie möglicherweise in Gefahr war, aber genau wie du hatte sie inzwischen geheiratet und war schwanger mit ihrem zweiten Kind. Sie hatte sich ein neues Leben aufgebaut, ein Leben voller Liebe. Und genau wie du hatte auch sie ihrem Mann nie etwas von ihrer Vergangenheit erzählt."

Seine Worte hatten nichts Anklagendes, aber sie empfand es trotzdem so. „Ich ... ich war damals noch jung und habe mich durch ihr Bitten und Betteln herumkriegen lassen. Sie wollte bleiben, und ich habe ihr versprochen, ihr Geheimnis für mich zu behalten. Ich habe nicht darauf bestanden, sie noch einmal mit einer neuen Identität an einem anderen Ort unterzubringen."

Melanie bohrte ihren Finger durch die winzigen Löcher in der Häkeldecke und fürchtete die Worte, die als Nächstes kommen würden. Frank drehte sich um, sah sie mit Tränen in den Augen an und sagte: „Sie und ihre ganze Familie wurden ermordet, auch ihr zweijähriges Kind."

Es war, als hätte ihr jemand in den Bauch geboxt. Sie bekam keine Luft mehr und sagte deshalb ganz leise: „Das wird mir nicht passieren."

„Da hast du recht, und zwar, weil ich es verhindern werde. Ich habe gestern Abend mit meinem Partner gesprochen, und da war er noch ziemlich sicher, dass García heute verhaftet werden würde. Aber er hat mich gerade angerufen und mir mitgeteilt, dass der Mistkerl ihnen entwischt ist. Er hat Blakes Auto gegen einen Truck eingetauscht und wahrscheinlich außerdem ein paarmal die Nummernschilder ausgetauscht. Wir haben seine Spur verloren. Und wenn wir sie nicht wieder aufnehmen können, dann musst du hier weg, Melanie. Du kannst deine Familie mitnehmen, oder ... oder auch nicht, aber ich kann nicht zulassen, dass du hierbleibst."

Sie zog ihre Knie an den Körper und umklammerte sie mit den Armen. Im Haus war wieder Geschrei und Gejohle zu hören – wahrscheinlich ein Touchdown. „Und was wäre, wenn ...

was, wenn nur *ich* weggehen würde – nur so lange, bis du ihn gefunden hast?"

Manchmal sah er wirklich aus wie ihr Onkel – dann, wenn in seiner Miene Mitgefühl zu erkennen war. „Was glaubst du denn, wie lange es dauern würde, bis wir ihn gefunden haben, Melanie? Das kann Jahre dauern. Und was ist bis dahin mit deinem Mann und der restlichen Familie? Willst du ihnen die Wahrheit sagen oder einfach so verschwinden und deinen Mann in dem Glauben lassen, du hättest ihn verlassen?"

„Ich verlasse meinen Mann doch nicht!"

Er hob beide Hände wie als Zeichen der Kapitulation.

„Das ist nicht fair, Frank. Ich habe getan, was ich tun sollte; ich habe alles aufgegeben. Und … und ich habe das Gefühl gehabt, dass Gott mich dafür mit meinen Kindern, meinem Mann und der Gemeinschaft hier im Ort belohnt hat. Und was ist jetzt mit alledem? War das alles nur ein übler Scherz? Es fühlt sich an, als ob ich bestraft werde." Sie wischte sich Tränen von der Wange und schüttelte den Kopf. „Natürlich werde ich bestraft. Ich weiß auch nicht, wieso mir das nicht schon früher klar geworden ist. Ich habe doch gewusst, dass ich es gar nicht verdient habe, glücklich zu sein." Sie schaute weg. „Für Leute wie mich gibt es kein Happy End."

„Melanie … kommst du nicht das Spiel gucken?" Nathan stand in der Tür und runzelte die Stirn. „Was macht ihr denn hier draußen? Es ist furchtbar kalt."

Frank sah sie an, als erwarte er eine Antwort von ihr. Aber sie konnte ihren Blick nicht von Nathan abwenden. Er trat mit einer Heftigkeit auf, wie sie es noch nie zuvor bei ihm erlebt hatte. Er hatte die Kiefer aufeinandergepresst und starrte Frank wütend an, als wäre er auf die Veranda hinausgekommen, um sie zu beschützen.

Er hatte sich umgezogen – er trug nicht mehr den Anzug, den er zur Kirche angehabt hatte, sondern eine verblichene Jeans und einen schwarzen Rollkragenpulli, der vielleicht in der Wäsche ein bisschen eingelaufen war, denn er spannte ein wenig über der Brust. Oder waren seine Schultern breiter geworden? Seine Haare standen hoch, so als hätte er sie sich während des Spiels schon das eine oder andere Mal gerauft. Und er hatte sich an diesem Morgen vor der Kirche nicht rasiert, sodass er jetzt verwegene dunkle Stoppeln hatte. Sie erkannte diesen Mann kaum wieder.

Seine Augen wurden ganz schmal, als er Frank jetzt anschaute, als wollte er ihn warnen, und dann sagte er zu seiner Frau: „Ist alles in Ordnung, Melli?“

Und irgendetwas an seiner Miene bewirkte, dass sie nickte. Nathan kniff seinen Mund zusammen, als sie sich noch einmal die Tränen von den Wangen wischte, aber er spielte bei ihrer Scharade mit. „Gut, denn die Patriots liegen hinten, und wir brauchen dich.“

Er streckte seine Hand aus und sie ergriff sie, ließ sich von ihm aus dem Sessel helfen und griff nach der Decke, die ihr von den Schultern gerutscht war. Nathan legte sie ihr wieder um, bevor er ihr ins Haus folgte.

Kapitel 10

Melanies Worte hatten Frank tief betroffen gemacht. *Für Leute wie mich gibt es kein Happy End.* Aber es musste eines geben. Er wollte nicht der Mann sein, der ein weiteres Mal ihr Leben zerstörte.

Das Footballspiel nebenan ging weiter. Das letzte Viertel hatte angefangen, aber Frank saß im Dunkeln am Küchentisch, trank eine Tasse Pulverkaffee und schaute hinüber zu Helens hell erleuchtetem Haus.

Nathan hatte ihn am Morgen in der Kirche mit seinem wütenden Blick beinah aus der Kirchenbank der Familie vertrieben. Aber was hätte Frank machen sollen – sich darauf verlassen, dass García sie im Haus Gottes nicht finden würde? Die Waffe in dem Halfter am Knöchel hatte sich allerdings ein bisschen pietätlos angefühlt. Und mal ehrlich, mussten sie denn auch unbedingt so weit vorn sitzen?

Aber den Gottesdienst hatten sie ja überlebt, und ehrlich gesagt hatte das Singen der alten Choräle und auch der modernen Lobpreissongs eine verschüttete Seite in Frank berührt. Margaret war auch gläubig gewesen, und am Anfang ihrer Ehe war er sonntags mit in den Gottesdienst gegangen, doch dann war er beruflich immer häufiger unterwegs gewesen, und sein Terminkalender war immer voller geworden, und ehrlich gesagt hatte er auch ein wenig das Interesse verloren … Der Pastor hatte jedoch ein paar gute Dinge vorgelesen, die bei Frank noch nachklangen. *„Er bewahrt mich vor dem sicheren Tod und schenkt mir mein Leben neu … Mein Leben lang gibt er mir Gutes im Überfluss, darum fühle ich mich jung und stark wie ein Adler.“*

Hier bei Melanie und ihrer Familie und bei Helen fühlte er sich bewahrt vor dem sicheren Tod, zu dem sein Leben geworden war. Und jedes Mal, wenn Helen ihn ansah, fühlte er sich wie ein junger Mann.

Ich wusste, dass ich es nicht verdient habe, glücklich zu sein. Vielleicht hatte das keiner von ihnen verdient, aber plötzlich hatte er den Wunsch, es zu versuchen.

Er trank noch einen Schluck Kaffee, stellte die Tasse wieder hin, nahm seine Jacke und schlich sich zur Haustür hinaus.

In der kleinen Pause, nachdem er an Helens Tür geklopft hatte, hörte er Stimmen von drinnen. Was, wenn …?

„Frank." Helen stand in der Tür, bekleidet mit einer Flanellhose, einem viel zu großen Sweatshirt, das Haar einfach mit einem Clip auf dem Kopf zusammengehalten. Im Hintergrund lief ein Film – irgendetwas in Schwarz-Weiß. „Kommen Sie doch herein."

Im Haus roch es nach Apfelkuchen, und im Hintergrund war das Brummen des Geschirrspülers zu hören. Im Wohnzimmer brannte nur eine kleine Tischlampe, wo sie sich aus der roten Wolldecke auf dem alten Tweedsofa ein Nest gebaut hatte.

„Störe ich Sie?"

„Sie haben Bing Crosby unterbrochen. Nach dem Tanzen neulich Abend war mir nach einem Musikfilm."

Sie ging zum Sofa hinüber, nahm die Fernbedienung und schaltete den Fernseher aus. Es wurde still im Raum, und er hörte nichts mehr außer seinem pochenden Herzen. Er hatte feuchte Hände, also steckte er sie in die Taschen. Gute Güte, er fühlte sich wie ein Teenager beim ersten Date.

„Möchten Sie eine Tasse Kaffee?"

Er schüttelte den Kopf. Eigentlich wusste er gar nicht, was er wollte. Okay, vielleicht wusste er es doch. Im Augenblick wollte er jemand sein, der ehrlich war, und bei dem man sich sicher fühlen konnte. Kein falscher Onkel Frank, sondern Frank, ein

Mann, der in einem leeren Haus in Portland lebte, umgeben von Erinnerungen, die nicht seine eigenen waren.

„Sie sehen mitgenommen aus. Hat Nathan …?"

„Nein. Er und Melanie sehen sich gerade ein Footballspiel im Fernsehen an."

Helen nickte und strich sich mit den Händen über die Oberarme. Sie sah heute schmaler aus als gestern, vielleicht sogar ein wenig blass.

„Geht es Ihnen gut?"

Sie lächelte ihn an. „Ja."

„Hätten Sie Lust auf einen Spaziergang? Es ist schön draußen … ganz klar, man kann die Sterne sehen." Frische Luft, ja, das war genau das, was er jetzt brauchte.

Das zweite Lächeln sah echt aus. „Ja, dazu hätte ich wirklich Lust."

Sie zog sich nicht erst um, sondern behielt die Flanellhose an – was ihm gefiel – und zog nur ein Paar Fellstiefel und eine Winterjacke, eine Strickmütze, aber keine Handschuhe an.

„Schließen Sie Ihre Tür gar nicht ab?", fragte er, als sie die Tür einfach nur hinter sich ins Schloss zog.

„Wir sind hier in Deep Haven. Ich schließe meine Haustür nie ab." Sie steckte die Hände in die Taschen und ging die Verandatreppe vor dem Haus hinunter, die er zum Glück repariert hatte. Vielleicht hatte sie ja noch ein paar Heimwerkerprojekte mehr in Haus und Hof, um die er sich kümmern konnte. Nur so lange er warten musste, bis Melanie zur Vernunft kam. So lange García da draußen frei herumlief, war sie in Gefahr. Aber wenn sie aus Deep Haven fortging, würde er natürlich auch gehen müssen, und das bedeutete, dass er Helen nie wiedersehen würde.

Er steckte jetzt ebenfalls die Hände in die Taschen und folgte ihr.

„Wohin möchten Sie gehen?"

Er zuckte mit den Achseln.

„Perfekt. Dann folgen Sie mir einfach." Sie grinste und ging in Richtung Hafen. Der Mond war aufgegangen, und sein Licht bildete eine glitzernde Bahn auf dem dunklen Wasser. Die Sterne leuchteten am Himmel, als ob sie ihnen zuzwinkerten. Blätter, die der Wind vor sich her trieb, schlichen raschelnd hinter ihnen den Gehweg entlang.

„Ist Ihnen kalt?"

„Ich bin aus Minnesota. Da ist das hier Bikiniwetter." Helen drehte sich um und zwinkerte ihm zu.

Sie überquerten die Straße, und sie führte ihn den Wanderweg am See entlang, die Hände immer noch tief in den Taschen vergraben. Sie hörten, wie sich die Wellen am Ufer brachen, als sie die Abkürzung durch den Park nahmen, vorbei an den letzten Booten, die dort noch vertäut lagen, vorbei an der Station der Küstenwache und dann den felsigen Pfad entlang zum Kai, an dessen Ende der Leuchtturm hoch emporragte – unbeleuchtet.

„Warum blinkt der Leuchtturm nicht?"

„Er wird nur bei Sturm eingeschaltet. Das sieht dann sehr schön aus." Helen setzte sich auf die Kaimauer und schaute hinaus in die Dunkelheit.

Frank gesellte sich zu ihr und schaute den Wellen zu, wie sie gegen die Betonmauer schlugen, sich wieder zurückzogen und dann erneut dagegenklatschten.

„Früher bin ich oft mit Nathan hierher gegangen. Wenn wir den Mond sehen konnten, haben wir uns immer etwas von ihm gewünscht. Nach dem Tod seines Vaters hatte Nathan panische Angst vor Wasser, aber trotzdem hat er hier mit mir gesessen und dem Geräusch der Wellen gelauscht. So als ob er sich nicht davon besiegen lassen wollte."

„Wie ist sein Vater ums Leben gekommen?"

Sie seufzte und stützte ihre Hände hinter sich auf der Kaimauer ab. „Sein Wagen ist auf der Brücke über den Cutaway Creek von der Fahrbahn abgekommen und ins Wasser gestürzt. Er ist ertrunken oder an Unterkühlung gestorben. Das Wasser war ziemlich kalt. Ich habe den Bericht des Pathologen nie gelesen. Die genaue Todesursache zu erfahren hätte ihn auch nicht wieder lebendig gemacht."

„Das tut mir leid."

Sie zuckte mit den Achseln. „Eigentlich hätte ich nicht so am Boden zerstört zu sein brauchen – schließlich hatte ich mich von ihm scheiden lassen –, aber ich war es trotzdem. Ich trauerte in erster Linie wegen Nathan. Und bis heute ist da noch etwas in mir, das darauf wartet, dass Dylan zur Tür hereinkommt. Ich habe ihn zwar rausgeworfen, aber das bedeutet ja nicht, dass er mir nicht gefehlt hat."

Nach einer Weile lächelte sie. „Nathan hat Melanie hier auf dem Kai den Heiratsantrag gemacht. Das ist in Deep Haven eine Art romantische Tradition und hat vielleicht etwas damit zu tun, wie die Sonne durch den Leuchtturm scheint. Als ob er sie zu einem Happy End führt. Ich weiß, das ist kitschig, aber … na ja, bei Nathan und Melanie scheint es ja zu funktionieren. Ich habe viel investiert, um Nathan eine schöne Kindheit und eine gute Ausbildung zu bieten. Für mich war es der glücklichste Tag in meinem Leben, als er Melanie kennengelernt hat."

Helen zitterte und Frank zögerte nur einen ganz kurzen Moment, bevor er ihr den Arm um die Schultern legte, woraufhin sie näher an ihn heranrückte und die Wärme genoss, die er ausstrahlte.

„Ich erinnere mich noch genau an den Tag, als ich Margaret gefragt habe, ob sie mich heiraten will. Ich steckte mitten im Abschluss an der Militärakademie in West Point und hatte mir ganz genau überlegt, wie ich den Antrag gestalten wollte – mit Rosen und Champagner am Strand. Sie arbeitete damals als Kellnerin und studierte nebenher, um Lehrerin zu werden. Und dann hatte mein Wagen eine Panne und sprang nicht an, es regnete in

Strömen, und am Ende mussten wir zu Fuß zurück zu dem Lokal gehen, in das ich sie zum Essen eingeladen hatte. Sie hat aber trotzdem Ja gesagt."

Helen lachte. „Na, dann wollte sie wirklich den Mann und nicht die Romantik des Augenblicks. Das Leben muss nicht perfekt sein, um glücklich zu sein. Und manchmal muss man einfach die glücklichen Stellen zwischen dem Leid finden."

Glückliche Stellen zwischen dem Leid. So wie den hier, den Rhythmus der Wellen zu ihren Füßen, den Baldachin aus Sternen über ihnen und die Geräusche der Nacht um sie herum. Hier konnte er glücklich sein. Hier konnte er einfach ein Mann sein, der mit einer schönen Frau auf einer Kaimauer saß, mit einer Frau, die seine Gesellschaft genoss. Mit einer Frau, die ihn für einen guten Mann hielt. Das war er zwar nicht, aber es fühlte sich toll an. „Vielen Dank, dass sie mich auf den Spaziergang mitgenommen haben. Das habe ich gebraucht."

Als Helen zu ihm aufblickte, konnte Frank nicht anders, als sich zu ihr zu beugen und sie zu küssen. Ganz zart und behutsam. Es war mehr ein geflüsterter Wunsch als ein Kuss, aber sie ließ es geschehen und erwiderte seinen Kuss. Seit Margaret hatte er keine Frau mehr geküsst. Einen zarten, vollkommenen Augenblick lang wurde die Welt sicher und einfach und jung.

Und dann krachte eine Welle mit voller Wucht gegen die Kaimauer, Wasser spritzte hoch empor und ergoss sich über sie beide. Eisige Spritzer landeten auf seiner Haut und seinen Haaren und liefen ihm über die Jacke. Die Wassertropfen auf Helens Mütze glitzerten im Mondlicht, und ihre Flanellhose war völlig durchnässt.

„Oh!", sagte sie, und dann lachend: „Huch!"

Er zog sie auf die Füße. Ach, wie gerne hätte er sie noch einmal geküsst, aber … was machte er da eigentlich? In zwei Tagen würde er weg sein und nie mehr zurückkommen. Wenn sie Glück hatten.

Er musste schwer schlucken und nahm dann ihre Hand. „Vorsichtig jetzt", sagte er, als sie die glitschige Kaimauer entlanggingen.

...

Ich verlasse meinen Mann nicht!

Nathan wurde die Worte einfach nicht wieder los, konnte sie nicht abschütteln. Er hatte an der Spüle gestanden und seinen Teller abgespült, als er Melanies Stimme durch die dünne Tür zur Veranda gehört hatte, und zwar laut und deutlich. Einen Augenblick lang hätte er sich am liebsten umgedreht und wäre wieder gegangen, um einfach zu ignorieren, was sie da gesagt hatte. Der Schock verschlug ihm den Atem.

Aber dann hatte er sie durch die Fliegengittertür hindurch beobachtet und irgendetwas an der Art, wie sie Frank ansah, hatte eine unglaubliche Wut in Nathan entfacht, sodass er auf die Veranda hinausgegangen war, um dem Kerl zu sagen, dass er seine Sachen packen solle.

Melanie hatte erschüttert gewirkt, und Nathan hatte das Gefühl gehabt, mitten in ein Familiengeheimnis hineingeplatzt zu sein. Und er war der Meinung, dass er ein Recht darauf hatte zu erfahren, was los war.

Er atmete geräuschvoll aus, klappte seinen Laptop zu und stellte ihn auf seinen Nachtschrank. Es gab noch keinen einzigen Interessenten für das Anwesen der McIntyres. *Bitte, Gott, bitte, lass mich nicht alles zerstören, wofür meine Familie gearbeitet hat.*

Melanie war mit Henry in seinem Zimmer und las mit ihm. Er konnte das mühsame Zusammensetzen der Laute hören. Der Junge tat ihm unendlich leid – wie gut, dass Melanie da war, um ihm zu helfen. Nathan hatte einfach nicht die Geduld, bei seinem Sohn zu sitzen und hautnah mitzuerleben, wie er sich abmühen musste. Aber vielleicht hatte Gott sie ja genau deshalb als Team zusammengeführt. Er sollte seinen Teil der Teamarbeit allerdings besser machen. Dieser Gedanke nagte an ihm, als er aufstand, um sich ein Glas Wasser aus der Küche zu holen.

Unterwegs hörte er Jasons Stimme hinter seiner Zimmertür. Wahrscheinlich übte er für die Theatervorführung seiner Schule. Er blieb stehen, um zuzuhören.

„Nie darf ein Hemmnis reiner Seelen Bund
im Wege stehn. Die Lieb ist Liebe nicht,
die schwankend wird, schwankt unter ihr der Grund
und schon an einem Treuebruch zerbricht.
Sie ist die Boje, die kein Sturm versenkt,
die unerschüttert steht im Zeitenstrom."

Shakespeare. Es war keine besondere Überraschung, dass sie *Romeo und Julia* aufführten. Wahrscheinlich passte es zum Lehrplan. Nathan konnte sich noch gut daran erinnern, dass er während seiner Schulzeit auch ein paar Sonette von Shakespeare hatte auswendig lernen müssen. Es hatte sich in den vergangenen 20 Jahren also nicht allzu viel geändert.

Er ging in die Küche und öffnete den Kühlschrank, holte die Wasserflasche heraus und füllte sich ein Glas voll.

„Die Lieb ist Liebe nicht, die schwankend wird." Irgendwie gefiel ihm Shakespeare. Es war, als würde durch seine Worte etwas entschlüsselt. Nathan ging zu dem Panoramafenster an der Vorderseite des Hauses und schaute auf den beleuchteten Weg. Eine Gestalt trat in den Lichtschein, und er sah, wie Frank die Haustür öffnete.

Nathan stellte sein Glas ab. „Sagen Sie bloß nicht, dass Sie schon wieder bei meiner Mutter waren." Er versuchte, seine Stimme unter Kontrolle zu behalten.

Frank schaute zu ihm auf. Nathan war lange genug Vater eines Jungen im Teenageralter, um ein schlechtes Gewissen zu erkennen, wenn er es sah. „Ich glaub's einfach nicht. Was soll denn das? Ich habe Ihnen doch ausdrücklich gesagt, dass Sie sich von ihr fernhalten sollen."

„Nein, eigentlich haben Sie mich nur daran erinnert, dass sie Ihre Mutter ist, und das weiß ich ja." Frank hob eine Hand. „Beruhigen Sie sich doch, Nathan ..."

„Warum sollte ich?" Er war um den Tisch herum auf Frank zugegangen. „Was geht zwischen Ihnen beiden vor?"

„Nichts. Wir haben nur einen Spaziergang gemacht."

„Um zehn?"

Ein Muskel an Franks Kinn zuckte. Noch nie zuvor hatte Nathan einen so starken Wunsch verspürt, jemanden zu schlagen. Wieso hatte er Frank nur in sein Haus eingeladen? Er hätte den Kerl direkt in die Wüste geschickt, wenn er nicht gewusst hätte, dass das Melanie nicht recht gewesen wäre. „Jetzt hören Sie mir mal gut zu. Meine Mutter hat eine Menge durchgemacht, und das Allerletzte, was sie gebrauchen kann, ist, noch einmal verletzt zu werden."

„Ich werde ihr nicht wehtun."

„Ich möchte jetzt auf der Stelle wissen, wie lange Sie noch bleiben, denn Ihre drei Tage sind vorbei, Kumpel."

Frank zuckte nicht mit der Wimper. „Ich verspreche Ihnen, dass ich so schnell wie möglich wieder aus Ihrem Leben verschwinden werde, Nathan."

„Na fantastisch. Und ich möchte, dass Sie sich bis dahin so weit von meiner Mutter fernhalten, wie es in einer Stadt von der Größe von Deep Haven möglich ist, kapiert?"

Frank nickte. „Es tut mir leid ..."

„Und wo Sie schon gerade beim Entschuldigen sind, vielleicht könnten Sie mir auch noch sagen, was Sie zu meiner Frau gesagt haben, das sie so aufgeregt hat. Worüber haben Sie gesprochen?"

Als Frank seine Lippen aufeinanderpresste, hätte Nathan ihn am liebsten gewürgt und es aus ihm herausgequetscht.

„Fragen Sie sie selbst“, sagte Frank schließlich und ging wieder hinunter in den Keller.

Nathan stand noch einen Augenblick zitternd vor Wut in der Küche und widerstand dem Drang, auf der Stelle nach unten zu gehen und Frank sofort vor die Tür zu setzen. Er trank sein Glas leer, stellte es in die Spüle und holte tief Luft. Ja, er würde seine Frau fragen.

Aber Melanie lag schon zusammengerollt im Bett und hatte sich die Bettdecke bis zur Nase hochgezogen. Ihre Augen waren fest geschlossen, so als würde sie bereits in ihren Träumen einen Kampf ausfechten.

Mist. Aber in der letzten Nacht hatte sie so schlecht geschlafen …

Nathan ging ins Bad und schaute sein Spiegelbild an. Er sah alt und wütend aus. Er erkannte sich selbst kaum wieder. Melanie hatte ihren Tiegel mit Gesichtscreme nicht wieder zugeschraubt, und er nahm ihn jetzt in die Hand, um ihn zu schließen, aber vorher schnupperte er noch kurz daran. Lilienduft. Deshalb roch sie also immer so gut. Er schraubte den Tiegel zu, putzte sich die Zähne, zog dann seinen Schlafanzug an, legte sich neben Melanie ins Bett und lauschte ihrem Atem.

Sie hatten sich seit ihrem Streit nicht vertragen. Nicht richtig jedenfalls. Nicht so, wie er es sich gewünscht hätte. *Ich verlasse meinen Mann nicht!* Ihre Worte trafen wie Querschläger in sein Hirn. Immer und immer wieder.

Bitte Gott, gib, dass sie mich nicht verlässt.

Nathan drehte sich zu ihr hin, schloss die Augen und atmete den Duft ihrer Haut ein. Und dann legte er ganz vorsichtig den Arm um sie, weil er sie nicht aufwecken wollte.

Es dauerte einen Moment, bis er merkte, dass sie gar nicht schlief. „Weinst du, Mel?“, fragte er und drehte sie zu sich.

Sie bedeckte ihr Gesicht mit der Hand.

„Melanie, Liebling, was ist denn los?“

Sie antwortete ihm nicht, sondern zitterte nur und weinte. Es war, als hätte ihr Kummer Krallen, die sich in ihn hineinbohrten, als er völlig hilflos dalag. Wenn sie weinte, fühlte er sich absolut wehrlos. Er legte seine Stirn an ihre Schulter. „Bitte, Mel, sag mir, was los ist."

Sie schüttelte den Kopf, aber er zog ihr behutsam die Hand vom Gesicht und küsste ihre Wange, die von den Tränen ganz salzig war.

„Ich ...", sie presste sich die zitternde Hand auf den Mund. „Ich vermisse meine Mutter so sehr."

Ach. Darum ging es also. Was war er nur für ein Idiot, dass er nicht selbst daraufgekommen war? Vielleicht war Frank ja gekommen, um sie zu bitten, an einer Art Gedenkveranstaltung oder so etwas teilzunehmen. Etwas, das die Trauer um ihre Mutter und das Trauma des Verlustes wieder neu hatte aufleben lassen. „Es tut mir so leid, Melanie. Natürlich fehlt sie dir."

„Und meine Schwester und meinen Bruder und meinen Vater. Ich vermisse sie wirklich."

Als er sie jetzt in seine Arme zog, beschloss er, ein besserer Ehemann zu werden, einer ohne einen solchen Dickschädel. Er strich ihr mit der Hand durch ihr wunderschönes Haar und sagte: „Ich weiß. Es tut mir so leid. Ich hätte sie so gerne kennengelernt."

Sie stieß einen kleinen Schluchzer aus. „Du hättest meinen Vater gemocht. Er war dir sehr ähnlich, genau so vernünftig und freundlich und hilfsbereit."

Sie sprach so gut wie nie über ihre Familie, also unterbrach er sie nicht, sondern hielt sie einfach nur fest und streichelte mit seiner einen Hand ihren Arm, und er kam sich wie ein Schuft vor, als er versuchte, sich daran zu erinnern, wann er sie das letzte Mal so im Arm gehalten hatte.

„Mein Vater war bei der Polizei."

Was?

„Meine Mutter liebte es, im Winter Eis zu essen, und sie ist oft mit mir und meiner Schwester zu dem Riesenrad gegangen, das es ganz in unserer Nähe gab. Einmal ist Kylie zu nah an den Rand der Gondel gegangen und meine Mutter ist fast durchgedreht. Sie war so überängstlich."

Ihre Schwester hieß also Kylie. Ihren Namen hatte sie bisher noch nie erwähnt, genauso wenig wie diese Geschichte, aber das erklärte, weshalb sie jedes Mal, wenn sie in einem Vergnügungspark waren, unbedingt Riesenrad fahren wollte.

Genau das war so eine Kleinigkeit, die er so gern erfahren wollte. Die kleinen Dinge, die sie offenbar nicht erzählte, weil es einfach zu wehtat.

„Ich kann mir nicht vorstellen, meine Mutter zu verlieren, und dann auch noch so plötzlich. Am einen Tag ist man noch mit ihr zusammen und am nächsten ist sie nicht mehr da." Er gab ihr einen Kuss aufs Haar. „Ich kann mir vorstellen, dass es schrecklich schwer gewesen sein muss für dich, und durch Franks Besuch kommt das alles wieder hoch, nicht wahr?"

Sie murmelte etwas, das sich anhörte wie *Du hast ja keine Ahnung*. Dann seufzte sie und hob den Kopf. Ach, diese wunderschönen Augen. Wie der See an einem heißen Sommertag, einladend und befreiend, und wenn er in ihnen versank, dann konnte er vergessen, wer er war und einfach nur sein und genießen.

„Er erinnert mich daran, was ich hier alles habe. Alles, was ich liebe. All das, was ich niemals aufgeben würde", sagte Melanie.

Nie aufgeben würde. Die Art, wie sich ihre Worte in seiner Brust niederließen und ihn wieder durchatmen ließen, fühlte sich fast wie Erleichterung an. „Du bist so schön."

Wahrscheinlich war es nicht der richtige Moment für so ein Kompliment, denn ihre Augen waren rot verweint und ihr Haar strähnig … aber für ihn war sie nie schöner gewesen. „Es tut mir leid, dass wir uns gestritten haben, Melanie. Ich verspreche dir, dass ich dir ein besserer Mann sein werde."

Ihr Lächeln erstarb und einen kurzen Moment lang dachte er, dass er es jetzt vermasselt hatte, aber dann sah sie ihn an, wie er es noch nie zuvor erlebt hatte. Und sie küsste ihn.

Sie schmeckte nach Salz und nach der Zahnpasta und nach der Süße der Frau seiner Jugend. Sie schmiegte sich ganz eng an ihn, und er nahm sie in die Arme und küsste sie noch inniger. Wie sehr er sie liebte! Mit dem Tag, an dem sie in sein Leben gekommen war, war alles hell und frisch und bunt geworden. Wie hatte sie ihm in diesen vergangenen paar Tagen gefehlt – oder waren es Wochen oder gar Monate gewesen? Als sie ihn jetzt in dem dämmrigen Licht anlächelte und er ihr mit dem Daumen übers Gesicht strich, kam es ihm jedenfalls wie eine Ewigkeit vor. „Ich liebe dich, Melanie. Wir gehören für immer zusammen."

Sie nickte nur und klammerte sich an ihn. Aber dann waren da wieder die Worte, die sie auf der Veranda gesagt hatte, und Nathan hatte das unheimliche Gefühl, dass sie ihm Lebewohl sagte.

Kapitel 11

„Wenn ich Krebs habe, dann werde ich Nathan nichts davon sagen, und Sie werden es auch nicht tun, Dr. Walgren."

Dr. Paula Walgren saß auf einem Stuhl an der Untersuchungsliege. Sie trug einen weißen Arztkittel über ihrem schwarzen Pullover, eine passende Hose und weiße Croqs. Mit ihrem kurzen blonden Haar und den haselnussbraunen Augen hätte sie Helens jüngere Schwester sein können. Sie war gerade mit dem Medizinstudium fertig gewesen und hatte ihr praktisches Jahr absolviert, als Helen zum ersten Mal zu ihr gekommen war. Dr. Walgren hatte Helens Chemotherapie begleitet, dann die Knochenmarktransplantation, und jedes Mal warteten sie gemeinsam mit angehaltenem Atem auf die Ergebnisse der jährlichen Kontrolluntersuchung. Jetzt blickte sie von Helens Karteikarte auf und sah ihre Patientin an, die wie erstarrt in dem dünnen Untersuchungshemd auf der Liege saß. Es war kühl draußen, es roch nach Regen, und der Wind trieb Nebelschwaden über den See.

„Aber wenn der Krebs wieder da ist, brauchen Sie den Beistand Ihrer Familie."

„Natürlich, aber erst nach den Feiertagen." Sie lächelte die Ärztin an und hoffte, dass das Lächeln echt wirkte. Sie konnte Nathan das unmöglich noch einmal antun. Nicht jetzt, wo er die Bürgermeisterwahl gewinnen musste. Er hatte genug mit seinem eigenen Leben zu tun und konnte nicht noch einmal seine Mutter pflegen. Und auch Melanies Leben war mehr als ausgefüllt mit den Kindern und all ihren ehrenamtlichen Aufgaben. Helen konnte absolut nachvollziehen, wieso Franks Frau ihre Krankheit vor ihm geheim gehalten hatte. Vielleicht machte Frank sich

Vorwürfe, aber niemand wollte doch wie ein Invalide behandelt werden. Niemand wollte Mitleid.

Nein, sie würde es Frank auf keinen Fall sagen. Nicht nach dem Abend gestern. Nicht nach dem Kuss.

Ihre Hand wäre fast unwillkürlich zu ihren Lippen gewandert, als sie sich an seine Berührung erinnerte, wie ein verheißungsvolles Flüstern. Es fiel ihr immer noch schwer, es überhaupt zu glauben. *Das Leben muss nicht perfekt sein, um glücklich zu sein. Und manchmal muss man einfach die glücklichen Stellen zwischen dem Leid finden.* Sie musste noch einmal an die Worte denken, die sie selbst gesagt hatte. Der gestrige Abend war eine solche „glückliche Stelle" gewesen, und sie hatte die Absicht, so lange wie möglich an dieser Stelle zu bleiben. Das war vielleicht egoistisch, aber sie konnte den Gedanken nicht ertragen, dass ihre Familie ihretwegen ihr gewohntes Leben aufgeben würde in dem Wissen, dass es dieses Mal … „Und ich will auf keinen Fall eine Chemotherapie. Ich reise lieber nach Italien und genieße die Zeit, die mir noch bleibt."

Bei diesen Worten musste sie selbst leise lachen. Italien. Ja, klar. Aber Franks Frage hatte sie neugierig gemacht. Warum reiste sie nicht und schaute sich die Welt an? Vielleicht war das jetzt ihre letzte Chance. Schon komisch, dass sie anscheinend ständig zweite Chancen bekam, seit er sie angelächelt hatte.

„Lassen Sie uns nichts überstürzen, Helen. Ich nehme Ihnen jetzt erst einmal Blut ab, dann führen wir noch ein paar Tests durch, und dann sehen wir weiter." Dr. Walgren stand auf, klemmte sich die Patientenkarte unter den Arm und berührte Helen leicht an der Schulter. „Lassen Sie es ruhig angehen, bis die Ergebnisse da sind. Ich verspreche Ihnen, dass ich Sie sofort anrufe." Mit diesen Worten verließ sie ihre Patientin.

Aber Helen brauchte die Ergebnisse nicht, um zu wissen, was los war. Der blaue Fleck an ihrem Arm war zwar blasser geworden, aber sie hatte einen weiteren an der Hüfte entdeckt und einen dritten am Unterarm, und die kamen nicht von irgendwelchen Unfällen. Sie hatte zwar nicht noch einmal Nasenbluten gehabt, aber heute hatte sie im Bett gelegen und sich schlapp gefühlt wie ein nasser Sack. Sie hatte an die Decke gestarrt und sich gefragt, wie es sein konnte, dass sie innerhalb von einer Nacht um ein Jahr gealtert war. Ihre Knochen fühlten sich an wie Steine und die Muskeln wie Pudding. Wenn sie nicht wieder Krebs hatte, dann würde sie sich nach Neujahr sofort für einen Pilateskurs oder sonst einen Sportkurs anmelden. Oder sie würde nach einem Ferienhaus in Florida schauen, irgendwas direkt am Strand. Sie würde ihre Ersparnisse verjubeln und auf großem Fuß leben. Sie würde Hochseeangeln gehen und einen Hai fangen.

Es klopfte an der Tür des Behandlungszimmers und eine Krankenschwester kam herein. Wie gut sich Helen noch an die Zeit erinnerte, als sie selbst diejenige war, die Blut abgenommen und Temperatur und Blutdruck gemessen hatte. Später war sie dann auf die Geburtshilfestation und schließlich auf die Intensivstation versetzt worden. Es gefiel ihr, gebraucht zu werden, anderen Menschen in traumatischen Momenten beizustehen und zu helfen. Als sie dann in den Ruhestand gegangen war, hatten plötzlich endlos lange, leere Tage vor ihr gelegen, und wenn Melanie und die Kinder nicht gewesen wären, hätte sie sich vielleicht selbst verloren. Aber vielleicht wurde sie von ihnen inzwischen ja gar nicht mehr so sehr gebraucht.

„Helen Decker?“, fragte die Schwester. Sie trug rosafarbene OP-Bekleidung, und ihr langes braunes Haar war zu einem unordentlichen Pferdeschwanz zusammengezurrt. Als Helen in ihrem Alter gewesen war, musste man noch eine weiße Schwesterntracht *und* eine Schwesternhaube tragen. „Ja.“

Die Schwester rasselte mechanisch Helens Geburtsdatum und die Sozialversicherungsnummer herunter, und Helen bestätigte die Daten. „Ich nehme Ihnen jetzt etwas Blut ab“, sagte die Schwester und hatte bereits alles dabei, was sie dazu brauchte.

Helen beobachtete die einzelnen Arbeitsschritte genau und bemühte sich, nicht überkritisch zu sein. Die Schwester fand sofort eine Vene, und der Einstich tat nicht weh. „Gut gemacht", sagte Helen, als die Schwester die Nadel wieder aus der Vene zog.

„Danke", antwortete die Schwester und klebte ein Etikett auf das Röhrchen mit dem Blut. „Das war's schon", sagte sie dann, nahm einen Tupfer, drückte ihn fest auf die Einstichstelle und klebte ein Pflaster darüber. „Einen schönen Tag noch, Mrs Decker."

Mrs Decker. Sie hatte sich damals dafür entschieden, ihren Ehenamen zu behalten, weil sie der Meinung war, dass das für Nathan einfacher war. Aber vielleicht wollte sie jetzt nicht mehr Helen Decker heißen. Wie wäre es, wenn sie wieder ihren Mädchennamen, Helen Gilbertson, annahm oder vielleicht sogar … Helen Harrison.

Vielleicht war sie ja wirklich ein bisschen krank … und zwar im Kopf. Dennoch, sie schaute sich selbst im Spiegel an und lächelte. Noch immer grinsend zog sie sich wieder an und winkte den Angestellten in der Ambulanz noch einmal zu, als sie ging.

Die Luft roch modrig-feucht. Der Himmel war grau und wolkenverhangen. Doch schon bald würde der Wind auffrischen und es würde kalt werden, und vielleicht würde schon vor Dezember der erste Schnee fallen. Sie liebte den Wechsel der Jahreszeiten, die Vorfreude auf das Glitzern frisch gefallenen Schnees und den vereisten Hafen, auf dem Schlittschuhläufer ihre Runden drehten, und die Tannenzweige, mit denen die altmodischen Straßenlaternen an der Hauptstraße dekoriert wurden. Und dann, meist wenn sie den Winter so richtig leid war, kam der Frühling mit seinen Knospen an der Eberesche und den ersten frühen Blumen.

Ja, sie liebte die Veränderung, was hielt sie also davon ab, sie auch außerhalb von Deep Haven zu erleben? Helen schlug ihren Mantelkragen hoch und achtete darauf, wohin sie trat. Sie konnte sich das Schauspiel genau vorstellen, wenn sie auf dem Parkplatz stürzte und ihrer Sammlung blauer Flecken noch weitere hinzufügte.

Sie schaffte es heil bis zu ihrem Wagen, stieg ein, schaltete die Heizung an und steckte die Hände in die Taschen, um sie zu wärmen. Was war, wenn sie wirklich wieder Krebs hatte? Würde sie es tatsächlich für sich behalten können? Und was vielleicht noch wichtiger war: Was war, wenn sie *keinen* Krebs hatte?

Sie erinnerte sich wieder an Miriams Worte: *Du würdest doch keinen Mann in deine Nähe lassen, selbst wenn es einer versuchen würde.* Das stimmte nicht. Nun ja, vielleicht ein kleines bisschen. Aber sie hatte Frank gestern Abend näher an sich herangelassen, und es war gar nicht furchtbar gewesen, sondern im Gegenteil … Vielleicht hatte sie sich ja in den vergangenen 30 Jahren wirklich die ganze Zeit nur selbst bestraft.

Egal, ob sie Krebs hatte oder nicht, es wurde langsam Zeit zu leben.

Sie legte den Rückwärtsgang ein und fuhr am See entlang, der heute so unruhig war, dass die Wellen kleine Schaumkronen hatten, in Richtung Supermarkt. Sie brauchte Milch, Eier und Mehl, und sie hatte in der Zeitung gelesen, dass Schweinebraten im Angebot war. Was, wenn sie eines dieser schicken Rezepte aus dem Kochbuch nachkochte, das Miriam ihr vor ein paar Jahren zu Weihnachten geschenkt hatte? Vielleicht den mit Preiselbeeren glasierten Schweinebraten und dazu hausgemachtes Kartoffelpüree? Sie würde ihre Familie dazu einladen – und natürlich Frank. Sie würde ihr noch unbenutztes Porzellan eindecken und die hübsche Kreuzstichtischdecke, die Audrey ihr zur Hochzeit geschenkt hatte.

Ja, sie würde von jetzt an richtig leben. Erst in Deep Haven und dann in der ganzen Welt.

Nach dem Essen würde sie den Internetanschluss aktivieren – Nathan konnte ihr zeigen, wie das ging –, und dann würde sie sich über Ferienangebote in Florida informieren – und in Italien. Und vielleicht würde Frank ja sogar mitkommen wollen.

Doch genau an dieser Stelle hielt sie in ihren Gedanken inne. Vielleicht war sie bei der Geschichte mit Frank ein bisschen zu voreilig. Aber er hatte sie schließlich wirklich geküsst.

Auch in der Liebe konnte sie doch noch einmal richtig durchstarten. Helen schwebte geradezu durch den Supermarkt, holte den Schweinebraten, ein Glas Preiselbeeren und genügend Kartoffeln, um eine ganze Armee satt zu bekommen. Als sie das Netz mit den Kartoffeln anhob, merkte sie, wie schwach sie war. Vielleicht sollte sie mit der Anmeldung zum Pilateskurs doch nicht bis nach Neujahr warten.

Sie legte ihre Einkäufe auf das Band an der Kasse, bezahlte und packte dann die Einkäufe in Plastiktüten. Als sie die Tüten hochnahm, wurde ihr schwarz vor Augen, sie taumelte ein bisschen und stieß sich am Kassentresen die Hüfte.

„Ist alles in Ordnung?", fragte die Kassiererin.

Helen blinzelte kurz und antwortete dann: „Alles in Ordnung. Es geht schon." Sie musste die Zähne zusammenbeißen, um es bis zum Auto zu schaffen, wo sie die Einkäufe auf den Rücksitzen verstaute. Auf keinen Fall würde sie diesem elenden Krebs noch mal eine Chance geben. Sie würde sich durch nichts und niemanden ihre zweite Chance nehmen lassen.

...

Wenn sie ihre Tochter irgendwie durch Reden hätte zur Vernunft bringen können, dann wäre Melanie vielleicht nicht mehr so panisch gewesen und hätte klarer denken können. Vielleicht konnte sie sich dann auch selbst dazu überreden, das Richtige zu tun.

Sie musste verschwinden. Sie musste dafür sorgen, dass ihre Familie ihr gewohntes Leben beibehalten konnte, und dass sie außer Gefahr war.

In dem Augenblick, als Melanie diese Worte zu Frank gesagt hatte, hatten sie sich an sie geklammert, Wurzeln geschlagen, waren lebendig geworden. Sie konnte weggehen, in einem Versteck bleiben und wenn – *wenn* – Frank García geschnappt hatte, würde sie wieder zurückkommen. Vielleicht würde ihre Familie ihr nie vergeben, aber sie würden alle am Leben bleiben, und sie würden ihr gewohntes Leben beibehalten können.

Das war auf jeden Fall besser, als davonzulaufen. Und alles war besser, als an all den Lügen festzuhalten. Wie sehr sie sich wünschte, dass Colleen das begriff und sich ihr anvertraute. Wie sehr sie sich wünschte, dass Colleen begriff, dass ihre Mutter nur ihr Bestes wollte.

Tim würde ihr Herz einfach nehmen, es benutzen und es dann wegwerfen. Daran war absolut nichts Romantisches, und das hätte Colleen doch eigentlich an der Tatsache erkennen müssen, dass er sich bei Nacht in ihr Zimmer geschlichen hatte. Sie betete, dass Colleen auf sie hörte, dass sie ihr glaubte und auf den Richtigen wartete. Auf jemanden wie Nathan.

Melanie schloss die Augen, und die Erinnerung an seine Umarmung in der vergangenen Nacht war wieder da. Sie hatte sich sicher und getröstet gefühlt bei ihm, und er hatte sie daran erinnert, dass er genau der Mann war, den sie brauchte. Und weil sie wusste, wie zerbrechlich das Leben geworden war, hatte sie ihre Zweifel beiseitegeschoben und ihn einfach zurückgeliebt. Auch wenn er nicht wild und verwegen war, auch wenn er nie ein Feuer der Leidenschaft in ihr entfacht hatte. Er küsste ihre Tränen weg. Sagte ihr, wie schön sie sei.

Ich verspreche, dass ich dir ein besserer Mann sein werde. Der Gedanke, dass er sich selbst für keinen guten Ehemann hielt, brach ihr das Herz und trieb ihr Tränen in die Augen. Wenn es jemanden gab, der sich um ihre Familie kümmern konnte, wenn sie weg war, dann war das Nathan. Und dieser Umstand gab ihr einen gewissen Frieden.

Sie hatte sich heute mit Nathan zum Mittagessen getroffen und dabei versucht, Frank zu ignorieren, der draußen auf dem Parkplatz vor dem Lokal im Wagen gesessen und auf sie aufgepasst hatte. Sie wollte nicht, dass Nathan glaubte, es sei seine Schuld, wenn sie wegging. Sie wollte, dass er wusste, dass er nichts falsch gemacht hatte. Deshalb hatte sie übertrieben freundlich potenziellen Wählern die Hände geschüttelt, einen trockenen Salat gegessen und gelächelt. Und innerlich hatte ihr alles so wehgetan.

Dann war sie wieder nach Hause gefahren und hatte viel zu viel Zeit darauf verwendet, eine Tasche mit Erinnerungsstücken zu packen. Nichts, was zu viel von ihrem Leben offenbarte, aber Dinge wie zum Beispiel die Diamantkette, die Nathan ihr zum 20. Hochzeitstag geschenkt hatte, und Colleens alte Decke – die sie sicher nicht vermissen würde, denn sie hatte schon seit mindestens einem Jahr ganz hinten in ihrem Kleiderschrank gelegen, roch aber immer noch nach ihr. Ein Gedicht, das Jason in der vierten Klasse geschrieben hatte, mit einer Aufzählung all der Dinge, die er liebte – *Mama* stand dabei direkt unter *Weihnachten*. Henrys Lieblingsbuch, das eine, das er immer wieder las: *Corduroy – der Bär, der kein Zuhause hatte*.

Sie hatte all die Sachen zusammengepackt und die Tasche in die Garage gebracht, wo sie bis zu dem Augenblick bleiben würde, wenn sie Frank sagte, dass sie bereit sei. Mit dem Packen von Schminksachen, Kleidern und Schuhen würde sie warten müssen, bis es losging, damit Nathan keinen Verdacht schöpfte. Wenn es nicht anders ging, würde sie sich diese Dinge auch neu besorgen können, aber die Erinnerungsstücke waren nicht zu ersetzen.

Nachdem sie die Tasche in der Garage deponiert hatte, war sie zur Schule gefahren, hatte dort geparkt und zugeschaut, wie die Kinder aus dem Gebäude strömten. Gerade kamen die ersten Volleyballspielerinnen mit ihren großen Sporttaschen heraus. Melanie presste sich eine Hand auf ihren Magen, weil ihr fast übel wurde. Vor dem, was ihr bevorstand, hatte ihr schon den ganzen Tag gegraut, denn sie konnte sich nur allzu gut an ein ganz ähnliches Gespräch erinnern, das sie vor vielen Jahren mit ihrer eigenen Mutter geführt hatte. In der Nacht damals war Melanie von zu Hause davongelaufen, und ihr Leben war daraufhin zu einem einzigen Albtraum geworden.

Jetzt tauchte Colleen hinter der Glastür auf. Melanie lächelte Ihre Tochter an, als sie ins Auto stieg. „Hey, Schätzchen. Wie war das Training? Du bist sicher müde, oder?“ Oh je, das war zu fröhlich, zu munter.

Colleen warf ihr einen misstrauischen Seitenblick zu und sagte: „Mir geht's gut“, während sie ihren Rucksack mit Schwung auf den Rücksitz hinter sich beförderte.

„Hast du vor dem Training was gegessen? Ich hatte dir noch zusätzlich ein bisschen Obst in dein Lunchpaket gepackt.“ Jetzt klang sie zu bemüht.

Colleen lehnte sich auf dem Sitz zurück. „Alles gut, Mama.“

Jetzt würde Colleen gleich ihren iPod herauskramen und ihre Mutter ausblenden. Melanie fuhr los und suchte nach den richtigen Worten. „Ich hab gedacht, dass wir vielleicht zusammen einen Kaffee trinken gehen und reden könnten.“

Melanie sah, wie sich Colleen neben ihr versteifte, und sie konnte die Gedanken ihrer Tochter förmlich lesen: *Also Kaffee an einem öffentlichen Ort, damit keiner eine Szene macht.* „Was auch immer du mir sagen willst, sag es doch einfach jetzt und hier. Außerdem hat der Trainer gesagt, dass wir diese Woche keinen Kaffee trinken sollen.“

Melanie hatte den Verdacht, dass das nicht stimmte, aber sie ging der Sache nicht weiter auf den Grund. Sie atmete einmal tief durch, als sie in Richtung Bibliothek fuhr. Dort mussten sie warten, bis Henrys Lesegruppe zu Ende war. Colleen hatte recht. Es war völlig unnötig, noch einmal in der Öffentlichkeit Familienangelegenheiten zu diskutieren.

Sie bog auf den Parkplatz der Bibliothek ein. Wenn Gott sie überhaupt hörte, dann konnte sie jetzt wirklich eine Portion Weisheit gebrauchen. „Ich möchte dir ja vertrauen, Colleen, aber was soll ich denn davon halten, wenn ich Tim morgens um zwei in deinem Zimmer antreffe?"

Colleen setzte sich mit einem Ruck auf. „Du bist immer total voreingenommen! Wir haben nichts gemacht. *Gar nichts*!"

Diese Worte hatten ihr bestimmt schon den ganzen Tag obenauf gelegen und herausgewollt.

Melanie versuchte, ruhig zu bleiben, aber es gelang ihr nicht. „*Na klar*. Wie konnte ich nur das Scrabble-Spiel auf dem Tisch übersehen! Ich nehme an, dass Tim unter dem Bett gerade nach einem heruntergefallenen Buchstaben gesucht hat, oder?"

„Sehr lustig, Mama. Er ist gekommen, um mit mir zu reden. Nur um zu r*eden*."

„Worüber wollte er denn reden?"

„Wenn du es unbedingt wissen willst: Er wollte mit uns zur Kirche gehen." Colleen zog herausfordernd die Augenbrauen hoch.

Puh! „Also hast du ihn eigentlich nur ein bisschen evangelisiert, oder wie soll ich das verstehen?"

Colleen presste die Kiefer fest aufeinander und sagte: „Das ist die Wahrheit, ob du es nun glauben willst oder nicht. Tim ist ein netter Kerl und er will nur, dass ihr ihn mögt."

„Wir würden ihn sehr viel lieber mögen, wenn er sich nachts aus deinem Zimmer fernhielte, Colleen. Das wäre auf jeden Fall schon mal ein Anfang." Es ging doch. Sie war kein bisschen laut geworden.

Colleen verschränkte die Arme über der Brust und schaute hinaus in die untergehende Sonne, die zwischen den Bäumen hindurchschien und lange Schatten auf die Straße vor ihnen warf.

Melanie wurde leiser. „Ich habe in letzter Zeit nur das Gefühl, dich gar nicht mehr zu kennen. Du hast eine großartige Zukunft vor dir. Möglicherweise bekommst du ein Volleyball- Stipendium für ein College, und die unterschiedlichen Unis hofieren dich jetzt schon. Wieso willst du dir da jemanden wie Tim Newman anlachen?"

„Mama, du tust so, als ob ich mit ihm durchbrennen wollte. Wir haben nur mal *ein* Date gehabt."

„So fängt es immer an, Colleen. Man sucht sich den falschen Jungen aus, und plötzlich läuft das ganze Leben aus dem Ruder."

Colleen starrte sie nur an und schüttelte den Kopf. „Du übertreibst total."

„Er war in deinem *Zimmer*!" Na, das war es dann mit ihrer Beherrschung. All die vielen Emotionen der letzten Woche kochten in diesem Moment einfach über. „Was wäre passiert, wenn ich nicht reingekommen wäre, Colleen? Willst du, dass dein Leben so endet? Dass du jemanden wie Tim Newman heiratest? Dass du mit einem Typen im sozialen Abseits lebst, der dich unmöglich versorgen kann? Ich kann ja dann dafür sorgen, dass ihr auf die Liste der Leute kommt, die von der Gemeinde ein Weihnachtsessen bekommen."

„Das ist echt nett. Wow."

Aber Melanie hörte nur das Dröhnen in ihren Ohren. „Ich versuche nur schon mal ein bisschen vorauszuplanen. Wie viele Kinder willst du denn in einer kleinen Sozialwohnung großziehen? Oder möchtest du lieber bei uns im Keller wohnen? Und willst du erst heiraten oder sollten wir deine Hochzeitsversicherung einfach verprassen, vielleicht für eine Reise nach Jamaica? Oder eine Kreuzfahrt nach Alaska? Dein Vater wollte schon immer mal Orcas sehen."

„Wie gesagt, echt nett, Mama." Colleens Augen waren inzwischen gerötet.

Das lief anders, als Melanie gehofft hatte, aber offenbar war sie nicht mehr in der Lage, sich zu bremsen und redete einfach weiter, weil sie sich plötzlich in die Vergangenheit zurückversetzt fühlte und die Verzweiflung ihrer Mutter damals jetzt absolut nachempfinden konnte. Ja, jetzt vergab sie ihrer Mutter jede Einzelheit der Auseinandersetzung damals. Dafür würde sie sich bei ihr entschuldigen, wenn … ja wenn sie sie jemals wiedersehen würde.

„Ich möchte nur wissen, ob ich dich richtig verstehe, Colleen, denn letztes Jahr hattest du noch vor, irgendwann in der Volleyballnationalmannschaft mitzuspielen. Und ist es nicht erst ein halbes Jahr her, dass du den Plan hattest, ein Semester in Neuseeland zu studieren? Aber du hast recht – Tim ist wirklich eine *viel* bessere Wahl. Er hat tolle Haare. Ihr könntet euren Haarschmuck miteinander teilen."

„Ich liebe ihn!", fauchte Colleen.

Das ließ Melanie innehalten, und als sie ihre Tochter jetzt ansah, empfand sie eine solche Angst, dass sie kaum mehr sprechen konnte. „Nein. Nein, *das tust du nicht.* Du hast nämlich *keine Ahnung*, was es bedeutet, jemanden zu lieben, sich in guten und in schlechten Zeiten verbindlich ganz und gar aufeinander einzulassen. Jemandem beizustehen, an ihn zu glauben, sich mehr um ihn zu kümmern als um dich selbst. *Das ist Liebe.*"

Colleen reagierte nur mit einem Ist-mir-doch-egal-was-du-sagst-Achselzucken und wiederholte dann noch einmal: „Ich liebe ihn aber."

Melanie hätte ihre Tochter am liebsten geschüttelt, um sie zur Vernunft zu bringen. Sie schaffte es zwar, Colleen nicht anzuschreien, aber in ihrer Stimme lag Abscheu, und sie hoffte, dass es Colleen einfach verblüffen und aufrütteln würde, sie so reden zu hören: „Deine Art von Liebe wird dich dazu zwingen, die dümmsten Entscheidungen deines Lebens zu treffen. Einen Jungen mitten in der Nacht in dein Zimmer zu lassen ist da nur der Anfang."

„Du verstehst überhaupt nichts", schnauzte Colleen zurück. „Tim ist toll. Du kennst ihn doch gar nicht, und im Grunde interessiert er dich auch nicht."

„Ganz recht. Er interessiert mich nicht, aber *du* interessierst mich. Und eines sage ich dir: Jungen wie Tim bringen nichts als Ärger."

„Du hast solche Vorurteile! Was weißt du denn schon von *Jungen wie Tim*. Du hast ihn nur einmal gesehen und bist zu dem Schluss gekommen, dass er ein Loser ist. Das ist ja echt christlich, Mama."

Melanie ließ alles, was sie wusste, in ihren ruhigen, bedauernden, fast gleichgültigen Tonfall einfließen. Einen Tonfall, den sie schon vor Urzeiten hätte anschlagen sollen.

„Ich weiß ziemlich viel über Jungen wie Tim, Colleen. Und eines weiß ich ganz sicher: Sie wollen alle nur das eine. Aber Tim scheint ja richtig Glück zu haben, denn Samstagnacht hast du es ihm ja beinah schon gegeben."

Colleen starrte ihre Mutter mit offenem Mund an. „Ist das dein Ernst? So denkst du also über mich?"

„Ich glaube, dass du meine Tochter bist, Colleen. Und leider weiß ich ganz genau, was du Samstagnacht gedacht hast, als du Tim in dein Zimmer gelassen hast."

Colleens Augen füllten sich mit zornigen Tränen und sie schüttelte den Kopf: „Weil du mit deinem perfekten, blütenreinen Leben natürlich ganz genau weißt, wie es ist, wenn man sich wünscht, dass einen der süßeste Junge von der ganzen Schule bemerkt! Du hast doch keine Ahnung, wie es ist, von allen Seiten Druck zu bekommen – Klausuren, das Meisterschaftsturnier, die eigene Familie, die von einem erwartet, dass man so eine Art Heilige ist, damit der Vater auch ja zum Bürgermeister gewählt wird …"

„Ach, das ist also der Grund, Colleen, dass dein Vater als Bürgermeister kandidiert? Du hältst mich wohl für eine Idiotin. Du hast doch bei dieser ganzen Geschichte keinen einzigen Augenblick an deinen Vater gedacht, sonst hättest du nämlich nicht mit Tim herumgemacht, wo du genau weißt, dass dein Vater ausrasten würde, wenn er davon wüsste."

„Ich …"

„Und wir erwarten nicht von dir, dass du eine Prinzessin bist und das alles locker schaffst … aber wir erwarten, dass du dich so benimmst, wie wir es dir beigebracht haben."

„Wie ein nettes kleines Mädchen also."

„Wie eine kluge junge Frau. Wie eine junge Frau, die erst nachdenkt, bevor sie einen Kerl in ihr Zimmer lässt, der nichts anderes im Sinn hat, als mit ihr zu schlafen."

„Mama!"

Melanie zog eine Augenbraue hoch.

Colleen wurde rot – und Melanie wusste nicht, ob der Grund dafür Wut oder Scham war. „Ich bin es so leid, dass ihr mir vorschreibt, wie ich mein Leben zu führen habe. Ihr seid so spießig … so provinziell. Ist dir schon mal der Gedanke gekommen, dass ich nicht so leben möchte wie ihr? Ich möchte was Besseres, etwas Größeres. Ich möchte das Leben leben, es auskosten, wirklich ein Teil davon sein. Und am allermeisten möchte ich nicht wie *du* sein."

Ach. Inmitten des wütenden Gegenfeuers traf dieser Satz bei Melanie einen wunden Punkt. Wie hatte sie es nur so weit kommen lassen können? Dies war nicht das Gespräch, das sie eigentlich mit ihrer Tochter hätte führen sollen, besonders nicht – oh nein, bitte, nein! – wenn es das *letzte* Gespräch war. Sie hätte am liebsten jedes strenge, sarkastische Wort, das sie gesagt hatte, zurückgenommen. Sie wollte so gern alles glauben, was Colleen da gesagt hatte, wollte so gern glauben, dass sie wirklich nur einen Fehler gemacht hatte, dass sie und Tim wirklich über seinen Wunsch gesprochen hatten, mit ihrer Familie in den Gottesdienst zu gehen.

Es war Angst, die Melanie dazu brachte, leise, fast entsetzt zu flüstern: „Schade, Colleen. Du willst vielleicht nicht wie ich sein, aber ich fürchte, dass es für diesen Wunsch bereits zu spät ist und du das schon längst bist."

Colleen schüttelte nur fassungslos den Kopf, riss die Wagentür auf und schlug sie dann mit voller Wucht wieder zu, bevor sie in die Abenddämmerung hinausrannte.

...

An Tagen wie diesen hätte Nathan am liebsten die Luft angehalten, damit dieses Gefühl nie wieder wegging.

So wie der Sonnenaufgang an diesem Morgen, als er gelaufen war – ein goldener Streifen der Hoffnung und des Friedens am dunklen Horizont, der sich bei einer erstaunlich frischen Brise über den tiefblauen See ergoss. Er war angenehm ins Schwitzen gekommen, nachdem er etwa 8 Kilometer ziemlich zügig gelaufen war, und jetzt fühlte er sich, als ob er wieder 18 wäre und sein ganzes Leben noch vor sich hätte. Gestärkt und belebt kam er wieder nach Hause zurück und traf seine Frau in der Küche beim Frühstückmachen an. Sie hatte ein Lächeln auf den Lippen, und von der rabenschwarzen Verzweiflung der vergangenen Nacht war keine Spur mehr zu entdecken. Vielleicht lag es ja an ihm, dass jetzt alles besser war.

Auf dem Weg zur Arbeit hatte er im Lokalsender von Deep Haven eine Meldung gehört, in der es hieß, dass Nathan durchaus eine Chance hätte, Sebastian Brewster zu schlagen. Deshalb konnte er es auch kaum glauben, als auf seinem Anrufbeantworter eine Nachricht von Seb Brewster war, der ihn um einen Besichtigungstermin für das McIntyre-Anwesen bat.

Wenn er die drei Online-Anfragen für Besichtigungstermine dazurechnete, bestand ja durchaus die Möglichkeit, dass er die Immobilie relativ schnell verkaufen würde. Dann würde er alle offenen Rechnungen begleichen können und vielleicht sogar die Bürgermeisterwahl gewinnen.

Und dann würde sein Name aus den negativen Annalen von Deep Haven verschwinden; zumindest würde der Name aber ein bisschen aufpoliert. Nathan würde seinen Kindern einen Grund geben, stolz auf ihn zu sein, und auch seiner Frau würde er beweisen, dass er ihrer Liebe wert war.

Er hatte Melanie sogar angerufen und sie gefragt, ob sie nicht Lust hätte, mit ihm zusammen eine Kleinigkeit zu Mittag zu essen, und dann hatten sie sich im Blue Moon Café getroffen. Dort hatten ihm dann so viele Leute zum Meisterschaftsgewinn seiner Tochter gratuliert, zu Jasons Hauptrolle in dem Theaterstück und sogar zu seinem Wahlkampfprogramm als Bürgermeisterkandidat – niedrigere Steuern, Förderung des Tourismus –, dass er seine Suppe noch einmal zum Aufwärmen hatte zurückgehen lassen.

Dabei war er dann kaum dazu gekommen, mit Melanie zu reden. Aber sie hatte ihn nach dem Essen liebevoll geküsst, als ob ihr der Rummel gar nichts ausgemacht hätte, und dann hatte sie ihm noch angeboten, zum Abendessen Schweinekoteletts zu machen. Gott hatte ihm wirklich eine wundervolle Frau geschenkt. Und jetzt schien sich auch der Rest endlich einzurenken.

Ja, er wollte einfach am Rande des McIntyre-Anwesens stehen und zuschauen, wie die Sonne das dunkle Wasser golden färbte, und diesen Anblick aufsaugen.

„Und, wie lange steht es schon leer?“, fragte Seb Brewster, als er dort am Rand der Klippe zu Nathan stieß.

Nathan drehte sich um, sodass er mit dem Rücken zum Wasser stand, und verschränkte die Arme vor der Brust, um sich gegen den frischen Wind zu schützen, der sogar durch seinen Wollmantel hindurchpfiff. Wahrscheinlich hätte er andere Schuhe anziehen sollen und nicht seine guten Anzugschuhe – Seb war jedenfalls in Wanderstiefeln, einer orangefarbenen Jacke und einer Baseballkappe erschienen, war also bestens ausgerüstet, durchs Gelände zu stapfen.

Seb sprach in einem Tonfall, als wolle er im nächsten Moment einen Kampf beginnen. Und warum auch nicht? Der Mann hatte auch Jahre nach seiner Sportkarriere immer noch die athletische

Figur eines Footballspielers und die Aura eines Champions, auch wenn er mittlerweile ein bisschen älter und seriöser aussah.

Nathan konnte sich noch gut daran erinnern, wie er zwar nicht Sebastian persönlich, aber doch seiner Mannschaft zugejubelt hatte. An den Seb von damals erinnerte er sich als einen arroganten jungen Mann, der seinen Ruhm zur Kenntnis nahm, als stünde er ihm zu, wenn er in Deep Haven und Umgebung seinen Fans die Hand schüttelte. Es schien niemanden weiter zu interessieren, dass Sebs Vater ein Trinker war, und dass Nathan Seb mehrfach geholfen hatte, seinen Vater aufzulesen, wenn dieser wieder einmal sturzbetrunken in der Gasse zwischen dem Immobilienbüro und der alten Feuerwache gelegen hatte. Aber Nathan würde sich von Seb und seinem Lokalmatador-Charme nicht einschüchtern lassen, denn schließlich lebte und arbeitete Seb nicht schon seit 20 Jahren in dieser Gemeinde und hatte sich in dieser Zeit das Vertrauen der Bewohner verdient wie Nathan. Aber vielleicht war auch gerade das ein Problem, denn Seb brauchte sich dieses Vertrauen gar nicht zu verdienen, weil er es schon von Anfang an gehabt hatte.

„Ich glaube, Nelda besitzt das Anwesen seit etwa zwanzig Jahren und hat sich nie davon trennen können, obwohl sie nie eine zündende Idee gehabt hat, was sie damit anfangen sollte."

Seb blickte hinaus auf den See und sagte: „Das kann ich gut nachvollziehen, dass man irgendwie nicht weiß, was man tun soll, weil man weder gedanklich noch sonst irgendwie aus seinem Trott herauskommt." Er rückte seine Baseballkappe zurecht und fuhr fort: „Ich bin nämlich nach Deep Haven zurückgekommen, um mich von dem Mann zu befreien, zu dem ich geworden bin. Ich wollte einen echten Neuanfang." Er sah zu Nathan und sagte: „Wie es aussieht, muss ich im Wahlkampf ja noch ziemlich aufholen."

Seb musste aufholen? „Also, wenn ich das richtig sehe, ist ganz Deep Haven absolut begeistert darüber, dass Sie wieder da sind", sagte Nathan und widerstand dem Drang, anzudeuten, dass Seb ihn mit links schlagen könne – man musste ja auch nicht zu großmütig sein.

„Na ja, sie haben mich gemocht, als ich noch Footballspiele entschieden habe, aber das ist lange her“, sagte Seb lächelnd. „Ein Mann muss jeden Tag aufs Neue beweisen, wer er ist, und darf sich nicht darauf verlassen, dass seine ruhmreiche Vergangenheit es schon richten wird.“

Nathan hatte langsam den Verdacht, dass Seb ihn nicht nur zur Besichtigungstour der alten Bauruine auf dem Hügel hergebeten hatte. Aber vielen Dank auch, er hatte weder das Bedürfnis, mit ihm über die Wahl zu sprechen, noch dafür zu sorgen, dass Seb sich ihm gegenüber nicht mies fühlte, wenn er die Wahl gewann.

„Ich hoffe, Sie erkennen das Potenzial des Anwesens hier“, lenkte Nathan die Aufmerksamkeit wieder auf den offiziellen Anlass ihres Treffens, sodass sich Seb von der schönen Aussicht abwenden musste. „Hier könnte das Wohnzimmer sein, offen gestaltet und mit riesigen Fenstern, und hier drüben dann die Küche.“ Er ging quer über die Bodenplatte aus Beton. „Und wie wäre es hier mit dem Elternschlafzimmer? Dann kann man morgens beim Aufwachen die Sonne über dem See aufgehen sehen.“ Er lächelte und hoffte, dass Seb es sich vorstellen konnte.

Aber der Mann schaute nur Nathan an, taxierte ihn mit seinen grünen Augen und sagte: „Sie sind wirklich ein Visionär, oder?“

Da war er sich nicht so sicher …

„Ich gebe zu, dass ich hergekommen bin, um herauszufinden, gegen wen ich da eigentlich antrete, Nathan, aber plötzlich ist mir auch wirklich danach, ein Haus zu kaufen.“ Seb ging an Nathan vorbei und sagte: „Ja, hier könnte unser Bett stehen, und auf der anderen Seite des Hauses könnten wir noch zwei weitere Schlafzimmer einrichten.“

„Für Kinder?“

„Eins vielleicht für meinen Vater. Er wohnt noch allein, könnte aber gut jemanden gebrauchen, der sich ein bisschen um ihn kümmert. Seit er aufgehört hat zu trinken, geht es ihm zwar gesundheitlich besser, aber all die Jahre des Alkoholmissbrauchs haben ihre Spuren hinterlassen."

„Das tut mir leid."

Seb ging zum Rohbau des großen Bades und des Ankleidezimmers. „Er hat die ganze Zeit versucht, vor den Fehlern davonzulaufen, die er in der Vergangenheit gemacht hat, bis er schließlich gemerkt hat, dass ihm schon längst vergeben ist und dass es nichts mehr gibt, wovor er davonlaufen muss." Es drehte sich in dem Rohbau um die eigene Achse und sagte: „Ich glaube, hier würde ich eine Sauna einbauen."

Nichts mehr, wovor er davonlaufen muss. Vielleicht ging es ja darum, nicht mehr zu rennen, sondern einfach stehen zu bleiben. „Auf jeden Fall. Und einen Whirlpool." Nathan ging in den Raum hinein, breitete den Bauplan vor Seb aus und machte Scherze darüber, dass Frauen ja mindestens dreimal so viel Schrankplatz bräuchten wie Männer.

Sie entwarfen Ideen für die Küche und sprachen dann noch über Gas-, Wasser und Stromleitungen für das Grundstück, die direkt am Seeufer entlang verliefen.

„Man muss sicher noch viel Arbeit investieren, aber es könnte wirklich ein prachtvolles Anwesen werden, wenn es fertig ist", sagte Nathan.

Seb nickte. „Alles, was es wert ist, erfordert viel Arbeit. Das hat Coach Presley immer zu uns gesagt. Wenn wir etwas wollten, das etwas wert war, wie zum Beispiel die Landesmeisterschaft, dann mussten wir bereit sein, dafür wirklich zu kämpfen."

Na klar, es ging natürlich wieder um Football. Footballspieler glaubten immer, sie hätten Härte, Ausdauer und Mut gepachtet. Aber nur weil Nathan nie richtig Football gespielt hatte, hieß das noch längst nicht, dass er nicht wusste, wie man für etwas kämpft, was man wirklich will. Das hatte er sein Leben lang getan, oder? Und außerdem sollte Seb doch mal versuchen einen Marathon zu laufen und danach noch behaupten, dabei ginge es nicht um Mut.

Nathan widerstand dem heftigen Drang, die Augen zu verdrehen und brachte stattdessen sogar ein Lächeln zustande. „Melden Sie sich einfach, wenn Sie ein Angebot abgeben möchten."

Nach Abschluss der Besichtigung drückte Seb ihm die Hand ein bisschen länger, als Nathan erwartet hatte. „Danke, dass Sie mir das Haus gezeigt haben, Nathan. Sie haben einen Blick für Kleinode, aber ich muss erst mit Lucy darüber reden und sehen, ob sie bereit ist, das Projekt hier mit mir anzugehen. Ich hätte richtig Lust, die Ärmel aufzukrempeln und zu sehen, was wir zusammen daraus machen können."

Nathan erkannte in seiner ganzen Haltung den Elan eines frisch Verheirateten. Ach, wie schön es doch wäre, noch einmal jung zu sein und mit Melanie noch einmal ganz von vorn anfangen zu können. „Wenn Sie Hilfe beim Angebot brauchen, rufen Sie mich einfach an. Ich arbeite gerne etwas für Sie aus", sagte er noch, als sie zurück zu ihren Autos gingen.

Seb blieb noch kurz an seinem Wagen stehen, bevor er einstieg, und lächelte Nathan zu. Wahrscheinlich war es genau dieses Lächeln, durch das er das Vertrauen seines Wahlkampfteams gewonnen hatte – und das der Wähler. „Ich würde ja wirklich ungern gegen Sie verlieren, aber wenn es so kommt, dann weiß ich auf jeden Fall, dass die Stadt bei Ihnen in guten Händen ist."

Darauf wusste Nathan nichts zu sagen, also stieg er einfach in seinen Wagen und fuhr hinter Seb her zurück zur Hauptstraße.

Seb Brewster und seine Art, Gegner zu entwaffnen, konnten für ihn wirklich zum Problem werden. Auf dem Rückweg fuhr Nathan an einer Stelle an den Straßenrand, an der er Handyempfang hatte – was in dieser Gegend nicht selbstverständlich war –, um im Büro anzurufen.

Erst in dem Augenblick merkte er, dass er ganz in der Nähe des Cutaway Creek war. Er war so in Gedanken vertieft gewesen, dass er die scharfe Kurve vor der Brücke genommen hatte, ohne die Stimmen zu hören und ohne vor seinem inneren Auge zu sehen, wie sein Vater seitlich aus der Kurve ausbrach und in Martin Jorgensons Subaru krachte, der daraufhin über das Brückengeländer in den Fluss stürzte. Er konnte sich nicht erinnern, wann er das letzte Mal hier angehalten, über die Brüstung geschaut und sich dazu hatte verleiten lassen, sich die Tragödie bildlich vorzustellen. Er überlegte noch einmal kurz und stieg dann aus.

Ein frischer Wind blies ihm um die Ohren und zerrte an seiner Krawatte, sodass sie sich um seinen Hals wickelte. Die Schlucht des Cutaway Creek führte von irgendeinem See im Norden bis hinunter zum Lake Superior, und es war eher ein Wildwasserfluss als ein Bach. Im Frühling führte der Fluss so viel rauschendes Schmelzwasser, dass es beinahe die Brücke berührte. Dann standen Touristen mit ihren Kameras dort und filmten und fotografierten den Fluss aus jeder nur vorstellbaren Perspektive.

Nathan kannte diese Stelle und den Lauf des Flusses auswendig. Stunden hatte er hier bereits verbracht, voller Wut, dass ihn seine Angst dermaßen im Griff hatte. Wegen des Cutaway Creeks hatte er so große Angst vor Wasser, dass er nicht mehr schwamm. Wegen des Cutaway Creeks wachte er – bis heute – manchmal mit Albträumen auf, in denen er ertrank.

Schon allein der Gedanke, dass ihm Wasser über den Kopf rauschte, konnte ihn völlig lähmen, sodass er sich wieder wie der Zwölfjährige von damals fühlte, der sich weigerte, im Sportunterricht ins Schwimmbecken zu springen und sich wie ein Feigling im Umkleideraum versteckte. Selbst jetzt noch war es so, als griffe eine eiserne Faust nach seinem Herzen, als er sich an den Rand der Schlucht vorwagte und das Rauschen des Wassers hörte. Er musste seine ganze Willenskraft aufbringen, um diesen Ansturm von Angst zu bewältigen.

Mit dem Rücken zum Fluss stehend rief er Melanie zu Hause an, aber dort sprang sofort der Anrufbeantworter an, und an ihr Handy ging sie auch nicht.

Er schaute auf den Fluss, der von dieser Perspektive aus als Wasserfall in die Schlucht rauschte. Vielleicht kam er nur hierher, um sich selbst zu bestätigen, dass er nicht wie sein Vater war; dass er nie, niemals die Menschen aufgeben würde, die er liebte.

Nach einer ganzen Weile stieg er wieder in sein Auto und fuhr weiter. Vielleicht würde er sich in Jasons Theaterprobe schleichen. Vielleicht sollte er aber auch bei seiner Mutter vorbeischauen und mit ihr ein Gespräch unter vier Augen führen, bevor Frank sich weiter in ihr Leben einschleichen konnte. Nathan musste schlucken, als ihm Säure in der Kehle hochstieg. Er wusste gar nicht, wieso es ihn so aufbrachte, dass Frank sich um seine Mutter bemühte, aber er musste sich eingestehen, dass ihr die Aufmerksamkeit des Mannes zu gefallen und auch gutzutun schien. Was, wenn sie sich wirklich in ihn verliebt hatte? Hätte Nathan jemand anderen für sie ausgesucht als Frank?

Frank hatte irgendetwas an sich, das ihn misstrauisch machte, besonders, nachdem er das Gespräch mit Melanie mitangehört hatte. Aber vielleicht hatte er auch einfach zu viel in das Gehörte hineininterpretiert. Melanie hatte das Gespräch jedenfalls gar nicht erwähnt und sich auch nicht im Entferntesten so verhalten, als wollte sie ihn wirklich demnächst verlassen. Vielleicht hatte sie ja nur auf eine Bitte von Frank reagiert, ihn auf irgendein Familientreffen zu begleiten.

Vielleicht sollte Nathan lieber versuchen, den Mann besser kennenzulernen, statt gegen ihn zu kämpfen. Vielleicht sollte er ihm eine Chance geben, so wie Seb gesagt hatte.

Beim Aussteigen ließ Nathan kurz seinen Blick über den Parkplatz schweifen, um festzustellen, ob Melanies Wagen irgendwo zu sehen war, aber er konnte ihn nirgends entdecken. Das bedeutete wahrscheinlich, dass sie gerade Henry abholte oder schon zu

Hause war und Abendessen machte. Wenn Jason an einem Theaterprojekt beteiligt war, wurde er nach der Probe oft von irgendjemandem mitgenommen – er würde sich wahrscheinlich freuen, abgeholt zu werden.

Nathan öffnete die Tür zum Theater und hörte vom Gang aus Stimmen ganz hinten am Hintereingang. Es waren Zeilen aus *Romeo und Julia,* die er sogar wiedererkannte:

„O Romeo! Warum denn Romeo?
Verleugne deinen Vater, deinen Namen!
Willst du das nicht, schwör dich zu meinem Liebsten,
Und ich bin länger keine Capulet!"

Er erinnerte sich, dass er das Stück vor vielen Jahren genau in dieser Schule im Englischunterricht gelesen hatte. Und die Stimme, die er hörte, klang so, als ob sie wirklich meinte, was sie da sagte, nämlich dass sie bereit war, für den Mann, den sie liebte, nicht nur ihren Namen, sondern ihre gesamte Identität aufzugeben. Das taten Frauen ja ständig. Er hörte, wie Seiten umgeblättert wurden, und dann: *„Nenn Liebster mich, so bin ich neu getauft. Und will hinfort nicht Romeo mehr sein."*

„Nein, Jason, jetzt hast du meine Lieblingsstelle ausgelassen – *Was ist ein Name? Was uns Rose heißt, wie es auch hieße, würde lieblich duften …"*

Nathan ging langsamer und hörte, wie die Stimme seines Sohnes tiefer wurde. Er war schon zuvor bei Proben von Jason dabei gewesen, hatte ihn aber noch nie mit einer solchen Intensität erlebt. Vielleicht war er ja für diese Rolle einfach geschaffen.

„Mit Namen weiß ich dir nicht zu sagen, wer ich bin. Mein eigner Name, teure Heil'ge, wird, weil er dein Feind ist, von mir selbst gehasst."

„Bist du nicht Romeo, ein Montagne?"

„Nein, Holde, keines, wenn dir eins missfällt."

Das Mädchen kicherte genau in dem Augenblick, als Nathan um die Ecke bog. „Du sollst mich aber jetzt noch nicht küssen!"

„Ich improvisiere eben."

Tatsächlich. Als Nathan stehen blieb, sah er, wie sein Sohn sich mit einer Hand an der Wand abstützte, in der anderen den aufgeschlagenen Text hielt und sich gerade vorbeugte, um Lisa Jacobson zu küssen. Nathan wusste nicht, was er tun sollte – sich räuspern? Kehrtmachen und wieder gehen? Einfach stehen bleiben?

Er konnte sich noch ganz genau an den Augenblick erinnern, als er Melanie zum ersten Mal geküsst hatte. Es war ein schneller, verstohlener Kuss gewesen, als er sie nach Hause gebracht hatte. Auf der Veranda war ihr dann der Haustürschlüssel heruntergefallen; er hatte sich gebückt, um ihn wieder aufzuheben, und da hatte sie plötzlich neben ihm gehockt.

Er wusste gar nicht so genau, warum er es getan hatte – aber es hatte sich absolut richtig angefühlt, sich vorzubeugen und sie zu küssen. Ihre kalten Lippen hatten noch nach Vanilleeis geschmeckt. Zuerst war sie ganz steif geworden, aber dann hatte sie ihm in die Augen geschaut und ihn angelächelt. Und er glaubte gesehen zu haben, wie sie sich eine Träne von der Wange wischte. „Danke", hatte sie gesagt, als hätte er ihr einen Gefallen getan.

In Wirklichkeit war es so, dass sie ein Segen für ihn war. Seit 20 Jahren führten sie jetzt schon ein gutes Leben ohne Drama und ohne Theatralik. Einfach nur ein unaufgeregtes, reich gesegnetes Leben.

Nathan räusperte sich und Jason sprang weg von Lisa, als wäre sie eine heiße Kartoffel. Nathan lächelte. „Tut mir leid, dass ich euch unterbreche. Ist die Probe schon zu Ende?"

Sein Sohn sah in an, als hätte er ihn am liebsten entweder erwürgt oder wäre davongelaufen. Lisa war knallrot geworden.

„Ich warte dann im Auto. Es sei denn, du willst lieber Gift trinken, um dich von deinem Elend zu erlösen."

„Ich bin gleich da, Papa", sagte Jason mühsam beherrscht.

Nathan ließ sein Schlüsselbund um den Finger kreiseln und lachte, als er ins Auto stieg. Ja, er sollte dankbar sein, dass er diese Lebensphase mit all ihren Irrungen und Wirrungen hinter sich hatte. Als er sich verliebt hatte, war es echt gewesen – Melanie war seine Traumfrau, seine Seelengefährtin.

Kurz darauf kam Jason und stieg zu seinem Vater ins Auto, allerdings ohne ihn auch nur eines Blickes zu würdigen. Nathan musste sich ein Grinsen verkneifen. „Du magst sie also, was?", fragte er, als er rückwärts aus der Parklücke fuhr.

Sein Sohn zuckte nur mit einer Schulter.

„Wenn du ein Mädchen küsst, Jason, dann solltest du es ernst meinen."

„Ich meine es ernst."

Vielleicht musste Nathan später noch einmal etwas ausführlicher mit Jason darüber sprechen, was es bedeutete, jemanden zu lieben. Dass es bedeutete, den anderen zu respektieren, das Beste für ihn im Sinn zu haben und loyal zu sein.

Zu Hause angekommen fuhr er in die Garage und hoffte, zur Begrüßung den Duft von gebratenen Schweinekoteletts zu schnuppern, doch in der Küche war es dunkel, und es war niemand da. Es stand keine Pfanne auf dem Herd, es war keine Melanie da, die Salat zubereitete, und es saß auch kein Henry am Küchentisch, der sich mit seinen Hausaufgaben abquälte.

„Melanie?"

Als Nathan seinen Aktenkoffer auf dem Boden abstellte, hörte er unten im Keller den Fernseher laufen. Er ging die Treppe halb hinunter und traf dort Henry mit der Fernbedienung in der Hand auf dem Sofa an. „Wo ist denn Mama?"

„Ich weiß nicht. Sie hat mir gesagt, ich soll fernsehen."

Melanie hatte ihm gesagt, er solle fernsehen? Hatte sie Fieber? Er ging die Treppe wieder hinauf, stand kurz verwirrt im Wohnzimmer und ging dann den Gang entlang zum Schlafzimmer.

Es war dunkel in dem Zimmer, die Rollläden waren heruntergelassen, und er hätte Melanie gar nicht bemerkt, wenn er nicht ein Schluchzen aus der Nische zwischen dem Schrank und der Kommode gehört hätte.

„Melanie?“ Als er das Licht einschaltete, fiel es direkt auf sie, wie sie dort auf dem Boden hockte, die Knie hochgezogen, mit völlig verweintem Gesicht. „Was ist denn los?“

Aber sie schüttelte nur den Kopf und verbarg ihn dann zwischen den Armen. Er hockte sich vor sie hin und legte ihr seine Hand auf den Arm. Was um alles in der Welt war passiert? „Ist etwas passiert? Ist es Frank? Mutter?“ Als er die letzte Frage stellte, merkte er, wie sich sein Brustkorb verkrampfte.

„Nein.“ Ihre Stimme klang ganz klein und zerschlagen. „Es ist … alles ist aus, Nathan. Alles.“ Und bei der Art, wie sie ihn ansah, löste er sich von innen nach außen auf. „Ich kann nichts mehr vortäuschen. Es ist aus.“ Melanie musste schwer schlucken und es fühlte sich an, als würde sie ihm das Herz aus dem Leib reißen. „Es ist alles aus.“

Kapitel 12

Wie ein Süchtiger fand sich Frank vor Helens Haustür wieder, angezogen von dem warmen Lichtschein, der aus dem Innern des Hauses drang. Es war, als würde er davon nach Hause gerufen.

Nach Hause. Er hatte wirklich ein seltsames Gefühl von Heimat, als sie ihm die Tür öffnete und ihn so herzlich einladend anlächelte, als gehörte er in diese Küche. Er verzehrte das letzte Stück Apfelkuchen, während sie Kartoffeln abgoss, um sie danach zu stampfen. Das ganze Haus roch würzig, so als würde etwas Süßes, aber gleichzeitig auch Herzhaftes zubereitet, und als er die frisch gebackenen Brötchen auf dem Küchentresen sah, lief ihm das Wasser im Mund zusammen. Wenn sein Partner ihn so sähe, würde er Frank auf der Stelle zur psychologischen Beratung schicken.

Es sei denn ... nun, eigentlich war er schon viel zu lange als Betreuer beim Zeugenschutzprogramm tätig, und es kamen von den anderen Mitarbeitern seit Jahren immer wieder Andeutungen, ob es nicht langsam an der Zeit sei, in den Ruhestand zu gehen. Er konnte seinen Ruhestand ja hier verleben, hier in Deep Haven oder … Frank verschluckte sich an seiner Milch.

„Ist alles in Ordnung?" Helen hatte blaue Ofenhandschuhe an und trug eine passende Schürze über ihrer Jeans und einer grünen Bluse, die irgendetwas Gefährliches mit ihren Augen machte. Besonders, wenn er sie anlächelte – dann leuchteten sie nämlich richtig. Er konnte sich nicht erinnern, wann er das letzte Mal eine Frau zum Lächeln gebracht hatte.

„Hach", sagte er, „Dieser Kuchen ist dermaßen lecker, dass ich ihn praktisch inhaliert habe."

Sie stellte den Topf zurück auf den Herd und fragte: „Was hast du denn heute so gemacht?", während sie Milch und Butter zu den Kartoffeln gab. Es war wie früher, wenn er mit Margaret zusammen in der Küche gesessen und sich alles so behaglich und einfach richtig angefühlt hatte.

„Ach, nichts Besonderes." Außer Melanie zu beschatten hatte er einen Großteil der Zeit am Telefon verbracht, um eine neue Identität in Tennessee für sie vorzubereiten. Er war dort irgendwann einmal auf eine Stadt gestoßen, die von der Atmosphäre her ganz ähnlich war wie Deep Haven – malerisch, freundlich und verschlafen. Melanie würde dort Carrie Ann Fuller werden, und falls der Rest der Familie mitkam, dann würden die Kinder Justin, Rosie und Harry heißen, und Nathan Nick oder vielleicht auch Thaddeus. Der Name gefiel Frank, er bedeutete „Lobpreis". Genau den würde Frank anstimmen, wenn er es schaffte, diese Familie in Sicherheit zu bringen. Und Helen. Ach, Helen. Er konnte sich keinen besseren Namen vorstellen als Helen. „Also, wenn ich mir das hier anschaue, dann werde ich das Gefühl nicht los, dass du den größten Teil des Tages mit Kochen verbracht hast."

Sie schaute ihn über ihre Schulter hinweg an. „Wenn du eines von den Brötchen auch nur anrührst, dann bekommst du es mit mir zu tun." Sie zwinkerte ihm zu und wandte sich dann wieder ihren Kartoffeln zu, um sie zu stampfen.

„Komm, lass mich das doch machen." Er stand von seinem Hocker auf und näherte sich ihr von hinten, um ihr den Kartoffelstampfer aus der Hand zu nehmen.

„Danke."

Als sie zurücktrat, hätte er sich am liebsten selbst dafür geohrfeigt, dass er sie einfach so hatte gehen lassen. Er wollte sie wieder küssen; konnte ehrlich gesagt gar nicht aufhören, daran zu denken – wie es sich angefühlt hatte, sie in den Armen zu halten, wie sie ihm das Gefühl gegeben hatte, unbesiegbar zu sein, jung und voller Hoffnung. Vielleicht konnte er ja auch in Tennessee leben.

Helen Harrison … das war gar kein schlechter Tarnname. Und vielleicht würde Boyd García auch schnappen und alle konnten bleiben, wo sie waren.

„Ich glaube, ich brauche noch mehr Milch", sagte Frank, als er eine Weile gearbeitet hatte. „Und Pfeffer."

Sie trat näher an den Herd und ihn heran, ließ noch ein Stück Butter in den Topf fallen und gab Salz und Pfeffer dazu. Frank konnte ihr Parfüm riechen, das leicht und frisch duftete. Er hatte viel über Melanies Vorschlag nachgedacht, einfach allein zu verschwinden. Vielleicht konnte ja die gesamte Familie unter Bewachung auf einen längeren Urlaub gehen, bis García gefasst war. Aber wer wusste, wie lange das dauern konnte? Monate, vielleicht sogar Jahre. García war aalglatt und verfügte über ein unglaubliches Netzwerk und hervorragende Kontakte im Untergrund. Vielleicht bekamen sie ihn überhaupt nicht zu fassen. Nein, entweder Frank siedelte sie alle zusammen an einem anderen Ort an, oder er inszenierte ein weiteres Mal Melanies Tod.

„Jetzt sieht der Kartoffelbrei schon ... äh, sehr fein aus, Frank."

Er schaute nach unten und tatsächlich, in dem Kartoffelbrei war auch nicht mehr das kleinste Stückchen zu sehen. „Tut mir leid."

„So mag ich ihn am liebsten", sagte Helen und legte den Deckel auf den Topf. „Kannst du vielleicht auch noch den Braten aus dem Backofen holen? Der ist mit all dem Saft jetzt bestimmt ziemlich schwer."

Es gefiel ihm, nicht nur in ihrer Küche, sondern eigentlich sogar in ihrem Leben herumzuwerkeln. Er nahm den Braten aus dem Ofen und hob den Deckel ab. Darin lag ein Rollbraten, der oben mit irgendetwas Rotem glasiert war.

„Das sind Preiselbeeren", sagte Helen und steckte ein Thermometer in den Braten. „Perfekt. Leg einfach den Deckel wieder auf den Topf und ich decke schon den Tisch, bevor die anderen kommen."

„Kommt die ganze Familie zum Essen?" Als sie das Porzellangeschirr aus dem Schrank holte, ging er hin, um ihr zu helfen.

„Wir haben schon so lange nicht mehr zusammen gegessen – außer Popcorn bei Colleens Spielen. Ich dachte, dass es nett wäre, wieder einmal ein richtiges Familienessen zu veranstalten. Ich habe Melanie eine Nachricht aufs Handy gesprochen und hoffe, dass sie nicht schon selbst gekocht hat." Sie stand am anderen Ende des Tisches. „Würdest du mir bitte helfen, den Tisch auszuziehen?"

Er ging ebenfalls zum Tisch und zog fest an seinem Ende. Ein bisschen zu fest, denn Helen verlor das Gleichgewicht und fiel beinah auf den Stuhl, der hinter ihr stand. „Ist dir was passiert?"

Sie lachte, aber das Lachen kam ein bisschen zittrig heraus, als hätte der Stoß sie erschreckt. „Alles in Ordnung. Du bist einfach stärker als die Gäste, die sonst zum Essen kommen."

Frank hatte den seltsamen Wunsch, wieder 16 zu sein und seinen Bizeps spielen zu lassen, aber stattdessen nahm er die guten Teller aus dem Schrank und verteilte sie, während Helen Besteck und Stoffservietten deckte. Es fühlte sich sehr nach Verheiratetsein an, nach Partnerschaft, als könnten sie ohne Weiteres den Rest des Lebens mit Tischdecken, Kartoffelnstampfen und gemeinsamem Lachen verbringen. Er hatte noch nie eine Frau kennengelernt, die ihm so sehr das Gefühl gab, der Mann zu sein, der er gern wäre. Jedenfalls war Helen seit Margaret die Erste, und selbst Margaret hatte ja nach einer Weile aufgehört, an ihn zu glauben und einfach kapituliert.

Aber … was, wenn er das auch bei Helen anrichtete? Was, wenn sie zusammenkämen und eines Tages das Lächeln verschwände und nichts davon übrig blieb als ein enttäuschter Zug um den Mund? Genau das würde in dem Augenblick passieren, wenn sie erfuhr, dass er gar nicht Melanies Onkel Frank war, sondern …

Ein Lügner. Ein Heuchler. Jemand, der sein Spiel mit ihr trieb.

„Ist alles in Ordnung, Frank?"

Als er aufblickte, sah er, dass sie ihm ein paar lange Tafelkerzen hinhielt. Er lächelte sie an und sagte: „Ja, alles bestens. Wo sollen die hin?"

Als sie ihm gerade ein paar passende Kerzenhalter gegeben hatte, klingelte das Telefon. Er hörte, wie sie an den Apparat ging. „Ach … ja, äh … danke für den Anruf."

Der kleine Kiekser in ihrer Stimme ließ ihn aufblicken. Ihre Blicke trafen sich und einen Moment lang glaubte er Panik in ihrem zu erkennen. Als wollte sie seinen Eindruck bestätigen, wandte sie sich ab.

„Hmmm. Hmmm. Ja." Helens Hand zitterte, als sie einen Holzlöffel nahm und damit in der Preiselbeersoße zu rühren begann, die auf dem Herd stand. „Gut. Okay … ja. Ich komme gleich morgen früh vorbei. Vielen Dank." Sie beendete das Gespräch und legte das Telefon auf den Küchentresen, aber sie drehte sich nicht zu ihm um.

„Helen?" Frank gefiel weder die Art, wie sich sein Magen zusammenzog, noch die Stimmung im Raum. „Ist alles in Ordnung?"

Sie nickte, drehte sich aber immer noch nicht zu ihm um. Er ging zu ihr hinüber, als sie ein Geschirrtuch vom Tresen nahm und sich damit die Augen abtupfte. Er kannte sie zwar noch nicht so gut, aber er merkte, dass sie log, als sie sagte. „Alles gut. Ich gehe nur kurz zu den Kindern rüber und sage ihnen Bescheid. Ich bin gleich wieder da."

Und dann überrumpelte sie ihn so, wie es nur Frauen können, indem sie sich auf Zehenspitzen stellte und ihn küsste. Schnell und süß, ein Hauch von Hoffnung – oder vielleicht auch Verzweiflung – auf seinen Lippen. Er hätte sie am liebsten umarmt, um diesen Augenblick festzuhalten, der viel zu schnell wieder vorüber war. Doch sie entzog sich ihm und eilte zur Tür hinaus.

Frank schaute ihr nach, wie sie über den Rasen ging, nahm dann das Telefon und schaute sich die eingegangenen Anrufe an.

Es wurde auf dem Display nicht nur die Nummer, sondern auch der Anrufer angegeben. Er starrte darauf und spürte, wie sich in ihm alles verkrampfte. *Deep Haven Ärztezentrum.*

Er war also nicht der Einzige, der etwas zu verbergen hatte.

...

Melanie sah Nathan an und war unfähig, etwas zu sagen. Sie wäre ihm am liebsten mit den Händen durchs Haar gefahren, hätte sich in seine Arme geschmiegt und einfach nur seinen Duft eingeatmet. Wie würde sie seinen Geruch vermissen – die Mischung aus seinem Aftershave und frischer Luft, weil er so viel mit Kunden im Freien unterwegs war, wenn er Grundstücke und Häuser am Nordufer des Sees präsentierte. Und wie sollte sie ohne das Gefühl leben, wenn er sie in seine Arme schloss?

Sie brachte es einfach nicht fertig, ihre Welt mit ihren eigenen Händen und mit ihren eigenen Worten zu zerstören. Sie hatte geglaubt, alle Spuren von Dina gelöscht zu haben, und dennoch war ihre Tochter wie ein Geist aus der Vergangenheit zu dem Mädchen geworden, von dem Melanie geglaubt hatte, es endgültig hinter sich gelassen zu haben – rebellisch und zornig. Colleen benahm sich wie ein sechzehnjähriger Klon von ihr, und Melanie hatte keine Ahnung, wie sie dem Einhalt gebieten sollte.

Sie musste weg, aber erst, wenn sie ihnen die Wahrheit gesagt hatte. Sie verbarg das Gesicht in den Händen. Sie hatte nicht gewollt, dass Nathan nach Hause kam und sie so antraf, sondern sich gewünscht, wenigstens noch einen Abend länger alles zusammenzuhalten. Nur noch einen Abend und eine Nacht, um ein letztes Mal die zweite Chance zu genießen, die sie bekommen hatte.

„Was ist denn nur los, Liebling?“ Nathan saß vor ihr auf dem Boden, nahm ihre Hände in seine und streichelte immer wieder mit dem Daumen darüber. „Du machst mir ein bisschen Angst.“

Nathan hatte so starke Hände. Hände, die ihre Kinder in die Luft geworfen und wieder aufgefangen hatten, als sie noch klein waren. Hände, die undichte Rohre unter der Spüle reparieren, einen Ölwechsel beim Auto vornehmen und ihr abends nach einem langen Tag die Schultern massieren konnten. Seine Hände gaben ihr ein Gefühl von Sicherheit.

Sie konnte es nicht ertragen, diese Hände zu halten. „Ich muss dir etwas sagen." Melanie hielt inne und hörte, wie in ihrem Kopf noch einmal die Worte nachhallten, die sie zu Colleen gesagt hatte: *Du hast keine Ahnung, was es bedeutet, jemanden zu lieben, sich in guten und in schlechten Zeiten verbindlich ganz und gar aufeinander einzulassen. Jemandem beizustehen, an ihn zu glauben, sich mehr um ihn zu kümmern als um dich selbst ...*

Das hier hatte Nathan nicht verdient. Aber ... aber, ach wie sehr wünschte sie sich, dass er sie trotzdem liebte, so, wie er es versprochen hatte. Wie sehr wünschte sie sich, dass er sie verstand. Sie schluckte, presste ihre Hände gegeneinander und sagte: „Ich habe dir etwas verschwiegen."

„Was soll das heißen? Hast du beim Online-Shopping über die Stränge geschlagen oder so?"

Sie wünschte, es wäre so. Beinahe wäre sie in hysterisches Gelächter darüber ausgebrochen, wie entsetzlich falsch er lag. Der Arme hatte ja keine Ahnung von dem ungeheuerlichen Ausmaß ihrer Täuschung. Und genau das weckte ganz plötzlich den Wunsch in ihr, sich zu einer kleinen Kugel zusammenzurollen und zu weinen.

Sie schaute weg und atmete tief durch. Dann rief sie sich noch einmal die Fakten, die sie ihm 28 Jahre lang verschwiegen hatte, vor Augen und zählte sie ohne Emotionen auf: „Ich heiße eigentlich Dina O'Reilly. Ich komme nicht aus Chicago, sondern aus St. Louis, und ich bin hierhergezogen, weil ich in einem Zeugenschutzprogramm war – *bin*."

Schweigen.

Sie öffnete die Augen wieder und sah, dass Nathan sie anstarrte, als würde er sie gar nicht kennen. Was hatte sie denn auch erwartet? „Ich habe vor Gericht gegen einen Drogenbaron ausgesagt, gegen Luis García. Er hat meine beste Freundin umgebracht und dann versucht, auch mich zu töten. Mein damaliger Freund hat für ihn gearbeitet, und als sein Boss herausfand, dass ich mit der Polizei kollaboriert habe, hat er mich verfolgt und zusammengeschlagen. Beim Prozess hat García dann geschworen, mich zu töten – vom Gefängnis aus. Frank hatte keine andere Wahl, als meinen Tod vorzutäuschen, mich mit einer neuen Identität auszustatten und irgendwo unterzubringen." Sie machte eine Pause, um Atem zu holen. „Außer meinen Eltern weiß niemand, dass ich noch am Leben bin."

Nur durch dieses Wissen und die Hoffnung, dass ihre Mutter immer noch für sie betete und immer noch an sie dachte, hatte sie ihren Kummer und ihre Trauer einigermaßen im Griff gehabt. Manchmal glaubte sie sogar zu spüren, wenn ihre Mutter für sie betete.

Nathan starrte sie immer noch an, und in seinem Blick war das ungeheure Ausmaß seiner Verwirrung zu erkennen. *Ja, Nathan, das ist die Wahrheit.* In dem gedämpften Licht der Schlafzimmerlampe sah es so aus, als wäre er ganz blass geworden. „Ich … ich weiß nicht, was ich sagen soll." Mit zitternden Händen fuhr er sich durchs Gesicht. Sie musste ihm hoch anrechnen, wie ruhig er blieb, denn sie selbst hätte am liebsten geschrien.

„Damit ich das jetzt richtig verstehe – du bist also in einem Zeugenschutzprogramm?"

Sie nickte.

„Und Frank ist gar nicht dein Onkel?"

Sie schüttelte den Kopf. „Er betreut Menschen, die in Zeugenschutzprogrammen sind, sucht Orte, wo sie leben können und denkt sich neue Identitäten für sie aus. Ich hatte eigentlich schon seit Jahren nichts mehr von ihm gehört, und als ich vor ein paar

Tagen in den Coffee-Shop kam und er dort saß, konnte ich es kaum glauben."

„Irgendwie ... erleichtert mich das, aber meine nächste Frage ist, warum er hier ist. Es ... es hat doch nichts mit dem ursprünglichen Grund zu tun, weshalb du dich verstecken musstest, oder?", fragte Nathan.

Sie hätte so gern die Hand ausgestreckt und die tiefe Sorgenfalte zwischen seinen Augen glatt gestrichen, aber stattdessen wischte sie sich eine Träne von der Wange. „Na ja, das ist ein Teil des Problems. Der Kerl, den ich hinter Gitter gebracht habe, ist aus dem Gefängnis raus …"

„Wie denn das? Ist er jetzt hinter dir her?"

„Frank glaubt das. García ist auf Bewährung freigekommen, hat sich aber nicht beim Bewährungshelfer gemeldet, sondern hat offenbar irgendwie Blake ausfindig gemacht …"

„Wer ist denn Blake?"

„Er war … er war damals mein Freund, der Dealer, der für García gearbeitet hat. Er ist ebenfalls in ein Zeugenschutzprogramm gekommen, aber an einem anderen Ort untergebracht worden. Offenbar hat man ihn jetzt ermordet aufgefunden."

Nathan schüttelte den Kopf. „Kann der Kerl dich finden, Melanie?"

„Ja, schon möglich. Ich …ich habe damals an Blake geschrieben, als ich gerade hergezogen war und …" Sie sah ihn an und sagte entschuldigend: „Da kannte ich dich noch nicht, Nathan. Ich war so einsam, und ich habe damals gedacht, dass … dass ich ihn liebe."

„Du hast ihm geschrieben, wo du bist?"

Sie nickte.

Nathan stieß ein Wort hervor, das sie noch nie von ihm gehört hatte. Dann wandte er sich von ihr ab und sagte: „Wie konntest du nur?" Er sah sie wieder mit einem Ausdruck an, den sie noch nie beim ihm gesehen hatte. Nein, Moment mal – doch, diesen

Ausdruck hatte sie doch schon bei ihm gesehen, und zwar gestern auf der Veranda, als er so ausgesehen hatte, als würde er Frank am liebsten verprügeln. Ihr wurde ganz kalt.

Nathans Stimme bebte. „Nein, Melanie, das meine ich gar nicht. Ich meine, wie konntest du nur *mir* das alles verschweigen? Frank ist jetzt schon seit fünf Tagen hier. Wir sind ja offenbar alle in Gefahr! Eigentlich sollten wir schon längst weg sein."

Bei diesen Worten blieb ihr die Luft weg, und es kam nur noch ein Flüstern heraus, als sie sagte: „Ich … ich wollte nicht, dass die Kinder aus allem herausgerissen werden. Ich habe gedacht, das würde ihr Leben zerstören. Jason hat gerade die Hauptrolle bekommen, Colleen hat die Chance auf ein Volleyball-Stipendium, und Henry fasst gerade Fuß in der Schule. Das ist der denkbar schlechteste Zeitpunkt, um zu gehen …"

„Aber ... es ist jemand hinter dir her, der dich umbringen könnte, Melanie! Ich fasse es einfach nicht, dass du so leichtfertig das Leben deiner ganzen Familie aufs Spiel setzt!" Er stand auf und ging, die Hände in die Hüften gestemmt, auf und ab.

„Er weiß doch gar nichts von euch", sagte sie leise und verschränkte die Arme vor der Brust, als wollte sie sich selbst schützen. „Er weiß gar nicht, dass ich verheiratet bin und Kinder habe. Ich … ich könnte auch einfach allein fortgehen."

Nathan sah sie an, als ob sie ihn geohrfeigt hätte. „Du würdest mich einfach verlassen, uns?"

Melanie schaute weg und ihre Augen schwammen in Tränen. Sie hörte, wie er tief Luft holte und dann sagte: „Ja, wahrscheinlich könntest du das."

Seine Worte gingen ihr durch und durch. Dann schwieg er so lange, dass sie zu ihm hochschaute. Er hatte sich aufs Bett gesetzt und sah sie stirnrunzelnd an. „Deshalb lässt du also immer alle Lichter an und fährst zusammen, wenn jemand ins Zimmer kommt. Und das ist auch der Grund, wieso du dir keine Krimis im Fernsehen anschaust. Es ist wegen all der Erinnerungen, oder?"

Sie nickte.

Er stieß ein klägliches Lachen aus, das absolut nichts mit Humor zu tun hatte. „Plötzlich ergibt das alles einen Sinn. Nicht deine Familie ist gestorben – sondern du! Deshalb hast du auch keine Fotos und sprichst nie über sie. Du hast sie ausgelöscht, weil du dich selbst ausgelöscht hast."

Sie hatte einen Kloß im Hals.

„Diese Leute, die du immer im Internet suchst, das ist deine Familie, nicht wahr?"

Wieder nickte sie.

„Deine Kinder haben Großeltern, Tanten, Onkel, Cousins und Cousinen."

„Es tut mir so leid, Nathan."

Nun wurde er ruhiger und seine Augen wurden schmal, so als müsste er all die Informationen erst einmal sortieren. „Deshalb hast du schon nach so kurzer Zeit meinen Heiratsantrag angenommen. Deshalb hast du dich so benommen, als ob ich dich retten würde. Deshalb bist du die perfekte Ehefrau geworden." Er senkte seine Stimme. „Ich war deine Tarnung, dein Versteck, ein Teil der vorgetäuschten Welt, die du dir erschaffen hast."

„Ich habe dich geheiratet, weil ich dich liebe, Nathan. Weil ich dich *liebe*. Und das hier ist meine wirkliche Welt und nichts Vorgetäuschtes. Daran ist absolut nichts gefälscht." Sie stand auf und ging zu ihm hin.

Er stand ebenfalls auf, hob abwehrend die Hände und wich zurück. „*Alles* ist gefälscht. Ich habe absolut keine Ahnung, wer du bist."

„Doch, du kennst mich, und du weißt fast alles über mich." Es war ihr völlig egal, dass sie immer verzweifelter klang.

„Außer deinem Namen, deiner Vergangenheit, außer allem, was dich zu der Frau gemacht hat, die du bist."

„*Du* bist es, der mich zu der Frau gemacht hat, die ich bin. Du und Jason und Colleen und Henry."

„Da bin ich aber froh, dass wir in deine Tarnung passen."

„Nathan, bitte …"

„Mama!" Sie erstarrte, als sie Henrys Stimme hörte und dann ein Klopfen an ihrer Schlafzimmertür. „Oma ist hier. Sie möchte, dass wir zu ihr zum Abendessen kommen."

Ach ja, die Nachricht auf dem Anrufbeantworter. Melanie versuchte, so etwas wie Normalität herzustellen. „Geh du schon mal rüber, Henry. Wir kommen gleich nach." Sie sah Nathan an. „Oder?"

Aber sie erkannte den Mann nicht, der sie da anstarrte, mit ungeheurer Kälte, ja sogar Abscheu im Blick. „Kein Wort davon zu meiner Mutter", schnauzte er sie an, während er sich die Krawatte vom Hals zerrte und zur Tür ging.

…

Manchmal träumte Tim von Schnee, träumte davon, sich der Länge nach fallen zu lassen, in den Himmel zu schauen, während Schneeflocken auf ihn herunterfielen und sein Gesicht und seinen Körper bedeckten, ihn umhüllten, weich und federleicht, bis …

Bis er nicht mehr atmen konnte. Bis sein ganzer Körper darunter begraben war, der Sauerstoff knapp wurde, der Druck der Schneemassen ihm die Rippen brach und ihn erdrückte. Manchmal hörte er sogar Stimmen, die seinen Namen riefen, so als würde nach ihm gesucht, aber wenn er dann den Mund öffnete, um sich bemerkbar zu machen, dann war er voller Schnee …

Er wurde von seinem eigenen Keuchen wach, als es erneut an der Tür klopfte. „Tim!"

Oh, er war auf dem Sofa eingeschlafen, und die Frau vom Wetterkanal kündigte für den nächsten Tag immer noch Schnee an, Flocken der Hoffnung auf dem Skihügel, den sie als Berg bezeichneten.

„Tim!“

„Ich komm ja schon!“, rief er und schaltete das Licht ein. Eigentlich hatte er gar nicht einschlafen wollen – aber er hatte seit Samstagabend nicht gut geschlafen, weil ihn immer noch das Bild der wütenden Mrs Decker verfolgte, und heute hätte er am liebsten die Schule geschwänzt. Er war dann aber doch gegangen und hatte nach der Schule sogar noch im Kraftraum trainiert, sich aber klein und mickrig gefühlt, als er den Footballspielern dabei zugeschaut hatte, wie sie mit Leichtigkeit 200-Kilo-Gewichte stemmten. Er schaffte kaum 50 Kilo. Trotzdem trainierte er regelmäßig, weil das Snowboarden sein einziger Ausweg aus seiner Misere war, und dieses Jahr wollte er unbedingt den Sugar Ridge Free Boarding-Wettbewerb gewinnen.

Er schaltete die Außenbeleuchtung ein, öffnete die Haustür, und da stand Colleen mit rot verweinten Augen vor ihm.

„Was machst du denn hier, Baby?“ Sie hatte heute in der Schule nicht an der gewohnten Stelle am Wasserspender auf ihn gewartet und – nun ja, da hatte er gedacht, dass ihre Eltern ihr vielleicht verboten hatten, ihn zu sehen.

„Ich hasse meine Mutter!“, sagte sie und stürmte an ihm vorbei ins Haus.

Er hielt Ausschau nach ihrem Auto und fragte: „Bist du zu Fuß gekommen?“

Er wohnte ganz in der Nähe des Stadtzentrums, aber doch ein ganzes Stück von der Schule entfernt und noch weiter weg von den Deckers.

Sie warf ihre Tasche auf den alten Fernsehsessel seines Vaters. „Ja, weil ich vor meiner Mutter abgehauen bin. Weil sie … weil sie solche bescheuerten Vorurteile gegen dich hat. Sie hat mir nicht geglaubt, dass du wirklich mit uns zur Kirche kommen wolltest.“

„Na ja, sie war wahrscheinlich auch ziemlich geladen, nachdem sie mich in deinem Zimmer erwischt hat.“

„Aber wir haben doch gar nichts gemacht.“

Unter dem Blick, mit dem er sie ansah, wurde sie ein bisschen rot. Doch, sie hatten genug getan, dass sogar er Angst bekommen hatte. „Hast du geweint?", fragte er, schloss die Haustür, ging dann zu ihr und strich ihr mit dem Daumen über die Wange. „Ich dachte schon, du wolltest mit mir Schluss machen."

Colleen lächelte unter Tränen. „Nein."

Er fuhr ihr mit den Fingern durch ihr seidiges Haar und konnte nicht verbergen, wie erleichtert er über ihre Antwort war. „Ich habe überlegt … ob ich mich nicht vielleicht bei deinen Eltern entschuldigen sollte. Ihnen einfach sagen, dass ich gar kein so übler Kerl bin."

„Ich weiß nicht, ob das was bringen würde. Meine Mutter glaubt anscheinend, dass ich durch dich nur Schwierigkeiten bekomme."

Da hatte sie wahrscheinlich sogar recht, vor allem, wenn sie ihn so ansah. Er trat einen Schritt von Colleen weg. „Möchtest du was trinken?"

Er ging zum Kühlschrank und beugte sich so weit hinein, dass sie sein Gesicht nicht sehen konnte. Natürlich würden ihre Eltern ihn niemals akzeptieren, geschweige denn mögen. Er würde nie mit ihnen zusammen auf der Tribüne sitzen und Popcorn essen. Er nahm eine Dose Cola aus dem Kühlschrank und gab sie ihr.

Sie schaute die Dose an und fragte: „Hast du nichts Stärkeres?"

Am liebsten hätte er ihr die Dose wieder weggenommen. „Nein. Was denkst du denn? Kein Wunder, dass deine Eltern mich hassen. Was ist eigentlich mit dir los, Colleen? Als wir uns kennengelernt haben, hast du gar keinen Alkohol getrunken. Jetzt kaufst du Gras und kommst hier zu mir nach Hause … ich versteh dich nicht."

Ihr Blick wurde kalt und sie sagte in ätzendem Tonfall: „Ach, vergiss es einfach."

„Das werde ich ganz sicher nicht tun. Weißt du was? Ich würde alles dafür geben, wenn meine Mutter hier zu Hause wäre und mir was zu essen machen würde, wenn ich aus der Schule komme. Oder wenn mein Vater mich wegen der Hausaufgaben nerven würde. Oder wenn mein Bruder …", seine Stimme überschlug sich bei dem Wort, „wenn ich mich ständig mit meinem Bruder um die Fernbedienung streiten müsste. Aber das ist eben nicht so, und eine Zeit lang war ich darüber richtig wütend. So wütend, dass ich mit Leuten abgehangen habe, von denen ich gedacht habe, sie könnten mich aufmuntern. Aber sie haben mich nur in Schwierigkeiten gebracht, und ich hab wirklich blöde Sachen angestellt. Aber das ist vorbei."

„Tut mir leid", sagte sie und fing wieder an zu weinen. „Wahrscheinlich ist es besser, wenn ich jetzt nach Hause gehe."

„Genau, denn da solltest du jetzt eigentlich sein." Er drückte mit der Hand gegen die Tür, bevor sie sie öffnen konnte. „Aber du gehst nicht wieder zu Fuß, sondern ich fahre dich."

„Nein." Sie schob ihn beiseite und stürzte zur Tür.

Er hielt sie auf. „Was willst du eigentlich von mir, Colleen? Ich mag dich. Ich finde dich unheimlich hübsch, und als ich dich gefragt habe, ob du mit mir ausgehen willst, habe ich gedacht, dass du Ja sagst, weil du mich auch magst. Ich habe gedacht, was für ein Glück ich habe, dass es ein Mädchen wie dich in meinem Leben gibt. Aber jetzt verstehe ich gar nichts mehr. Ich versuche mit aller Kraft, dir zu helfen und ein braver Junge zu sein, aber du willst es einfach nicht zulassen."

Sie sagte: „Du wirst nie in meine Familie passen, weißt du, denn sie halten dich für einen Loser. Meine Mutter würde dich am liebsten umbringen – und warte nur, bis mein Vater erfährt, dass du mitten in der Nacht in meinem Zimmer warst!"

Die gehässige Art, in der sie das sagte, ließ ihn zusammenzucken. „Und warum bist du dann hier, Colleen?"

Sie drückte die Kiefer fest zusammen und schüttelte den Kopf.

Er hatte keine Ahnung, wie er das deuten sollte. „Ich hole schnell meinen Autoschlüssel. Warte hier."

„Nein …“ Colleen packte ihn beim Arm. „Es tut mir leid, Tim … ich bin echt 'ne Katastrophe.“ Sie schloss die Augen und ihre Schultern bebten.

Er wusste nicht, was er tun sollte, und schließlich zog er sie an sich.

Sie schlang ihre Arme um ihn und hielt sich an ihm fest. „Es tut mir leid. Ich … ich habe nur solche Angst.“

Er hob ihr Kinn an und schaute ihr in die Augen. Sie hatte so schöne blaue Augen, sogar wenn sie schwarz verschmiert waren von verlaufener Wimperntusche. „Wovor hast du Angst?“

„Ich weiß auch nicht. Im einen Augenblick geht es mir gut und im nächsten habe ich nur noch Panik, wenn ich an mein Leben denke. Ich werde es vermasseln; ich weiß, dass ich es vermasseln werde.“

„Wovon redest du denn eigentlich?“

„Schon so lange ich lebe glaubt meine Mutter, dass ich ganz toll bin, etwas ganz Besonderes, dass ich ganz genau so werden kann wie sie. Aber das kann ich nicht. Ich bin nicht wie sie. Ich werde sie enttäuschen.“

„Du wirst sie nicht enttäuschen.“

„Du verstehst das nicht. Manchmal macht mir das einen solchen Druck, und ich fühle mich so überfordert, dass ich mir die ganze Zeit vorstelle, was alles für schreckliche Dinge passieren – dass ich eine Angabe verschlage oder dass ich eine schlechte Note bekomme oder sonst was. Was ist, wenn aus meinem Leben gar nichts wird?“ Sie wischte sich ein paar Tränen von den Wangen, die schwarze Wimperntuschespuren hinterließen. „Was ist, wenn ich es einfach nicht schaffe?“

Seine Stimme wurde leiser, als er fragte: „Wenn du was nicht schaffst?“

„Ach, ich weiß auch nicht – wenn ich es nicht schaffe, die Bezirksmeisterschaft zu gewinnen, wenn ich kein Stipendium bekomme, wenn ich es nicht schaffe, aufs College zu gehen, mich zu verlieben und alles richtig zu machen. Ich möchte, dass die Zeit schneller vergeht, damit ich all das hinter mich bringe und endlich glücklich sein kann. Ich möchte wissen, dass alles gut wird – ich möchte … ich möchte einfach nicht mehr die ganze Zeit Angst haben."

Tim wischte ihr noch eine Träne von der Wange. Wahrscheinlich sollte er ins Bad gehen und ein paar Tücher holen, damit sie sich die verlaufene Schminke abwischen konnte.

„Und manchmal werde ich so wütend. Meine Eltern sind so perfekt und sie haben sowas von keine Ahnung, wie es sich anfühlt, ich zu sein. Sie führen ein absolut abgesichertes Leben, und sie verstehen mich absolut nicht." Sie schaute zu ihm auf. „Ich mag dich wirklich sehr, Tim. Ich dachte, dass du eher ein … na ja so ein Partygirl willst, und da hab ich gedacht, dass ich dann eben …"

„Colleen. Hör doch auf damit, dich so schrecklich anzustrengen." Er nahm ihr Gesicht in seine Hände und hob ihr Kinn ein wenig an. „Ich mag dich doch genau so, wie du bist."

Tim küsste sie so zart und behutsam wie beim ersten Mal. Da war er nämlich so erstaunt darüber gewesen, dass sie wirklich mit ihm zusammen sein wollte, dass er jeden Moment mit einer Ohrfeige von ihr gerechnet hatte. Aber die war nicht gekommen. Und genau wie damals reagierte sie auch jetzt einfach nur zärtlich und nicht so aufgeheizt wie neulich Nacht.

Jetzt erinnerte sie ihn wieder an das Mädchen, in das er sich verliebt hatte, das Mädchen, das von der Volleyballbank zu ihm hinauf auf die Tribüne geschaut hatte und ein bisschen rot geworden war, weil er dort saß, und das mit ihm zu den Snowboard-Wettkämpfen ging.

Sie löste sich von ihm. Er lächelte und sagte: „Siehst du, das ist jetzt wieder die Colleen, in die ich schon das ganze letzte Jahr verliebt bin."

„Wirklich wahr?"

Er nickte. „Mir gefällt die echte Colleen, nicht die Party-Colleen. Vielleicht kriegst du nicht alles auf die Reihe, aber das brauchst du doch auch gar nicht. Du musst nur Tag für Tag das geregelt kriegen, was gerade dran ist.“ Er küsste sie noch einmal. „Komm, ich fahr dich jetzt nach Hause. Dann kann ich mich auch gleich bei deinen Eltern entschuldigen.“ Er schluckte und brachte mit Mühe noch die Worte heraus: „Und sie dazu bringen, mich nicht für einen Loser zu halten.“

Colleen verzog das Gesicht und sagte: „Tut mir leid, dass ich das gesagt habe.“

Na ja, sie konnte ja im Grunde auch nichts dafür, wenn es nun mal stimmte.

Es hatte ein wenig geschneit, und die Straßen waren rutschig, als er sie nach Hause fuhr. Er hielt vor ihrem Haus, wo die Außenbeleuchtung den Schnee orange färbte.

Colleen nahm seine Hand und sagte: „Ich habe solche Angst reinzugehen.“

Er schaute das Haus an, in dem alles dunkel war. „Bist du sicher, dass überhaupt jemand zu Hause ist?“

Doch in dem Augenblick ging das Außenlicht an und Colleens Großmutter kam aus dem Haus. Sie hatte ihre Schneestiefel an, war in eine Jacke gehüllt, und ihr graues Haar war mit Schneeflocken besprenkelt. Sie kam direkt auf den Jeep zu und klopfte ans Fenster. Tim wappnete sich innerlich, während Colleen das Fenster herunterkurbelte.

„Hallo, meine Süße. Ich wollte deine Mutter gerade an das Abendessen heute bei mir erinnern.“ Sie warf Tim einen freundlichen Blick zu, und er lächelte sie so nett an, wie er nur konnte.

„Ist das dein Freund?“, fragte Colleens Oma.

Er hielt die Luft an. Colleens Hand schloss sich ganz fest um seine, und dann sagte sie: „Ja, Oma, das ist Tim.“

„Freut mich, dich kennenzulernen, Tim. Hast du Lust, mit uns zu essen? Ich habe einen Schweinebraten gemacht.“

Tim machte den Mund auf, aber es kam kein Ton heraus. Colleen schaute zu ihm hin und lächelte ihn mit so viel Wärme an, dass sein Herz einen Satz machte, und er sagen konnte: „Ja, gern."

Das Ganze fühlte sich absolut unwirklich an. Im einen Augenblick hatte er noch die Wahl zwischen Mikrowellen-Lasagne und Cornflakes gehabt, und im nächsten stand er an der Schwelle zur Familie der Deckers. Colleens Großmutter hatte ein sauberes und aufgeräumtes Haus mit einer leuchtend rot und gelb gestrichenen Küche. Es roch herrlich intensiv nach Knoblauch und süßer Marmelade.

In der Küche stand ein Mann – Colleens Großvater konnte es nicht sein, denn Tim wusste, dass der schon vor langer Zeit gestorben war, aber irgendwie war er mit einer solchen Selbstverständlichkeit dort, dass er offenbar dazugehörte. Die Art, wie er Tim die Hand drückte, jagte dem einen Schauer über den Rücken. „Frank Harrison", stellte sich der Mann vor.

„Ich bin Tim, ein Freund von Colleen."

„Er ist ihr *Freund*", sagte Colleens Großmutter und zwinkerte Frank zu.

Seltsam. Verliebten sich alte Leute noch? An so etwas wollte Tim lieber gar nicht denken. Er hörte Lärm an der Haustür, und Colleens Brüder Henry und Jason kamen herein.

Jason sah ihn mit gerunzelter Stirn an und sagte: „Hey Tim."

Er kannte Jason aus ein paar Kursen in der Schule, und er hatte ja auch einen Ruf … „Hallo."

Colleens kleiner Bruder Henry pellte sich aus seiner Jacke, hängte sie auf und schnappte sich im Vorbeigehen eins von den noch warmen Brötchen, die auf dem Küchentresen standen.

Frank nahm ihn scherzend in den Schwitzkasten. „Raus mit der Schmuggelware, Junge."

Henry lachte und Colleen brachte einen Krug mit Wasser an den Tisch, der mit dem guten Porzellan und Stoffservietten gedeckt war. In der Mitte des Tisches brannten zwei weiße Kerzen.

„So, hier kommt der Schweinebraten“, sagte Helen und kam mit einer großen Platte zum Tisch, auf der ein großes, saftiges Stück Fleisch lag.

Niemand schien Colleens immer noch gerötetes und leicht verquollenes Gesicht zu bemerken, das sich aber glücklicherweise langsam wieder normalisierte.

Als Tim Schritte auf der Veranda vor dem Haus hörte, wappnete er sich innerlich für das, was jetzt kam. Ach, wie sehr er hoffte, dass Mrs Decker ihrem Mann noch nichts von neulich Nacht gesagt hatte, aber Tim drehte sich trotzdem zur Haustür um, bereit, die Strafe auf sich zu nehmen, bereit, sich zu entschuldigen und sogar bereit, um Gnade zu flehen. Er wollte nämlich wirklich gern zum Essen bleiben.

Aber Mr Decker beachtete ihn kaum, abgesehen von einem flüchtigen Gruß, bevor er einen Stuhl hervorzog und sich setzte. Mit einem irgendwie verkrampften Lächeln fragte er Henry, wie sein Tag gewesen sei. Als Nächste kam Mrs Decker, und wenn Tim nicht alles täuschte, sah auch sie verweint aus. Ihr Blick blieb kurz an Tim hängen, und so etwas wie Überraschung blitzte darin auf. Dann schaute sie zu ihrer Tochter hin und lächelte sie an.

Colleen lächelte zurück.

Vielleicht hatten sie sich schon vertragen; denn das tat man schließlich in Familien. Man vergab einander, man saß gemeinsam an einem Tisch und aß gemeinsam, und beim Tischgebet hielt man sich bei den Händen. Es war seltsam, so zu beten, besonders aber, auf der einen Seite Großmutter Deckers Hand zu halten und auf der anderen Seite Colleens. Aber es gefiel ihm, dass Colleen seine Hand ein wenig drückte, als wäre sie froh, dass er dabei war.

Und auch die Worte, die Colleens Oma betete, gefielen ihm so gut, dass er sie sich merkte: *Schenke uns deine Freude, wenn wir heute hier zusammen sind, und hilf uns, einander zu lieben.*

Irgendwann würde er auch so eine Familie haben wie diese – liebevoll und loyal, mit Menschen, die sich gemeinsam zum Essen an den Tisch setzten und sich an den Händen hielten und sich überlegten, wie sie schwere Zeiten überstehen konnten. Das schwor er sich, während die Deckers alle gemeinsam „Amen“ sagten.

Kapitel 13

Möglicherweise würde er auf der winzigen Veranda vor dem Haus seiner Mutter erfrieren, bevor er Antworten bekam. Zum Beispiel auf die Frage, wie groß die Gefahr eigentlich war, in der sie sich befanden. Und was passieren würde, wenn dieser García tatsächlich auftauchte. Hatte Frank etwa vor, in ihrem Vorgarten eine wilde Schießerei zu veranstalten?

Aber noch viel entscheidender war die Frage, wieso sie hier gemeinsam am Tisch saßen und ein Familienessen veranstalteten, während jemand sie alle – zumindest aber Melanie … oder Dina – umbringen wollte.

Dina.

Er sprach den Namen lautlos aus, aber er fühlte sich einfach nicht richtig an. Bei dem Abendessen heute hatte es sich angefühlt, als betrachte er sein Leben von außen, als schaue er zu, wie seine Frau die Soßenschüssel weitergab und mit seiner Mutter plauderte, die pausenlos diesen Frank anlächelte, den Onkel seiner Frau. Nur dass er gar nicht ihr Onkel war, sondern ihr Zeugenschutzbetreuer. Auch wenn er sich wie ein *echter* Onkel benahm, indem er den Jungen eine Geschichte darüber erzählte, wie er einmal im nahe gelegenen Evergreen Lake geangelt hatte, während er die ganze Zeit Colleens Freund Tim musterte, als wäre er ein Schwerverbrecher.

Tim schien ein netter Kerl zu sein – ruhig und höflich. Hätte mal einen Haarschnitt nötig gehabt, aber auf welchen Jugendlichen traf das heutzutage nicht zu? Er mied den Blickkontakt mit Nathan, für Nathan ein Zeichen dafür, dass er Colleen wahrscheinlich lieber mochte, als sie dachte; obwohl sie bei der

Vorstellung gesagt hatte, er sei ihr Freund, hatte es keinerlei Gesten oder Hinweise gegeben, dass da mehr lief.

Sogar Jason benahm sich merkwürdig, denn er schaute beim Essen kein einziges Mal zu seinem Vater hin. Nathan hatte ihn dabei ertappt, wie er Lisa geküsst hatte – na und? Der Junge war schließlich 18. Da war es doch nur richtig und normal, mit einem hübschen Mädchen zusammen zu sein.

Ja, Nathans Welt fühlte sich unwirklich und künstlich an. Von außen gesehen war alles schön, aber innen völlig hohl. Doch eines wusste er: Er war zwar nie ein Actionheld gewesen, aber er würde alles tun, um seine Familie zu retten. Und er würde damit anfangen, indem er sich bei Frank Harrison Antworten auf seine Fragen holte, egal, wie lange der Typ seiner Mutter noch beim Geschirrspülen half. Was war eigentlich los mit dem Mann? Erst hatte er den Tisch abgeräumt, dann den Müll rausgebracht, das gute Porzellan gespült, und jetzt wischte er auch noch die Arbeitsflächen in der Küche.

Nathan verschränkte die Arme vor seinem Oberkörper. Er saß auf einem der Liegestühle seiner Mutter auf der Veranda und schaute zwischen ihrer Küche und seinem eigenen Haus hin und her. Der kalte Wind drang durch seine Jacke und fuhr ihm den Rücken hinunter, sodass er eine Gänsehaut bekam. In der Nacht würde es Frost geben und vielleicht auch noch mehr Schnee.

Melanie war mit den Kindern schon hinübergegangen, damit sie ins Bett kamen, und er konnte seinen Blick nicht von seinem Haus abwenden, während er praktisch darauf wartete, dass ein Auto mit getönten Scheiben angefahren kam, aus dem Schüsse abgefeuert wurden.

Nein, so etwas passierte nicht in Deep Haven. Nichts von all dem hier passierte in Deep Haven. Es gab hier keine Kriminellen und Menschen in Zeugenschutzprogrammen.

Nathan ging in Gedanken noch einmal Melanies Beichte durch und versuchte zu begreifen, was sie da eigentlich gesagt hatte: *Ich habe gegen einen Drogenboss ausgesagt, gegen Luis García, der meine beste Freundin umgebracht hat und auch mich töten wollte.* Ganz unauffällig hatten diese Worte seine Welt gesprengt und ihm einen Blick ins Innere der Frau gewährt, die er zu kennen geglaubt hatte.

Kein Wunder, dass sie so still, ja geradezu verstört gewesen war, als er sie kennengelernt hatte. Er hatte das damals auf den angeblichen Autounfall zurückgeführt, den sie überlebt hatte, und bei dem aber der Rest ihrer Familie ums Leben gekommen war. Dabei hatte sie noch eine Familie, zu der „Onkel Frank" allerdings nicht gehörte. Tausende kleine Erinnerungen drangen wie winzige Splitter in sein Gehirn. Manche von ihnen waren so frisch und heiter – wie er sie beispielsweise einmal um 2:00 Uhr morgens überrascht hatte, als sie mit dem Baby Jason auf dem Arm und Tränen in den Augen dagesessen hatte. *„Ich wünschte, meine Mutter könnte zu Besuch kommen. Sie würde ihn so gerne sehen."*

Diese Worte, die er damals auf ihre Erschöpfung zurückgeführt hatte, ergaben jetzt einen Sinn. Und wie oft hatte er beobachtet, wie sie sich über ihre schlafenden Kinder gebeugt oder betend neben ihren Betten gekniet hatte. Das tat sie immer noch – schaute jeden Abend noch einmal nach ihnen. Wuschelte Henry einmal durchs Haar, nachdem sie mit ihm Lesen geübt hatte. Oder sie probte mit Jason ein paar Zeilen aus einem Theaterstück. Oder sie legte sich noch ganz kurz neben Colleen ins Bett. Melanie hatte mit jedem der Kinder ihre ganz eigenen Rituale, um sie zu schützen und zu fördern. Niemals hätte er gedacht, dass Melanie das auch deshalb machte, weil sie wirklich um das Leben der Kinder fürchtete.

Noch einmal warf Nathan einen Blick in die Küche seiner Mutter und sah, wie Frank sich die Hände abtrocknete. Wehe ihm, wenn er noch einmal den Versuch unternahm, seine Mutter zu küssen …

Der Mann scharwenzelte jetzt schon seit fast einer Woche um sie herum, und alles, was er sagte und tat, war gelogen. Nur die Angst davor, seiner Mutter das Herz zu brechen, hatte Nathan davon abgehalten, während des Essens Frank einfach beim Kragen zu packen und hinaus in den Garten zu zerren. Er hatte die reparierten Stufen der Verandatreppe natürlich registriert, ganz zu schweigen von der Art, wie die Augen seiner Mutter strahlten, wenn sie Frank anschaute. Was für ein Chaos würde dieser Mann hinterlassen!

Die Tür ging auf und Frank trat auf die Veranda hinaus. Er schrak zusammen, als er Nathan dort sitzen sah. „Was machen denn Sie hier draußen?"

Nathan stand auf. „Wir müssen reden. Aber nicht hier." Er verließ die Veranda und steckte seine vor Kälte taub gewordenen Hände zu Fäusten geballt in die Taschen.

Ausnahmsweise sagte Frank einmal nichts, auch wenn Nathan hörte, wie er tief seufzte, als sie die Straße überquerten. Er führte ihn um die Terrasse seines eigenen Hauses herum, die hell erleuchtet war, überlegte kurz, ob er den Schnee von einem der Metallstühle wischen und sich setzen sollte, entschied sich dann aber dagegen und blieb stehen. Das war besser für den Fall, dass er Frank eine Tracht Prügel verpassen musste.

„Melanie hat mir alles gesagt."

Wenn Nathan noch Zweifel daran gehabt hatte, dass sie ihm die Wahrheit gesagt hatte, dann belehrte ihn Franks Reaktion jetzt eines Besseren. Er atmete einmal sehr lange aus, sah Nathan direkt in die Augen und sagte dann: „Es tut mir leid."

„Leid? *Es tut Ihnen leid?* Meine Frau belügt mich seit zwanzig Jahren, weil Sie ihr gesagt haben, das müsse sie tun, und alles, was Sie dazu zu sagen haben, ist, dass es Ihnen *leid*tut?"

„Sie hatte keine andere Wahl, Nathan. Was hätten Sie ihr denn geraten? Die Wahrheit zu sagen und damit auch Ihr Leben zu gefährden?"

„Lassen Sie uns doch einfach mal mit der Tatsache beginnen, dass ich ihr Mann bin. Wir haben keine Geheimnisse voreinander. Zumindest habe ich das gedacht. Aber anscheinend haben wir gewaltige, gigantische Geheimnisse voreinander."

„Jetzt beruhigen Sie sich doch, Nathan", sagte Frank und hob beschwichtigend die Hände.

„Eines kann ich Ihnen sagen: Ich beruhige mich erst dann wieder, wenn ich weiß, dass meine Familie in Sicherheit ist", entgegnete Nathan.

„Aber genau das versuche ich ja gerade – dafür zu sorgen, dass Ihre Familie in Sicherheit ist."

Nathan runzelte die Stirn. „Komisch, ich dachte das wäre meine Aufgabe."

Frank holte Luft. „In diesem Fall ist es nicht Ihre Aufgabe, Nathan, denn Luis García ist ein eiskalter, brutaler Killer. Er würde keinen Moment zögern, vor Ihren Augen Ihre Familie zu foltern."

Nathan konnte nicht verhindern, dass er bei diesen Worten zusammenzuckte, und er hasste sich dafür. Er musste härter sein. „Niemand wird meiner Familie etwas antun."

„Deshalb habe ich Melanie ja auch schon vor fünf Tagen gesagt, dass sie hier weg muss. Aber sie will Sie und Ihre Kinder nicht aus Ihrem Leben hier herausreißen."

Bedeutete das, dass Melanie schon seit fünf – *fünf!* – Tagen von der Gefahr wusste, in der sie sich alle befanden? Anscheinend traute sie ihm überhaupt nichts zu. Wie hatte er nur so unglaublich blind sein können? Sie hatte ihm in all den Jahren etwas vorgemacht, hatte die perfekte Ehefrau gespielt und die perfekte Mutter. Er konnte das Ausmaß ihrer Täuschung nicht fassen. Er wünschte fast, sie hätte etwas getan, was er leichter hätte begreifen können – wie beispielsweise ihn zu betrügen oder sie in Schulden zu stürzen. Kein Wunder, dass sie ihm die Sache mit dem Wahlkampfgeld so ohne Weiteres vergeben hatte.

Aber damit würde er sich später befassen. Erst einmal … „Sie hätten zu mir kommen sollen, Frank. Ich bin Melanies Mann und das Familienoberhaupt. Es hätte mir zugestanden, es zu erfahren."

Franks Augen wurden schmal. „Dann lassen Sie uns diese Möglichkeit doch einfach mal kurz durchspielen. Ich komme also zu Ihnen und sage Ihnen, dass Ihre Frau früher mal eine drogensüchtige, obdachlose Ausreißerin war, die in Abbruchhäusern übernachtet und ihrem Freund geholfen hat, für einen der übelsten Drogenbosse im ganzen Land zu dealen. Wie hätten Sie das wohl aufgenommen? Erzählen Sie mir nicht, Sie hätten mir keine verpasst und mich aus dem Haus gejagt! Wenn ich Sie mir nämlich so anschaue, dann würde ich wetten, dass Ihnen genau das gerade durch den Kopf geht."

Ach – tatsächlich? „Sie hat Drogen genommen?"

„Sie musste erst einen Entzug machen, bevor wir sie ins Zeugenschutzprogramm aufnehmen konnten. Blake hatte sie dermaßen auf Drogen gebracht, dass sie nicht einmal mehr ihren eigenen Namen wusste, als die Polizei sie zum ersten Mal in St. Louis aufgegriffen hat. Sie hatten sie völlig unterkühlt, halbnackt und fast tot in einer Gasse gefunden, als sie mich anriefen. Ich habe ihr dann einen Deal angeboten – ihre Aussage gegen García gegen einen Neuanfang für sie. Ich würde ihr dabei helfen, von der Straße wegzukommen, clean zu werden und ein neues Zuhause zu finden. Sie war zwar geschockt, erklärte sich aber einverstanden, und dann haben wir drei Monate lang intensiv zusammengearbeitet, bis wir genügend Aussagen und Beweise zusammen hatten, um García hinter Gitter zu bringen. Als García herausfand, dass sie gegen ihn ausgesagt hatte, hätte er sie um ein Haar totgeschlagen."

Nathan wappnete sich innerlich und widerstand dem Drang, gegen etwas zu treten und laut zu brüllen. Kein Wunder, dass sie manchmal so zusammenfuhr, wenn er sich ihr von hinten näherte.

„Ich habe sie dann bei mir versteckt, und meine Frau hat sie gesund gepflegt. Während des Prozesses hat García geschworen, sie zu finden und umzubringen – und falls er selbst es nicht könne, würde es einer seiner Leute erledigen. Wir haben also beschlossen, ihren Tod vorzutäuschen und sie dann hier nach Deep Haven gebracht. Sie hat ihren Namen und ihr Äußeres geändert und ihre Tätowierung entfernen lassen." Seine Stimme wurde jetzt sanfter. „Ich persönlich bin der Meinung, dass Melanie nichts mehr mit der Dina von damals zu tun hat. Sie ist ein ganz neuer Mensch. Oder vielleicht auch endlich die Frau, als die sie immer gedacht war."

„Sie hat mir nie erzählt, dass sie mal eine Tätowierung gehabt hat."

„Sie war ungefähr hier", sagte Frank und zeigte auf eine Stelle über dem Knie.

„Ja, da hat sie eine Narbe. Mir hat sie gesagt, die hätte sie von dem Unfall."

„Sie hat viele Narben, Nathan, und ich bin ganz sicher, dass mein Auftauchen hier sie alle wieder aufgerissen hat. Aber je länger wir warten, desto größer wird die Gefahr, in der Sie und Ihre ganze Familie sich befinden! Sie muss weg hier, am besten schon morgen."

Morgen. Das Wort traf Nathan bis ins Mark. Morgen würde er sein Leben in Deep Haven beenden, würde er alles hier hinter sich lassen. Er konnte nicht anders, als zum Haus seiner Mutter hinüberzuschauen, wo die Verandalampe ihr Licht auf die Äste des alten Familienapfelbaumes warf.

„Ihre Mutter kann auch mit Ihnen kommen", sagte Frank leise.

„Wirklich?" Nathan hatte gar nicht beabsichtigt, dass sein Tonfall so scharf war – oder vielleicht doch? Das schien die einzige Möglichkeit, auszudrücken, was ihn innerlich quälte. „Und wie fair wäre das ihr gegenüber? Ich soll meine Mutter entwurzeln, sie in eine neue Stadt mitschleppen, wo sie neue Freunde finden und noch einmal ganz von vorn beginnen müsste? Sie hat ihr ganzes Leben in Deep Haven verbracht. Wie haben Sie sich das eigentlich gedacht – dass Sie sie einfach so dazu bringen, Ihnen zu vertrauen, um dann die Bombe fallen zu lassen?"

Frank schien perplex. „Ja, genau so."

„Sie Arschloch! Sie haben sie dazu gebracht, Sie wirklich gern zu haben, Ihnen zu glauben und zu vertrauen, nur damit Sie dann ihre Welt zerstören können."

„Nein, damit ich Melanie ihre Welt erhalten konnte. Sie hat schon so viel verloren."

„Was ja wohl nicht zuletzt ihre eigene Schuld war! Wer tut denn so was – reißt von zu Hause aus und verlässt die Familie, um mit irgendeinem Idioten durchzubrennen und Drogen zu nehmen?" Er hörte sich selbst reden, konnte sich aber einfach nicht mehr bremsen.

„Viel zu viele tun das", sagte Frank ganz ruhig. „Aber ein paar von ihnen bekommen die Chance, noch einmal neu anzufangen, und nur sehr wenige haben so viel Mut wie Melanie. Also gut, ich habe Sie und Ihre Mutter angelogen, aber ich habe gehofft, Sie wären … anders."

Nathan presste seine Kiefer so fest aufeinander, dass er beinahe Bedenken hatte, seine Zähne könnten zersplittern. „Es wird meine Mutter umbringen."

Frank hob betreten die Schultern und schaute weg. „Da wird sie nicht die Einzige sein."

Nathan kniff die Augen zusammen. Darüber wollte er nicht einmal ansatzweise reden. Frank hatte doch nicht etwa echte Gefühle für seine Mutter, oder? Aber selbst wenn, wollte Nathan mit diesem Mann nichts zu tun haben. Er wollte nicht ständig überlegen müssen, was jetzt wohl wahr und was erfunden war. Das bedeutete jedoch, dass er die Stadt würde verlassen müssen, ohne seiner Mutter etwas zu erklären.

Nathan ließ sich auf einen Stuhl fallen und vergrub das Gesicht in den Händen. Er hatte das Gefühl, sich gleich übergeben zu müssen. „Wir verlassen die Stadt morgen nach Schulschluss."

Frank machte einen Schritt auf ihn zu, so als wollte er in einer Art väterlicher Geste Nathan die Hand auf die Schulter legen. Aber Nathan blickte auf und schaute Frank dermaßen vernichtend und zornig an, dass er es bleiben ließ. „Sorgen Sie lieber dafür, dass meine Mutter in Sicherheit ist, wenn wir aufbrechen."

Frank nickte. „Bitte tun Sie bis morgen nichts Unüberlegtes. Wir werden ein gutes Versteck für Sie finden, Nathan."

Nathan hob eine Hand, als Frank ihn mitfühlend ansah. „Bitte lassen Sie das, ja?"

Frank seufzte, und dann hörte Nathan, wie er die Terrasse verließ, die Schiebetür öffnete und ins Haus schlüpfte.

Tun Sie nichts Unüberlegtes. Nathans ganzes Leben fühlte sich an wie eine Aneinanderreihung unüberlegter Reaktionen. Dass er zum Beispiel einfach das Spielfeld verlassen und nie wieder Football gespielt hatte, nachdem er erfahren hatte, was sein Vater angerichtet hatte. Oder dass er auf sein Stipendium fürs College verzichtet hatte, um sich um seine Mutter zu kümmern, als sie Krebs hatte. Und auch die Entscheidung, für das Bürgermeisteramt zu kandidieren. Und jetzt war es eine solche Reaktion, sich praktisch bei Nacht und Nebel aus Deep Haven davonzustehlen. Das alles waren unüberlegte Reaktionen auf Entscheidungen, die andere für ihn getroffen hatten.

Nathan stand auf, ging ins Haus, schloss die Glasschiebetür und zog die Vorhänge zu. Dann zog er einen Stuhl ans Regal, stieg darauf und kramte in dem obersten Fach herum, in dem das Gewehr lag, das noch von seinem Vater stammte. Mit 17 hatte Nathan es zusammen mit ein paar Kumpels für Schießübungen draußen vor der Stadt benutzt. Jetzt holte er die Waffe vom Regal herunter. Sie war gesichert, und als er in die Patronenkammer schaute, stellte er fest, dass sie leer war. Er nahm die Patronen ebenfalls vom Regal, nahm beides mit ins Wohnzimmer und setzte sich auf seinen Fernsehsessel. Dort lud er das Gewehr und legte es sich quer auf den Schoß.

Tun Sie nichts Unüberlegtes.

...

Er wollte, dass sie ging. Nathan wollte, dass sie *fortging.*

Melanie saß auf ihrem Bett, wie gewohnt in mehrere Schichten Kleidung eingemummelt, und betete, dass Nathan doch noch kommen möge – mit Freundlichkeit im Blick und der Bereitschaft, ihr Gespräch von vorhin zu Ende zu bringen. Außerdem wünschte sie sich von Herzen, dass er ihr Angebot, auch allein fortzugehen, für absurd erklärte. Doch er hatte gesagt: *Ja, wahrscheinlich könntest du das.*

Die Worte machten ihr ganzes Leben zunichte – ihre Träume für die Kinder, College, Heirat und eigene Kinder; ihre Erinnerungen – den Geruch ihrer neugeborenen Babys, das Lachen der Kinder am Heiligabend und die Wärme, die sie abstrahlten, wenn sie auf ihrem Schoß saßen und sie ihnen Geschichten vorlas. Wie sollte sie leben, ohne mit Jason die Texte für seine Stücke zu üben und Henry beim Fußballtraining zuzuschauen? Was, wenn sie fortging, ohne dass der Streit mit Colleen wirklich geklärt war?

Bitte, Nathan, komm doch ins Bett.

Aber das Licht aus dem Wohnzimmer schien immer noch unter der Schlafzimmertür hindurch, hell genug, dass sie Nathans grimmig entschlossenes Gesicht sehen konnte, als sie in ihren Wollsocken ins Wohnzimmer schlich, den Bademantel ganz fest um sich gewickelt.

Sie erstarrte, als sie den Gewehrlauf auf Nathans Schoß sah. Er saß auf dem Fernsehsessel, aber beide Füße standen fest auf dem Boden, sein Blick war starr auf die Haustür gerichtet, so als würde García jeden Moment an die Haustür klopfen. Er trug immer noch dieselbe Kleidung wie beim Abendessen, und mit seinen dunklen Bartstoppeln, wirkte er … irgendwie gefährlich.

Ihre Stimme klang leicht panisch, als sie fragte: „Was willst du denn mit dem Ding da?"

Er sah sie an, und in seiner Haltung lag Anspannung. Sein Blick war ein einziger Vorwurf. „Geh zu Bett, Melanie."

„Ich finde, du solltest das wieder wegpacken, bevor jemand ernsthaft verletzt wird", sagte sie.

Er starrte sie mit eisigen grünen Augen an. „Ich sorge nur dafür, dass wir hier heute Nacht sicher sind. Morgen gehen wir aus Deep Haven fort."

„Wir gehen fort? Wir *alle*?"

„Was hast du denn gedacht, Melanie? Dass ich hierbleibe, während Frank meine Frau mitnimmt und irgendwo versteckt? Nein, in der Geschichte stecken wir gemeinsam."

So, wie er das sagte, klang es jedoch absolut nicht nach Gemeinsamkeit. Es klang so, als ob es das Allerletzte war, was er sich wünschte.

Sie legte die Arme um ihren Körper. „Und was ist mit deiner Mutter?"

Er schaute wieder zur Haustür hin und schüttelte den Kopf. „Geh bitte einfach wieder ins Bett."

Sie musste sich mit der Hand an der Wand abstützen, um nicht zu schwanken, als sie wieder ins Schlafzimmer zurückging. Wie sollte sie Helen zurücklassen? Ihre Augen brannten, als sie bei Jasons Zimmer stehen blieb und ihren schlafenden Sohn betrachtete, der wie eine Schnecke zusammengerollt unter seiner Bettdecke lag.

Und Henry. Sie trat an sein Bett, nachdem sie sich einen Weg über Kleidungsstücke, seinen Rucksack und sein Skateboard gebahnt hatte, um ihm sein dunkles Haar aus dem Gesicht zu streichen und ihm einen Kuss zu geben. In vielerlei Hinsicht war er immer noch ein richtiges Kind.

Die Tür von Colleens Zimmer war geschlossen und Melanie horchte kurz, bevor sie die Klinke herunterdrückte und die Tür öffnete. Colleen lag fest in ihre Bettdecke eingekuschelt auf der Seite. Melanie konnte nicht anders, sie ging auf Zehenspitzen ins Zimmer, legte sich zu ihrer Tochter ins Bett und schmiegte sich an ihren Rücken. Colleen atmete tief und regelmäßig und rührte sich nicht. Melanie schloss die Augen, atmete tief den Duft der jungen Haut ein und hörte in ihrem Inneren noch einmal die Worte, die bei ihrem Streit gefallen waren.

„Ich will nicht wie du *sein!"* Es hätte ihre eigene Stimme sein können, ihre eigenen Worte, die sie einmal ihrer Mutter entgegengeschleudert hatte: *„Ich liebe ihn! Und Blake liebt mich! Du bist so voreingenommen!"*

Melanie legte ihren Kopf an Colleens Rücken und wäre am liebsten einfach für immer so liegen geblieben. Ach, hätte sie doch die Chance, einfach alles zu löschen und noch einmal neu zu schreiben. Sie konnte den Gedanken nicht ertragen, dass ihre Tochter für immer verschwinden könnte. So viel Gnade, um für immer Lebewohl sagen zu können, kann es gar nicht geben.

Es tut mir leid, Gott. Es tut mir so leid.

Wie oft war sie in Gedanken schon zu dem Moment zurückgekehrt, als man ein letztes Mal ihre Mutter in die anonyme Wohnung gebracht hatte, damit sie sich dort endgültig voneinander verabschieden konnten? Ihre Mutter war blass und dünn gewesen, und sie hatte verkrampft gelächelt. Sie hatte ihre Tochter umarmt und ihr gesagt, dass sie sie lieb hatte. *„Ich werde niemals aufhören, für dich zu beten, Dina"*, hatte sie gesagt. Damals war das für sie nur ein frommer Spruch gewesen, aber jetzt klammerte sich Melanie mit allem, was sie hatte, an diesen Satz.

Die Verse aus Pastor Dans Predigt von gestern kamen ihr wieder in den Sinn.

Denn er weiß, was für Geschöpfe wir sind; er denkt daran, dass wir Staub sind. Ein Mensch ist wie Gras, er blüht wie eine Blume auf dem Feld; wenn der Wind darüber geht, so ist sie nicht mehr da ... Die Gnade des Herrn aber währt von Ewigkeit zu Ewigkeit über denen, die ihn fürchten ...

Sie hätte sich wirklich gewünscht, das glauben zu können, aber es gelang ihr einfach nicht, die Worte ganz und gar mit dem Herzen aufzunehmen. Melanie gab ihrer Tochter einen Kuss auf die Schulter, stand dann auf und verließ das Zimmer.

Als sie wieder auf dem Flur stand, spürte sie, wie ihr Herz schlug, und wie mit jedem Herzschlag die Zeit verging. *„Ich werde niemals aufhören, für dich zu beten, Dina. Ich werde dich immer lieben.“* Melanie schloss die Schlafzimmertür hinter sich, setzte sich in die Mitte des Bettes und zog die Bettdecke hoch bis ans Kinn.

Dann griff sie nach ihrem Handy.

Die Nummer hatte sie nie vergessen. Als sie sie wählte war es, als wäre die Zeit stehen geblieben. Sie war wieder 18 Jahre alt, hatte Angst und Hunger, war verletzt und verzweifelt, als sie sich in einer Telefonzelle hinkauerte. Sie hielt das Telefon an ihr Ohr und hörte, wie es läutete.

Und dann: „Hallo?“

Sie hielt die Luft an. Genau wie damals konnte sie auch jetzt nichts sagen.

„Hallo?“ Die Stimme war ganz genau so, wie sie sie in Erinnerung hatte – leise, aber fest und erwartungsvoll, nur dass sie jetzt ein klein wenig älter klang als damals. Melanie drückte auf Stumm, bevor sie sich selbst verraten konnte.

„Dina?“

Melanie presste sich eine Hand auf den Mund, obwohl das Handy schon auf stumm gestellt war, denn sie wollte nicht, dass auch nur ein Laut von ihr zu hören war.

Mama.

Sie schloss die Augen und lauschte einfach dem Atem ihrer Mutter. Und dann begann ihre Mutter zu summen. Ganz leise.

Zuerst klang es wie ein Stöhnen, aber dann wurde daraus ein Lied, eines, das Melanie so vertraut war, dass sie gar nicht die Worte zu hören brauchte, um es wiederzuerkennen: *Amazing Grace.*

Amazing Grace, how sweet the sound	*Oh Gnade Gottes, wunderbar*
That saved a wretch like me!	*Hast du errettet mich!*

Das Summen ihrer Mutter wurde lauter und sie stimmte mit einer geflüsterten Version ein.

Through many dangers, toils and snares	*Durch Schwierigkeiten mancher Art*
We have already come.	*Wurde ich ja schon geführt.*
'Twas Grace that brought us safe thus far,	*Doch hat die Gnade mich bewahrt,*
And Grace will lead us home.	*Die Ehre Gott gebührt.*

Das Heimweh nach dem Duft der Schokokekse ihrer Mutter; nach dem Geräusch der Schuhe ihres Vaters auf dem Linoleumfußboden der Küche, wenn er von der Streife kam; nach Kylie, wie sie mit untergeschlagenen Beinen auf dem Korbstuhl saß; die Art, wie die blauen Augen ihrer Schwester sie bewundernd anschauten; und Ben, wie er in der Auffahrt Körbe warf – diese Sehnsucht brachte sie fast um.

Es waren diese ganz alltäglichen, belanglosen Dinge aus ihrer Erinnerung, die sie so unglaublich vermisste. Sich an stark emotionsbeladene Erinnerungen wie beispielsweise Weihnachten oder einen Geburtstag heranzuwagen, war viel zu schmerzlich.

Ihre Mutter summte weiter, und Melanie hielt sich den Hörer ans Ohr, rollte sich wie eine Kugel zusammen und nahm die gesummte Melodie tief in sich auf.

Ich hab dich lieb, Mama.

Irgendwann brach sie dann die Verbindung ab, drückte den Hörer an die Brust und versuchte alles, damit die Melodie, die Wahrheit des Textes bis in ihr Innerstes vordrang. *„I once was lost but now am found, was blind but now I see" (Ich war verloren ganz und gar, war blind, doch jetzt sehe ich).*

Aber sie sah nicht. Konnte nicht sehen. Und sie hatte sich noch nie so verloren gefühlt. In den vergangenen Tagen hatte Gott sie verlassen. Ja, schlimmer noch, er hatte über ihr vermeintliches Happy End gelacht, hatte sie daran erinnert, dass sie niemals würde auslöschen können, was sie so sehr bereute, sosehr sie sich auch bemühte. Für sie gab es keine Gnade. Und jetzt würde ihre ganze Familie dafür bezahlen müssen.

Noch einmal.

Sie wusste nicht wie, aber irgendwann musste sie eingeschlafen sein, denn sonst hätte sie mitbekommen, wie die Nacht langsam dem Morgengrauen wich, und sie hätte das Knarren der Holzdielen im Flur gehört. Sie wäre aufgestanden, hätte die Tür einen Spaltbreit geöffnet und gesehen, wie Henry noch halb verschlafen den Flur entlangtappte auf der Suche nach Frühstück. Vielleicht hätte sie ihn angesprochen, wäre ihm gefolgt, hätte ihn vielleicht sogar aufgehalten.

Denn sie hätte ganz sicher nicht vergessen, dass Henrys Vater mit einem geladenen Gewehr auf dem Schoß im Wohnzimmer saß und darauf wartete, dass die Gefahr sich auf sie stürzte. Dass er dort wartete, weil sie sie alle in diese Gefahr gebracht hatte. Weil sie die Katastrophe heraufbeschworen hatte. Weil sie schuld war, dass Nathan, der schlafend in dem Fernsehsessel saß, beim Knarren der Dielen zusammenzuckte und dabei den Abzug berührte. Weil sie schuld war an der Bewegung, die dazu führte, dass die Waffe losging.

Melanie schrak im Bett auf. Das Herz schlug ihr bis zum Hals und ihre Nerven waren zum Zerreißen gespannt. Das war doch ein Schuss gewesen! Sie hatte einen Schuss gehört.

Ein Schrei jagte sie aus dem Bett und den Flur entlang. Und dann vermischte sich der Schrei, den sie hörte, mit ihrem eigenen, als sie Henry in einem Haufen aus Glas und Putz von der Wand stehen sah und Nathan, mit dem Gewehr in der Hand, aschfahl war, weil er tatsächlich beinahe ihren jüngsten Sohn erschossen hatte.

Kapitel 14

Komisch, wie Helens Welt sofort heller wurde, als sie erst einmal die Entscheidung getroffen hatte, niemandem etwas zu sagen. Es war, als könnte der Krebs ihr nicht wirklich etwas anhaben, wenn sie ihn geheim hielt. Sicher, er lauerte immer noch in ihr – sie war sich sicher, dass Dr. Walgren das heute bei ihrem Termin bestätigen würde –, aber solange sie weiter lächelte, weiter Braten und Kartoffeln servierte wie gestern Abend, weiter Franks Blick suchte und ihn anlächelte, konnte es einfach nicht wahr sein.

Noch nicht. Sie hatte noch zu viel Leben in sich und vor sich, das gelebt werden wollte.

Helen zog ihre Jacke an und bückte sich, um sich die Stiefel anzuziehen. Sie würde schon wieder zu Hause sein, bevor überhaupt jemand gemerkt hatte, dass sie weg gewesen war. Wie praktisch, dass die Ambulanz in der Klinik schon ab 7:00 Uhr geöffnet hatte – vielleicht würde sie für den Nachmittag noch einen Apfelkuchen backen, wenn sie wieder nach Hause kam, und ihn nach drüben bringen. Nur, um den Ausdruck auf Franks Gesicht zu sehen. Ach, durch ihn kamen ihr wieder all die Dinge in den Sinn, die sie noch vorhatte: auf eine Kreuzfahrt gehen; das Haus neu streichen; vielleicht endlich das Pasteten-Kochbuch schreiben. Vielleicht noch ein paar solcher Familienessen veranstalten wie gestern. Sie hätte am liebsten vor Freude geweint, als sie alle um ihren Esstisch versammelt gewesen waren. Und Colleens Freund schien wirklich nett zu sein. Er hatte Colleen noch nach Hause gebracht und ihr zum Abschied einen Kuss auf die Wange gegeben. Sogar Frank hatte das registriert und wie ein Großvater dreingeschaut.

Ja, das würde sie auch noch auf ihre Liste setzen: Sich zu verlieben – und vielleicht sogar noch einmal zu heiraten. Vielleicht war der Krebs ja so etwas wie ein Weckruf dafür, dass sie das Leben voll auskostete, bevor es erlosch. Sie würde reisen und tanzen und exotische Gerichte kochen und möglichst viel aus ihren letzten Tagen herausholen.

Helen nahm ihre Handtasche und trat hinaus in den hellen Sonnenschein. Die Luft war immer noch herbstlich frisch und die Sonne schien. Ja, dies war ein guter Tag, was auch immer kommen mochte.

Da zerriss ein Schuss die morgendliche Stille. Sie zuckte zusammen, und der Schrei, der dem Schuss folgte, verfing sich in ihrem Inneren.

Der Schrei war aus Nathans Haus gekommen. Nun folgte noch mehr Tumult, aber da hastete sie schon über die Straße und drückte die Klinke von Nathans Haustür herunter. Doch die Tür war verschlossen. Sie kramte nach ihrem Schlüssel und hörte dabei die ganze Zeit Geschrei aus dem Haus …

„Du hättest jemanden umbringen können!"

„Und – ist das etwa meine Schuld?"

Jemand weinte, dann jemand anderes.

Helen pochte heftig an die Tür. „Nathan, ich bin es, deine Mutter! Mach auf."

Schritte erklangen, und dann wurde die Tür genau in dem Moment aufgerissen, als Helen endlich ihren Schlüssel gefunden hatte. Colleen stand mit schreckgeweitetem Blick im Schlafanzug in der Tür.

„Was ist denn hier los?", fragte Helen und griff nach Colleens Hand. „Ist alles in Ordnung mit dir?"

„Papa hat in die Wand geschossen."

Helen blinzelte ungläubig. Nathan hatte … *was*? Als sie ins Wohnzimmer kam, sah sie, dass das Familienfoto – das riesige gerahmte Porträt, das sie vergangenes Jahr am See aufgenommen hatten – zersplittert auf dem Boden lag und überall auf dem Sofa, dem Teppich und dem Couchtisch Glasscherben glitzerten. Und in der Wand hinter dem Sofa klaffte ein Loch.

Nathan stand barfuß mit einem Besen in der Hand mitten im Raum. Bekleidet war er immer noch mit der Hose vom vergangenen Abend, die allerdings völlig verknautscht war. Das Hemd war ihm aus der Hose gerutscht und ebenfalls so zerknittert, als hätte er darin geschlafen. Die weinende, am ganzen Körper zitternde Melanie hatte Henry so fest an sich gedrückt, dass Helen einen Moment lang glaubte, er wäre verletzt. Henry hatte die Augen fest zugekniffen, so als versuche er krampfhaft, nicht zu weinen.

„Was ist denn hier passiert?“, fragte sie.

Melanie sah sie nur mit rot geränderten Augen an. Jason, der mit bloßem Oberkörper und in Schlafanzughose hinter ihr stand, starrte stumm auf das Chaos.

„Er wird noch jemanden umbringen.“ Die Stimme kam von Frank, der plötzlich hinter ihr aufgetaucht war. Er sah völlig erledigt aus, mit zerzaustem Haar und unrasiert, als wäre er eben aus dem Bett gesprungen und hätte sich auf dem Weg nach oben schnell noch Jeans und ein T-Shirt übergezogen.

Erst jetzt sah Helen das Gewehr auf dem Boden liegen. „Ist das das Gewehr deines Vaters?“, fragte sie und sah Nathan an.

„Es ist alles in Ordnung, Mutter …“

„Gar nichts ist in Ordnung. Meine Güte, was macht denn das Gewehr hier?“ Sie ging hin, um es vom Boden aufzuheben.

„Lass es einfach liegen“, sagte Nathan. „Bitte, Mutter, geh wieder rüber.“

Helen erstarrte. „Das werde ich ganz sicher nicht tun, bevor du mir nicht gesagt hast, was hier los ist.“

„Wie konntest du nur so was tun?“ Colleens Ausbruch hinter ihr sorgte dafür, dass sie sich umdrehte, und der Blick ihrer Enkelin war so voller Wut, dass Helen erschrak. Colleen hatte die Arme um ihre schmale Taille geschlungen und ihr Blick durchbohrte Melanie förmlich. „Du hast es ihm gesagt, oder? Deshalb hat Papa das Gewehr rausgeholt, oder? Wegen Tim!"

Ihre Worte hallten einen unerträglich langen Augenblick in der Stille des Raumes nach, während Nathan die Gesichtszüge entgleisten. Er starrte seine Tochter auf eine Weise an, dass sogar Helen am liebsten davongelaufen wäre und fragte: „Was ist mit Tim?"

„Ich … ich habe Tim Samstagnacht in Colleens Zimmer erwischt", antwortete Melanie so leise, dass sie kaum zu verstehen war. Trotzdem hatten alle im Raum gehört, was sie gesagt hatte, denn etwa eine halbe Minute lang herrschte absolutes Schweigen. Ob Helen Tim jemals wieder zu einem Schweinebratenessen einladen würde, war sehr fraglich, aber sie streckte ihre Hand aus und zog Colleen zu sich hin.

Nathan schüttelte den Kopf und sagte in bissigem Ton: „Noch mehr Geheimnisse, Melanie? Reicht es nicht langsam?"

Melanie presste das Gesicht in Henrys Haar. Nathan wandte sich mit wutentbranntem Blick wieder an Colleen und sagte. „Du wirst ihn nicht mehr sehen. Nie mehr."

Helen spürte, wie Colleen erschrocken nach Luft schnappte und dann sagte: „Aber Papa …"

Nathan hob die Hand, und sein Mund war so grimmig verzogen, dass selbst Helen nicht mehr gewagt hätte, noch etwas zu sagen. „Geh auf dein Zimmer und mach dich für die Schule fertig."

Colleen löste sich aus den Armen ihrer Großmutter, aber Helen drückte sie noch rasch, bevor sie sie losließ.

Nathan wandte sich Henry zu: „Du auch, Henry …"

„Es tut mir leid. Es tut mir doch leid!", sagte der Junge und sah seinen Vater mit großen Augen an. „Ich wollte dich wirklich nicht wecken."

Nathan schloss die Augen und hatte einen schmerzlichen Zug im Gesicht. Er öffnete die Arme und Melanie ließ Henry los, sodass er zu seinem Vater rennen konnte. „Aber das ist doch nicht deine Schuld, Henry."

„Und warum sitzt du dann mit einem Gewehr hier im Wohnzimmer?“

„Komm, Helen, es ist Zeit zu gehen“, sagte Frank jetzt.

Helen erstarrte. „Um Himmels willen, mein Sohn hat gerade ein Loch in die Wand da geschossen! Ich gehe nirgends hin.“

„Es kommt alles wieder in Ordnung. Und hattest du nicht einen dringenden Termin?“, fragte er in fast flehendem Tonfall. „Bitte.“

Wieder wurde es ganz still im Raum. Helen hatte einen Kloß im Hals und brachte kaum noch ein Wort heraus. „Woher weißt du denn das?“ Ihr Blick traf Franks, und Wut regte sich in ihr. „Spionierst du mir etwa hinterher?“

„Was denn für einen Termin, Mutter?“, fragte Nathan hinter ihr mit einer Stimme, die sie wieder als die ihres Sohnes erkannte.

Frank sah sie an und sagte dann mit traurigem Blick: „Sag es ihnen, Helen.“

„Was soll ich ihnen denn sagen? Ich weiß doch noch gar nichts! Bisher gab es nur ein paar Untersuchungen.“

Oh, es war wirklich fraglich, ob sie Frank jemals wieder Apfelkuchen backen oder ihn noch einmal in ihr Haus lassen würde. Sie versuchte, ihn mit einem wütenden Blick niederzustarren, aber er nahm es gelassen hin und starrte zurück. Also gut. Sie wandte sich an ihren Sohn und Melanie. „Meine Ärztin glaubt, dass der Krebs möglicherweise wieder da ist.“

Nur ein einziger Muskel an Nathans Kinn zuckte ein wenig. Melanie schlug sich eine Hand vor den Mund und rief erschrocken: „Oh Helen!“

Genau aus dem Grund hatte sie nicht gewollt, dass sie es erfuhren. Jetzt würden sie wieder einen Riesenwirbel darum machen, und sie … sie würde sich wie ein Pflegefall fühlen. „Es ist bestimmt nichts. Eigentlich war ich unterwegs zur Klinik, aber ich glaube, jetzt muss ich erst einmal helfen, das Chaos wieder in Ordnung zu bringen.“

„Ich fahre dich zur Klinik“, sagte Frank.

Helen drehte sich auf dem Absatz um und entgegnete: „Mit dir fahre ich nirgendwo hin. Ich weiß nicht, wie du es erfahren hast, aber du hast meine Privatsphäre verletzt. Du hast mich verraten. Halt dich also einfach raus aus meinem Leben, ja?"

„Bitte fahr in die Klinik, Mutter. Wir müssen hier aufräumen und dann dafür sorgen, dass die Kinder zur Schule kommen", sagte Nathan. „Ich verspreche dir, dass wir hier alles unter Kontrolle kriegen."

„Das sieht aber nicht so aus! Bist du … irgendwie in *Gefahr*, Nathan? Wieso hast du überhaupt das Gewehr herausgeholt?"

„Helen …"

Sie hätte sich am liebsten umgedreht und Frank geohrfeigt, und sie fand, dass es wirklich eine Leistung als gute Christin war, dass sie es nicht tat, sondern sich umdrehte und ihn einfach nur anschnauzte: „Halt dich da raus, Frank! Das geht dich nichts an!" Auch wenn am Ende ihres Ausbruchs ihre Stimme zitterte, sie würde vor ihrer Familie nicht in Tränen ausbrechen.

„Es ist alles okay, Mutter." Nathan kam zu ihr herüber, packte sie bei den Schultern und lächelte sie an, und zwar so, wie sie es auch im Wahlkampf bei ihm beobachtet hatte, ohne dass seine Augen beteiligt waren … und noch nie hatte sie sich so verraten gefühlt. Ihr Sohn belog sie. Er log ihr dreist ins Gesicht. Er war genau so geworden wie sein Vater.

Der Schmerz in ihrer Brust hätte sie beinah laut aufschreien lassen, aber stattdessen schüttelte sie nur den Kopf und sagte: „Also gut, Nathan, wenn du es so willst, dann werde ich gehen." Sie schluckte. „Aber nach meinem Termin komme ich wieder. Und dann möchte ich wissen, wieso du mit einem Gewehr auf das Familienfoto schießt."

Sie drängte sich an Frank vorbei nach draußen und fragte sich, wieso alles so dunkel geworden war.

…

Sie würden ihrem schlimmsten Albtraum niemals entrinnen. Das wusste Melanie, als sie Nathan dabei zuschaute, wie er die Glasscherben auffegte, die wie schimmernde Tränen auf dem Holzboden im Flur lagen. Er würde immer in Angst leben und versuchen, für die Sicherheit seiner Familie zu sorgen, und in seinen Bemühungen, ein Held zu sein, würde er sie alle umbringen. Sie musste allein fortgehen, bevor die Entscheidungen, die sie vor langer Zeit einmal getroffen hatte, sie alle das Leben kosteten.

„Ich brauche noch Geld für das Schulessen, Mama“, sagte Henry und beugte sich vom Rücksitz zu ihr nach vorn.

Er schien sich von dem traumatischen Erlebnis am frühen Morgen bereits vollständig erholt zu haben. Als ob eine Schüssel mit Frühstücksflocken und ein paar Toasts mit Erdnussbutter seine Welt wieder in Ordnung bringen konnten.

„Ich gebe es dir an der Schule.“

Sie hatte versucht, Nathan gar nicht zu beachten, wie er das Chaos im Wohnzimmer wieder beseitigte. Er war damit immer noch beschäftigt gewesen, als sie die Kinder ins Auto gesetzt hatte und losgefahren war. Wie sehr sie sich gewünscht hatte, sich von ihm zu verabschieden, ihn ein letztes Mal zu umarmen, noch ein Mal all das Intensive und Vertraute und Richtige an diesem Mann, den sie geheiratet hatte, tief in sich aufzunehmen. Aber das wäre zu offensichtlich gewesen. Und wahrscheinlich hätte er es sowieso nicht zugelassen. Seine Miene hatte deutlich signalisiert, wie es in ihm aussah.

Auf dem Beifahrersitz neben Melanie saß Jason, der schweigend versuchte, irgendwie zu sortieren, was sich gerade abgespielt hatte; Colleen sah immer noch so wütend aus, als wäre die ganze Sache wirklich einzig und allein Melanies Schuld gewesen.

Nun ja, im Grunde war es ja auch so. Aber sie wollte nicht, dass ihre Tochter und sie so auseinandergingen. Sie wollte nicht, dass dieser Morgen die letzte Erinnerung war, die Colleen später an ihre Mutter hatte. Wenn es möglich gewesen wäre, hätte sie sie zu Hause behalten, aber Frank war der Meinung, dass die Schule mit den Sicherheitsvorkehrungen dort der beste Ort für sie war.

Melanie bog auf den Parkplatz der Schule ein. *Bleib ganz ruhig und denk dran zu lächeln.* Sie hielt an, und Jason hatte die Hand schon am Türgriff. Sie legte ihm ihre Hand auf den Arm und sagte: „Ich hab dich lieb, Jason."

Er drehte sich noch einmal um und lächelte sie an. „Ich hab dich auch lieb, Mama. Ich wünsche dir einen schönen Tag." Und dann beugte er sich vor und gab ihr einen Kuss auf die Wange – was einem Wunder gleichkam.

Sie hätte am liebsten losgeheult, aber es gelang ihr trotzdem zu lächeln. Colleen war schon ausgestiegen. Melanie schaltete den Motor aus, stieg aus dem Wagen und rief ihr über die Motorhaube hinweg zu: „Colleen, mein Schatz ..."

Colleen warf nur einen kurzen Blick über die Schulter. „Was ist denn?"

„Es wird alles gut werden! Denk dran, es kommt alles wieder in Ordnung, das verspreche ich dir."

Colleen schaute sie nur finster an. „Wie du meinst, Mama. Wir sehen uns heute Abend beim Spiel."

Melanie hatte einen Kloß im Hals.

„Was ist denn jetzt mit dem Geld für mein Schulessen?"

Ach, der liebe, kleine Henry. Er stand an der Fahrertür, den Rucksack über eine Schulter gehängt, und kam ihr schon so groß vor, so erwachsen. Sie nickte und blinzelte die Tränen weg, als sie nach ihrer Handtasche griff. Sie nahm einen Geldschein aus ihrer Börse und gab ihn Henry. Dann packte sie ihn noch einmal kurz bei der Jacke, bevor er sich entfernen konnte. „Üb weiter Lesen, Henry. Jeden Tag. Dann wird es mit der Zeit immer leichter, das verspreche ich dir."

Er zuckte nur mit den Schultern. „Okay, Mama."

Dann, sie konnte einfach nicht anders, schloss sie ihn ganz fest in die Arme, und wie durch ein Wunder wand er sich nicht aus ihrer Umarmung, sondern erwiderte sie, indem er mit beiden Armen fest ihre Taille umschlang. Sie hätte fast aufgeschluchzt. „Mach's gut, mein Schatz."

Er löste sich aus ihren Armen und rannte zum Schulgebäude, wobei der Rucksack auf seinem Rücken bei jedem Schritt hochhüpfte. Sie sah ihm noch nach, bis er hinter der Eingangstür verschwunden war. Und bevor sie ihre Meinung ändern konnte, stieg sie wieder ins Auto und fuhr los – den Hügel hinunter, die Hauptstraße entlang und aus der Stadt hinaus.

Am See war das Sonnenlicht auf dem Wasser so gleißend hell, dass es sie blendete. Der Himmel war blau und klar, die Balsamtannen und Pinien standen in sattem Grün da, und die letzten Eichen und Ahornbäume ließen ihr buntes Laub auf die Straße fallen. Ein geradezu idyllisches Bild, das so ganz anders aussah als all die Zerstörung in ihrem Leben.

Sie zwang sich, auf die Straße zu achten, um nicht am Ende noch einen Unfall zu riskieren. Oder schlimmer noch, ins Wasser zu stürzen und zu ertrinken oder zu erfrieren, wie Nathans Vater. Das wäre geradezu absurd gewesen. Wegen der verflixten Tränen konnte sie nicht richtig sehen, daher fuhr sie rechts ran und benutzte ihr Shirt, um sich die Augen abzuwischen. Obwohl sie ungeschminkt war, fühlte sie sich völlig verschmiert.

Das hier war die einzige Möglichkeit. García würde in die Stadt kommen, sie nicht finden, und da er nicht wusste, dass sie verheiratet war, konnte er ihre Familie nicht ausfindig machen. Und dann würde er weiterziehen.

Ja, eine andere Möglichkeit gab es nicht. Wenn sie noch irgendwelche Zweifel daran gehabt hatte, war ihre Entscheidung dadurch besiegelt worden, wie Helen am Morgen die Tatsache einfach abgetan hatte, dass sie wieder Krebs hatte. Sie konnte Nathan nicht von seiner Mutter wegreißen, ohne eine Chance, sie jemals wiederzusehen. Melanie wusste *ganz genau*, wie sich das anfühlte. Und Helen hatte etwas Besseres verdient.

Wenn Frank García tatsächlich erwischte, dann war es ja vielleicht noch nicht zu spät, wieder in das Leben ihrer Kinder zurückzukehren. Und vielleicht würden sie ihr ja sogar eines Tages vergeben können.

Es tut mir leid. Sie wiederholte diese Worte ein paarmal, während sie wieder auf die Straße fuhr und ihren Weg fortsetzte. *Es tut mir leid.* Sie wusste eigentlich nicht, wie sie jemals wieder aufhören sollte, diese Worte zu sagen.

Melanie hatte keinen Plan, kein Ziel, nichts klar Durchdachtes über das panische Durcheinander hinaus, das sie aus Deep Haven vertrieben hatte. Sie hatte auch nur die kleine gepackte Tasche dabei, die sie noch schnell in den Kofferraum des Autos hatte schmuggeln können. Vielleicht würde sie nach Duluth fahren, dort ihren Wagen verkaufen und sich für den Erlös einen älteren Gebrauchtwagen besorgen. Später würde sie vielleicht Frank anrufen … wenn sie genug Zeit gehabt hatte, sich mit ihrer Entscheidung abzufinden.

Sie brauchte einen Plan. Als sie knapp 50 Kilometer gefahren war, fuhr sie, einem Impuls folgend, von der Hauptstraße ab auf eine Nebenstraße, die zum Ferienhaus von einem von Nathans Kunden führte. Im Winter vermieteten die Millers, denen das Haus gehörte, es an Skifahrer und andere Gäste, die dem Großstadttrubel entkommen wollten. Sie hatten Nathan und Melanie schon mehrfach angeboten, das Haus kostenlos zu nutzen, als Gegenleistung dafür, dass sie dort hin und wieder nach dem Rechten sahen. Wenn sie selbst hinfahren wollten, riefen sie meist vorher an, und dann füllte Melanie den Kühlschrank. Der Schlüssel für das Ferienhaus lag im Handschuhfach ihres Wagens.

Was außerdem dafür sprach, eine Nacht dort zu bleiben, war die Tatsache, dass es eine der wenigen Gegenden war, in denen es keinen Handyempfang gab. Das war gut, denn falls Nathan sie erreichte, würde schon allein der Klang seiner Stimme sie von ihrem Entschluss abbringen.

Am Tor gab sie den Sicherheitscode ein und fuhr dann den langen unbefestigten Weg in Richtung See, an dem das Haus lag. Es war ein großes Ufergrundstück am Lake Superior, und das Haus war mit riesigen Panoramafenstern ausgestattet, durch die man einen atemberaubenden Blick auf den See hatte, mit einer Veranda, die an der gesamten Rückseite des Hauses entlang verlief, und einem Außenkamin aus Natursteinen vom Seeufer. Von der Straße aus war das Haus jedoch nicht zu sehen, und was noch wichtiger war, niemand würde auf dieses Versteck kommen. Sie würde hier eine Pause einlegen und sich einen Plan überlegen. Morgen würde sie dann den Wagen volltanken und endgültig verschwinden.

An diesem Abend war Colleens Halbfinalspiel. Sie musste bleiben, um das Spiel wenigstens im Radio zu verfolgen. Sie musste sich dabei einfach vorstellen, auf der Tribüne zu sitzen. Sie musste sich vorstellen, dass ihre Familie immer noch intakt war. Sie musste sich ihr Leben mit einem Happy End vorstellen.

Wieder presste Melanie sich die Finger auf die Augen, um die Tränen zurückzudrängen. Doch, sie würde das schaffen. Um der Sicherheit ihrer Familie willen würde sie es schaffen.

Unten am See lag braunes, nasses Laub auf der unbefestigten Auffahrt des Hauses. Als sie in den Rückspiegel schaute, sah sie hinter sich die Reifenspuren ihres Wagens. Vielleicht würde es ja in der Nacht schneien – dann würden die Spuren ihrer Flucht verwischt.

Sie fuhr an die Garage heran, stieg aus und schloss das Tor auf, bevor sie auf den automatischen Toröffner drückte. Sie stellte ihren Wagen neben dem schnittigen Boot der Millers ab, schloss das Tor wieder und ging zum Haus.

Sophie Miller hatte die Außenanlage und den Garten des Anwesens selbst gestaltet, mit schwarzen Steinen vom Seeufer, zwischen denen rostrote und gelbe Chrysanthemen hervorschauten. Der Weg aus Natursteinen glänzte nass. Melanie suchte nach dem

Haustürschlüssel und trat ihre Schuhe auf der Fußmatte ab. Eine Tafel an der Tür weckte ihre Aufmerksamkeit: *Wohin du auch gehst, Gott ist schon dort gewesen und hat den Weg für dich bereitet.*

Sie hatte erhebliche Zweifel daran, dass Gott wusste, wie es war, mit einer geheimen Identität zu leben und dem schrecklichen Wissen, dass das eigene Handeln Leid für andere mit sich brachte und mit der Verzweiflung über die Einsamkeit, die sie von jetzt an bei jedem Schritt empfinden würde. Sie war verlassen, besiegt.

Nein, jetzt und hier war sie ganz allein. Diese Verse aus Psalm 103 und auch das, was Dan darüber in seiner Predigt gesagt hatte, das galt nicht für sie, sosehr sie es sich auch wünschte. Gott liebte sie nicht.

Sie öffnete die Eingangstür und lauschte in die Stille hinein, als sie die Eingangshalle betrat. Beim Schließen der Haustür hallte das Geräusch in dem riesigen, über zwei Stockwerke gehenden Raum wider. Sie schüttelte ihre Schuhe von den Füßen und ließ ihre Tasche auf eine Bank neben der Tür fallen. Dann ging sie auf Strümpfen ins Haus und strich mit der Hand über die Kochinsel aus Speckstein in der Küche.

Sie hatte sich immer ein Haus wie dieses gewünscht. Ein Haus, das nicht an allen Ecken renoviert werden musste, ein Haus, das nach Reichtum und Sicherheit und Erfolg roch. Ein Haus mit handgefertigten italienischen Fliesen als Spritzschutz hinter dem Einbauherd und einem langen Küchentresen, an dem man gemeinsam kochen konnte. Ein Haus mit einem großen Wohnzimmer, in dem ein Ledersofa stand, groß genug, dass sie alle darauf Platz hatten, um gemeinsam Filme zu schauen, und mit einem Bärenfell auf dem Fußboden vor dem Kamin, auf dem sie in Nathans Armen liegen könnte.

Draußen vor den riesigen Fenstern konnte der See zufrieren, oder die Wellen konnten sich an den Felsen brechen, während sie vom wärmenden Feuer aus oder von einem der Lederstühle um den großen, massiven Holztisch herum zuschauten. Oder auch von oben, denn vom Elternschlafzimmer aus hatte man den gleichen grandiosen Blick.

Ja, sie hatte sich so ein Haus gewünscht, einen Ort, wo sie ihre Kinder sicher hätte großziehen können. Glücklich. Sie ging zu dem Bärenfell hinüber, setzte sich im Schneidersitz mitten darauf und fuhr mit den Fingern durch die Haare.

„Du hättest jemanden umbringen können!“ Das Echo ihrer schrillen Stimme und die Panik, die darin lag, ließen sie zusammenzucken. Aber sie hatte Henrys zu Tode erschrockenen Blick gesehen, und da hatte einfach ihre Angst gesiegt.

Sie schlang die Arme um ihre Knie und zog die Beine noch näher an sich heran. *„Und, ist das etwa meine Schuld?“*

Nein, Nathan. Das ist nicht deine Schuld. Sie wünschte, das hätte sie gesagt, aber alles war so schnell gegangen, und dann war Helen gekommen und hatte dafür gesorgt, dass sie alle Geiseln ihrer Geheimnisse blieben. Vielleicht hatten sie aber auch schon alles gesagt, was sich zu sagen lohnte.

Melanie beugte sich vor und rollte sich auf dem Boden zusammen. Sie lauschte der Stille in dem großen Haus und dem Donnern der Wellen, die sich am Ufer brachen, und hörte immer noch das Summen ihrer Mutter.

Through many dangers, toils and snares	*Durch Schwierigkeiten mancher Art*
We have already come.	*Wurde ich ja schon geführt*
'Twas Grace that brought us safe thus far,	*doch hat die Gnade mich bewahrt,*
And Grace will lead us home.	*Die Ehre Gott gebührt.*

Immer wieder nahm sie die Worte in sich auf, wollte sie unbedingt glauben. Aber für sie gab es keine Gnade. Nicht noch einmal. Und das bedeutete, dass sie nie mehr heimkehren würde.

Kapitel 15

Frank wusste gar nicht, wo er anfangen sollte, die Gründe dafür aufzuzählen, weshalb diese gesamte Operation dermaßen aus dem Ruder gelaufen war. Er hätte den Wahnsinn in Nathans Augen am vergangenen Abend bemerken müssen, hätte wissen müssen, dass er etwas Dummes vorhatte. Der Mann hätte seinen eigenen Sohn umbringen können. Oder sonst jemanden.

Und dann war da Melanie. Er hatte es in dem Augenblick bemerkt, als er die Treppe hinaufgekommen war und die Scherben auf dem Wohnzimmerboden gesehen hatte. Da war genügend Wahnsinn in ihrem Blick gewesen, dass sie vielleicht etwas Unüberlegtes tun würde, zum Beispiel die Stadt zu verlassen, ohne jemanden zu informieren – auch ihren Zeugenschutzbetreuer nicht. Oder ganz von diesem Planeten zu verschwinden, auf dem Frank nicht für ihre Sicherheit sorgen konnte.

Natürlich war niemand von allen Anwesenden völlig bei Verstand gewesen, nachdem der Schuss die morgendliche Stille zerrissen hatte. Ihm selbst war beinahe das Herz stehen geblieben, und dann hatte er sich blitzschnell aufgerappelt, war hastig in seine Hose gestiegen und schon beim nächsten Atemzug mit gezogener Waffe die Treppe hinaufgehechtet.

Beim Anblick von Henry, der in einem Hafen von Glasscherben und den Überresten des großen Familienporträts stand, war ihm eiskalt geworden. Wie nah, wie haarscharf waren sie an einer Katastrophe vorbeigeschlittert! Und als hätte das noch nicht genügt, hatte auch noch Helen in die ohnehin völlig verrückte Situation hineinplatzen müssen. Und bei dieser Gelegenheit hatte sie dann auch noch gleich ihr eigenes Geheimnis gelüftet.

Ihr Blick hatte zum Ausdruck gebracht, dass er gerade den Zauber ihrer knospenden Beziehung zerstört hatte. Und um dem Ganzen die Krone aufzusetzen, hatte Jason dann noch mitbekommen, wie Frank sich seine Waffe wieder in den Gürtel gesteckt hatte. Das würde er ihm erklären müssen. Die gesamte Operation geriet immer mehr außer Kontrolle.

Wo auch immer er damit anfing, seine Fehler aufzuzählen, am Ende kam er jedes Mal zu der Schlussfolgerung, dass er derjenige hätte sein müssen, der mit einem geladenen Gewehr im Wohnzimmer saß. Er hätte Melanie und ihre Familie beschützen müssen. Stattdessen hatte er offenbar vergessen, dass er hier einen Job zu erledigen hatte. Offenbar hatte er vergessen, dass Melanie gar nicht seine Nichte war, sondern eine seiner Schutzbefohlenen, deren Leben gerade völlig aus den Fugen geriet.

Ja, er hatte an Helen und den Anruf aus der Klinik gedacht und daran, was er tun sollte, wenn sie wieder Krebs hatte. Und der Gedanke hatte so wehgetan, dass es ihm durch Mark und Bein gegangen war. Diese Mal würde er bis zum Ende da sein. Er würde tapferer sein und stark. Er würde bereit sein, sich die Hände schmutzig zu machen und sogar zu leiden.

Das war wahrscheinlich der Grund gewesen, weshalb ihm die Wahrheit einfach so herausgerutscht war. Wenn Helen doch nur auf ihn gewartet hätte, als sie aus dem Haus gestürmt war. Denn genau das hatte er ihr sagen wollen – dass er bleiben würde, dass er da sein würde, wenn sie ihn brauchte. Vielleicht sollte er froh sein, dass genau in dem Moment sein Handy in seiner Hosentasche vibriert hatte. Denn wäre das nicht passiert, hätte er sie vielleicht bei der Hand genommen und ihr gesagt, dass sie nicht allein war. Es war also an diesem Tag anscheinend wirklich jeder wahnsinnig geworden.

„Bring die Kinder zur Schule, dort sind sie am sichersten“, hatte er gesagt und damit Melanies und Nathans leisen Streit unterbrochen.

Melanie hatte ihn so erleichtert angesehen, dass er sie am liebsten umarmt hätte. Aber stattdessen war er draußen auf die Eingangstreppe ans Handy gegangen und hatte sich dabei so wütend und hilflos gefühlt, dass er am liebsten irgendetwas geschlagen hätte. „Was ist?“, hatte er in sein Handy geschnauzt.

„Gute Nachrichten, Chef“, hatte Boyd geantwortet.

„Raus damit.“ Er hatte gesehen, wie Helen auf der anderen Straßenseite in ihr Auto stieg und davonfuhr. Und er hatte gehört, wie im Haus Melanie die Kinder aufgefordert hatte, sich für die Schule fertig zu machen. Braves Mädchen.

„Wir haben ihn.“

Frank rieb sich seinen völlig verspannten Nacken und setzte sich auf die hölzerne Bank neben der Haustür. „Das sind ja wirklich gute Neuigkeiten. Wo denn? Und wann?“

„In Duluth. Wir haben ihn über das gestohlene Auto aufgespürt, mit dem er unterwegs war – die örtliche Polizei hat ihn geschnappt. Er hat zwar der Polizei eine richtige Verfolgungsjagd geliefert, aber am Ende hat sich sein Wagen überschlagen, er wurde herausgeschleudert und war auf der Stelle tot.“

Der Knoten in Franks Brust lockerte sich, und es stellte sich Erleichterung ein.

Melanie musste ihre Familie und ihr Zuhause nicht verlassen! Vielleicht konnten sie und Nathan jetzt endlich in Frieden leben und ganz offen und ehrlich miteinander sein.

Aber Duluth, das war nur zwei Autostunden von Deep Haven entfernt … so dicht war er ihnen also schon auf den Fersen gewesen! Frank lief ein Schauer über den Rücken. „Und Sie sind ganz sicher, dass er es auch wirklich ist?“

„Die Pathologin hat gesagt, dass sie einen DNA-Abgleich erstellen wird. Er war ziemlich übel zugerichtet, aber ja, es sieht ganz so aus, als ob es García ist. Sie bringen ihn jetzt in die Pathologie. Ich bin auch gerade dorthin unterwegs. Ich schicke Ihnen ein Foto von dem Toten, sobald ich eines habe, aber es sieht ganz so aus, als ob er es ist – dieselbe Statur und auch dieselben Tätowierungen am Hals."

„Die Kobra?"

„Es ist irgendeine Schlange. Könnte eine Kobra sein."

„García und seine Leute haben alle die gleiche Tätowierung."

„Ich habe ein Bild von seinen Tattoos. Warten Sie einen Moment, ich schicke es Ihnen."

Als Frank den Signalton hörte, nahm er das Handy vom Ohr und schaute sich das Bild auf dem Display an. „Ich weiß nicht, ob er das ist. Wahrscheinlich schon, aber … hören Sie, ich komme und schaue ihn mir selbst an. Ich möchte keinerlei Risiko eingehen, dass Sie vielleicht den falschen Kerl haben."

Er würde warten, bis Melanie die Kinder in der Schule abgesetzt hatte und sie dann mitnehmen. García tot zu sehen würde auch für sie die ganze Sache endgültig zu einem Abschluss bringen.

„Dann warte ich hier auf Sie", sagte Boyd und beendete das Gespräch.

Frank saß da, atmete tief die Morgenluft ein und wünschte, er würde sich besser fühlen. Er hoffte, dass dieser Albtraum endlich ein Ende hatte. Das hoffte er, weil … nun, weil ihm Pastor Dans Worte vom Sonntag nicht mehr aus dem Kopf gingen. Irgendwie hatte er gehofft, dass er es war, zu dem Gott gesprochen hatte: *„Ich sehe dich, und ich kenne dich, und ich liebe dich. Basta. Ich weiß Sachen über dich, von denen du nicht glauben würdest, dass ich sie weiß, und ich liebe dich trotzdem."* Vielleicht stimmte es nicht, aber es hatte auf jeden Fall seine Hoffnung beflügelt.

Er hörte, wie das Garagentor aufging und Melanie in dem Geländewagen herausgefahren kam. Sie schaute nicht zu ihm hin.

Bitte, Gott, heile du diese Familie von den Fehlern, die ich gemacht habe. Frank ging wieder ins Haus zurück. Das Wohnzimmer sah aus wie ein Kriegsschauplatz, denn überall auf dem Teppich und den Möbeln lagen immer noch Glassplitter verstreut, die Nathan aufzukehren versuchte.

„Wo ist denn der Staubsauger? Ich helfe Ihnen."

„Ich glaube, Sie haben schon genug getan", zischte Nathan ihn im Vorbeigehen an.

„Was soll das? Schließlich bin nicht ich derjenige, der ein altes Gewehr herausgekramt und abgefeuert hat. Sie haben Riesenglück gehabt, dass Sie Henry nicht erwischt haben."

Als Nathan auf ihn zukam, trat Frank einen Schritt zurück. Nathan sah schrecklich aus. Er hatte tiefe Falten im Gesicht und blutunterlaufene Augen. „Sie hätten ihr erlauben sollen, es mir gleich zu sagen – gleich von Anfang an. Ich weiß nicht, wem ich die Schuld geben soll, aber ich weiß, dass Melanie Angst hatte und jung und allein war, als sie hierhergekommen ist, und sie hat Ihnen vertraut. Sie hätten zulassen müssen, dass sie auch mir vertraut. Vielleicht wäre es dann gar nicht erst so weit gekommen."

„Es ist mir immerhin zwanzig Jahre lang gelungen, für ihre Sicherheit zu sorgen", sagte Frank, aber selbst in seinen eigenen Ohren klang das hohl.

Nathan schüttelte den Kopf, und seine Stimme war tief und zornig. „Jetzt hat meine Mutter Krebs, und ich muss mich entscheiden, ob ich mich um meine Familie kümmern will oder um sie. Wirklich toll."

„Das tut mir leid."

Ein Muskel an Nathans Kinn zuckte. „Ach, Sie wissen doch gar nicht, wie das ist."

Das stimmte allerdings nicht ganz. „Ich weiß, dass Sie aufgewühlt sind, Nathan, aber bitte verhalten Sie sich ruhig, bis das alles hier vorbei ist", sagte Frank und schaute dabei auf sein Handy. Er wollte Nathan keine Hoffnungen machen, dass vielleicht schon alles vorbei war, jedenfalls jetzt noch nicht, aber er wollte seine Panik ein wenig eindämmen. „Der Anrufer eben war mein Partner. Er glaubt, dass wir García haben. Ich mache mich gleich auf den Weg nach Duluth, um mir die Bestätigung zu holen, aber ich warte noch auf Melanie. Ich würde sie nämlich gern mitnehmen, damit sie mit eigenen Augen einen letzten Blick auf García werfen kann ..."

„Sind Sie denn völlig verrückt geworden?", fragte Nathan empört. „Sie wird bis heute nachts von Albträumen wach – ich habe immer gedacht, dass es Albträume von dem Unfall waren, aber weil es so einen Unfall nie gegeben hat, können es nur Albträume von García gewesen sein und davon, was er ihr angetan hat. Ich kann nicht daran denken, ohne dass ich am liebsten losheulen würde, und dabei muss ich erst seit einem Tag damit leben. Stellen Sie sich doch nur vor, mit dieser Erinnerung zu leben, ohne irgendjemandem sagen zu können, was los ist."

Er hob die Hand, als ob er Franks Vorschlag von sich wegschieben wollte. „Sie wird ihn auf keinen Fall noch einmal ansehen und dabei noch einmal durchleben, was er ihr angetan hat."

„Aber es könnte auch eine Hilfe für sie sein."

„Hilfe? Sie haben es doch in den vergangenen paar Tagen geschafft, alles zu demontieren, was Melanie ausmacht, alles, was wir zusammen aufgebaut haben. Gehen Sie einfach, Frank. Bitte gehen Sie einfach und kommen Sie nie wieder."

„Das geht nicht, Nathan. Ich bin immer noch für Melanie verantwortlich. Ich muss dafür sorgen, dass sie in Sicherheit ist."

„*Ich* bin für sie verantwortlich. Das ist so, seit ich gesagt habe: ‚Ja, ich will.' Seitdem ist alles unsere gemeinsame Sache, und ich kann Ihnen versprechen, dass ihr nichts passieren wird, solange ich auf sie aufpasse."

„Zum Beispiel, dass sie nicht erschossen wird?"

Nathan schlug nach ihm, aber Frank trat einen Schritt zur Seite, packte ihn am Arm und nahm ihn in den Schwitzkasten. „Im Ernst, Nathan, was glauben Sie eigentlich, wer Sie sind? Sie sind ein Kleinstadtmakler. Sie haben es noch nie im Leben mit einem Verbrecher zu tun gehabt, schon gar nicht einem Kaliber wie García. Ich weiß, was ich tue."

„Lassen Sie mich sofort los.“

Als Nathan Frank den Ellenbogen in die Rippen rammte, tat das so weh, dass er Nathan losließ. „Mir gefällt es auch nicht, dass ich so vorgehen muss, Nathan, aber Tatsache ist, dass nicht Sie für sie verantwortlich sind – sondern ich. Und wenn Sie sich einmischen, dann wird dabei nur jemand …“, und er schaute bewusst auf das zerstörte Familienfoto, das immer noch auf dem Fußboden lag … „verletzt.“

Nathan stieß einen Fluch aus, etwas Leises, Zorniges, etwas, das er verdient hatte. Frank schob entschlossen das Kinn vor. „Es tut mir leid, aber ich werde Ihre Frau finden, und ich werde Sie mitnehmen.“

„Nur über meine Leiche.“

„Hoffentlich nicht.“

Nathan sagte zwar nichts, aber Frank erkannte an seinem Blick, wie frustriert er war. Es war die gleiche Frustration, die wahrscheinlich auch Frank selbst empfunden hätte, wenn er hätte zusehen müssen, wie ihm seine Frau langsam entglitt. Auch schon bevor sie Krebs bekommen hatte.

Franks Stimme wurde jetzt ruhiger. „Hören Sie, wie wäre es mit einem Kompromiss? Sie warten hier auf Melanie, und wenn sie kommt, schließen Sie beide sich hier im Haus ein. Ich fahre nach Duluth und rufe Sie dann von dort aus an. Wenn es Schwierigkeiten gibt, informiere ich die Polizeiwache hier vor Ort und bitte die Beamten, sie alle in Gewahrsam zu nehmen. Aber bitte tun Sie nichts Unüberlegtes.“ Frank hatte einen Kloß im Hals, als er noch hinzufügte: „Würden Sie bitte Ihrer Mutter sagen, dass es mir leidtut?“

„Was möchten Sie denn genau, das ich ihr sage? Dass Sie nur mit ihr gespielt haben?“

Frank blähte getroffen die Nasenflügel. „Sagen Sie ihr einfach, was Sie wollen.“ Er sah Nathan nicht mehr an, als er aus dem Gebäude zu seinem Mietwagen ging.

Vielleicht hatte Nathan ja recht – es konnte ihm gar nicht leid genug tun. Besonders wenn Luis García nicht tot war.

…

Nathan hätte am liebsten geschrien und um sich geschlagen, um irgendwie den Schmerz abzureagieren, der in seinem Inneren tobte. Er hätte um ein Haar seinen eigenen Sohn umgebracht.

Umgebracht.

Als er an den Augenblick zurückdachte, nahm ihm das den Atem, hielt ihn gefangen, und alles lief wie in Zeitlupe noch einmal ab.

Er war mit dem Finger am Abzug eingeschlafen. Dann hatte er ein Geräusch wahrgenommen, und tief in seinem Unterbewusstsein hatte die Panik ein Feuer entzündet. Er war bereits im Kampfmodus aufgewacht und hatte einfach das Gewehr in die Richtung gerichtet, aus der das Geräusch kam. Und er hatte den Abzug betätigt, bevor er seinen Sohn im Visier gehabt hatte.

Danke, Gott! Kalter Schweiß lief ihm den Rücken hinunter, als er sich bewusst wieder aus diesem Moment herausholte, und er presste sich eine Hand auf die Brust, spürte seinen rasenden Herzschlag. Henry ging es gut. Es ging ihnen allen gut.

Als er mit dem Staubsaugen fertig war, sah Nathan auf die Uhr. Eigentlich hätte Melanie inzwischen wieder zu Hause sein müssen. Vielleicht war ja heute die Schule tatsächlich der sicherste Ort für die Kinder. Darin jedenfalls musste er Frank recht geben.

Nathan ging mit dem Staubsauger noch einmal über das Sofa, nahm die Polster herunter und fand sogar zwischen den Kissen noch Scherben. Er hörte das Knirschen von Glas unter dem Staubsaugerfuß. Er hätte etwas Festeres an den Füßen tragen sollen als seine Flip-Flops, aber die hatten an der Tür gestanden, und er hatte aus Gewohnheit nach ihnen gegriffen. Eine Scherbe bohrte sich in seinen Fuß. Er schüttelte den Flip-Flop ab, zog den

Splitter heraus, und Blut tropfte aus seiner Ferse. Er schaltete den Staubsauger aus und humpelte in die Küche zur Spüle, wo er ein Geschirrtuch nahm und es auf die Wunde drückte.

Er hatte blutige Fußabdrücke auf dem weißen Berberteppichboden und dem Holzfußboden hinterlassen. Das Handtuch auf den Fuß gedrückt, hüpfte er den Flur entlang zum Schlafzimmer. Dass es dort unordentlich war, war für diese Tageszeit nicht ungewöhnlich, aber irgendetwas war anders …

Moment mal. Die Schubladen von Melanies Kommode waren herausgezogen, und der Inhalt war auf dem ganzen Fußboden und dem Bett verstreut. Überall lagen Schuhe herum wie Trümmer. Im Bad stand ihr Schminkkästchen auf der Ablage, aber es war leer, so als hätte sie den gesamten Inhalt einfach in eine Tasche oder Tüte gekippt. Sie hatte die Bibel von ihrem Nachtschrank mitgenommen und auch die kleinen Babyfotos aus dem Dreifach-Bilderrahmen. Das etwas größere Hochzeitsfoto und das noch größere Familienfoto – ein kleinerer Abzug des zerstörten großen Familienporträts aus dem Wohnzimmer – hatte sie dagelassen.

Melanie hatte ihn verlassen.

Nathan setzte sich aufs Bett. Sicher, sie war wahrscheinlich geflohen, um ihre Familie zu schützen, aber … aber sie hatte ihm nicht genug vertraut, dass er sie beschützen konnte und bei ihr sein würde. Und das wiederum bedeutete, dass sie ihn auch in dieser Hinsicht schon seit Jahren belogen hatte.

In guten wie in schlechten Zeiten … ja klar.

Eine Weile saß er einfach da und hörte zu, wie sein Herz hämmerte. Er schaute auf die Uhr, dann nahm er das Telefon, und seine Hände zitterten dabei nur ein wenig. Als er sie anrief, schaltete sich sofort die Mailbox ein. Vielleicht hatte sie ihr Handy ja ausgeschaltet. Er legte das Telefon wieder auf die Station, stand auf und holte tief Luft.

Darauf lief es also hinaus. Er starrte auf das zerwühlte Bett, das Melanie normalerweise jeden Morgen perfekt machte. Am liebsten hätte er das gesamte Bettzeug herausgerissen und quer durchs Zimmer geschleudert. Stattdessen hüpfte er auf einem Bein wieder ins Bad, öffnete den Medizinschrank und griff nach einem Päckchen mit Pflastern. Dann setzte er sich auf die Toilette, um die Wunde zu versorgen.

Als er danach wieder aufstand und zurück ins Schlafzimmer humpelte, wurden seine Gedanken seltsam ruhig. Sie hatte ihn verlassen, hatte ihn in dem ganzen Chaos sitzen gelassen, das sie aus ihrem Leben gemacht hatte.

Er machte das Bett und breitete dann die Tagesdecke darüber. Dann verließ er das Schlafzimmer und blieb vor dem Wohnzimmer kurz stehen. Blut war in den noch ziemlich neuen Berberteppich gesickert. Für diesen Teppich hatten sie ein Jahr lang jeden Cent gespart, den sie übrig hatten, und Melanie hatte bis zum alljährlichen Ausverkauf gewartet, bis sie genau die Flecken abweisende Qualität bekommen hatte, die sie sich gewünscht hatte.

Er ging in die Küche, nahm einen kleinen Eimer, der unter der Spüle stand, und füllte ihn mit heißem Wasser und Reinigungsmittel. Es kümmerte ihn nicht, dass er sich die Hände verbrühte, als er einen Lappen in das Wasser tauchte und die Flecken in Angriff nahm. Er schrubbte jeden einzelnen Fleck so heftig, dass er dabei halbwegs den Flor abrubbelte.

Er hatte auf seinen Sohn geschossen, und seine Frau hatte ihn verlassen. Das Wasser verfärbte sich und seine Hände wurden ganz rot. Das hier war Melanies Schuld. Wenn sie ihm nur vertraut hätte – und zwar nicht nur heute, sondern von Anfang an, ganz von Anfang an … Und dabei hatte sie so oft Dinge gesagt wie: „*Du kannst alles schaffen, Nathan. Du bist mein Held!*" Er trat gegen den Eimer, sodass das Wasser auf der anderen Seite auf den Teppich schwappte und ihn völlig durchweichte.

Perfekt. Und die blutigen Fußabdrücke waren immer noch zu sehen. So viel also zum Thema Flecken abweisend. Er brachte den

Eimer zurück in die Küche, goss das blutige Wasser weg und ließ frisches, brühend heißes Wasser hineinlaufen.

Er würde die Flecken auf jeden Fall herausbekommen und der Teppichboden würde wieder wie neu aussehen. Und wenn sie diese Geschichte allein durchziehen wollte, wenn sie ihn verlassen wollte …

Er hob den Eimer mit so viel Schwung aus dem Spülbecken, dass das Wasser auf seine Beine schwappte. Er fluchte, schon zum zweiten Mal an diesem Tag – da konnte man es mal sehen! Sie machte aus ihm einen Menschen, den er gar nicht kannte. Seine Beine brannten, weil das Wasser so heiß war, und seine Hände spürte er schon gar nicht mehr, als er den Lappen ausdrückte und dann beschloss, einfach das Wasser direkt auf die Flecken zu kippen. Er rieb wie ein Irrer auf den Flecken herum. „Ich habe keine Dina O'Reilly geheiratet, vielen Dank auch."

„Nathan?"

Er erschrak, machte dadurch eine hastige Bewegung und stieß gegen den Eimer, der dadurch umkippte, aber Nathan ignorierte es und starrte stattdessen John Christiansen an, der ihn besorgt anschaute. „Mit wem redest du denn?"

Nathan verkniff sich ein weiteres Schimpfwort, drehte sich um und stellte den Eimer wieder auf. „Mit niemandem. Mit mir selbst. Mit dem Idioten, der das Chaos wieder beseitigt, das seine Frau angerichtet hat."

John ging wortlos in die Küche und kam einen Moment später mit einem Stoß Handtücher zurück, die er auf die eingeweichten Flecke legte und dann mit den Füßen auf die nassen Stellen presste. Nathan stand auf. Er war völlig durchnässt – sowohl seine Hose als auch sein Hemd.

„Ich war unterwegs zur Schule, um einen Erste-Hilfe-Kurs zu geben und hab gedacht, dass ich kurz bei dir vorbeischaue und frage, ob du vielleicht Lust auf einen Kaffee hast. Äh … was ist hier eigentlich los?" John zog eine Augenbraue hoch, ließ seinen

Blick über Nathan schweifen, das Pflaster an seinem Fuß, den zerbrochenen Bilderrahmen und schließlich das Loch, das Nathans Schuss in der Wand hinterlassen hatte.

Nathan hob den Eimer, verkniff sich ein: „*Wie sieht es denn aus?*" und sagte stattdessen. „Mir geht es gut."

„Na klar, das sieht man sofort."

„John ..." Am liebsten hätte er sich auf den Mann gestürzt, nur um irgendwo seine Wut abzureagieren.

John hob eine Hand. „Hey! Ich bin auf deiner Seite, Nathan. Was ist passiert?"

Nathan schaute auf die Handtücher, die sich mit Wasser und Blut vollsaugten. „Melanie hat mich verlassen; das ist passiert."

„Das glaube ich nicht."

„Wirklich. Sie hat mich verlassen."

„Das würde sie niemals tun, Nathan. Sie liebt dich, und sie liebt ihre Kinder. Ich kann mich nicht erinnern, dass es schon mal eine Zeit gegeben hat, in der sie nicht in den höchsten Tönen von dir und den Kindern geredete hätte. Sie hat dich nie und nimmer verlassen."

„Du kennst Melanie nicht."

John runzelte die Stirn. „Ich kenne Melanie schon fast so lange wie du."

„Du verstehst mich nicht. Keiner von uns kennt Melanie wirklich. Sie ist nicht die, die sie vorgegeben hat zu sein." Nathan hörte ein Warnsignal in seinem Hinterkopf, aber ehrlich gesagt konnte er keinen Augenblick länger all diese Geheimnisse mit sich herumschleppen. Wie hatte Melanie das nur 20 Jahre lang geschafft? „Ihr wirklicher Name ist Dina O'Reilly, und sie ist in einem Zeugenschutzprogramm. Deshalb ist sie überhaupt nach Deep Haven gekommen."

Nathan rechnete es sich selbst hoch an, dass er auf Melanies Beichte besser reagiert hatte als John, der ihn jetzt ansah, als hätte er einen Geist gesehen.

„Ja. Sie hat uns all die Jahre belogen. Hat mich belogen. Offenbar hat sie sich vor irgendeinem Drogenboss versteckt, der jetzt frei gekommen ist und sie umbringen will."

„Nathan ..."

„Warte, es wird noch besser. Onkel Frank ist gar nicht ihr Onkel. Vielleicht möchtest du dich lieber setzen, denn Onkel Frank ist in Wirklichkeit ihr Zeugenschutzbetreuer, und er ist hergekommen, *um sie und unsere ganze Familie umzusiedeln.*"

Jetzt setzte John sich wirklich hin.

„Währenddessen turtelt der Kerl mit meiner Mutter herum, die, glaube ich, in ihn verknallt ist. Brauchst du vielleicht eine Spucktüte? Ich habe nämlich gerade erst angefangen. Achtung, jetzt der nächste Hit: Meine Mutter ... hat ... wieder Krebs."

Er hätte sich gewünscht, dass seine eigenen Worte ihn nicht so stark berührt hätten; er hatte diesen Teil des Chaos verdrängt seit dem Augenblick, als sie – oder vielmehr Frank – es gebeichtet hatte.

„Das tut mir unglaublich leid."

„Tja, das Leben bei den Deckers macht zurzeit so richtig Spaß. Ganz charmant ist auch Colleen, denn ihr Freund war anscheinend neulich nachts bei ihr in ihrem Zimmer."

„Wie bitte?"

Guter Mann – John stand jetzt wieder auf und sah aus, als wäre er drauf und dran, dem Jungen stellvertretend für Nathan eine Tracht Prügel zu verabreichen.

„Ja, und ich habe gestern zusammen mit ihm zu Abend gegessen. Eigentlich ist er ein ganz netter Junge. Ich habe ihm die Hand geschüttelt, dabei hätte ich sie ihm abreißen sollen."

„Aber so schlimm kann es doch nicht sein."

„Ich habe bisher nichts davon gewusst, weil Melanie mir nämlich kein Wort davon gesagt hat. Aber das ist nur eines von vielen Geheimnissen, die sie vor mir gehabt hat. Und das Beste weißt du ja noch gar nicht ... nämlich wer für dieses Loch in der Wand verantwortlich ist. Das war ich. Ich hätte um ein Haar meinen eigenen Sohn erschossen, John." Er schüttelte den Kopf und ging zum Fenster hinüber. „Ich habe nämlich die ganze Nacht wie ein Idiot mit dem Gewehr meines Vaters auf dem Schoß Wache geschoben, und als Henry dann heute Morgen ins Wohnzimmer gekommen ist, bin ich aufgewacht, zusammengezuckt und es hat sich ein Schuss gelöst." Er merkte, wie ihm die Stimme versagte und sich sein ganzer Oberkörper verspannte. „Oh Gott. Es ist wirklich reine Gnade, dass Henry nicht tot ist."

Ihm war so übel, dass er sich vornüberbeugen und an seinen Knien festhalten musste. Atmen. Er konnte kaum seine eigene Stimme hören, so laut pochte sein Herz. „Wenn ich also sage, dass Melanie mich verlassen hat, dann kannst du mir das ruhig glauben. Mir ist echt nicht nach Scherzen. Sie ist vor diesem ganzen Chaos davongelaufen, und ich bete, dass sie es mitgenommen hat und uns in Frieden lässt." Er schloss die Augen. „Wie konnte ich das alles nur zulassen? Wie konnte es nur so schlimm werden?"

„Setz dich, Nathan. Du siehst aus, als ob du gleich umkippst."

Nathan spürte eine Hand auf seiner Schulter, aber er schüttelte sie ab und schaffte es, sich in seinen Fernsehsessel sinken zu lassen. Nein, dort lieber nicht. Er stand wieder auf und setzte sich aufs Sofa. Er verbarg sein Gesicht in den Händen.

„Ich fühle mich genau so wie vor dreißig Jahren, als ich auf das Footballfeld kam, mitten hinein in das Chaos, das mein Vater angerichtet hatte. Ich sah, welche Zerstörung die Entscheidungen angerichtet hatten, die er getroffen hatte, all die Fehler, die er gemacht hatte, und ich musste in den Trümmern leben." Nathan fuhr sich mit der Hand in den Nacken. „Ein gewaltiger Teil von mir möchte einfach sagen: Weg mit Schaden. Vergiss Melanie – oder Dina – einfach und rette, was noch zu retten ist."

Er schloss die Augen. Retten, was noch zu retten war. So wie es seine Mutter gemacht hatte. Er war gut ohne Vater klargekommen – seine Kinder würden auch lernen, ohne Mutter zu leben. Was hatten sie auch für eine Wahl?

„Du willst also aufgeben und dich vom Acker machen, genau so wie dein Vater."

Nathan blickte zu John hoch, der seine Hände in die Hosentaschen gesteckt hatte und dadurch ganz leicht anzugreifen gewesen wäre, wenn Nathan es gewollt hätte. „Ich bin nicht mein Vater. Außerdem bin ja nicht ich derjenige, der geht."

„Doch, Nathan. Du hängst alles an den Nagel, genau wie damals beim Football. Und du hast zwar vielleicht deine Frau nicht betrogen, aber du wiederholst deine Fehler – du lässt dich durch etwas, das jemand anders getan hat, ins Seitenaus drängen, statt für das zu kämpfen, was du willst."

„Aber das hier ist kein Footballspiel, John. Das ist unser Leben. Es sind zwanzig Jahre Täuschung. Bitte verschone mich mit Football-Metaphern."

„Also gut. Folgendes ist die Wahrheit: Als du Melanie geheiratet hast, da hast du sowohl ihre Vergangenheit geheiratet – die gute und die schlimme Vergangenheit – als auch ihre Zukunft. Du hast dich für das Gesamtpaket entschieden, als du Ja gesagt hast."

„Ich kenne ja den Menschen nicht einmal, den ich da geheiratet habe. Wenn sie gar nicht die Frau ist, die sie zu sein behauptet hat, ist das Eheversprechen dann überhaupt gültig?"

Daran hatte er bisher noch gar nicht gedacht; und plötzlich machte es ihm Angst, wie leicht er mit dieser Entschuldigung bei der Hand gewesen war. Er hatte Melanie im Grunde nicht geheiratet … weil es sie gar nicht gab, oder?

„Du hörst auf eine Lüge, Nathan. Melanie *ist* die Person, die du geheiratet hast. Es ist doch ganz egal, welchen Namen sie hatte. Du hast doch ihr Herz geheiratet, ihre Seele, ihr Denken, ihren Körper, und du liebst sie jetzt schon seit zwanzig Jahren. Sie hat dir nicht alle ihre Geheimnisse erzählt, na gut – hast du ihr denn erzählt, wie du bei der Abschlussfeier so betrunken warst, dass du wegen *unsittlicher Entblößung* verhaftet worden bist?"

Nathan starrte ihn wütend an. „Das war ein Dummejungenstreich. Das ist doch gar nicht zu vergleichen."

„Siehst du? Genau das will ich doch sagen. Das bist gar nicht du. Heute würdest du so etwas nicht mehr machen – und sie ist auch nicht mehr der Mensch, der sie damals war. Melanie ist die Person, die sie jeden Tag in den vergangenen zwanzig Jahren gewesen ist. Sie liebt dich, Nathan, und Gott liebt euch beide. Und durch seine Gnade kannst du das hier wieder in Ordnung bringen."

Nathan rührte sich nicht. „Erzähl mir nichts von Gottes Gnade. Ich habe alles richtig gemacht, John. Ich habe die Versprechen gehalten, die ich meiner Frau gegeben habe. Ich bin treu gewesen und habe für sie gesorgt. Ich habe versucht, ein guter Ehemann zu sein. Und was habe ich davon gehabt? Wo ist denn jetzt Gottes Gnade?"

„Sie zeigt sich darin, dass du auf Kurs bleibst. Gott ist mit seinen Möglichkeiten noch lange nicht am Ende, nur weil du im Moment den Faden verloren hast."

Nathan schüttelte den Kopf.

„Ich weiß nicht genau, was Gott mit dieser ganzen Sache vorhat. Was ich aber ganz sicher weiß, ist, dass er so etwas", John zeigte auf die Wand, „nicht im Sinn hatte."

Nathan folgte seinem Blick zu dem Krater im Putz. Wie ein Spinnengewebe gingen Risse von dem Einschussloch aus. Aber wie so viele andere Risse in ihrem Haus konnte er auch diesen reparieren, indem er das Loch verputzte und überstrich, sodass es aussah wie neu. Vielleicht sogar besser. Und ihr Haus würde vielleicht nie schick sein, aber es war … ein Zuhause.

Er war vielleicht kein taffer Typ, und mit einem Gewehr konnte er auch nicht besonders gut umgehen, aber so lange er atmete, würde er Melanie nicht kampflos gehen lassen.

Kapitel 16

Die Uhr in dem Klassenraum, in dem Tims Englisch-Unterricht stattfand, ging nicht mehr. Sie war genau bei 11:33 Uhr stehen geblieben.

Zwei Minuten. Zwei mühsame, nervtötende Minuten, bis Tim Mrs Hallbergs Geschwätz über die Verbindung zwischen Macbeth und Darth Vader entkommen konnte – einem Vergleich, der eigentlich gar nicht so schlecht war, wenn er irgendein Interesse daran gehabt hätte, etwas über tragische Helden zu lernen. Aber er musste unbedingt Colleen sehen, musste sie in den Arm nehmen, ihr vielleicht einen Kuss geben, und sich noch einmal bestätigen zu lassen, dass er wirklich bei ihrer Familie zum Essen eingeladen gewesen war und dass niemand versucht hatte, ihn vor Gericht zu zerren oder gar zu exekutieren.

Und es hatte ihm nicht einmal jemand das Gefühl gegeben, dass er der Penner war, der als gute Tat an ihren Tisch eingeladen war. Er hatte sich wie einer von ihnen gefühlt – wie ein Decker. Wie ein Mitglied ihrer Familie, das wieder eingeladen werden würde. Ach, er war doch echt ein Trottel, oder? Dass er wirklich geglaubt hatte, Mr Decker hätte es ernst gemeint, als er ihm die Hand gegeben hatte? Dass er geglaubt hatte, Mrs Decker hätte ihm tatsächlich vergeben.

Noch eine Minute.

Er hatte Colleen schon am Morgen kurz gesehen, als sie zur Schule gekommen war. Sie hatte wütend ausgesehen – als ob sie wieder Streit mit ihrer Mutter gehabt hätte. Bitte – bitte nicht seinetwegen. Er hatte versucht, sie noch einzuholen, aber dann hatte es zur ersten Stunde geläutet und sie war in ihren

Klassenraum gegangen. Auch auf seine SMS hatte sie nicht geantwortet.

Er würde sie also beim Mittagessen abfangen müssen. Zum Glück war heute Taco-Tag wie jeden Dienstag, und Colleen mochte keine Tacos. Er konnte ihr also vorschlagen, zum Coffee-Shop zu fahren oder irgendwo ein Sandwich zu holen. Dabei waren sie ja am letzten Dienstag aufgeflogen. Sie waren vor den Dienstags-Tacos geflohen und hatten ein kleines Rendezvous auf dem Parkplatz beim Leuchtturm eingeschoben.

Aber an diesem Dienstag mochte Mrs Decker ihn. An diesem Dienstag würde er Colleen zu einem ganz normalen Date am Wochenende einladen, und vielleicht würde er ja am Sonntag gemeinsam mit den Deckers das Footballspiel im Fernsehen schauen.

Noch 30 Sekunden.

Mrs Hallberg schrieb die Hausaufgaben an die Tafel, als es endlich klingelte. Tim packte seine Bücher zusammen und reihte sich in den Strom der Schüler ein, die in Richtung Mensa strömten.

Er verstaute seine Bücher in seinem Spind und machte sich dann auf den Weg zur Mensa. Ein paar von Colleens Volleyballfreundinnen saßen schon auf ihren Stammplätzen. Normalerweise saß Colleen bei ihnen, aber seitdem sie mit Tim ging, war sie mittags meistens mit ihm und ein paar von ihren Freundinnen und deren Freunden zusammen, von denen er auch ein paar kannte – einer spielte Basketball, der andere war in der Skimannschaft. Sie waren zwar nicht seine Freunde, aber er hatte ohnehin nicht viele engere Kontakte zu Mitschülern.

Tim lehnte sich an die Tür, holte sein Handy heraus und schaute nach, ob eine Nachricht von ihr da war. Nichts. Er beobachtete, wie die Schlange an der Essensausgabe immer länger wurde. Hackfleischgeruch und das Summen der Gespräche, das ab und an von lauten Rufen unterbrochen wurde, erfüllte die

Mensa. Tim suchte den Raum noch einmal nach Colleen ab und ging dann zu dem Tisch der Volleyballerinnen.

„Hey, Tim", sagte Amelia Christiansen, als er näher kam. Ihrer Familie gehörte die Ferienhaussiedlung am Evergreen Lake. Mit ihren schwarzen Haaren und den grünen Augen war Amelia ziemlich hübsch.

„Hallo, hast du Colleen gesehen?", fragte er sie.

Ginny Iverson, die ihr blondes Haar zu einem Pferdeschwanz zusammengebunden hatte, saß neben ihr und sagte: „Ja, ich glaube, sie ist in der Sporthalle und arbeitet an ihrer Angabe. Im Englischunterricht war sie irgendwie angespannt, sodass der Coach ihr gesagt hat, sie dürfe in der fünften Stunde trainieren."

Angespannt. Vielleicht hatte sie ja wirklich Streit mit ihrer Mutter gehabt. Bei diesem Gedanken stockte ihm kurz der Atem. Er holte wieder sein Handy hervor. *Alles OK?*, schrieb er.

Komm schon, Colleen, antworte. Aber sie schrieb nicht zurück. Er drängte sich wieder aus der Mensa hinaus und ging auf den Gang, wo die Spinde standen. Als er um eine Ecke bog, kam Jason gerade aus einer der Jungentoiletten.

„Hey, Jason."

„Wenn du meine Schwester suchst, vergiss es. Halte dich gefälligst von ihr fern." Jason schubste ihn derb gegen die Schulter.

Tims Magen zog sich schmerzhaft zusammen. „Warum?"

„Ihr zwei seid fertig miteinander. Es ist aus."

Er schüttelte Jasons Hand ab. „Was soll denn das?"

Einen Moment lang stand Jason mit angespannter Miene einfach nur da. Er war kein Athlet; er verbrachte die meiste Zeit auf der Bühne bei den Proben für Shakespeare, aber er wirkte so wütend und bedrohlich, wie er da auf dem Gang stand, dass die Schüler, die vorbeigingen, ihn neugierig musterten.

Einen Kampf hier mitten auf dem Gang konnte Tim absolut nicht gebrauchen, also hob er die Hände und sagte: „Ich weiß nicht, was du hast, Mann …"

„Wie war denn dein nächtlicher Besuch bei meiner Schwester?"

„Was? Moment mal …"

Jason holte aus und versuchte, ihn zu schlagen, war aber zu weit weg, sodass Tim locker ausweichen konnte. „Mann, Alter! Lass den Quatsch!"

Aber Jason hörte nicht auf, sondern kam auf Tim zu und schubste ihn, sodass Tim zu Boden ging, aber sofort wieder aufsprang und Jason umkreiste. Ein paar Schüler waren stehengeblieben und schauten zu.

Tim versuchte, möglichst leise zu sprechen: „Es ist nicht so, wie du denkst, Jason. Es ist gar nichts passiert."

„Du bist ein Drecksack, Newman. Halte dich von meiner Schwester fern", sagte Jason noch einmal und schlug erneut nach Tim.

Dieser machte einen Ausfallschritt und stellte Jason ein Bein, sodass er in die Reihe von Spinden rutschte. Immer mehr Schüler blieben stehen. Er hörte, wie die Worte: *Kämpfen. Kämpfen. Kämpfen …* skandiert wurden.

Tim hob die Hände und sagte: „Jetzt krieg dich mal wieder ein, Mann."

Jason kam wieder auf die Füße und stürmte auf ihn zu, Tim packte ihn um die Mitte, aber Jason rammte ihn gegen die gegenüberliegende Reihe von Spinden. Tim stieß Jason von sich weg, sodass diesem die Luft wegblieb, er nach hinten fiel und nach Luft schnappte.

Tim ging auf Abstand. „Was willst du eigentlich von mir?"

„Ich will, dass du die Finger von meiner Schwester lässt", sagte Jason schwer atmend.

Oh nein. „Du hast das alles ganz falsch verstanden, Mann. Ich schlafe nicht mit Colleen. Ich versuche sogar die ganze Zeit, *nicht* mit ihr zu schlafen, du Idiot."

Tim hörte, wie hinter ihm jemand aufstöhnte, drehte sich kurz um und entdeckte Colleen unter den Gaffern. Sie stand mit kreidebleichem Gesicht in ihren Sportsachen auf dem Gang, und die ganze Zeit hatte sie kein Wort zu seiner Verteidigung gesagt, war nicht vorgetreten, um alles richtigzustellen und ihn zu retten. Hinter ihr stand ein Mann. Ein großer, starker Mann – Tim glaubte, dass es Amelias Vater sein könnte. Er trug eine Art Uniformjacke, so als wäre er ein Schulpolizist oder jemand vom Sicherheitsdienst.

Sie würden ihn auf keinen Fall in den Arrest stecken, ohne dass hier alle die Wahrheit erfuhren, also wandte er sich in giftigem Tonfall wieder an Jason. „Jeder weiß doch, dass du mit Lisa Jacobson rummachst. Aber das ist in Ordnung, oder was? Klar, du bist ein Decker und deshalb perfekt. Du kannst gar keine Fehler machen. Aber wenn du ein Typ bist wie ich, dann wirst du einfach nicht in Ruhe gelassen, egal, was du tust. Und weißt du was – ich habe deine Schwester wirklich gern, und ich habe sie eben gesucht, weil ich mich vergewissern wollte, ob mit ihr alles in Ordnung ist. Versuch gerne zu verhindern, dass sie Probleme kriegt, aber ich bin ganz sicher nicht der richtige Ansatzpunkt."

Als er einen Blick in Colleens Richtung warf, sah er, wie sie angespannt wegschaute. Wie hatte er nur glauben können, dass ein Mädchen wie sie etwas mit ihm zu tun haben wollte? Dass er zu ihrer Familie gehören könnte, dass er seinen schlechten Ruf loswerden und einen neuen, guten bekommen könnte? Er drängte sich an Colleen vorbei.

Amelias Vater stand im Weg und Tim zeigte ihm den Stinkefinger und sagte: „Weg da."

Auch das bereute er sofort, aber so ein Verhalten wurde ja offenbar von ihm erwartet, und es gefiel ihm nun mal, Erwartungen zu erfüllen. Er war richtig schockiert, als der Mann tatsächlich beiseitetrat und ihn mit irgendwie trauriger Miene ansah. „Tu das, wovon du weißt, dass es richtig ist, Tim", sagte er so laut, dass Tim und die halbe Schule es hören konnten.

Na ja, das hatte er ja schon ausprobiert.

Er rannte fast, als er die Schule verließ und kam damit dem Arrest und dem Schulausschluss zuvor. Vielleicht würde er nie wieder zurückkommen. Er ging einfach weiter, ohne sich umzudrehen, bis er den Parkplatz erreicht hatte. Dort stand ein alter, verdreckter und völlig verbeulter Honda mit laufendem Motor am Bordstein. Tim hielt den Kopf gesenkt, warf aber einen Blick auf den Kerl, der in dem Wagen saß. Der Mann schaute Tim kurz an. Er hatte einen Dreitagebart und eine Tätowierung, die sich um seinen Hals herum bis zum Kinn schlängelte. Tim wagte noch einen kurzen Blick darauf, während er vorbeistürmte. Er glaubte, dass es eine Schlange war.

Der Mann sah aus wie ein Krimineller. Wahrscheinlich wirkte Tim für die Familie Decker ganz genauso. Er war wirklich ein verdammter Idiot, dass er geglaubt hatte, er würde jemals in ihre Welt passen.

...

Nach stundenlangen Tests und ewigen Wartezeiten brauchte Helen das Ergebnis wenigstens nicht in dem dünnen, hinten offenen Kliniknachthemd entgegenzunehmen. Dr. Walgren hatte ihre Würde gewahrt, indem sie sie in die Wartezone für Privatpatienten gesetzt hatte mit Blick hinaus in den Sonnenschein.

Aber das alles kam gar nicht richtig bei ihr an. Wie hatte Frank sie nur dermaßen verraten können, indem er ihr erst hinterherspionierte und dann ihr Geheimnis vor der gesamten Familie ausplauderte? Sie hätte ihrem Instinkt trauen und ihn gar nicht erst in ihr Leben lassen sollen. Sie brauchte Frank Harrison nicht, um das Gefühl zu haben, jung und lebendig zu sein. Sie brauchte ihn nicht, um glücklich zu sein und ihr Leben zu ändern. Du liebe Güte, sie kannte ihn ja noch nicht einmal seit einer Woche, und da hatte sie sich bereits entschieden, ihr Leben auf ihn einzustellen? Vielleicht hatte sie ja auch noch einen Gehirntumor.

Ein paar Tage lang hatte sie sich selbst nicht wiedererkannt. Sie hatte sich tatsächlich selbst weisgemacht, dass sie vielleicht eine zweite Chance in der Liebe bekommen könnte. Törichte alte Frau. Sie sollte sich lieber auf das konzentrieren, was da in Nathans Haus passiert war, darauf, was ihn wohl veranlasst hatte, mit einem Gewehr auf dem Schoß zu schlafen.

Helen presste sich die Hand auf die Brust. Gute Güte, heute Morgen, als ihr Sohn sie aufgefordert hatte zu gehen, hatte sie ihn kaum wiedererkannt. Und was noch schlimmer war, er hatte Melanie mit einer solchen Gehässigkeit angeschaut … Es hatte sie zu sehr daran erinnert, wie Dylan sie an jenem letzten Tag angesehen hatte, als sie ihm gesagt hatte, dass er seinen Sohn nie wiedersehen würde, wenn es nach ihr ging. Sie schluckte den Kloß in ihrem Hals herunter. *Bitte, Gott, lass Nathan nicht dieselben Fehler machen wie ich.*

Es klopfte an der Tür und Helen blickte auf, als Dr. Walgren den Raum betrat. Sie sah an diesem Morgen so frisch und jung aus in dem weißen Kittel und mit dem Stethoskop um den Hals. „Danke, dass Sie gekommen sind, Helen."

Ach, sie konnte das alles nicht noch einmal ertragen. Helen holte tief Luft. „Bevor Sie jetzt anfangen, möchte ich Ihnen sagen, dass ich bereits eine Entscheidung getroffen habe. Ich will keine Chemotherapie. Ich kann meiner Familie …"

„Helen." Dr. Walgren schüttelte den Kopf. „Sie haben keinen Krebs."

Helen starrte sie nur an und hörte in der Stille ihren eigenen Puls in den Ohren. Sie hatte gar keinen …? „Aber was ist denn dann los mit mir?" Oh nein! Was, wenn es etwas noch Schlimmeres war? Sie hielt sich fast krampfhaft an der Stuhllehne fest.

„Es könnte sein, dass Sie Lupus haben. Die Müdigkeit, die Gewichtsabnahme und sogar die Kopfschmerzen und die Magenprobleme, das alles sind Symptome dieser Krankheit. Ich muss noch ein paar weitere Untersuchungen durchführen – unter anderem einen ANA-Test, und wir brauchen auch eine Urinprobe, um festzustellen, ob die Nieren betroffen sind. Ihr Hämoglobinwert ist ziemlich niedrig, und Sie sind ein bisschen anämisch, aber sie hatten ja erst vor einem Monat einen vollständigen Scan." Die Ärztin beugte sich vor, und drückte ihr mit einer Hand das Knie. „Sie haben keinen Krebs."

„Und die blauen Flecken?"

„Die nennt man auch Purpura – sie sehen ganz ähnlich aus wie blaue Flecken, und manche davon sind auch tatsächlich Blutergüsse, aber auch das ist eines der Symptome von Lupus."

„Und was genau ist Lupus?"

„Das ist eine chronische Autoimmunerkrankung, bei der das körpereigene Immunsystem das eigene Gewebe und die Organe angreift, einschließlich der Haut, den Blutzellen, Gehirn, Herz und Lunge, die Nieren und besonders die Gelenke. Lupus tritt oft zusammen mit Fibromyalgie auf und kann auch zu schwereren Komplikationen wie Schlaganfällen oder Herzinfarkten führen."

„Ich werde also keinen langsamen Tod sterben, sondern eher auf der Stelle tot umfallen."

„Helen!"

„Ist ja schon gut, Dr. Walgren. Ich weiß ja, dass ich es Ihnen nicht gerade leicht mache."

Dr. Walgren lächelte ein wenig verkrampft. „Es gibt keine Heilung, aber man kann die Symptome gut behandeln, und es gibt auch eine Reihe homöopathischer Möglichkeiten. Wir werden noch ein paar Untersuchungen durchführen, aber ich glaube nicht, dass Sie im Moment ihrer Familie schon etwas sagen sollten. Vielleicht würden sie nur unnötig in Panik geraten."

Du liebe Güte, sie hatte ja keine Ahnung. „Vielen Dank, Dr. Walgren."

Die Ärztin ging und ließ Helen im Wartebereich zurück.

Kein Krebs also.

Ihr stand kein langsamer Tod bevor. Es bestand kein akuter Anlass, ihr Leben zu ändern, sich die Welt anzuschauen und zu leben, als wäre es bald vorbei. Sie sah auf die Uhr und schaute zu, wie der große Zeiger Richtung 12:00 Uhr vorrückte. Der Rhythmus entsprach ihrem Herzschlag, dem Tempo ihres Lebens.

Aber vielleicht brauchte sie ja gar keinen Grund, um sich auf die zweite Chance in ihrem Leben zu stürzen. Vielleicht hatte sie nur nach einem Grund wie dem Krebs gesucht, um noch einmal das Wagnis einzugehen zu lieben. Das Risiko, die Frau zu sein, die sich immer noch in ihrem Inneren rührte; die Frau, die einmal hinten aufs Motorrad von Dylan gestiegen war; die Frau, die sie gewesen war, bevor er sie betrogen hatte. Die Frau, die wieder aufgetaucht war … bis Frank sie verraten hatte. Auch wenn ja im Grunde sie diejenige gewesen war, die den Verrat begangen hatte. Menschen, die sich liebten, hatten keine Geheimnisse voreinander.

Vielleicht stand es Frank zu, die Wahrheit zu erfahren. Vielleicht hatte er einen Anspruch auf die Möglichkeit zu entscheiden, ob er bleiben wollte … oder gehen. Sie zog sich ihre Jacke an und kämpfte wieder gegen den Kloß in ihrem Hals.

Ja, sie hätte ehrlich zu Frank sein müssen. Jetzt überlegte sich der arme Kerl wahrscheinlich gerade, wie er wieder aus ihrem Leben verschwinden konnte, ohne ihr wehzutun. Sie stand auf dem Gang vor dem Wartezimmer und schaute zum Fenster hinaus auf den Parkplatz, wo glänzende Ahornblätter wie Blutflecken auf dem Pflaster verstreut lagen. Warum musste sie nur immer so spontan handeln und dann mit den Folgen kämpfen?

Sie würde ihn einfach anrufen. Ihn vielleicht zum Essen einladen oder auf einen Kaffee. Aber das Wichtigste war, dass sie anfangen wollte, ihm die Wahrheit zu sagen. Keine Geheimnisse mehr.

Helen kramte ihr Handy aus der Handtasche hervor, aber es war tot. Oder vielleicht auch nur ausgeschaltet … Ach ja, sie hatte es vor ein paar Wochen – oder waren es vielleicht auch schon

Monate? – vor dem Gottesdienst ausgeschaltet, als der Pastor darum gebeten hatte.

Sie schaltete es wieder ein. Moment mal … hatte sie eigentlich Franks Nummer? Vielleicht hatte Melanie sie ja. Das Handy gab einen Piepton von sich, als es ein Netz gefunden hatte. Vier versäumte Anrufe.

Wie hörte man noch mal die Mailbox ab? Helen wählte die entsprechende Nummer, wartete wieder auf den Signalton und gab dann die PIN ein. Und siehe da, es funktionierte.

Die ersten beiden Anrufe waren veraltete Nachrichten, die sie sofort löschte. Der dritte Anruf war von der Bibliothek. Das Buch, um das es ging, hatte sie schon vor einer Woche zurückgegeben. Der nächste Anruf kam von einer Nummer, die ihr nicht bekannt vorkam, aber die Stimme erkannte sie sofort.

„Helen, ich weiß nicht, ob dich das hier erreicht oder nicht, aber … ich muss dir einfach sagen, dass es mir leidtut."

Nun ja … ihr tat es auch leid. Helen ließ sich auf eine Bank sinken und presste sich das Handy fester ans Ohr. Frank klang, als wäre er im Freien, denn sie hörte Windgeräusche.

„Ich muss weg. Ich weiß, dass du wütend auf mich bist, weil ich dein Geheimnis verraten habe, aber … ich muss mit dir reden. Ich weiß, was Nathan dir erzählt hat, aber ich kann nicht zulassen, dass du glaubst, dass das, was zwischen uns gewesen ist, ein Spiel war oder eine Lüge."

Ein Spiel? Lüge? Was redete er denn da?

„Oder dass es mir nichts bedeutet hätte. Inzwischen weißt du wahrscheinlich Bescheid über Melanie und warum wir tun mussten, was wir getan haben. Es ging um ihre Sicherheit, und ich verspreche dir, dass ich nicht die Absicht hatte, dich zu täuschen."

Ihr wurde ganz eng um die Brust.

„Ich habe nur gehofft, dass du lernen würdest, mir zu vertrauen, und dass du begriffen hättest, dass ich wirklich nur helfen wollte. Ich wollte dich woanders unterbringen …"

Sie woanders unterbringen? Was um alles in der Welt meinte er damit?

„Du hast mich verändert, Helen. Du hast irgendetwas in mir geweckt und … es tut mir leid, dass ich nicht bei dir sein werde, denn ich würde nichts lieber tun als das. Ich möchte, dass du das weißt. Wenn du jemals irgendetwas brauchst, dann ruf mich an. Es … es tut mir alles so leid."

Und dann war die Nachricht zu Ende.

Helen starrte ihr Handy an. Sie hatte keine Ahnung, was das zu bedeuten hatte. Sie woanders unterbringen? Und was war mit Melanie? *Ich verspreche dir, dass ich dich nicht täuschen wollte.* Das bedeutete doch, dass er sie belogen hatte … über irgendetwas jedenfalls. Sie schloss die Augen, um nicht dem Impuls nachzugeben, etwas Unüberlegtes zu tun, wie beispielsweise ihr Handy quer durch den Raum zu werfen. Oder ihn zurückzurufen und ihm zu sagen, wohin er sich scheren sollte oder …

Ihr Handy vibrierte in ihrer Hand. Sie starrte auf die Nummer.

Nein.

Sie wollte es nicht wissen, wollte sich nicht kümmern, wollte nicht die Vergangenheit noch einmal durchleben müssen. Sie antwortete: „Was ist?"

„Helen, bitte leg nicht auf – ich muss unbedingt mit dir reden."

„Nein, das musst du nicht. Es gibt nichts mehr zu reden. Ruf mich nie wieder an."

Sie beendete das Gespräch und schaltete ihr Handy wieder aus. Sie hatte diese Dinger noch nie leiden können.

Keine Albernheiten mehr. Zweite Chancen hatten einfach einen zu hohen Preis.

…

Tim! Colleen brachte seinen Namen einfach nicht heraus. *Geh nicht.*

Sie stand in der Tür und sah Tim gerade noch wegfahren. Wie wütend er war, erkannte sie daran, dass er mit quietschenden Reifen vom Schulparkplatz raste. Und sie konnte es ihm nicht verübeln. Sie hätte etwas sagen müssen, hätte den Kampf zwischen ihrem Bruder und Tim beenden müssen, aber sie hatte einfach nur in der Menge gestanden und zugeschaut.

Sie war der Grund dafür gewesen, und jetzt wäre sie am liebsten davongelaufen. Vielleicht hinter ihm her oder vielleicht auch einfach nur weg. Seit dem Schuss, von dem sie am Morgen geweckt worden war, seit sie ihren Bruder inmitten von Glassplittern da stehen sehen hatte …

Warum hatte ihre Mutter ihrem Vater nichts von Tims nächtlichem Besuch erzählt? Wenn sie an die entsetzte Miene ihres Vaters dachte, hätte sie heulen können.

Vielleicht hatte ihre Mutter sie ja nur schützen wollen. Dieser Gedanke schnürte Colleen die Kehle zu, und die Erinnerung an ihren Streit, der noch einmal in ihrem Kopf ablief, war auch nicht gerade eine Hilfe. Und jetzt hatte Tim sie auch noch verlassen.

Sie ging wieder zurück in den Korridor und sah Jason dort inmitten seiner Freunde stehen, die ihn beglückwünschten. Sie hakte sich bei ihm unter und zerrte ihn von den anderen weg, um ungestört mit ihm reden zu können. „Stimmt das, was er über Lisa gesagt hat?“, fragte sie ganz ruhig.

Jason schaute über seine Schulter nach hinten. „Halt bloß den Mund.“

Wie bitte?

„Halte dich einfach von diesem Idioten fern.“ Und damit verschwand er.

Sie schaute ihm nach und fühlte sich, als wäre sie geohrfeigt worden. Jason hatte also auch Geheimnisse. Der einzige Unterschied zwischen ihr und ihm war, dass er sich nicht erwischen ließ. Sie sah ihm nach, wie er davonging und musste sich beherrschen, ihm nichts hinterherzuwerfen.

Bei ihrem gemeinsamen Essen am vergangenen Abend hatte sie noch gedacht, dass alles gut werden würde, dass ihre Mutter ihr verziehen hatte. Ja, letzte Nacht wäre sie sogar fast wie ein kleines Kind zu ihrer Mutter ins Bett gekrochen. Sie hatte sich vorgestellt, händchenhaltend neben ihr zu liegen. Sie liebte die Hände ihrer Mutter, diese starken Hände. Sie hätte netter sein sollen, als sie am Morgen vor der Schule aus dem Auto gestiegen war.

Es läutete. Die 5. Stunde war zu Ende. Colleen überlegte kurz, ging dann zu ihrem Spind, nahm ihr Handy und ihre Jacke heraus und ging zur Eingangstür. Sie konnte zu Fuß nach Hause gehen – es war nicht weit. Der Wind blies ihr durchs Haar und trieb Blätter vor ihr her, als sie über den Parkplatz ging.

Sie hörte das Auto erst, als es neben ihr anhielt. Der Fahrer stieg aus und kam auf sie zu. Sie drehte sich um und erschrak. Der Mann war ungefähr so groß wie ihr Vater, hatte dunkles Haar und einen dunklen Dreitagebart mit grauen Stellen darin. Er roch, als hätte er sich seit Wochen nicht gewaschen und trug eine schmutzige Jeansjacke und eine blaue Wollmütze.

Sie schaute sich auf dem Parkplatz um auf der Suche nach anderen Menschen, aber zu dieser Tageszeit war es wie immer leer. Gerade überlegte sie, ob sie um Hilfe schreien sollte, als der Mann sie bei den Handgelenken packte, sie zu sich herzerrte und ihr eine Klinge an den Hals drückte.

„Steig in den Wagen, kleine Dina."

Kapitel 17

Melanie ging unter die Dusche und hielt ihr Gesicht in den Wasserstrahl, um die Schrecken des Tages abzuspülen. Vielleicht würde ihr ja so wieder warm werden, denn sie fror bis auf die Knochen.

Melanie Decker konnte sie ja jetzt nicht mehr sein. Sie musste einen neuen Namen finden. Eine neue Identität. Aber wie sollte sie die Erinnerung an ihren Elfjährigen löschen, wie er beim Abschied ihre Taille umklammert hatte? Daran, wie er sich ganz eng an sie kuschelte, wenn sie ihm abends vorlas? Oder wie sollte sie die Erinnerung an Colleens Duft vergessen, ihr tolles Lächeln, die Art, wie sie Melanie um den Finger wickelte, wenn sie ihr am liebsten ein Jahr Hausarrest aufgebrummt hätte? Oder wie sollte sie die Erinnerung an Jason abstreifen, wenn er seine Rollen lernte? Die Art, wie er durchs Wohnzimmer stolzierte wie der echte Romeo? Er war ihr erstes Kind gewesen, hatte sie atemlos gemacht vor Staunen. Und wie sollte sie Nathan vergessen? Den Geschmack seiner Lippen auf ihren, das Gefühl, wenn er sie mit seinen starken Händen berührte?

Sie zitterte trotz der Hitze des Wassers, drehte es ab und griff nach einem Handtuch. Nein, sie konnte niemand anders mehr sein als Melanie Decker. Ihr Name würde sich vielleicht ändern, aber nicht ihre Identität.

Die nächsten Stunden würde sie damit verbringen, in den kalten Kamin zu schauen, danach dann die Spiegelungen der Nachmittagssonne auf dem See beobachten und sich vorstellen, was ihre Familie wohl gerade machte. Ob sie überhaupt schon wussten, dass sie fortgegangen war?

Helen würde wütend auf sie sein. Und Nathan … Nathan war längst über den Punkt hinaus, an dem er ihr noch hätte vergeben können. Wenn Colleen von den Lügen ihrer Mutter erfuhr … ach, Melanie betete, dass ihre Tochter das nicht als willkommene Entschuldigung benutzte, um mit Tim durchzubrennen. Vielleicht hätte sie Colleen mitnehmen sollen, aber dann wäre die Familie noch mehr auseinandergerissen worden.

Melanie wickelte sich in ein Handtuch, kämmte sich die Haare und setzte sich auf den Rand der Wanne. Das Bad war so groß, dass man darin auch eine Party hätte feiern können. Wie konnte sie ihre Lieben nur verlassen?

Aber sie hatte ihre gesamte Familie in diese Gefahr gebracht, und sie würde alles tun, um für ihre Sicherheit zu sorgen. Melanie griff nach der Bodylotion, die an der Badewanne stand, und begann sie auf ihren Beinen zu verreiben. Mit der Hand fuhr sie über die Narbe oberhalb des Knies.

„Was war das?"

Vor Schreck ließ sie die Flasche mit der Bodylotion fallen. Nathan stand in einer alten Army-Jacke über einem Flanellhemd, einer verblichenen Jeans und Wanderstiefeln, die auf den sauberen Teppich tropften, in der Tür. Er war unrasiert und sah ein bisschen heruntergekommen, ja sogar … Furcht einflößend aus. Er lächelte nicht, und sie konnte seine Miene nicht deuten. War er wütend oder in Sorge?

„Du hast doch nicht wirklich geglaubt, dass ich dich einfach so gehen lassen würde, oder? Dass ich dich diese Sache allein durchstehen lassen würde?"

Sie wappnete sich innerlich. „Wie hast du mich gefunden?"

„Ich suche schon seit Stunden … war schon halb in Duluth, und dann wurde mir klar, dass du auf jeden Fall wegen Colleens Spiel in der Nähe bleiben würdest, weil du es wenigstens im Radio hören willst. Also habe ich mich gefragt, wo du dich wohl sicher fühlen würdest." Er sah an ihr vorbei auf den See. „Ich hätte eigentlich sofort draufkommen müssen, denn ich weiß ja, wie sehr du dieses Haus magst."

Sie hatte einen Kloß im Hals. „Du hättest nicht kommen sollen, Nathan. Du hättest mich gehen lassen sollen."

„Nein." Er kam ins Bad und kniete sich auf der nassen Badematte vor ihr nieder. Er hatte so schöne Augen, mit denen er sie jetzt fest ansah. Aber irgendetwas an seinem Blick kam ihr … anders vor. Stärker. „Du bist meine Frau, Melanie, und ich habe es ernst gemeint, als ich versprochen habe, in guten wie in schlechten Zeiten an deiner Seite zu sein."

„Und das zurzeit sind definitiv schlechte Zeiten", sagte sie trocken.

Er schüttelte den Kopf. „Nein, das ist nicht schlecht. *Schlecht* wäre, wenn du aus unserem Leben verschwindest. *Schlecht* wäre, nicht zu wissen, wo du bist und fast verrückt zu werden vor Sorge. *Schlecht* ist die Vorstellung, jeden Tag ohne dich aufzuwachen und zu wissen, wie schlimm es für unsere Kinder ist, ohne ihre Mutter zu sein." Er schluckte und schloss die Augen, als müsste er sich sammeln, bevor er sie wieder anschauen konnte. „*Schlecht* ist, jeden Tag denken zu müssen, dass du tot sein könntest."

Sein Gesicht sah angespannt aus, fast schmerzverzerrt. „*Schlecht* ist, dass du gedacht hast, ich würde dich nicht genug lieben, um bei dir zu bleiben und um dich zu kämpfen, einfach dein Mann zu sein. *Schlecht* ist es, uns aufzugeben."

„Ich habe uns nicht aufgegeben … ich habe nur …"

„Du hast aufgehört, an uns zu glauben." Er fasste sie bei den Händen.

„Aber, Nathan – meinetwegen wäre Henry heute Morgen beinahe getötet worden."

„Was redest du denn da? Henry wäre um ein Haar verletzt worden, weil *ich* etwas Dummes und Unüberlegtes getan habe, genau wie du, indem du weggelaufen bist. Ich habe gedacht, dass ich das Problem auf meine Weise lösen könnte, aber wir sind in dieser Sache nicht allein, mein Schatz. Ich kann mich nämlich erinnern, dass ich bei meinem Trauversprechen gesagt habe: ‚Ja, mit Gottes Hilfe', und ich glaube ganz fest daran, dass Gott auch jetzt bei uns ist."

„Diese Sache wird Gott nicht wieder in Ordnung bringen. Ich bekomme jetzt einfach, was ich verdient habe."

„Im Ernst? Glaubst du das wirklich?"

„Ja. Alles war perfekt und dann ..."

„Es *war nicht* alles perfekt, Melanie!" Nathan stand wieder auf. „Jason hat eine Freundin, von der wir gar nichts wissen, und wer weiß, was da läuft. Colleen hat neulich nachts einen Jungen in ihrem Zimmer gehabt ... Ja, das hättest du mir sagen müssen, obwohl ich zugeben muss, dass ein Mord sich in meinem Wahlkampf wahrscheinlich nicht besonders gut gemacht hätte."

Sie sah ihn kurz an und war sich nicht sicher, ob das ein Scherz war oder nicht. Wohl eher nicht. „Es tut mir so leid, Nathan. Und deine arme Mutter! Ich kann nicht fassen, dass sie wieder Krebs hat."

Er atmete heftig ein. „Nun ja, das Leben ist eben chaotisch und schmerzhaft und unvorhersehbar. Und dieser Kerl, dieser García, ist nur eines der furchtbaren Dinge, die uns zustoßen können. Aber wir können nicht jedes Mal weglaufen oder unseren Namen ändern, wenn unser Glück durch irgendetwas bedroht wird."

„So war es doch gar nicht ..."

„Ich weiß, mein Schatz. Ich weiß." Er ging wieder vor ihr in die Hocke. „Vielleicht ist es ja im Moment wirklich das Klügste, was wir tun können, aus Deep Haven wegzugehen." Seine Stimme wurde jetzt sanfter. „Aber die Entscheidung treffen wir gemeinsam. Du und ich. In guten wie in schlechten Zeiten. In Reichtum und Armut. Deckers oder Smiths." Er sah ihr in die Augen. „Du hast gesagt, dass wir nicht zusammengehören, aber das tun wir. Wir gehören seit dem Tag zusammen, an dem wir gesagt haben: ‚Ja, ich will.'"

Wie gern hätte sie ihm geglaubt. „Du verstehst das nicht, Nathan. García ist ein abgrundtief böser Mensch …"

„Ich weiß, Melanie. Frank hat es mir gesagt." Er berührte mit einer Hand ihre Wange. „Und er hat mir auch gesagt, dass sie ihn vielleicht schon gefasst haben."

Sie wurde ruhiger, atmete durch und sagte: „Wirklich?"

„Aber selbst wenn nicht, werde ich nicht zulassen, dass er dir oder unserer Familie etwas tut. Wenn er immer noch da draußen herumläuft, dann gehen wir aus Deep Haven weg."

„Und deine Mutter?"

Er schluckte und sein Mund war ein grimmiger Strich. „Das überlegen wir dann. Sie kann ja mit uns kommen."

„Ich weiß nicht, was ich tun soll. Ich …" Vor ihren Augen verschwamm alles. „Ich habe Angst, Nathan. Ich habe Angst, dass das alles ganz schlimm ausgeht." Sie entzog ihm die Hände. „Ich habe dich gar nicht verdient. Das wusste ich schon in dem Moment, als ich dich kennengelernt habe. Ich wusste, dass du eines Tages herausfinden würdest, wer ich wirklich bin, und dass dann alles zusammenbrechen würde. Dieses Leben, das wir uns aufgebaut haben … unser Happy End; ich hatte Angst, dass alles zusammenbrechen würde und ich noch einmal alles verlieren würde."

Er verzog schmerzlich sein Gesicht, schüttelte den Kopf und umfasste ihr Gesicht. „Nein, Mel, ich habe *dich* nicht verdient. Du bist in mein Leben gekommen, und plötzlich war ich nicht mehr der, der ich glaubte zu sein. Ich habe dir in die Augen geschaut und darin den Mann gesehen, der ich gerne sein wollte. Du hast an mich geglaubt und ich wollte der Mann sein, den du gesehen hast."

„Aber der Mann bist du doch schon, Nathan."

„Ich versuche, dieser Mann zu sein, jeden Tag, und das ist der Schlüssel. Vielleicht haben wir einander nicht verdient – aber genau das ist doch Gnade. Etwas zu bekommen, was wir nicht verdient haben. Gott liebt uns, obwohl er alles weiß, einschließlich unserer Fehler und unseres Versagens." Er fuhr ihr so zärtlich mit dem Daumen über die Wange, dass ihr ganz heiß wurde.

„Ich liebe dich, Melanie. Ich würde für dich sterben. Du bist der süße Lohn inmitten all der chaotischen, schmerzlichen und gefährlichen Augenblicke des Lebens. Du und Jason und Colleen und Henry. ‚Glücklich bis an das selige Ende' ist kein Punkt, sondern eine Perspektive. Daran müssen wir nur festhalten, weil wir nur so all das hier durchstehen können, nur indem wir immer nur einen Tag nach dem anderen auf Gottes Liebe und auf seine Gnade vertrauen. So können wir glücklich bis an unser seliges Ende leben, immer einen Tag nach dem anderen."

„Die Gnade zeigt uns den Weg nach Hause." Die Worte rumorten in ihrem Herzen. „Aber ich habe alles kaputt gemacht. Nichts wird jemals wieder so sein, wie es einmal war. Du wirst mich nie mehr so ansehen wie früher. Ich werde immer Dina in deinen Augen sehen."

Sie schaute weg, aber er sorgte dafür, dass sie ihm wieder in die Augen sah.

„Melanie … ich habe *dich* geheiratet. Es ist mir egal, wie dein Name ist oder war. Die Umstände ändern nichts an meiner Liebe zu dir. Ich liebe dich. Basta.

Ich liebe dich. Basta.

Sie schaute ihn an, spürte, wie er sie mit seinem Blick festhielt. Er war so nah – nicht mal rasiert hatte er sich, stattdessen hatte er den Tag damit verbracht, sie zu suchen.

Als ob er sie brauchte. Als ob er tatsächlich nicht ohne sie leben konnte.

Er senkte seine Stimme, und ein Lächeln umspielte seinen Mund. „Aber du hast recht. Nichts wird wieder so sein, wie es war. Es wird besser werden. Weil ich endlich, *endlich* weiß, wer du bist."

Nathan beugte sich vor und küsste sie. Sanft, vertraut und so ganz und gar richtig. Dann löste er sich wieder von ihr, und ihre

Blicke begegneten sich erneut. Melanie wollte etwas sagen, wusste aber nicht so recht, was.

Und dann küsste er sie wirklich.

Es war ein Kuss, wie sie ihn in seinen Armen noch nie erlebt hatte. Er legte ihr eine Hand in den Nacken und nahm mit einer Art süßer Verzweiflung ihren Mund. Ganz und gar – er kannte sie und nahm sie ganz und gar an, so als hätte er es wirklich so gemeint, als er gesagt hatte: *Ich würde für dich sterben.*

In diesem Moment wurde irgendetwas in ihrem Inneren freigesetzt – ein Schwall von Hitze und Lebendigkeit, die sie jahrelang unterdrückt hatte, weil sie Angst gehabt hatte vor der Tiefe ihrer Gefühle und vor einer Abhängigkeit von diesem Mann, den sie nicht verdient hatte. Doch Gott, der sie durch Nathan liebte, in Krankheit und Gesundheit, in Reichtum und Armut, in guten, wie in schlechten Zeiten, hatte ihn ihr zum Geschenk gemacht.

Ich kenne dich, und ich liebe dich.

Sie schmiegte sich in Nathans Arme und erwiderte seinen Kuss. Er schmeckte nach freier Natur, harzig und ein bisschen wild, und sie fuhr ihm mit den Fingern durchs Haar.

Sie hatte ganz vergessen, was für ein starker Mann er war. Jetzt entfachte seine Stärke ein Feuer ganz tief in ihrem Inneren. Nathan – der erstaunliche, freundliche, liebevolle Nathan – dirigierte sie auf den Boden, sie immer noch in den Armen haltend. Sie klammerte sich an ihn und gab sich ihm ganz hin, saugte seine Berührungen auf und streichelte immer wieder sein Gesicht. Sie liebte seine Behutsamkeit, seine Stärke und das Geschenk seiner Liebe. Hier gehörte sie hin, egal wie sie hieß.

Als sie sich wieder von ihm löste, spürte sie, noch bevor sie die Augen öffnete, wie er sie anlächelte, und seine Miene spiegelte wider, was er sagte: „Ich liebe dich, Melanie und Dina und wer auch immer du in Zukunft sonst noch sein wirst. Ich habe gestern Jason sagen hören: *Ist nicht eine Rose immer noch eine Rose, auch wenn sie einen anderen Namen trägt?*“

„Und jetzt bist du Romeo?"

Als er grinste, war da wieder der Junge, in den sie sich damals verliebt hatte, der Mann, der er in ihrer Hochzeitsnacht gewesen war. Wie hatte sie ihn nur jemals langweilig finden können?

Er folgte ihrer Hand bis hinunter zu ihrem Knie und zu der Narbe dort.

„Es war ein Sperling", sagte sie und legte ihre Hand wie schützend darauf. „Ich habe mich daran erinnert, dass ich in der Kirche einmal gehört hatte, dass Gott jeden Sperling kennt und im Blick hat, und das hat mir gefallen. Daran habe ich mich festgehalten, sogar als ich vor Gott davongelaufen bin. Ich fand es besser als eine Blume oder eine Taube oder ein vierblättriges Kleeblatt."

„Ein Sperling." Er strich mit dem Daumen über die Stelle, bevor er sie wieder küsste.

Und sie wusste, dass in der Zeit, die jetzt vor ihnen lag, alles ganz frisch und neu werden würde.

„Bist du bereit, nach Hause zu fahren?", flüsterte er.

Melanie ließ ihre Hand unter seine Jacke gleiten, an die Stelle, wo sein T-Shirt am Hals anlag. Mit dem Daumen fuhr sie ihm über die Halsgrube und lächelte dabei. „Noch nicht ganz", sagte sie.

...

„Also, Helen geht nicht dran. Niemand von ihnen antwortet." Frank warf sein Handy auf das Armaturenbrett des Mietwagens. „Ich habe auf dem Polizeirevier angerufen, und sie haben einen Streifenwagen zum Haus geschickt, aber es ist niemand da."

„Beruhigen Sie sich doch, Frank. Wir können niemandem helfen, wenn wir von der Straße abkommen." Boyd saß auf dem Beifahrersitz und stemmte sich mit den Händen gegen das Armaturenbrett. „Und passen Sie auf Wildwechsel auf." Draußen stand die Sonne im Westen ziemlich tief über dem Horizont und blendete heftig.

Er hätte auf seinen Bauch hören und Melanie mitnehmen sollen, egal, was Nathan davon hielt. „García könnte schon in Deep Haven sein; Melanie und ihre gesamte Familie könnten schon tot sein …“

„Tut mir leid.“

Nicht mehr als es Frank leidtat. Er hätte am liebsten auf irgendetwas eingeschlagen, als er den Sezierraum des Pathologen betreten und sich das Opfer, den vermeintlichen Luis García, angeschaut hatte.

Aber es war nicht García gewesen. Er hatte gehört, wie seine eigenen Worte als Echo zu ihm zurückgekehrt waren. „Das hier ist Ramos Steele, Garcías rechte Hand“, hatte er ganz ruhig gesagt. „García muss ihn in Kalifornien eingesammelt haben. Wir haben ihn nie festnehmen können.“ Bis jetzt.

Bis Ramos García geholfen hatte, irgendwie die kanadische Polizei und jetzt auch Franks Team abzuschütteln.

„Ich versuche es noch mal bei Nathan“, sagte Boyd und nahm das Handy wieder in die Hand.

„Ich habe ihm gesagt, dass er seine Frau suchen und sie an einem sicheren Ort verstecken soll. Ich hätte nicht gedacht, dass er wirklich auf mich hören würde.“ Frank tippte kurz auf die Bremse, als er durch eine Kurve fuhr. In zwei Stunden konnte viel passieren. Oder in vier.

Er wurde einfach die Vorstellung nicht los, dass Helen zu Hause in eine Falle lief, weil García im Dunkeln in ihrem Wohnzimmer auf sie wartete. Ganz zu schweigen von den Gedanken daran, was er Melanie alles antun würde. Und Colleen. Wie Nathan vielleicht umkommen würde bei dem Versuch, seine Familie zu beschützen, und wie auch seine Söhne mit ihm sterben würden.

Frank knirschte mit den Zähnen, als er zu schnell auf ein anders Auto auffuhr und gerade noch rechtzeitig überholen konnte, bevor es krachte. „Ich hätte sie gleich am ersten Tag alle von hier wegbringen sollen. Warum habe ich nur nicht auf meinen Bauch gehört?“

„Wir wussten doch noch nicht einmal genau, ob sie überhaupt in Gefahr waren …“

„Ich habe es gewusst!“, sagte Frank und schlug mit der Faust aufs Lenkrad. „Ich habe es gewusst.“ Er schaute zu Boyd hinüber. „Ich mache das jetzt schon so lange. Wenn sie sterben, dann geht das auf meine Kappe.“

Oh Gott. Wenn ihm jemals nach Beten gewesen war, dann jetzt. Aber er wusste gar nicht, wo er anfangen sollte. Wie lange war es jetzt schon her, dass mit dem Allmächtigen ein Gespräch unter vier Augen geführt hatte? War es am Grab seiner Frau gewesen? Ja, da hatten sie miteinander geredet. In erster Linie hatte sich Frank entschuldigt, aber es waren auch einige Vorwürfe gefallen. Und es waren ein paar persönliche Vorsätze gefasst worden. Die Art von Vorsätzen, die er diese Woche immer und immer wieder gebrochen hatte, als er sich von Melanie und ihrer Familie immer weiter mit in ihr Leben hatte hineinziehen lassen.

Onkel Frank.

Er hätte diese Worte zurückhalten müssen. Sie hätten ihm niemals über die Lippen kommen dürfen. Und was den Umstand anging, dass er Helen kennengelernt hatte … Er hätte sie nicht verraten dürfen. Kein Wunder, dass sie bei seinem Anruf einfach aufgelegt hatte – er hatte sich in ihren Exmann verwandelt. Und inzwischen wusste sie auch, dass er sie im Hinblick auf seine Anwesenheit hier belogen hatte.

Was hatte er denn geglaubt, was passieren würde? Mochte sein, dass er gehofft hatte, sie würde ihm vergeben. Er hatte gehofft, dass … dass sie ihn in ihrer Nähe haben wollte und er für sie der Mann sein konnte, den sie brauchte. Er hatte sogar schon überlegt, wie er sich beurlauben lassen konnte, ja vielleicht sogar …

„Fahren Sie rechts ran, Frank, jetzt fahre ich.“

Er schaute zu Boyd hinüber.

„Ich meine es ernst. Halten Sie an. Sie sind aufgewühlt und fahren wie ein Irrer, und wenn wir beide ums Leben kommen, dann ist wirklich niemandem geholfen."

Frank presste seine Zähne aufeinander, fuhr aber an einem Aussichtspunkt auf den Parkplatz. Boyd stieg aus, ging um den Wagen herum und riss die Fahrertür auf. „Sofort."

Wie gern hätte er ihm einen Schlag verpasst, aber der Mann hatte eben einen gesunden Menschenverstand. Frank stieg aus, setzte sich auf den Beifahrersitz und schnallte sich an.

„Versuchen Sie weiter, jemanden zu erreichen", sagte Boyd und fuhr wieder auf die Straße auf.

Okay, vielleicht war der Fahrertausch keine so schlechte Idee gewesen. Wenigstens konnte er jetzt telefonieren, ohne ins Schleudern zu geraten.

Bei Helens Handy ging sofort wieder die Mailbox an. „Bitte, Helen, ruf mich an. Es handelt sich um einen Notfall. Melanie ist in großer Gefahr – ihr seid alle in Gefahr."

Er drückte sich das Handy an die Stirn und fügte seiner Nachricht noch ein Stoßgebet hinzu. Wie auch immer seine Geschichte mit Gott aussehen mochte, in diesem Moment konnte er jedenfalls hoffen, dass der Allmächtige auf seiner Seite war.

„Ich weiß das mit Gina Sullivan."

Frank warf seinem Partner einen Blick zu.

Boyd schaute weiter stur geradeaus. „Ich habe mit ein paar von den anderen Betreuern gesprochen, und sie haben mir erzählt, was damals passiert ist."

„Das ist lange her."

„Sie haben Melanie ungefähr zur gleichen Zeit umgesiedelt wie Gina. Ich glaube, dass Sie das verfolgt."

„Wenn mich etwas verfolgt, dann sind *Sie* es."

„Sie sind eine Legende in der Behörde, Chef. Niemand kann so gut Menschen verstecken wie Sie. Aber Sie können nicht jeden beschützen. Ich weiß, dass Sie das Mädchen retten wollten … und dass es Sie fast umgebracht hat, als Ihre Frau gestorben ist, aber Sie sind nicht für jeden verantwortlich. Eine solche Last kann niemand tragen."

„Ich hatte ihnen versprochen, dass sie in Sicherheit wären."

„Das können Sie gar nicht versprechen."

Frank schaute weg. „Aber ich kann es versuchen."

„Und wenn Sie dann scheitern, dann zerbrechen Sie daran."

„Mir geht es bestens."

„Frank, Sie kümmern sich mehr als jeder andere um die Menschen, die wir in Zeugenschutz genommen haben. Ich weiß, dass Sie nicht zum ersten Mal in Deep Haven sind, seit Sie Melanie hier untergebracht haben."

„Man kann hier in Minnesota ganz besonders gut angeln."

„Es nützt nichts, wenn Sie sich so verhalten, als würde es Ihnen nichts ausmachen, denn das tut es."

Frank schaute zum Fenster hinaus zur Sonne, die jetzt langsam hinter den Bäumen verschwand, und den Himmel, der langsam dunkler wurde. „Es ist nur ein Job."

„Ist es nicht. Ich kenne Ihre Geschichte. Ich bin schon lange genug Ihr Partner, um zu wissen, dass Sie einsam sind."

„Das ist nicht wahr. Ich brauche niemanden."

„Soso, *Onkel* Frank?"

Er schaute zu Boyd hinüber. „Sehen Sie sich vor."

„Wissen Sie was? Ich glaube, Sie haben Melanie nicht sofort von hier weggebracht, weil Sie gehofft haben, ein Teil der Familie zu werden. Sie haben sich immer wieder eingeredet, dass alles nur vorgetäuscht ist, aber in Ihrem Inneren hat es sich echt angefühlt. Sehr echt."

Er würde einen neuen Partner verlangen, sobald das hier vorbei war. „Ich bin nicht blöd. Ich weiß, dass es nicht echt ist."

„Aber warum sollte es das nicht werden? Machen Sie es doch echt."

Frank runzelte die Stirn. „Wovon reden Sie eigentlich?"

„Sie sind müde, Frank. Sie sind dieses Geschäft leid. Sie sind es leid, immer wieder in unterschiedlichen Städten zu übernachten, das Leben von Menschen zu demontieren und dann neu zu erfinden. Sie lassen das zu nah an sich heran, und es macht Sie wütend."

Er war doch nicht wütend, oder?

Doch. Vielleicht war er es. Vielleicht war er wütend über die Ungerechtigkeit und den Schrecken und all das Leid, wütend, dass er derjenige sein musste, der es noch schlimmer machte. Er war wütend, dass zu viele Menschen für die Verbrechen anderer bezahlen mussten, dass zu viele Mütter sich fragten, wo ihre Kinder wohl waren. Wie zum Beispiel Melanies Mutter Claire O'Reilly. Vielleicht würde er ihr Gesicht nie mehr aus dem Kopf bekommen.

„Ich habe gute Nachrichten für Sie, Frank: Wir sind die Guten. Und es wird Zeit, dass Sie das tun, was Sie am besten können."

„Und das wäre?"

„Sich selbst neu zu erfinden. Verschaffen Sie sich selbst eine neue Identität. Seien Sie Onkel Frank – nicht der Kerl mit den katastrophalen Nachrichten, sondern derjenige, der mit den Enkelkindern angeln geht."

„Ich kann nicht Onkel Frank sein ..."

„Das sind Sie doch schon, Chef."

Frank sah sich mit Henry Monopoly spielen, Colleen bei ihren Spielen anfeuern und Helen beim Popcornmachen helfen. *Das sind Sie doch schon.*

„Aber das ist unrealistisch. Helen wird mir niemals verzeihen. Selbst wenn ich ihr sage, dass ich gern in ihrer Nähe sein möchte ... Sie verstehen das nicht. Ihr Exmann hat sie belogen und betrogen und verraten – und genau das habe ich jetzt auch getan."

„Dann müssen Sie sich vielleicht ein bisschen anstrengen und ihr beweisen, dass Sie nicht so sind wie er. Sie müssen ihr zeigen, dass Sie es ernst meinen. Das heißt, natürlich nur, wenn es auch wirklich so ist."

Doch, das wünschte er sich wirklich. Er wollte derjenige sein, der auf ihrer Veranda Schnee schippte, ihr beim Backen zuschaute und mit ihr tanzen ging. Und der ihre Hand hielt, egal, was die Zukunft für sie bereithielt.

Helen hatte dafür gesorgt, dass er wieder etwas fühlte – oder es sich wenigstens wünschte, wieder etwas zu fühlen. Sie hatte Onkel Frank aus ihm gemacht. Wenn sie ihm vergab, dann konnte er sich vielleicht Gedanken darüber machen, wie er in ihrer Nähe bleiben konnte – bis zum Ende.

„Schneller, Boyd. So fahren Sie doch schneller", sagte Frank und nahm dabei wieder das Handy zur Hand.

...

Franks Nachricht setzte Helen den ganzen Tag zu: *Wahrscheinlich weißt du inzwischen Bescheid über Melanie und warum wir getan haben, was wir getan haben … Es war um ihrer Sicherheit willen …*

Es kam ihr vor wie eine Art Agentenfilm – Melanie, die in Gefahr war, weil sie in irgendwelchen Schwierigkeiten steckte. Ihre Schwiegertochter war mit Nathan zusammen nach Hause gekommen, kurz nachdem Henry aus dem späten Schulbus gestiegen war, und Helen konnte nicht anders, als zu ihnen hinüberzugehen. Nur für den Fall, dass Melanie selbst alles erklären wollte. *Wahrscheinlich weißt du inzwischen Bescheid über Melanie.*

Melanie war in der Küche und schälte Kartoffeln fürs Abendessen. „Ich habe einen Hackbraten im Ofen", sagte sie, als Helen kam.

Das war alles, was sie zu sagen hatte? Hallo?! Wen hatte ihr Sohn da nur geheiratet? Und welche Geheimnisse hatte diese Frau auf Lager, die eine Aussage wie *Es war um ihrer Sicherheit willen …* rechtfertigten?

Im Nebenzimmer baute Nathan gerade sein Gewehr auseinander. Er sagte kein Wort zu ihr über Frank, und sie weigerte sich nachzufragen.

„Kannst du bitte einen Blick auf die Kartoffeln haben, Helen?", fragte Melanie und lächelte sie strahlend an, um dann zu verschwinden und im Eingangsbereich aufzuräumen.

Diese ganze Geschichte raubte ihr wirklich den letzten Nerv. Also gut, wenn sie so tun wollten, als wäre an diesem Tag nichts passiert … bitte schön. Die Sonne war nur noch ein Feuerschein am Horizont, der im nächsten Moment ganz erlöschen würde. In dieser Jahreszeit wurde es hier immer schon früh dunkel.

Helen schaute nach dem Hackbraten im Backofen, nahm dann die Kartoffeln vom Herd und goss sie in der Spüle ab. Dann ging sie zum Kühlschrank, nahm Milch und Butter heraus und holte den Kartoffelstampfer aus der Schublade.

Melanie kam aus dem Eingangsbereich zurück und setzte sich auf einen Stuhl. „Wir müssen reden, Helen."

Helen goss Milch in den Topf mit den Kartoffeln und sah aus dem Augenwinkel Nathan kommen. Er nickte. Hatte er etwa auch Geheimnisse vor ihr? Sie schnitt die Butter in Stückchen und nahm den Kartoffelstampfer in die Hand.

„Bitte, Mutter, setz dich", sagte Nathan.

„Ich stehe hier ganz gut", erwiderte Helen, beugte sich über den Topf und fing an, die Kartoffeln zu stampfen.

„Mutter!"

Nathans Tonfall sorgte dafür, dass sie den Stampfer losließ.

„Wir müssen über den Krebs reden."

Ach so. Darum ging es hier also. Jetzt fühlte sie sich einfach nur dumm. Sie schaute mit einem schwachen Lächeln zu Nathan hin und sagte. „Ich habe keinen Krebs. Sie haben Tests gemacht, und es sieht so aus, als ob es etwas anderes ist, etwas, das man nicht heilen, aber wohl ganz gut behandeln kann. Tut mir leid, dass ihr euch meinetwegen Sorgen gemacht habt."

Nathan verschränkte die Arme vor der Brust. „Wirklich, Mutter? Und das sagst du nicht nur, um uns zu beruhigen?"

Helen schluckte den Kloß herunter, der in ihrem Hals saß, und versuchte, normal zu klingen. „Nein. Es tut mir leid, dass ich euch nichts gesagt habe, aber ich verspreche, dass ich bei etwas wie Krebs nicht *lügen* würde." Sie nahm den Stampfer wieder in die Hand, verarbeitete die Kartoffeln zu einem feinen Püree und weigerte sich, auf die vorwurfsvollen Stimmen in ihrem Inneren zu hören. Sie hätte es ihnen ja *irgendwann* gesagt.

„Da ist noch mehr, Helen."

Es war die Art, wie Melanie das sagte, leise, mit einem leichten Beben in der Stimme, die Helen dazu brachte, innezuhalten und sich von den Kartoffeln abzuwenden. Melanie rang die Hände. „Ich weiß nicht, wie ich es dir sagen soll – außer einfach ganz direkt. Ich bin nicht die, die ich zu sein behauptet habe."

Wahrscheinlich weißt du über Melanie Bescheid … Helen holte tief Luft und spürte eine unglaubliche innere Anspannung. „Sprich weiter."

Melanie schaute zu Nathan hin, als ob sie ihn um Erlaubnis bäte. Dieser Blick war wie ein Messerstich in Helens Herz. Auch ihr Sohn hatte sie also belogen.

„In Wirklichkeit heiße ich Dina O'Reilly. Ich bin vor zwanzig Jahren im Rahmen eines Zeugenschutzprogramms nach Deep Haven gekommen."

Helen starrte sie an, hörte die Worte, war aber nicht in der Lage, sie im Kopf zu entwirren.

„Und Frank Harrison ist mein Zeugenschutzbetreuer, nicht mein Onkel."

Nicht mein Onkel.

„Helen?"

Nicht ihr Onkel. Helen schlang ihre Arme um ihre Taille und fühlte sich plötzlich ganz leer. „Ach so. Darum ging es also in der Nachricht heute."

Melanie runzelte fragend die Stirn. „In welcher Nachricht?"

„Frank hat eine Nachricht auf meine Mailbox gesprochen, in der er sich entschuldigt hat. Er sagte darin auch, dass er nur versucht habe, dich zu schützen." Sie schaute Melanie ganz genau an. Einen kurzen Moment lang sah sie die Frau vor sich, die sie vor 20 Jahren kennengelernt hatte, als Nathan sie zum Essen mit nach Hause gebracht hatte. Blond, mit einem irgendwie verschreckten, beinahe gebrochenen Blick.

Helen zog sich einen Stuhl heran und setzte sich. „Bist du denn immer noch in Gefahr? Ist das der Grund, weshalb Frank hier war? Und ist das auch der Grund, weshalb mein Sohn mit einem *Gewehr* im Wohnzimmer gesessen hat?"

Sie hatte eigentlich gar nicht die Absicht gehabt, die Worte so bissig herauszubringen, besonders, als sie sah, wie Melanie sich die Hand auf den Mund legte, als müsste sie ihre Tränen zurückhalten. Aber welche Frau hätte denn ihre Familie in eine solche Gefahr gebracht?

„Nein, Mutter", sagte Nathan ganz ruhig. „Jetzt nicht mehr. Sie haben sie hier untergebracht, weil sie gegen einen Drogenboss ausgesagt hat. Er ist aus dem Gefängnis freigekommen und hat versucht, sie ausfindig zu machen – das ist der Grund, weshalb Frank hier war. Aber sie haben den Kerl inzwischen geschnappt."

Helens und Melanies Blicke trafen sich, und Helen hielt Melanies Blick stand. „Du bist also hergekommen, weil du dich verstecken musstest?"

Melanie nickte.

„Und … deine Familie? Sind sie wirklich alle tot?"

Melanie atmete bebend aus. „Meine Eltern leben noch in St. Louis. Ich habe einen Bruder, Ben, und eine Schwester. Sie heißt Kylie."

„Wissen sie, dass du noch am Leben bist?"

„Meine Eltern schon."

„Ach, deine arme Mutter." Das hatte Helen eigentlich gar nicht laut sagen wollen, aber sie versetzte sich automatisch in die Lage dieser Frau. Sie stellte es sich so vor, wie mit der Trauer um ein entführtes Kind leben zu müssen. Dass man wahrscheinlich irgendwann sogar die Hoffnung hasste, weil man nicht endgültig kapitulieren konnte. Sie hätte gerne Melanies Hand genommen, aber stattdessen verkrampfte sie die Hände in ihrem Schoß.

„Frank ist wieder weg, weil seine Aufgabe hier abgeschlossen war", sagte Nathan.

Melanie nickte. „Ich glaube nicht, dass wir ihn wiedersehen, Helen."

Einfach so. Na ja. Okay. Helen zwang sich zu lächeln. „Es war schön, ihn kennengelernt zu haben."

„Mutter …"

Sie hob eine Hand in Nathans Richtung. „Ich möchte nicht mehr über ihn reden. Es reicht mir zu wissen, dass es euch beiden gut geht." Sie sah Melanie an. „Heißt das jetzt, dass du wieder in dein altes Leben zurückgehst?"

Wieder runzelte Melanie fragend die Stirn. „Das hier ist mein Leben. Nathan und die Kinder und du."

„Aber du hast gelogen. Du hast ein gefälschtes Leben erschaffen."

„Welcher Teil von diesem Leben ist denn nicht echt, Helen? Du? Meine Kinder? Ich hatte keine Wahl. Ich musste Melanie Decker werden, und genau die bin ich."

„Und was ist mit deinen Geschwistern? Willst du sie weiter in dem Glauben lassen, dass du tot bist?"

Melanie sah aus, als wäre sie geohrfeigt worden. „Ich …"

„Wir müssen jetzt zum Spiel, Schatz", sagte Nathan leise. „Es fängt in einer halben Stunde an."

„Ach, ich habe gar nicht gemerkt, dass es schon so spät ist." Melanie sprang auf, ging zur Tür, die in den Keller führte, und rief: „Henry, mach dich fertig."

So würde es also sein – Melanie würde einfach so weitermachen, als sei nichts passiert? Empört schüttelte Helen den Kopf.

Henry kam die Treppe herauf. „Ich hab Hunger. Was gibt es denn zum Abendessen?"

Helen stand auf, so wütend, dass es in ihren Ohren rauschte. Sie ging zur Tür, aber als sie dort ankam, blieb sie noch einmal stehen, drehte sich um und sagte: „Wir können unsere Vergangenheit nicht auslöschen, Melanie. Wir können nur aus ihr lernen." Sie drehte sich nicht noch einmal um, als sie hinausging.

„Mutter!" Nathan ging hinter ihr her. Er zog die Tür hinter sich zu und sagte dann: „Melanie hatte keine Wahl. Sie wollte niemanden von uns absichtlich belügen."

„Wir sind ja nicht die Einzigen, die sie belogen hat …"

„Wir werden es später auch den Kindern sagen."

„Ich rede auch von der Stadt Deep Haven, Herr Bürgermeisterkandidat. Glaubst du, dass die Leute euch das verzeihen werden?"

Er wurde ganz blass.

„Daran hast du gar nicht gedacht, nicht wahr?"

„Ich habe es ja auch erst heute Nachmittag erfahren."

Ja, und da stand er nun, hatte Melanie vergeben und benahm sich, als wäre alles normal. Die Frau hatte seine Hoffnung zunichtegemacht, Bürgermeister zu werden, und ließ sie alle wie Idioten dastehen.

„Ich liebe sie, Mutter. Sie ist meine Frau, und ich stehe zu ihr. Ich weiß, dass sie gelogen hat, aber ich habe versprochen, bei ihr zu bleiben, bis der Tod uns scheidet, und ich vertraue jeden Tag auf Gottes Gnade, das zu schaffen."

Er stand da mit einer solchen Entschlossenheit im Blick, dass es sie wie ein Schlag traf. „Du bist deinem Vater so ähnlich, weißt du das eigentlich?"

Nathan versteifte sich. Helen kam noch einmal zu ihm zurück. „Nein, du verstehst das nicht. Dein Vater hat dich geliebt. Er hat sich nichts sehnlicher gewünscht, als zu uns zurückzukommen.

Aber ich … konnte ihm einfach nicht verzeihen." Sie konnte Nathan nicht ansehen und stand mit Tränen in den Augen in der Kälte. „Ich habe ihn abgewiesen an diesem Abend, an dem er ums Leben kam. Ich habe ihm gesagt, dass er dich nie wiedersehen würde …" Sie schlang die Arme um sich, während der Wind über ihre nassen Wangen strich. „Er hat dich nie aufgegeben, auch als ich ihn abgewiesen habe. Das solltest du wissen."

Sie hörte Nathan schwer atmen, und einen Moment lang rechnete sie mit einer schrecklichen Abrechnung. Sie hörte sie schon förmlich in ihrem Kopf: *Du hast mir meinen Vater genommen.* Aber stattdessen spürte sie, wie er sie in die Arme schloss und sie an sich zog.

„Ich liebe dich, Mutter. Und ich vergebe dir."

Ach Nathan. Sie wusste nicht, wie sie es geschafft hatte, einen so erstaunlichen Mann großzuziehen, aber sie umarmte ihn jetzt ebenfalls und lehnte ihren Kopf an seine Brust. *Es tut mir so leid, Dylan.*

Nach einer langen Weile löste sie sich schließlich aus Nathans Umarmung. Er strich ihr mit dem Daumen über die Wange und schaute sie dabei mit seinen grünen Augen freundlich an.

Helen wischte sich die Tränen ab. „Hör mal, geh du doch mit Melanie schon zum Spiel. Ich mache Essen für Henry und bleibe dann noch ein bisschen bei ihm." Sie tätschelte ihrem Sohn kurz den Rücken. „Und außerdem muss ich noch Popcorn machen."

„Wir brauchen kein Popcorn, Mutter."

„Aber natürlich brauchen wir das."

Als Helen wieder ins Haus ging, zog Henry gerade seine Jacke an, und Melanie füllte das Kartoffelpüree in eine Schüssel.

„Ich kümmere mich darum, dass er etwas isst, Melanie", sagte Helen und schaute ihre Schwiegertochter an.

„Ich …"

„Nun komm schon, Melanie. Mutter kommt doch gleich nach", sagte Nathan.

Henry zog sich die Jacke wieder aus und sagte: „Danke, Oma."

„Dazu sind Omas doch da", entgegnete sie und gab ihm einen Kuss auf den Kopf.

„Danke, Helen", sagte Melanie, aber Helen konnte sie nicht ansehen. Nathan mochte vielleicht schon so weit sein, ihr zu vergeben, aber sie wusste nicht so genau, wie sie das schaffen sollte. Noch konnte sie es jedenfalls nicht.

Während sie zuschaute, wie die beiden wegfuhren und die Rücklichter des Autos immer kleiner wurden und schließlich in der Dunkelheit verschwanden, hörte sie immer wieder Franks Worte in ihrem Kopf: *Es war um ihrer Sicherheit willen, und ich verspreche dir, dass ich dich nicht täuschen wollte.* Aber sie hatten sie getäuscht, oder etwa nicht?

Sie holte den Hackbraten aus dem Ofen und stellte ihn auf den Herd. Der Braten sah saftig und lecker aus. Es war Melanies Rezept. So köstlich, dass einem das Wasser im Mund zusammenlief. Perfekt.

Helen schaute sich den Hackbraten an, dessen Duft die ganze Küche erfüllte, nahm dann ein Handtuch und drückte es sich auf die Augen. Wie war sie nur so hart geworden, dass sie nicht bereit war zu vergeben? Wieso konnte sie nicht mehr so sein wie Nathan? *Wir können unsere Vergangenheit nicht auslöschen … wir können nur aus ihr lernen.*

Anscheinend war das bei ihr nicht der Fall. Sie hatte nichts gelernt aus den Jahren, in denen sie mitangesehen hatte, wie Nathan um seinen Vater trauerte, weil sie einfach nicht vergeben konnte. Wollte sie, dass er so etwas noch einmal durchmachen musste? Wünschte sie so etwas ihren Enkeln?

Sie konnte entweder in ihrem Haus auf der anderen Straßenseite langsam immer kälter und einsamer werden, oder …

Oder …

Oder sie konnte vergeben. Sie konnte trotz des Vertrauensbruchs und der Lügen ihre Schwiegertochter lieben.

Helen schauderte bei dem Gedanken, wie sie Melanie wohl damals behandelt hätte, wenn sie über sie Bescheid gewusst hätte. Sie war nie sonderlich tolerant gewesen. Sie hatte ihre Vorstellungen, wie die Dinge laufen sollten. Und wenn Melanie mit all ihrem seelischen Gepäck aufgetaucht wäre …

Vielleicht hatte Gott Helen ja mit Melanie die Schwiegertochter geschenkt, die sie sich immer erhofft hatte, indem er Melanies Vergangenheit im Dunkeln ließ.

Es tut mir leid. Die Worte pulsierten in ihr. *Es tut mir leid, Melanie. Es tut mir leid, Nathan.* Weil das Leben eben nicht immer nur Gutes zu bieten hatte, sondern auch Schlimmes. Weil niemand ein Anrecht darauf hatte, von schweren Zeiten verschont zu bleiben. Weil Gott vielleicht tatsächlich aus Schlechtem Gutes machen konnte, wie sie es immer wieder im Gottesdienst abgenickt hatte, ohne es wirklich zu glauben. Auch aus dem Schlimmen, was sie erlebt hatte ... wenn sie ihn gelassen hätte. Sie hatte nicht das Risiko eines gebrochenen Herzens eingehen wollen – das Risiko, immer wieder verletzt zu werden.

Aber bestand nicht genau darin das Wesen der Liebe? Das Risiko einzugehen, wieder verletzt zu werden? Zu vergeben? Reinen Tisch zu machen und dann wieder von vorne anzufangen? Gott selbst tat das jeden Tag wieder aufs Neue.

Das hätte Dylan an jenem Tag vor so vielen Jahren gebraucht: eine zweite Chance. Bedingungslose Vergebung. Vielleicht hätte Dylan sie noch einmal betrogen, aber vielleicht auch nicht. Und wenn sie ihm vergeben hätte, dann hätte sie Nathan vielleicht etwas Besseres geben können als Minderwertigkeitsgefühle und Enttäuschung. Stattdessen hatte Helen nur aus ihrem Schmerz heraus reagiert und lebte jetzt seit 30 Jahren mit den Folgen.

„Herr, es tut mir leid, dass ich mein Eheversprechen nicht gehalten habe, dass ich dir nicht vertraut habe, dass du mich auch durch das Schlimme begleiten würdest. Vergib mir, dass ich nicht geliebt habe."

„Ist alles okay, Oma?“ Henry stand in der Küche und sah sie mit großen Augen an.

Sie lächelte ihn an. „Doch, ich glaube schon.“

„Essen wir jetzt?“

Sie tat ihm eine Portion Kartoffelpüree und eine Scheibe Hackbraten auf den Teller. „Iss schon mal. Ich muss noch kurz einen Anruf machen.“

Sie kramte ihr Handy hervor – sechs versäumte Anrufe von einem unbekannten Anrufer.

Frank.

Im Radio hörte sie, wie vor Beginn des Volleyballspiels die Nationalhymne gesungen wurde. Sie drehte das Gerät leiser und drückte auf den Wiederwahl-Knopf ihres Handys, während der Anruf verbunden wurde und das Rufzeichen zu hören war. *Bitte geh dran.*

„Du rufst an. Ach, Gott sei Dank, Helen!“

Mit so viel Überschwang hatte sie nicht gerechnet. „Was ist denn los, Frank?“

„Hör zu, ich bin auf dem Weg zurück nach Deep Haven. Ich müsste eigentlich ungefähr in einer halben Stunde da sein, vielleicht etwas mehr.“

Er kam also zurück. Sie drehte sich von Henry weg, weil sie nicht wollte, dass er ihr breites Lächeln sah. Frank kam zurück.

„Tut mir leid, Frank, dass ich-“

„Ist Melanie bei dir?“

Oh. Sie versuchte, nicht verletzt zu sein. „Nein, sie ist schon bei dem Spiel.“

„Ach ja, natürlich, das Spiel, verdammt. Okay … äh …“

Irgendetwas in seiner Stimme bewirkte, dass sie vom Tisch wegging und sich außerhalb von Henrys Hörweite begab. „Was ist denn los? Ich weiß über Melanie Bescheid. Ist sie immer noch in Gefahr?“ Helen warf einen Blick hinüber zu Henry. Er schien sie wirklich nicht zu hören.

„Bleibt einfach, wo ihr seid. Ich rufe die Polizei an. Melanie ist in größter Gefahr. Ich glaube, ihr seid alle in Gefahr. Schließ alle Türen ab; ich bin bei euch, so schnell ich kann."

„Frank – kümmere dich nicht um mich, sondern beschütze meine Tochter. Ich passe schon auf Henry und mich auf."

„Ja … also gut." Schweigen, und dann war seine Stimme etwas leiser. „Wenn das alles hier vorbei ist, müssen wir miteinander reden. Es tut mir leid, dass ich dich und deine Familie belogen habe. Aber … wenn du mich lässt, dann werde ich in deiner Nähe sein und … na ja, ich weiß, dass ich nicht der Mann bin, für den du mich gehalten hast, aber der wäre ich gerne."

Ach, Frank. „Du bist ganz genau der Mann, für den ich dich gehalten habe. Wir brauchen nur einen Neuanfang. Und übrigens … ich habe keinen Krebs."

Wieder Schweigen am anderen Ende der Leitung. „Hast du nicht?"

„Wahrscheinlich werde ich noch eine Weile hier herumhängen."

Sie glaubte, am anderen Ende der Leitung ein leises Lachen zu hören. „Ich auch. Bitte verriegelt eure Türen. Ich bin da, so schnell ich kann."

„Ich warte hier auf dich."

Kapitel 18

„Ich wünschte, Colleen wäre vor dem Spiel noch kurz nach Hause gekommen. Ich hätte gerne noch mit ihr geredet und mich entschuldigt." Melanie blies sich in die kalten Hände, als sie zur Schule fuhren. Während ihres Aufenthaltes im Haus der Millers hatte Schneeregen eingesetzt, sodass die Straßen rutschig waren.

Ihr Magen grummelte bei dem Gedanken an Helens Zorn. In den gesamten 20 Jahren, die sie sich jetzt schon kannten, war ihre Schwiegermutter nicht ein einziges Mal laut geworden. Es versetzte ihr einen Stich, aber die Fragen blieben: *Was ist mit deiner Familie? Wirst du sie einfach weiter in dem Glauben lassen, dass du tot bist?* Ja, vielleicht war es besser, wenn sie einfach tot blieb. So viele Fragen, so viele Wunden, die möglicherweise wieder aufgerissen wurden.

Nathan bog auf den Parkplatz der Schule. „Ich glaube, Colleen muss sich eher bei dir entschuldigen."

„Es ist aber auch meine Schuld. Ich hatte solche Angst, sie zu verlieren, dass ich sie wie eine Kriminelle behandelt habe."

„Aber sie hat mitten in der Nacht einen Jungen auf ihrem Zimmer gehabt …"

„Der ja anscheinend nur gekommen ist, um sie zu fragen, ob er mit uns zur Kirche gehen kann."

Nathan schmunzelte. „Ja, klar."

„Und was ist, wenn es wirklich stimmt? Im Ernst, Nathan, vor lauter Angst, dass sie genau so wird wie ich damals, habe ich ihr gar nicht zugehört. Ich habe ihr nicht vertraut."

„Aber was soll denn so schlimm daran sein, so zu sein wie du?"

„Nicht wie ich, Melanie, sondern wie ich, *Dina*."

„Noch einmal: Ich habe Dina nicht gekannt, aber auch sie wird Seiten gehabt haben, die dich zu der gemacht haben, die du heute bist." Nathan parkte den Wagen ein. „Und du bist Colleen keine Rechenschaft über deine Vergangenheit schuldig. Du bist ihre Mutter, und deine Aufgabe ist es, ihr den Weg in ihre Zukunft zu zeigen. Das hast du ihr ganzes Leben lang mit Worten und Taten getan, so gut du es konntest. Jedes Stückchen Anleitung und jeder Rat, jeder kleine Schubser in Richtung Zukunft ist berechtigt und wird nicht durch unsere Fehler negiert. Deshalb glaube ich nicht, dass du Colleen irgendetwas schuldig bist."

Der Wagen stand jetzt in der Parklücke. „Ich weiß nicht, wer du einmal gewesen bist, Liebling, aber ich weiß, wer du jetzt bist. Genau die Mutter, die Colleen jetzt braucht." Er beugte sich vor, nahm ihr Gesicht in die Hände und küsste sie. „Und jetzt los!"

Sie bekam seine Hand zu fassen und sagte: „Aber was willst du machen, wenn es sich in der Stadt herumspricht? Vielleicht mache ich deinen ganzen Bürgermeisterwahlkampf zunichte."

„Wer will denn schon Bürgermeister werden?"

Aber sie kannte ihn zu gut, um ihm zu glauben und nicht den Kummer zu sehen, der kurz in seinem Blick aufflackerte. Wenn sie doch nur eine Möglichkeit fände, diese Sache wieder in Ordnung zu bringen … Nein, das war Gottes Sache. Gott würde es in Ordnung bringen. Sie würde es ihm überlassen müssen. Bedeutete es nicht genau das, jeden Moment auf seine Gnade und seine Liebe zu vertrauen? Bedeutete es nicht, ihm auch durch die Dunkelheit weiter zu folgen und darauf zu vertrauen, dass er einen wieder ans Licht führte?

In der Sporthalle der Schule herrschte bereits Trubel. Musik dröhnte, und die Teams spielten sich warm. Sie suchte die Halle nach Colleen ab und sah sie, wie sie noch einmal ihre Angaben übte, das Haar zu einem Pferdeschwanz zurückgebunden, das Gesicht gerötet.

Melanie hob die Hand. „Colleen!“

Ihre Tochter drehte sich suchend nach der Stimme ihrer Mutter um. Melanie lächelte und winkte ihr zu. Colleen bekam große Augen, als wäre sie überrascht, ihre Mutter zu sehen. Hatte sie etwa geglaubt, dass ein kleiner Streit sie davon abhalten würde, beim dem wichtigsten Spiel dabei zu sein? Sie zeigte mit dem Daumen nach oben, selbst als Colleen den Kopf schüttelte.

„Du wirst das super machen!“

„Du hast früher selbst Volleyball gespielt, oder?“, fragte Nathan neben ihr sie ganz ruhig.

Was für eine Erleichterung, endlich nicken zu können, die Hand in Nathans zu legen und zu lächeln, als sie zur Tribüne gingen. „Ich war gut, und wahrscheinlich hätte ich es sogar ziemlich weit gebracht, wenn ich mich nicht in den falschen Kerl verliebt hätte.“

„Irgendwann bin ich sicher so weit, mir die ganze Geschichte anzuhören“, sagte Nathan und drückte ihre Hand.

Melanie ließ ihren Blick auf der Suche nach Colleens „falschem Kerl“ über die Tribüne schweifen. Tim hatte sich bei dem Abendessen am vergangenen Abend tadellos benommen – war das wirklich erst gestern gewesen? Es fühlte sich an, als wäre es schon ewig her. Sie hatte kaum einen Blick für ihn gehabt, war so beschäftigt gewesen mit dem, was sie Nathan gerade gebeichtet hatte. Jetzt hätte sie gerne mit dem Jungen geredet, sich vielleicht sogar eine Erklärung von ihm angehört, hätte ihm gern richtig zugehört. Ihm eine Chance gegeben.

Auf der Tribüne drängten sich jetzt Fans der gegnerischen Mannschaft. Sie winkte einigen Eltern zu, sah, dass Jason mit der süßen Lisa Jacobsen zusammensaß und folgte ihrem Mann dann in den Mittelblock. Die Hallensprecher kündigten das Team an.

Colleen schaute immer noch zu ihr hin, und in ihrer ganzen Haltung lag so viel Anspannung, dass Melanie zum Weinen zumute war. Die letzten paar Tage – besonders die Krise von heute – hatten ihre Tochter emotional aus dem Gleichgewicht gebracht, und das war nicht gut für das Spiel. *Ach Herr, bitte hilf ihr.*

Sie zeigte noch einmal mit dem Daumen nach oben, als das Team einen Kreis bildete, den Schlachtruf zur Motivation brüllte und dann zur Bank ging. Sie begannen mit Colleen als Außenangreiferin.

„Welche Position hattest du damals?"

„Dieselbe wie Colleen – Außenangreiferin."

Nathan kam mit seinem Mund ganz nah an ihr Ohr. „Ich fühle mich, als würde ich dich gerade erst kennenlernen."

Sie sah ihn an. „Nein, du hast mich immer gekannt. Jetzt findest du heraus, warum … Komm schon, Colleen! Den hat sie komplett verschlafen."

„Sie wird schon noch ihren Rhythmus finden."

Die Menge johlte, als die Huskys sich den Aufschlag zurückholten. Melanie vermisste das Popcorn und das Zusammensein mit Helen. Sie konnte sich an kein einziges Spiel ohne Helen erinnern. *Ich musste Melanie Decker werden. Das hier bin ich.*

Und was ist mit Dina?

Sie konnte kaum hören, wie der Sprecher den Spielstand verkündete. Die Huskys lagen mit drei Punkten vorn. Warum hätte sie sich wünschen sollen, wieder Dina zu sein? Dina war geradewegs in Richtung Tod unterwegs gewesen. Melanie, das war Leben und Hoffnung und Zukunft. Melanie war der Name der Gnade. Das Einzige, wozu Dina noch gut war, war die Erinnerung, wie es sich anfühlte, gerettet zu werden.

Das hatte sie vergessen. Aber hier, umgeben von den Leuten von Deep Haven, die jubelten, als ihre Tochter endlich einen Angriff platzieren konnte, tat es nicht mehr so weh, sich zu erinnern. Vielleicht hatte sie der erstaunlichen Gnade Gottes die Tiefe und Kraft genommen, indem sie die Vergangenheit einfach ausgelöscht und das ganze Thema nie wieder aufgegriffen hatte.

Vielleicht war ja auch das die Botschaft, die ihre Mutter ihr in der vergangenen Nacht am Telefon übermittelt hatte: Gnade. Gnade bedeutete, dass Gott um ihre Vergangenheit wusste, sie aber nicht danach beurteilte. Und dass er einfach wie ein Navigationsgerät ihre Route neu berechnet hatte und sie trotz allem ans Ziel führte.

Jetzt hatte Colleen Angabe und schlug ein As.

„Ja, gut so!“, sagte Nathan neben ihr.

Ihre Tochter nahm den Ball und ließ ihn auf einem Finger kreiseln. Noch zwei Punkte zum Satzgewinn. Den zweiten Aufschlag brachten die Wölfe übers Netz, aber die Huskys wehrten ihn ab. Die Wölfe erwischten den Ball noch gerade, schlugen ihn aber ins Netz. Nur noch ein Punkt bis zum Gewinn des ersten Satzes. Die Huskys hatten die Chance, diese Meisterschaft zu gewinnen.

Colleen schlug den Ball mit Wucht übers Netz. Ein Spieler des gegnerischen Teams versuchte, den Ball mit einer Hand herauszubaggern, aber der Ball flog dabei auf die Tribüne, und die Huskys brachen in Siegesjubel aus.

„Sie werden sie wegputzen!“, prophezeite Nathan.

Melanies Handy vibrierte in ihrer Tasche, und sie holte es heraus. Wie war es möglich, dass sie sechs Anrufe versäumt hatte? Sie schaute nach der Nummer, die ihr aber nicht bekannt vorkam. Ach, klar. Der arme Frank – er wollte sich wahrscheinlich von ihr verabschieden. Nach allem, was er für sie getan hatte, war sie ihm wenigstens das schuldig.

„Hallo, Frank, bist du das? Melanie drückte das Handy ganz fest an ihr Ohr, konnte aber immer noch nichts verstehen. „Ich gehe hinaus in den Vorraum, einen Moment bitte.“

Sie stellte das Handy auf stumm und wandte sich an Nathan. „Das ist Frank. Ich gehe kurz nach draußen.“

Er hob die Hand, um sie abzuklatschen, als sie die Tribüne hinunterging, während sich die Mädchen für den nächsten Satz aufstellten.

„Frank, bist du noch dran?"

Mist, jetzt war die Verbindung weg. Vielleicht hatte sie auf die falsche Taste gedrückt. Oder er fuhr vielleicht gerade durch ein Gebiet ohne Empfang. Sie ging zu einer ruhigen Ecke in der Nähe der Damentoiletten und rief noch einmal die Anrufliste ihres Handys auf, um zurückzurufen.

„Leg auf."

Die Stimme war unmittelbar hinter ihr. Sie drehte sich mit einem Ruck um, während die Erinnerung einsetzte – dieser Geruch, dieses Grinsen, dieser schlechte Atem, den sie nie vergessen hatte.

Er hielt sein Handy hoch. „Wie nett, dass du zurückgerufen hast."

García hatte sich verändert. Durch die Zeit im Gefängnis war er dünner geworden, hohlwangiger, die Augen tiefer in den Höhlen liegend. Außerdem war sein Kopf kahl unter der Kapuze, und die Kobra um seinen Hals wirkte ein bisschen verblasst. Komisch, dass er in ihren Albträumen immer viel wilder und bedrohlicher ausgesehen hatte.

„Dina O'Reilly. Hast du mich vermisst?"

Sie hätte laut schreien sollen, aber wer hätte sie bei dem Tumult in der Halle schon gehört? Er drückte den Lauf einer Waffe gegen ihre Jacke. „Komm, wir machen eine kleine Fahrt."

Sie rührte sich nicht. „Nein. Sie müssen mich schon hier umbringen."

„Wie wäre es denn, wenn ich mit dir anfange und dann zu dir nach Hause fahre und dort auf deinen Mann und deine Tochter warte? Sie ist wirklich hübsch. Wir hatten heute schon eine nette kleine Unterhaltung."

Seine Worte durchfuhren sie wie Eiszapfen. Er hatte mit Colleen gesprochen? „Sie … halten Sie sich von meiner Tochter fern!"

„Sie sieht dir ziemlich ähnlich und ist ja anscheinend schon ein Volleyballstar."

Sie hob eine Hand, um ihn zu schlagen, aber er bekam ihr Handgelenk zu fassen und drückte fest zu. „Komm schon, Dina, mach kein Theater. Du hast gewusst, dass das hier irgendwann passieren würde. Und mach jetzt kein Theater. Wenn ich untergehe, dann gehen so viele von deinen Freunden wie möglich mit."

Sie steckte unauffällig ihr Handy in die Tasche und drückte auf die Kurzwahltaste, während er sie aus der Schule hinausführte.

Draußen fiel Schneeregen und rann ihr an der Jacke hinunter.

„Wir nehmen deinen Wagen."

„Ich habe die Schlüssel gar nicht dabei."

„Aber ich", verkündete er grinsend.

Wenn sie noch einen Zweifel daran gehabt hatte, dass García ihre Tochter heute belästigt hatte, dann waren diese ausgeräumt, als er Colleens Schlüsselbund aus der Tasche zog. „Ich habe gehört, dass sie gerade den Führerschein gemacht hat."

Sie verstand nicht, wieso García Colleen wieder hatte laufen lassen, aber vielleicht war das Gott, der ihr ein bisschen Gnade gewährte. Und wenn Melanie alles richtig machte, dann würde sie die ganze Sache noch an diesem Abend zu Ende bringen können.

García öffnete die Beifahrertür und schob sie von da aus auf den Fahrersitz. Dann gab er ihr den Schlüssel. Sie schaute sich auf dem Parkplatz um, ob irgendwo jemand zu sehen war, dem sie ein Zeichen geben konnte, vielleicht indem sie die Person so auffällig anlächelte, dass jemand Nathan darauf ansprach ... aber es waren alle in der Halle beim Spiel. Sie konnte nur beten, dass ihr Anruf den Empfänger erreichte.

„Ich habe meine Pläne geändert. Wir fahren zu dir nach Hause und warten dort auf deine Familie, ja?"

Ihre Hand zitterte, als sie den Schlüssel ins Zündschloss steckte. *Denk nach.* „Wie haben Sie mich überhaupt gefunden?"

„Ich habe in den vergangenen zwanzig Jahren an nichts anderes gedacht als an dich, *chica*. Und es ist schwer, dein Gesicht nicht zu zeigen, wenn dein Mann zum Bürgermeister gewählt werden will, nicht? Und du glaubst doch nicht, dass ich mich von deiner neuen Haarfarbe täuschen lassse. So eine Bilderbuchfamilie …"

Sie schnallte sich an und fuhr aus der Parklücke. *Denk nach*! „Sie wissen, dass Sie hier sind … bestimmt warten sie schon bei mir zu Hause."

Er drückte ihr den kalten Lauf seiner Waffe an den Hals. „Vielleicht hast du recht. Ich bin ein einsamer Mann. Vielleicht sollten wir beide lieber zusammen durchbrennen."

Er lehnte sich ganz nah an sie und sie roch seinen säuerlichen Atem. „Ich habe Blake mehrfach angeboten, dich gegen Drogen einzutauschen."

Sie weigerte sich, auch nur mit der Wimper zu zucken. *Denk nach.* Unendlich viele Gedanken schwirrten ihr durch den Kopf. Sie musste ihn irgendwie aus der Stadt lotsen, und zwar schnell. Vielleicht konnte sie genügend Zeit schinden, dass Nathan ihr Verschwinden bemerkte und sie rettete. *Bitte, Gott, du hast mich so weit gebracht …*

An einer Ampel trat sie auf die Bremse und der Wagen brach auf der rutschigen Straße hinten aus, sodass sie beinahe ein anderes Auto gerammt hätte, das auf die Kreuzung gefahren war. Der andere Wagen geriet ins Schleudern und rutschte in eine Kürbisdekoration hinein.

Melanie bekam den Wagen wieder in die Gewalt, bog auf den Highway stadtauswärts und fragte: „Also, wohin jetzt?"

„Fahr einfach weiter", sagte García.

Sie trat aufs Gas und verbarg im Dunkeln ein Lächeln. In den 20 Jahren, die sie jetzt schon in Deep Haven lebte, hatte sie all die Geheimnisse, die Legenden und die Geschichten erfahren, die sie jetzt retten konnten. „Vielleicht sollten Sie sich ein paar der Sehenswürdigkeiten von Deep Haven anschauen, wenn Sie schon mal hier sind. Zum Beispiel den Cutaway Creek. Einfach herrlich um diese Jahreszeit."

„Halt die Klappe", schnauzte er sie an und drückte die Waffe fester gegen ihren Hals. „Weißt du, was ich mit dir machen werde? Ich werde mir richtig Zeit lassen. Ich werde dich am eigenen Leib spüren lassen, wie es sich anfühlt, wenn einem das Leben genommen wird. Ganz langsam. Ich werde zuschauen, wie du leidest, und du wirst in der Gewissheit sterben, dass ich mir deine Tochter hole, wenn ich mit dir fertig bin."

Sie schaute stur auf die Straße vor sich, auf die scharfe Kurve am Fuß des Hügels vor der Brücke über den Fluss. Wie oft waren sie schon an dieser Stelle vorbeigefahren, und Nathan war nicht in der Lage gewesen, sich die schroffe Felskante anzuschauen. Aber sie hatte sehr wohl hingeschaut. Einmal hatte sie sogar angehalten und über den Rand nach unten geschaut. Die Brücke überspannte den See an der Stelle, an der er in den Fluss mündete. Auf der einen Seite ging es 20 Meter tief in die eiskalten Fluten des Lake Superior hinunter, auf der anderen Seite war das felsige Flussufer.

Sie würde gerade so heftig das Brückengeländer rammen, dass er nach vorn gegen die Windschutzscheibe prallte und vielleicht bewusstlos wurde. Und dann würde sie rennen.

„Ich habe keine Angst vor Ihnen", sagte sie. Die Worte kamen einfach aus ihr heraus, aber in dem Augenblick, als sie sie aussprach, hatte sie plötzlich das Gefühl, dass zwei Hände über sie gehalten wurden, und sie hatte tatsächlich keine Angst mehr. Sie nahm die Kurve und gab Vollgas ...

„Du bist immer noch genau so dumm wie damals ..."

Der Wagen drehte sich auf dem Eis und ein Schrei stieg in ihrer Kehle auf, aber sie hielt ihn zurück, während der Wagen so heftig gegen das Brückengeländer prallte, dass ihr Kopf ruckartig nach hinten gerissen wurde. Danach schoss der Wagen rückwärts, und García wurde gegen sie geschleudert, während das Heck des Wagens knirschend und mit einem lauten Krachen das Brückengeländer auf der anderen Seite durchbrach und hinunterstürzte.

Als die Autoscheinwerfer auf die Wasseroberfläche fielen, ließ Melanie endlich ihren Schrei los. Und dann schlugen sie auf – hart und schnell, und die Lichter gingen aus.

Millisekunden später kam Melanie wieder zu sich – oder war sie gar nicht bewusstlos gewesen, sondern nur starr vor Schreck? Aber sie konnte nicht atmen. Sie lag auf der Seite, der Wagen war auf der Beifahrerseite eingedrückt und der Sicherheitsgurt schnitt ihr in den Hals. Sie hörte, wie das Wasser durch das Fenster auf der Beifahrerseite ins Wageninnere rauschte. Die beißende Kälte nahm ihr den Atem und kroch an ihr hoch. Sie zerrte an dem Sicherheitsgurt und kämpfte verbissen mit dem Verschluss. „Oh, bitte!"

Unter ihr in der Dunkelheit und beinahe schon ganz unter Wasser lag García. Melanie rang keuchend nach Atem, und als sie versuchte, sich aus ihrer Position zu befreien, merkte sie, dass ihr Fuß irgendwo unter ihr feststeckte.

Dann fand sie endlich den Verschluss des Sicherheitsgurtes, den sie auch aufbekam, schlängelte sich nach oben aus dem Gurt und versuchte ihren Fuß freizubekommen. Das Wasser hatte jetzt bereits Schulterhöhe erreicht und die beißende Kälte drang durch ihre Kleidung. Sie zitterte am ganzen Körper.

García lag reglos im dunklen Wasser unter ihr. Sie verrenkte ihren Hals, um an die noch vorhandene Luftblase bei der Sonnenblende heranzukommen.

Atme. Atme!

Ihr Fuß saß immer noch fest.

Das Wasser war jetzt in Höhe ihrer Ohren angekommen, stieg aber anscheinend für den Augenblick nicht mehr weiter. Sie hatte ihr Gesicht gegen den samtigen Stoff des Wagenhimmels gedrückt, atmete das bisschen Luft ein, das in der Blase noch vorhanden war, und begann gleichzeitig gegen das immer noch geschlossene Fenster an ihrer Seite zu schlagen und zu treten.

Bitte, Gott. Bitte!

Sie schloss die Augen und zwang sich mit reiner Willenskraft, ruhig zu bleiben. Sie brauchte nicht in Panik zu geraten. Sie konnte sich dafür entscheiden zu hoffen.

Konnte sich entscheiden zu glauben.

Konnte sich dafür entscheiden, an der Gnade festzuhalten.

…

Offenbar konnte Tim der Familie Decker einfach nicht entkommen. Er wäre froh gewesen, nie wieder ein Familienmitglied zu Gesicht zu bekommen, doch dann hatte Mrs Decker ihn auf der berüchtigtsten Kreuzung der Stadt beinahe von der Seite gerammt. Er hatte ihr Gesicht in der hellen Beleuchtung der Kreuzung ganz genau erkannt. Er war nach dem Beinah-Zusammenstoß ins Schleudern geraten, über die Bordsteinkante auf den Bürgersteig gerutscht und hatte die Kürbisdekoration an der Auffahrt zur Tankstelle mitgenommen.

Na super!

Was hatte sie eigentlich für ein Problem mit ihm? Und sie hatte nicht einmal gebremst – war einfach weitergefahren, als hätte sie ihn gar nicht gesehen, und dann waren nur noch ihre Rücklichter zu sehen gewesen.

Ihm kam ein Kraftausdruck in den Sinn, als er aus dem Jeep ausstieg und wegen des heftigen Schneeregens den Kopf einzog, als er den Schaden begutachtete. Einer der Scheinwerfer war zertrümmert. Oh Mann.

Er hätte jetzt bei dem Spiel sein können, um Colleen anzufeuern, aber Mrs Decker hatte ihn in die Pfanne gehauen. Er dachte an ihr selbstgefälliges Lächeln am vergangenen Abend, mit dem sie während des gesamten Essens allen etwas vorgemacht hatte. Wie lange würde sie wohl noch warten, bis sie die Familie beiseitenahm und ihnen eine wilde und abenteuerliche Geschichte über ihn erzählte?

Und er war auch nicht bereit, Colleen zu vergeben, nachdem sie heute in der Schule einfach nur dagestanden und zugeschaut hatte, fast als wünschte sie sich, dass ihr Bruder ihn fertigmachte.

Er wollte sich das Spiel nicht mal mehr anschauen. Er wusste nicht so genau, wieso er die vergangene Stunde damit verbracht hatte, immer wieder an der Schule vorbeizufahren, dann nach Hause, dann wieder zurück zum Spiel. Er wollte sie gar nicht sehen. Am besten, er vergaß den ganzen selbstgerechten Decker-Clan einfach.

Tim stieg in den Wagen, ließ sich noch ein bisschen weiter von seiner Wut anfressen und raste dann die Straße hinunter hinter Mrs Decker her. Er würde ihr folgen, bis sie an ihrem Ziel angekommen war, ihr dann seinen Wagen zeigen und verlangen, dass sie für den Schaden aufkam. Er war nicht bereit, ihretwegen an seine Ersparnisse für das neue Snowboard heranzugehen.

Selbst aus der großen Entfernung konnte er sehen, wie ihr Wagen auf der Straße schlingerte. *Fahr doch langsamer, meine Güte.* Sie fuhr an der Bibliothek vorbei, am Coffee-Shop und dann den Hügel hinauf … aus der Stadt hinaus.

Ob sie etwa ... getrunken hatte? Er ließ diesen Gedanken kurz zu, verwarf ihn dann aber sofort wieder. Aber wieso war sie nicht bei dem Spiel? Das irritierte ihn ziemlich. Soweit er wusste, hatte Mrs Decker noch kein einziges Spiel von Colleen versäumt.

Offenbar mit dem totalen Bleifuß raste sie den Hügel hinunter. *Versuch bloß nicht, mir davonzufahren, Baby.* Er packte das Lenkrad ganz fest und schaute auf den Tacho. Sein Jeep war mit Winterreifen ausgerüstet, aber ihr kleines Auto – er erkannte jetzt, dass sie im Wagen ihres Mannes unterwegs war – hatte nicht mehr Haftung auf der Straße als ein Snowboard auf der Piste.

Und jetzt fuhr sie auf die scharfe Kurve an der Brücke zu, auf der, wie er gehört hatte, vor Jahren jemand ums Leben gekommen war. Auch Tim wäre als Fahranfänger schon ein paarmal um ein Haar gegen das Brückengeländer geprallt.

Er tippte kurz auf die Bremse und sein Wagen schlingerte und rutschte sofort. Was machte er hier eigentlich? Er bremste ab und fuhr auf den Standstreifen. Sein Herz raste. Er war zum Verkehrsrowdy mutiert!

Aber es nervte ihn trotzdem, dieses selbstgerechte Gesülze und dann die Tatsache, dass sie auf der Kreuzung nach dem Beinahe-Zusammenprall nicht mal angehalten hatte. Ihr völlig verrückter Fahrstil. Warum war sie nicht beim Spiel?

Er saß unschlüssig da und schaute zu, wie die Rücklichter ihres Wagens immer kleiner wurden. Und dann waren sie ganz verschwunden, ganz plötzlich, als Streifen aus rotem Licht zwischen den Bäumen.

Seltsam.

Irgendwie nagte all das so sehr an ihm, dass er sein Handy aus der Tasche nahm. Colleen nahm ihr Handy nie mit zu ihren Spielen, sodass er ziemlich sicher sein konnte, dass sie nicht drangehen würde.

„Hey, Colleen, ich bin's. Ich … das klingt jetzt vielleicht merkwürdig, aber ich habe gerade eben gesehen, wie deine Mutter aus der Stadt rausgerast ist. Sie fährt total merkwürdig und hat mich beinahe gerammt. Sag ihr, dass sie mir hundert Dollar schuldet."

Okay, das lief jetzt nicht ganz so, wie er es sich gewünscht hatte, aber er spürte die nachklingende Wut in seiner Kehle. Er seufzte. „Wahrscheinlich sieht man sich ja. Ich hoffe, ihr gewinnt euer Spiel."

Er fuhr wieder los und hatte vor, bei nächster Gelegenheit zu wenden. *Tu das, wovon du weißt, dass es richtig ist.* Er hatte diese Worte von Amelias Vater den ganzen Tag nicht wieder aus dem Kopf bekommen können. Es war, als verfolgten sie ihn irgendwie. Trotzdem – vielleicht würde er einfach weiterfahren bis zu der scharfen Kurve an der Brücke, nur um sicherzugehen, dass er sie nicht mehr einholen konnte, wenn er vernünftig fuhr ... und dann würde er umdrehen und diese ganzen Deckers nie wiedersehen.

Hoffentlich.

Tim bremste ab, als er in die Kurve fuhr und seine Scheinwerfer über das Brückengeländer glitten. Da musste erst vor Kurzem etwas dagegengeprallt sein. Er fuhr über die Brücke und bremste noch stärker ab. Auf dem langen Stück Straße vor sich, das er einsehen konnte, waren keine Rücklichter mehr zu sehen. Na gut, dann eben nicht.

Er bog auf den Parkplatz auf der anderen Seite der Brücke neben dem Aussichtspunkt und wendete. Dabei streiften die Scheinwerfer ein gähnendes Loch im gegenüberliegenden Brückengeländer.

Nein!

Oh nein.

Er hielt an und stürzte sich aus dem Wagen. „Mrs Decker!" Er rannte über die Straße, fiel dabei hin, rappelte sich auf und warf sich förmlich gegen das noch vorhandene Geländer, um hinüberzuschauen.

Der Wagen lag im Fluss unter ihm auf der Seite, die Fahrerseite auf einem großen Felsbrocken. *Lieber Himmel!* Er zog sein Handy aus der Tasche und wählte den Notruf. Nichts – natürlich nicht, denn wegen der steilen Felswände der Schlucht hatte man hier keinen Empfang. „Mrs Decker!!!"

Sie konnte schon tot sein dort unten in dem Auto … Und wenn sie noch nicht tot war, dann würde sie bald in dem eisigen Wasser erfrieren.

Tim suchte nach dem unbefestigten Fußpfad für Touristen, der von der Straße aus an den Rand der Schlucht führte. Halb rutschte, halb kletterte er die Böschung hinunter. Als sein Fuß auf einem vereisten Felsen abglitt, stürzte er mit den ausgestreckten Armen voran auf die Steine, kam schief auf und fiel ins Wasser.

Die Wucht des Aufpralls und das eisige Wasser raubten ihm den Atem. Er schnappte nach Luft und kämpfte gegen den Schmerz an, während er durchs Wasser vorwärtspflügte. Das Tosen des Flusses und die Kälte betäubten alle seine Sinne.

„Mrs Decker!" *Bitte lass sie nicht unter Wasser sein.*

Er arbeitete sich bis zur Fahrertür des Wagens vor. Hier unten war es so dunkel, dass er kaum den Griff der Autotür erkennen konnte. Er versuchte, sie zu öffnen, aber sie ging nicht auf. Der Fluss dröhnte in der Dunkelheit, und das Wasser reichte ihm jetzt schon bis über die Schultern.

„Hilfe!" Die Stimme kam aus dem Wageninneren direkt hinter der Scheibe.

Sie lebte! „Mrs Decker! Ich bin es, Tim Newman!"

„Oh, Gott sei Dank! Hilf mir, Tim – mein Fuß ist eingeklemmt. Ich komme nicht raus!"

Wenigstens hatte sie Luft. Er kämpfte sich zurück zur Böschung und suchte dort nach einem großen Stein. Seine Hände waren mittlerweile völlig taub vor Kälte.

„Zurück!", rief er und knallte dann den Stein so fest gegen die Autoscheibe, dass sie zerbrach. Er trat die Glasreste aus dem Rahmen und beugte sich ins Wageninnere, das fast bis zum Dach mit Wasser vollgelaufen war. Nur in der Ecke, wo Mrs Deckers Kopf gewesen war, war noch eine Luftblase.

„Okay, ganz ruhig, Mrs Decker. Alles wird gut."

Es sei denn, er bekam sie nicht aus dem Wasser heraus, dann würde gar nichts gut werden. Huch. Da war ja eine Hand – ein Arm, der an ihrem Gesicht vorbeitrieb. Er schrak zurück. „Was um …"

Sie kreischte laut auf, schlug nach dem Arm. „Aaaah! Hol mich hier raus!"

„Ist da noch jemand drin?"

„Ich glaube, er ist tot. Hier – zieh mich raus!"

Tim hockte auf dem großen Felsen, streckte seinen Arm ins Wageninnere und bekam ihre Hand zu fassen. Sie war so kalt wie ein Eisblock. Er packte auch ihre andere Hand und fing an zu ziehen. Ihr Kopf und ihre Schultern waren bereits durch das Fenster hindurch, als sie laut aufschrie.

„Sorry!“, keuchte Tim.

„Nicht deine Schuld, Tim. Mein Fuß hängt fest. Du musst Hilfe holen. Bitte – fahr los und hole Hilfe.“

„Ich kann Sie doch hier nicht allein lassen.“

„Doch, das kannst du – bitte!“

„Okay, okay – ich muss nur so weit fahren, bis ich Handyempfang habe. Dann bin ich sofort wieder bei Ihnen. Ich bin sofort wieder da – versprochen!“

Tim hatte sich gerade umgedreht, um wieder zu seinem Wagen hinaufzuklettern, als er ein grässliches Knirschen und Kreischen hörte. Als er herumwirbelte, sah er, wie der Wagen von Mrs Decker ins Rutschen geriet und sich weiter zur Seite neigte. Die Strömung zog ihn unter Wasser!

„Nein!“ Er stürzte wieder zu ihr zurück, um ihre Hand zu packen. Das gelang ihm auch, doch in der Hektik glitt sein linkes Bein unter ihm weg und geriet zwischen den Felsen und das Auto. Ein grausamer Schmerz schoss ihm durch den Körper, als der Wagen mit einem weiteren Knirschen wieder zum Stillstand kam.

Mrs Decker krallte sich an seiner Hand fest. „Oh Gott, Tim, lass nicht los. Du bist das Einzige, was meinen Kopf über Wasser hält.“

Er konnte gar nicht weg, denn sein Bein war eingeklemmt, aber das behielt er lieber für sich. Sie brauchte nicht zu wissen, dass sie wahrscheinlich beide sterben würden.

...

Wer will schon Bürgermeister sein?

Diese Worte, die Nathan selbst gesagt hatte, klebten wie Lehm in seinem Hinterkopf, während sein Blick zwischen der Tür, dem Spielfeld und den Zuschauern hin und her ging.

Es machte ihm etwas aus, dass er dieses Amt so nötig hatte, dass er glaubte, ohne den Bürgermeistertitel ein Niemand zu sein. Er hatte es nie zum Footballstar gebracht, hatte keine Millionen verdient und auch den Namen Decker nicht rehabilitiert. Aber sein Wert hing nicht von seinem Namen ab. Der Typ, der er zu Hause oder bei der Arbeit war, war ein guter Mann. Genau wie Sebastian gesagt hatte, bewies er jeden Tag aufs Neue, dass er ein Ehrenmann war.

Der Typ, der er wurde, wenn seine Frau ihn anlächelte. Das war es, was er brauchte.

Wer will schon Bürgermeister sein? Obwohl er der Meinung war, dass er seine Sache sicher gut machen würde. Er würde dazu beitragen, dass diese Stadt ein besserer Ort werden würde, wirtschaftlich und vielleicht sogar auch in Bezug auf das Miteinander.

Ich rede von der Stadt Deep Haven, Herr Bürgermeisterkandidat. Glaubst du, dass sie uns das vergeben werden? Ihm war gar nicht klar gewesen, wie sehr seine Mutter im Laufe all der Jahre gelitten hatte. Aber sie hatte recht … vermutlich würde ihn das Ganze nicht nur den Bürgermeisterstuhl kosten, sondern auch seine Immobilienfirma. Vielleicht sollten sie doch umziehen.

Aber vielleicht brauchte die Wahrheit über Melanie auch gar nicht herauszukommen. Sie hatte ihren alten Namen gegen einen neuen getauscht, hatte eine Vergangenheit erfunden, hatte also in Bezug auf alles gelogen, was man über sie wusste. Aber das war eine persönliche Angelegenheit, die eigentlich nicht jeder zu erfahren brauchte. Vielleicht konnte er den Wahlkampf trotz allem noch gewinnen.

Er stimmte in die Anfeuerungsrufe für die Huskys ein. Der Jubel hallte durch die ganze Halle, sodass der Lärm ohrenbetäubend war. Kein Wunder, dass Melanie zum Telefonieren rausgegangen war. Den zweiten Satz hatten sie mit 21:15 verloren, und sogar Colleen verlor offenbar langsam die Konzentration. Immer wieder schaute sie hinauf zur Tribüne, als wäre sie auf die Unterstützung ihrer Mutter angewiesen.

Kopfschüttelnd schaute Nathan auf seine Uhr. Melanie war jetzt schon seit fast 40 Minuten weg und hatte den gesamten zweiten Satz verpasst. Mit wem auch immer sie da telefonierte, es musste verdammt wichtig sein.

Frank? Hatte sie nicht seinen Namen genannt? Nathan war sich nicht sicher. Er griff nach seinem Handy. Er konnte sie anrufen, hoffen, dass sie an ihr Handy ging und sie daran erinnern … oh, er hatte eine Nachricht auf der Mailbox. Klar, den Signalton hatte er bei dem Lärm nicht gehört. Er würde die Nachricht später abhören.

Die Wölfe hatten schon wieder einen Punkt gemacht. Noch drei Punkte, und sie hätten den Tie-Break-Satz erreicht. Der Trainer verlangte ein Time-Out, und Colleen ging zur Bank und wischte sich mit einem Handtuch den Schweiß vom Gesicht.

Sie rührte sich nicht, als der Trainer die Mannschaft wieder auf den Platz schickte. Wahrscheinlich wurde sie mit dem Druck nicht fertig. Sie hatte ganz einfache Bälle nicht bekommen, hatte einige Schmetterbälle ins Aus geschlagen und war beim Baggern gestolpert. Und es schien so, als würde ihr das noch nicht einmal etwas ausmachen.

Nathan runzelte die Stirn, als er sah, dass sie in ihrer Trainingsjacke herumwühlte und etwas herauszog – war das etwa ihr Handy? *Komm schon, Colleen.* Wehe, sie schrieb jetzt eine SMS an Tim! Nathan beobachtete, wie Colleen das Handy am Ohr hatte, es dann wieder wegnahm und fassungslos anstarrte. Dann drückte sie auf eine Taste und hörte wieder hin. Nathan konnte förmlich sehen, wie sich ihr Gesicht veränderte, wie sie leichenblass wurde, und ihm wurde ganz eng in der Brust, als sie den Mund öffnete.

Und dann schrie sie.

Sie stand auf, ließ das Handy fallen und schrie einfach nur.

Der Ball landete mitten im Feld der Huskys, weil alle Spielerinnen sich umdrehten und zuschauten, wie Colleen schreiend hinausrannte. Quer durch die Halle, zu …

„Papa, Papa – ich glaube, er hat sie! Der Mann hat Mama entführt!“

Nathan war sofort auf den Beinen – das wusste er noch –, aber alles andere ergab keinen Sinn. Er schaffte es die Tribüne hinunter bis auf den Platz und bekam Colleen am Arm zu fassen. „Was redest du da?“

Tränen liefen ihr über das Gesicht. „Tim hat angerufen. Er hat gerade gesehen, wie Mama aus der Stadt gefahren ist, und … Der Mann – er hatte … er hatte eine ... eine Schlange …“ Sie hob ihre zitternde Hand und zeigte auf ihren Hals. Ihre Stimme überschlug sich. „Er hat mich heute auf dem Schulparkplatz abgefangen und mitgenommen …“

„Jemand hat dich *mitgenommen?!* Heute?“ Nathan spürte irgendwo am Rande seiner Wahrnehmung, wie die Menge um ihn herum still wurde, und er merkte, wie heftig er Colleens Oberarme gepackt hatte. „Hat er dir etwas getan?“

Erst da sah er den Bluterguss auf ihrer Wange und die Schwellung um die Augen herum. Ihm blieb die Luft weg. „Was genau ist passiert?“

„Er hat mir gesagt, dass er zu uns nach Hause kommen und uns alle umbringen wird, wenn ich nicht zum Spiel erscheine oder Mama oder dir etwas sage.“

Nathan nahm ihr Gesicht in seine Hände und wusste nicht, wie er die nächste Frage stellen sollte und ob er die Antwort würde ertragen können. Ganz leise fragte er: „Hat er …?“ Er schluckte. „Hat er …?“

„Nein, Papa.“ Sie schüttelte den Kopf, und er hätte am liebsten vor Erleichterung geweint. Er drückte seine Tochter ganz fest an sich. *Danke, Gott. Ach danke, Gott.* „Er hat mich nur geschlagen, weil … weil er schreckliche Sachen über Mama gesagt hat und ich ihn einen Lügner genannt habe. Er wollte sie sich schnappen, wenn sie zum Spiel kommt, und er hat gesagt, dass er uns alle umbringt, wenn ich irgendjemandem etwas sage."

Nathan schloss die Augen.

„Ist alles in Ordnung, Nathan?"

Er drehte sich um und sah, dass Sebastian Brewster hinter ihm stand und ihn besorgt anschaute. Nathans Mund war staubtrocken und das Herz schlug ihm bis zum Hals. Nein, nichts war in Ordnung. Und das würde es vielleicht auch nie wieder sein. „Ich glaube, jemand hat meine Frau entführt."

Seine Stimme war so laut, dass sie bestimmt bis nach Kanada zu hören war, denn auf der Tribüne wurde es plötzlich totenstill.

Sebastian starrte ihn fassungslos an. „Was?"

Nathan blickte in die Menge. Eli Hueston, der ehemalige Polizeichef von Deep Haven, war bereits auf den Füßen und rannte die Tribüne hinunter, mit Pastor Dan und seiner Frau Ellie auf den Fersen. In der obersten Reihe war auch Jason aufgestanden.

Jetzt war es so weit, die Geheimnisse ihrer Familie wurden vor den Augen von ganz Deep Haven gelüftet. Nathan hörte, wie das Gemurmel um ihn her lauter wurde.

Aber irgendwo da draußen war seine Frau in Lebensgefahr ... oder vielleicht schon tot. „Melanie ist in Gefahr", sagte er laut.

Das Gemurmel erstarb.

„Meine Frau ist nicht die Person, für die ihr sie haltet." Er griff nach Colleens Hand und hielt sie ganz fest. „Melanie hat hier die ganze Zeit, also seit zwanzig Jahren, unter einem angenommenen neuen Namen gelebt, weil sie in einem Zeugenschutzprogramm ist. Sie hat vor langer Zeit vor Gericht gegen einen Verbrecher ausgesagt, und dieser Mann will sie immer noch umbringen. Ich glaube, dass er sie heute gefunden hat." Nathan wurde so eng ums Herz, dass er kaum weiterreden konnte. „Und er hat sie entführt. Ich bete, dass er sie nicht …" Er schaute weg und schluckte, und seine Stimme wurde kläglich. „Ich muss sie finden."

Schweigen.

Er kannte die Gesichter von Deep Haven, ohne sie anzuschauen. Er kannte sie fast alle, kannte ihre Eltern, ihre Kinder, ihre Häuser und Autos. Mit der Hälfte von ihnen war er zur Schule gegangen, hatte den meisten von ihnen beim Bau oder Kauf ihrer Häuser geholfen – und sie kannten ihn auch. Kannten ihn als Sohn eines rücksichtslosen, mordenden Trunkenbolds, und jetzt als Mann, dessen Frau sie alle getäuscht und belogen hatte. Und plötzlich kümmerte ihn all das kein bisschen mehr.

Colleen hielt ihr Handy hoch. „Tim geht nicht an sein Handy, und ich weiß nicht, wo er sie gesehen hat. Ich versuche weiter, ihn zu erreichen, aber vielleicht können wir ihn ja auch per GPS orten."

Ach, diese genialen Kinder der Generation der Kommunikationstechnologie. „Gute Idee."

„Kyle!" Eli gab seinem Sohn, der außer Dienst auf der Tribüne saß, ein Zeichen. „Fahr mit Blaulicht zur Polizeiwache und sag den Leuten dort, dass sie hierher in die Schule kommen sollen."

„Nathan!"

Als er die Stimme hörte, drehte Nathan sich um. Es war Frank.

Colleen stürzte sich auf den Mann und warf sich in seine Arme. „Onkel Frank, Mama ist etwas passiert!"

Frank sah aus, als wäre er um 10 Jahre gealtert, seit Nathan ihn vor wenigen Stunden das letzte Mal gesehen hatte. Er schien nicht so recht zu wissen, wie er mit Colleens Zuneigungsbekundung umgehen sollte, aber er hob ganz langsam die Arme, um sie festzuhalten.

Nathan wäre Frank am liebsten an die Gurgel gegangen, aber er fragte nur: „Was ist passiert? Ich dachte, Sie hätten ihn geschnappt!"

Frank löste sich aus Colleens Umklammerung und lächelte sie kurz an, bevor er sich an Nathan wandte. „Das habe ich auch gedacht. Aber der Tote war nicht García."

Colleen wich vor ihm zurück. „Sie sind gar nicht mein Onkel, oder?“

Er schüttelte den Kopf. „Aber das heißt nicht, dass ich deine Mutter nicht liebe wie meine eigene Tochter. Ich werde sie finden, Colleen, das verspreche ich dir.“ Mit diesen Worten zog er sein Handy aus der Tasche. „Hast du nicht gesagt, dass Tim dich angerufen hat? Gib mir bitte mal seine Nummer.“

Um sich her nahm Nathan jetzt wieder andere Stimmen wahr. Pastor Dan kam zuerst zu ihm hinauf. „Wir werden sie finden. Er kann noch nicht weit gekommen sein.“ Dann drückte er Nathan fest und aufmunternd die Schulter. „Ich bin jetzt unterwegs zur Radiostation, um Freiwillige für einen Suchtrupp zu sammeln.“

Nathan sah ihm nach. Wirklich? Aber es schien … ja. Sebastian hatte schon einen Kreis von Männern um sich geschart, die mithilfe einer Karte von der Umgebung die Suchaktion planten. Eli hatte drüben bei der Moderatorenkabine den Kopf mit dem Sprecher zusammengesteckt.

„Moment mal – ich möchte nicht, dass jemand verletzt wird!“, sagte Nathan.

Sebastian zog sich die Jacke an, während er an ihm vorbeiging und sagte: „Das ist jetzt nicht mehr allein deine Angelegenheit, Nathan. Du lebst schließlich in einer Gemeinschaft. Wenn einer von uns in Gefahr ist, dann geht uns das alle an.“

Frank hatte sich umgedreht und lief einer Gruppe von Männern in Richtung Ausgang hinterher. Nathan rannte ebenfalls dorthin, um sie noch zu erreichen.

„Papa!“

Er drehte sich um und sah, dass Jason Colleen bei der Hand hielt. „Fahrt nach Hause! Oder … wartet mal! Nathan zog sein Handy heraus und wählte. Er hätte vor Erleichterung weinen können, als er die Stimme seiner Mutter hörte. „Ist alles in Ordnung bei dir? Geht es dir gut?“

„Mir geht es gut. An meinem Küchentisch sitzt ein Polizist. Aber was ist mit euch? Frank hat vor fast einer Stunde hier angerufen und war auf der Suche nach Melanie. Ist sie bei dir? Geht es ihr gut?"

Er schaute Jason und Colleen an, die ihn ganz genau beobachteten, und er war es einfach leid zu lügen, er hatte all die Geheimnisse so satt. „Ich weiß es nicht. Ist Henry bei dir?"

„Er ist hier und wohlauf. Er hat Angst, aber das geht uns wohl allen so."

Ja, allerdings. „Bete, Mutter", sagte er. „Bete für Melanie." Dann beendete er das Gespräch und wandte sich an Jason. „Fahrt nach Hause und wartet da. Und betet ihr auch, dass wir eure Mutter finden!"

Nathan gab Colleen einen Kuss auf die Stirn und rannte dann zur Eingangstür der Halle. Die Polizeiwagen standen schon in einer Reihe bereit, alle mit Blaulicht und Sirene. Frank bellte, eine Hand auf das freie Ohr gepresst, Befehle in sein Handy.

Nathan rannte zu ihm hinüber, aber Frank hielt eine Hand hoch, um ihm zu signalisieren, dass er zuhören musste, und sagte dann: „Ja, verstanden." Dann beendete er das Gespräch. „Ich habe eine GPS-Ortung von Tims Anruf. Er kam von außerhalb der Stadt, vom Highway. Das ist zumindest ein Anhaltspunkt." Mit einem Handzeichen rief er Eli zu sich herüber und gab die Information auch an ihn weiter.

„Das ist aber ein weites Feld da draußen", sagte Eli.

Nathan hatte immer noch sein Handy in der Hand und schaute jetzt noch einmal darauf. „Oh! Melanie hat mich angerufen." Er drückte auf die Kurzwahltaste, um die Nachrichten von der Mailbox abzuhören. Während er zuhörte, hielt er sich das andere Ohr zu. Gedämpfte Stimmen waren zu hören … Moment mal …

Gütiger Gott! Melanie hatte ihn angerufen, als García sie entführt hatte. Er hätte am liebsten geweint, als er ihre Stimme erkannte. „*Vielleicht sollten Sie ein paar … besichtigen, so lange Sie hier in Deep Haven sind …*" Er schloss die Augen. Ihm blieb fast das Herz stehen, als er ihren Schrei hörte. *Oh Gott, bitte nicht …* „Ich weiß, wo sie ist!"

Frank und Eli drehten sich gleichzeitig zu ihm um. Nathan hatte einen metallischen Geschmack im Mund und bekam nicht richtig Luft. „Ich glaube, sie ist in den Cutaway Creek gefahren."

„Dann los", sagte Frank. Er rannte zu einem anderen Mann, einem dunkelhaarigen Typ, der bei seinem Mietwagen stand, wahrscheinlich sein Partner.

Nathan blieb ihm auf den Fersen und öffnete die Tür hinter dem Fahrersitz.

„Es wäre sinnlos, Ihnen zu sagen, dass Sie hierbleiben sollen, oder?", fragte Frank und riss die Tür an der Beifahrerseite auf. Sein Partner nahm auf dem Fahrersitz Platz. Nathan nickte. „Dann steigen Sie ein."

Nathan war noch nie so extrem aufgefallen, wie weit der Fluss von der Stadt entfernt war und wie oft ein Herz schlug, bis man da war. *Bitte, Gott, bitte, Gott,* stammelte er in seinem Kopf immer wieder. Oder sagte er es laut? Er konnte doch nicht auch noch seine Frau im eisigen Wasser des Cutaway Creek verlieren!

Sie bogen um die scharfe Kurve vor der Brücke und er sah es als Erster: das geborstene Geländer an der Stelle, wo der Wagen von der Brücke gestürzt war. Nathan hatte bereits die Tür geöffnet, bevor der Wagen zum Stehen kam. Eine Reihe Polizeiwagen mit aufgeblendeten Scheinwerfern fuhren hinter ihnen, aber er schaute nicht, ob die Straße frei war, sondern rannte einfach los zum Rand der Brücke.

„Hier! Wir sind hier unten."

Die Strahlen zahlreicher Taschenlampen leuchteten in die Richtung, aus der die Stimme kam.

Es war Tim. Er kauerte auf einem Felsen neben einem Auto, das größtenteils im Wasser lag. Mit dem Fuß stützte er sich an dem Auto ab, und das Wasser reichte ihm bis zu den Schultern.

Er hielt eine leblose Frau in den Armen, ihren Kopf auf seinem Schoß.

„Schnell!"

Nathan wartete nicht auf die Sanitäter, kümmerte sich nicht um die Stimmen oder die Albträume oder das Gefühl des wirbelnden Wassers, das ihn hätte nach unten ziehen können. Er stolperte und rutschte die steinige Uferböschung hinunter und stürzte sich ohne Zögern ins Wasser.

Als er sich auf Tim zu kämpfte, nahm ihm die Eiseskälte den Atem. Aber das kümmerte ihn kein bisschen.

Bei Tim angekommen, stammelte der: „Es tut mir leid. Ich habe versucht, sie wach zu halten, aber …" Der Junge war völlig aufgelöst, aber Nathan konnte sich jetzt nicht mit ihm befassen, nicht in diesem Moment. Er riss Melanie in seine Arme.

Nein. Das konnte nicht Melanie sein. Diese Frau sah aus wie ein Gespenst – graue Haut, geschlossene Augen, und das nasse, strähnige Haar klebte ihr im Gesicht. Das konnte nicht seine Melanie sein, denn Melanie war strahlend und schön und stark und voller Leben und Hoffnung.

Nein, das hier war nicht seine Frau. Weil diese Frau tot war.

Kapitel 19

Es war ein schöner Tag zum Sterben.

In Deep Haven war es ganz still geworden mit dem letzten Schneefall, und Millionen von unterschiedlichen Schneeflocken bedeckten die Bäume, den Boden und die schroffen Felsen, und an den Fenstern breiteten sich Eisblumen aus. Der Winter in Deep Haven hatte alles verlangsamt, schuf eine Insel der Ruhe und Geborgenheit.

Es war der Ort, an den Frank sie zum Sterben geschickt hatte. Oder vielleicht auch … um wiedergeboren zu werden. Sie hatte mit den Händen in den Taschen am Seeufer gestanden und den Duft des Frühlings eingeatmet. Er hatte ihr gesagt, dass eine Wiedergeburt schwer sei, so mühsam wie das Eintreffen des Frühlings mit den Schmelzwasserrinnsalen aus den Bergen, die die Flüsse anschwellen ließen, und mit Blitzeis in den frühen Morgenstunden. Er hatte ihr gesagt, sie solle sich Zeit lassen, um aufzuwachen und um sich um die Wunden zu kümmern, die der Winter hinterlassen hatte. Aber er hatte ihr auch versprochen, dass sie eines Tages wieder heil sein würde, genauso sicher wie der Sommer jedes Jahr schließlich doch noch kam.

Wie gerne hätte sie ihm geglaubt! Wie gern wäre sie aus ihrem Albtraum aufgewacht. Aber dieses Aufwachen fühlte sich an, als müsse sie durch dickes Eis hindurchstoßen. Sie konnte Stimmen hören, sank aber immer wieder in die Kälte zurück. Mehr Stimmen, die sie zu Gerüchen und Geräuschen und Farben hinriefen.

Aber die Insel der Stille, der Winter, rief ebenfalls nach ihr. Und im Hellen erwartete sie der Schmerz. So viel Gnade konnte es gar nicht geben, dass sie noch einmal von vorn hätte anfangen können. Sterben fühlte sich so viel einfacher an.

„Melanie?"

Sie holte Luft, fühlte den Atem kalt und steif in ihrer Lunge.

„Bitte, Liebling, wach doch auf!"

Jetzt spürte sie die Hand, die sich ganz fest um ihre schloss. Melanie? Dabei hieß sie doch Dina. Aber auf Melanie hörte sie auch. Es klang wie eine vertraute Melodie tief in ihrem Herzen.

„Mama."

Diesen Namen kannte sie. Ihre Augen öffneten sich fast ohne ihr Zutun. Und dieses Gesicht, es war ihr so vertraut. Blaue Augen und Sommersprossen auf der niedlichen Stupsnase, von langem blonden Haar eingerahmt. „Colleen."

Melanie konnte sich selbst kaum hören. Sie hatte eine Maske auf dem Gesicht, aus der kalte Luft in sie hinein gedrückt wurde. Sie hob die Hand, um sie zu bewegen, aber das zwickte.

„Du hattest einen Unfall, Liebling."

Nathan. Sein Name war auch ein Lied, eines, das sie schon fast immer gesungen hatte. Er sah aus, als hätte er seit Tagen nicht geschlafen. Das weiße T-Shirt war völlig zerknittert und sein Haar zerzaust. Jason stand am Fußende des Bettes, sah irgendwie jünger und ein bisschen betreten aus.

Und dann war plötzlich alles wieder da.

Sie holte kurz Luft und schob die Sauerstoffmaske zur Seite. „García …"

„Luis García ist tot", sagte Nathan. „Er ist ertrunken. Und du hast dir den Fuß gebrochen. Kannst du dich erinnern?"

Ein Krankenhaus. Jetzt erkannte sie es – die Vorhänge in neutralen Farben, der quadratische Fernseher, die Blumen auf dem Tisch, und … und viele Karten mit Genesungswünschen. „Ich habe einen Unfall gehabt."

„Einen Autounfall, genau. Du bist mit dem Wagen von der Brücke gestürzt."

Nein – nein, das stimmte nicht. „Ich bin von der Brücke *gefahren*", sagte sie mit rauer Stimme.

Nathan schnappte nach Luft. „Du bist *absichtlich* von der Brücke gefahren?"

„Eigentlich wollte ich das gar nicht. Ich wollte ihn nur überrumpeln, indem ich das Geländer ramme, und dann irgendwie fliehen. Aber dann sind wir abgestürzt. Ich habe gedacht, ich muss sterben."

„Du *bist* gestorben. Du hattest zweimal einen Herzstillstand. Seit drei Tagen lagst du in einem künstlichen Koma, und in dieser Zeit haben sie dich wieder aufgewärmt." Nathans Mund verzog sich zu einem grimmigen Strich. „Wir hätten dich beinahe verloren."

„Wie habt ihr mich denn überhaupt gefunden", fragte sie, ließ sich von Nathan einen Becher Wasser mit einem Strohhalm reichen und trank einen Schluck, um ihre völlig ausgedörrte Kehle zu befeuchten.

„Du hast mich angerufen", sagte Nathan. Er lächelte, und sein Gesichtsausdruck war weich.

Sie lächelte zurück. „Stimmt, das habe ich."

„Mama! Du bist wach!", rief Henry. Er kam in das Zimmer gehüpft und gab ihr einen Kuss auf die Nase. „Huch, die ist ja immer noch ganz kalt."

„Die wird auch noch warm, mein Junge", sagte Nathan. Aber Melanie entging nicht, dass er sich verstohlen eine Träne von der Wange wischte.

Hinter Henry kam Helen ins Zimmer. Sie trug einen Ledermantel und einen Hut und hatte rosige Wangen. Ihr Blick wurde warm, als sie Melanie ansah. „Jag uns nie wieder einen solchen Schrecken ein! Hast du mich verstanden? Nie wieder", sagte sie, drückte Melanies Hand und schenkte ihr ein Lächeln, das ein Versprechen war.

Direkt hinter ihr stand … „Frank?"

Er sah jünger aus und nicht mehr so zornig. „Hallo, Kleine", sagte er. „Schön, dass du noch bei uns bist." Wurde er tatsächlich rot? Er schaute zu Helen hin, die ihn anlächelte. „Ich habe mir gedacht, dass ich vielleicht noch ein bisschen hierbleibe, wenn das in Ordnung ist."

„Onkel Frank ist nämlich in Oma verliebt!", erklärte Henry ohne falsche Zurückhaltung.

Frank zuckte grinsend mit einer Schulter. „Ich habe ein tolles Haus gefunden mit viel Potenzial." Er schaute zu Nathan hinüber. „Für einen Mann mit Vision."

Wirklich? Frank würde also bleiben?

Helen schob ihre Hand in Franks. „Ein Haus, das groß genug ist für Gäste und für die Familie."

Frank sah sie an und lächelte, und in diesem Blick lag so viel Zuneigung, dass Melanie ihn fast nicht wiedererkannt hätte.

Vielleicht war sie tatsächlich gestorben und befand sich jetzt an einem anderen, glücklicheren Ort. Nein, das hier war der richtige Ort. Der Ort, den sie kannte. An dem sie bleiben wollte.

„Wie geht es denn Tim?" Auch an ihn erinnerte sie sich jetzt. Wie er sich entschuldigt hatte, wie er immer wieder versucht hatte, sie zum Reden zu bewegen, sie wach zu halten, während ihr Körper von der Kälte vollkommen steif und ihr Herzschlag immer langsamer geworden war. Er hatte ihr von seinem Traum erzählt, Snowboarder zu werden, hatte von seiner Familie und vom Verlust seines Bruders gesprochen. Darüber, dass er Colleen sehr mochte und so gern in ihre Welt hineinpassen würde. Melanie sah ihre Tochter an. „Bitte sag mir, dass es ihm gut geht."

Colleens Augen glänzten. „Ja, es geht ihm gut. Aber er hat sich ein Bein gebrochen. In dieser Saison wird er jedenfalls höchstwahrscheinlich nicht Snowboard fahren können."

„Dann braucht er doch bestimmt viel Gesellschaft und Aufmunterung. Vielleicht können wir ihm ja beibringen, wie die Deckers Monopoly spielen."

Ihre Tochter lächelte und fragte: „Wirklich?“

„Es tut mir so leid, Colleen. Du hattest recht, ich war wirklich voreingenommen und habe ihm keine Chance gegeben. Ich ... ich wollte dich nur nicht verlieren, Colleen. Noch nicht.“

„Du wirst mich nicht verlieren, Mama“, sagte Colleen ganz leise. Sie nahm die Hand ihrer Mutter und drückte sie. „Niemals.“

„Und ihr werdet mich nicht verlieren.“ Melanie schaute ihre Familie an. „Es tut mir leid, dass ich euch nicht gesagt habe, wer ich wirklich bin.“

„Ach, Mama“, sagte Jason. „Wir haben immer ganz genau gewusst, wer du bist.“

„Du bist unsere Mama!“, sagte Henry und hopste aufs Bett.

„Mann, Henry, mach mal langsam“, sagte Jason und zog seinen kleinen Bruder wieder vom Bett herunter.

Nathan beugte sich zu ihr hinunter und sagte: „Und in guten wie in schlechten Zeiten, Dina oder Melanie oder wie auch immer du dich nennen willst – du bist meine Frau.“ Er gab ihr einen Kuss auf die Stirn. „*Esmeralda* oder *Penelope* fände ich allerdings weniger prickelnd. Doch auch damit könnte ich leben, solange du dahintersteckst.“

Sie streichelte ihm über seine Bartstoppeln. „Melanie Decker ist schon in Ordnung.“

Er nahm ihre Hand, drückte sie an seine Brust und sah ihr in die Augen. Genau wie beim ersten Mal, als sie gerade in Deep Haven angekommen war, etwas schwankend im Frühlingswind, wiedergeboren und neu in sein Leben getreten.

„Meine ganze Klasse hat für dich gemalt“, sagte Henry und zeigte auf eine Reihe von Bildern mit Genesungswünschen.

„Beth Iverson vom Fußballteam hat Cookies für dich gebacken, das Volleyballteam hat eine Karte geschickt und die Kirche einen Blumenstrauß, und die anderen Sträuße sind von allen möglichen Leuten aus Deep Haven. Anscheinend könntest du ebenso gut für das Bürgermeisteramt kandidieren wie ich“, sagte Nathan.

Sie hielt seinem Blick stand. „Und du?“

Er schüttelte den Kopf. „Ich glaube, ich habe alle Hände voll damit zu tun, dich aus Schwierigkeiten herauszuhalten.“ Er lächelte ohne eine Spur von Bedauern. „Sebastian Brewster wird einen sehr guten Bürgermeister abgeben. Außerdem brauche ich niemandem etwas zu beweisen ... außer dir.“

„Das tut mir leid, Nathan.“

„Wir haben so viel Aufregung erlebt, dass es für den Rest unseres Lebens reicht, Liebling. Bitte gönn mir etwas Langeweile.“

Also, Langeweile war sicher das Allerletzte, was sie mit diesem Mann haben würde. „Keine Geheimnisse mehr, ich verspreche es. Ich hatte nie vor, euch so in Gefahr zu bringen. Ich wollte nur einen Ort, an dem ich mich verstecken konnte.“

„Du hast vielleicht geglaubt, dass du dich in Deep Haven verstecken würdest“, sagte Nathan und beugte sich jetzt wieder zu ihr hinunter, seine Lippen ganz nah an ihren, „aber in Wirklichkeit bist du nach Hause gekommen.“

Epilog

Den Sperling hängte Claire immer als Letztes in den Baum.

Sie hatte ihn in dem ersten Jahr gekauft, als Dina fortgegangen war. Er half ihr dabei, die Worte ihres Streits über die Tätowierung zu löschen. Aber das war jetzt egal – das alles spielte keine Rolle mehr. Jetzt sagte ihr der Sperling einfach nur, dass Gott wirklich aufpasste.

Schließlich hatte Claire ihn auch jeden Tag um genügend Gnade angefleht, dass sie weiter glauben, beten und an der Hoffnung festhalten konnte. Ganz sicher kannte er den Schrei ihres Herzens.

Der Himmel über St. Louis war schiefergrau und trotz der festlichen Lichter im Haus und dem Glanz des geschmückten Baumes traurig. Claire hatte an diesem Morgen gerochen, dass Schnee in der Luft lag, als sie für ihren Mann die Zeitung hereingeholt hatte. Sie hatte Henry gebeten, Streusalz mitzubringen, für den Fall, dass es glatt werden würde. Sie wollte nicht, dass Kylie oder die Kinder ausrutschten, wenn sie heute kamen. Sie hatte ein ganzes Blech Zimtschnecken gebacken, und sie konnte es gar nicht erwarten, dass ihre Enkelin Joy ihr den Text aufsagte, den sie in dem Weihnachtsstück hatte. Und sie freute sich darauf, ihre jüngste Enkelin Dina Grace im Arm zu halten.

Vielleicht würde später auch noch Ben dazukommen, zwischen seinem Basketballtraining und dem Geburtsvorbereitungskurs mit Molly. Claire freute sich schon sehr auf ihr nächstes Enkelkind. Von Enkelkindern konnte sie gar nicht genug bekommen.

Einen Moment lang schaute sie zu, wie der Sperling an dem Tannenzweig baumelte und glänzte, weil das Licht sich auf ihm spiegelte. Auch den anderen Schmuck hängte sie noch auf. Den Handabdruck aus Gips, den Dina in der Sonntagsschule gemacht hatte, als sie zwei Jahre alt war, den Stern aus Alufolie, den sie in der ersten Klasse gebastelt hatten. Seufzend betrachtete sie das Foto auf dem Kaminsims. Auf dem Bild war Dina etwa 10 Jahre alt und grinste mit einem unglaublichen Überbiss voller Weihnachtsvorfreude in die Kamera.

Die Trauer hatte im Laufe der Jahre nachgelassen. Ein wenig jedenfalls. Oder vielleicht hatte Claire sie auch einfach nur mit jedem Jahr ein bisschen mehr akzeptiert. Wenn man so etwas denn überhaupt jemals akzeptieren konnte.

Claire nahm den Sperling in beide Hände, atmete dann tief durch und ließ die Figur wieder los.

Immer wieder musste man loslassen.

Sie stellte die leeren Verpackungen des Christbaumschmucks in die große Kiste zurück und zog sich Schuhe an, um die Kiste wieder hinaus in die Garage zu bringen. Ja, Schneegeruch lag in der Luft. Wenn sie Glück hatten, würde es weiße Weihnachten geben. Schnee munterte sie immer auf. Sie hoffte, dass Dina irgendwo lebte, wo es Schnee gab.

Claire schob die leere Kiste auf das Regal in der Garage und war gerade dabei, das Tor wieder zu schließen, als ein Wagen vor dem Haus anhielt. Sie wickelte ihre Strickjacke ein bisschen fester um sich und wartete in der Kälte, während der Fahrer ausstieg.

Sie hätte ihn als gut aussehend bezeichnet. Er hatte einen Wollmantel an, kurzes dunkelbraunes Haar und grüne Augen, die sie mit einer solchen Wärme anschauten, dass es sie verunsicherte. „Sind Sie Claire O'Reilly?"

Sie wusste nicht wieso, aber die Frage durchfuhr sie wie ein eisiger Schauer. Eigentlich hätte sie doch mittlerweile über jegliche Angst hinaus sein müssen, hätte Nerven wie Drahtseile haben müssen. Aber sie hatte diesen Moment immer gefürchtet, den Augenblick, in dem eine offiziell wirkende Person ihr die

Nachricht überbringen würde. Aber selbst nach so langer Zeit war sie nicht darauf vorbereitet.

Sie hatte einen Kloß im Hals und in ihren Augen brannten Tränen. *Bitte* … Jetzt stieg noch jemand aus dem Wagen. Claire hörte, wie die Wagentür zugeschlagen wurde und blickte hinüber, um zu sehen, wer da ausgestiegen war.

Und dann blieb ihr die Luft weg.

Ach …

Sie presste sich die Hand auf den Mund, griff nach etwas, an dem sie sich festhalten konnte, und bekam die Hand des Mannes zu fassen.

„Mama?"

Claire bekam immer noch keine Luft, konnte nichts sagen, als sie die Frau genauer anschaute. Groß war sie, mit wunderschönem blondem Haar und diesen unglaublich blauen Augen. Sie kannte dieses Gesicht, dieses Lächeln, diese Frau. „*Dina!*" Als sie den Namen aussprach, war kaum mehr als ein Flüstern zu hören, und dann hielt sie wieder die Luft an, nur für alle Fälle …

„Ich bin es, Mama. Ich bin es."

„Oh Dina." Claire setzte sich in Bewegung, aber Dina war bereits bei ihr und zog sie fest an sich. Claire schloss die Augen und drückte ihre Tochter – ihre erwachsene, wunderschöne Tochter – fest an sich. Sie nahm ihren Duft wahr, die Weichheit ihres Haars und ihre ganze Ausstrahlung. *Am Leben. Sie war am Leben.*

„Bitte sag mir, dass es vorbei ist."

„Es ist vorbei, Mama."

Eigentlich wollte sie es gar nicht, aber Claire konnte nicht anders, als ein bisschen zurückzutreten und Dina zu mustern. Sie nahm das Gesicht ihrer Tochter in beide Hände und sagte: „Du bist so schön!"

Und dann lachte sie. Ach, Claire lachte und ließ dabei alles heraus, was sie jahrelang so fest in sich verschlossen hatte. Dann drückte sie ihre Tochter noch einmal fest an sich.

Erst jetzt hörte Claire die Stimmen hinter sich und drehte sich um. Aus dem Wagen stieg ein fast erwachsener junger Mann und einen Moment lang sah Claire Ben als Teenager vor sich. Hinter ihm tauchte noch ein Junge auf. Auch er sah aus wie Ben, hatte aber das Lächeln ihrer Tochter. Und dann kam ein Mädchen. Eine erstaunliche Doppelgängerin von Dina mit langem blonden Haar, blauen Augen und einem zaghaften Lächeln. Die Reinkarnation der Tochter, die sie verloren hatte, stand in ihrer Auffahrt.

„Das ist meine Familie, Mama. Mein Mann Nathan und unsere Söhne Jason und Henry, und das hier ist deine Enkelin Colleen."

Claire nahm Colleens Hände in ihre. „Du bist genau so hübsch wie deine Mutter."

Colleen lächelte nur.

„Bist du wirklich meine Oma?"

Claire schaute den Jungen an, von dem die Frage kam. *Henry.* Ihr Mann würde begeistert sein, dass sein Enkel nach ihm benannt war. Der kleine Henry hatte ein spitzbübisches Grinsen und sah sie jetzt an, als hinge die Welt von ihrer Antwort ab. Sie schaute zu Dina hinüber, die sie anlächelte.

Ja. Oh ja. „Ja, das bin ich. Und ich habe übrigens gerade ein Blech mit Zimtschnecken für meine Enkel gebacken. Wollt ihr welche?"

Henry nickte enthusiastisch. „Ich liebe Zimtschnecken! Meine Mama macht die allerbesten."

Claire presste sich die Hand auf die Brust, als wäre sie nicht sicher, ob ihr Herz noch schlug. Als sie sich zum Haus umdrehte, nahm Dina ihre Hände. Claire verflocht ihre Finger mit denen ihrer Tochter.

Sie standen im Schein der Weihnachtsbeleuchtung, und ganz leise fiel der Schnee vom Himmel.

Erstaunliche Gnade …

Eine Anmerkung der Autorin

Dieser Roman nahm seinen Anfang auf einem Flug nach Portland. Ich saß neben einer Frau, die unruhig auf ihrem Platz hin und her rutschte und ganz offensichtlich innerlich sehr aufgewühlt war. Nachdem mich Gott ein paarmal angestupst hatte, beugte ich mich zu ihr hinüber und fragte sie, wie es ihr ging und weshalb sie nach Portland flog.

„Ehrlich gesagt, um mich von meiner Tochter zu verabschieden, die in ein Zeugenschutzprogramm geht", antwortete sie und sah mich mit einem gequälten Ausdruck an. „Sie ist Zeugin eines Mordes gewesen und jetzt wird sie von der Familie des verurteilten Mörders bedroht. Sie ist nicht mehr sicher."

Ich starrte sie nur an und fragte: „Und wie lange muss sie sich verstecken?"

„Für immer", antwortete die Frau.

Ich musste schlucken und sagte nach einer Weile. „Wie alt ist Ihre Tochter denn?"

„Sie ist einundzwanzig."

„Und warum gehen Sie nicht mit ihr?", fragte ich sie, weil ich das Ausmaß ihres Verlustes gar nicht richtig erfassen konnte. Nicht zu wissen, wo die eigene Tochter ist, nicht dabei zu sein, wenn sie heiratet, die Enkelkinder nicht kennenzulernen … so viele unerträgliche Opfer.

„Das geht nicht, weil ich einen Mann habe, der behindert ist, und zwei jüngere Kinder. Ich kann nicht weg."

Ich drang nicht weiter in sie, aber es zerriss mir das Herz, und ich betete für sie, und in dem Moment wurde dieses Buch geboren. Zuerst dachte ich, dass ich die Geschichte der Mutter erzählen würde, aber als ich dann anfing zu schreiben, wurde mir klar, dass es vor allem die der Tochter war. Eine Geschichte über Reue, Neuanfänge und zweite Chancen. Eine Geschichte über die Gnade, in der man jeden Tag lebt und auf ein Happy End hofft.

Es ist auch eine Geschichte darüber, wie Geheimnisse unser Leben zerstören können, auch wenn wir glauben, dass wir dadurch die Menschen schützen, die wir lieben. Große Geheimnisse und kleine. So wie die Art von Geheimnissen, wie es sie zwischen Mutter und Tochter gibt, oder die Sorte, die ein Sohn vor seinem Vater hat. Wir glauben zwar, dass unsere Geheimnisse diejenigen schützen, die wir lieben, aber Geheimnisse sind wie Krebsgeschwüre, und statt Frieden zu bringen, machen sie uns still und heimlich kaputt. Wir können die Geheimnisse nicht vergessen, indem wir sie für uns behalten, sondern je länger wir sie für uns behalten, desto stärker besetzen sie unser Denken und Handeln. Schon beim Aufwachen morgens verfolgen uns unsere Geheimnisse, und wenn wir denken, dass wir sie hinter uns gelassen haben, holen sie uns wieder ein. Sie verhindern, dass wir ganz und gar im Hier und Jetzt leben. Sie verhindern, dass wir die Gnade annehmen können, die Gott uns so gerne schenken möchte.

Ich bin meinem Pastor Dale McIntire großen Dank schuldig für die Gottesdienstszene in Kapitel 9. Er hat diesen Psalm vorgelesen; er hat diese (oder ganz ähnliche Worte) gesagt und mich damit mitten ins Herz getroffen. Gott möchte die falschen Identitäten und Schutzmauern durchbrechen, die wir uns selbst geschaffen haben, möchte uns die Ängste davor nehmen, uns so zu zeigen, wie wir wirklich sind: „Ich sehe dich. Ich kenne dich. Ich weiß alles über dich und ich liebe dich trotzdem. Basta. Bei mir brauchst du keine Angst vor der Wahrheit zu haben, weil ich sie schon kenne. Ich weiß genau, wer du bist, und ich bin dennoch gestorben, um dich zu retten."

Es ist wirklich wie in dem Text des berühmten Liedes „Amazing Grace“: *Die Gnade hat mich Furcht gelehrt und auch von Furcht befreit, seitdem ich mich zu Gott bekehrt bis hin zur Herrlichkeit.* Dies ist das Geschenk, das wir von Gott bekommen, wenn wir uns den Dingen stellen, die uns gefangen halten. Seine Gnade. Erlösung.

Einen Neuanfang.

Wir haben alle Geheimnisse, und manche Menschen führen sogar ein Doppelleben mit verschiedenen Identitäten – mit der einen Seite, die die Welt kennt, und der anderen, die vielleicht ganz anders aussieht. Gott kennt sie beide und er liebt Sie dennoch. Ja mehr noch, er sehnt sich danach, Sie zu befreien. Er kann Ihre Ehe, Ihre Familie und Ihr ganzes Leben heilen, ganz egal, wie schlimm die Lage aussieht. Ich weiß das, weil ich es selbst erlebt habe.

Ich bete, dass die Wahrheit Sie dazu befreit, der Mensch zu werden, als der Gott sie erträumt hat.

Susan May Warren